Marie Golien

Cainstorm Island

Der Gefangene

MARIE GOLIEN

CAINSTORM ISLAND

DER GEFANGENE

Roman

dtv

Ausführliche Informationen über
unsere Autorinnen und Autoren und ihre Bücher
finden Sie unter www.dtv.de

Von Marie Golien ist außerdem bei dtv erschienen:
Cainstorm Island – Der Gejagte

MIX
Papier aus verantwortungsvollen Quellen
FSC® C083411
FSC www.fsc.org

Originalausgabe

Dieses Werk wurde vermittelt durch die Autoren- und Projektagentur Gerd F. Rumler (München)
Umschlaggestaltung: Frauke Schneider unter Verwendung von Motiven von Depositphotos
Gesetzt aus der Apollo MT Pro 12,25/15˙
Satz: Fotosatz Amann, Memmingen
Druck und Bindung: CPI books GmbH, Leck
Printed in Germany · ISBN 978-3-423-74066-1

1

Ein Sprung aus vier Metern Höhe in einen Busch ist genauso selbstmörderisch, wie es sich anhört. Aber welche Wahl habe ich? Also lasse ich den Türrahmen der Drohne los und springe. Im Fallen spanne ich meine Muskeln an und schlage wie eine Bowlingkugel durch die Blätter. Sie verschlucken mich und ich wirbele durch ein Meer aus Grün. Äste zerbrechen knackend unter meinem Gewicht, meine Hände reißen an allem, was sie zu fassen kriegen, dann ist da plötzlich nichts mehr, was meinen Fall bremst. Ich schlage auf dem Boden auf. Die Luft wird mir aus den Lungen gepresst. Ein stechender Schmerz rast durch meinen Fuß, in mein Bein. Stoßweise ringe ich um Atem, grabe die Finger in die Erde, um das beißende Brennen im Knöchel besser zu ertragen, taste dann nach der schmerzenden Stelle. Gebrochen oder verstaucht?

Panik steigt in mir auf und der eine Gedanke jagt durch meinen Schädel wie ein Pingpongball: Ich bin in einer Welt gelandet, die für immer vor mir hätte verschlossen bleiben sollen. Dieses verbotene Land ist nicht für meine Augen und Ohren bestimmt. Asaria ist Feindesland.

Mühsam ziehe ich mich hoch auf die Knie, taste nach der Pistole in meinem Hosenbund. Sie ist noch immer da und gibt mir Sicherheit. Über mir schwingt der akkurat in Stierform geschnittene Busch seine Vorderbeine durch die Luft. Kein einziges Blättchen schaut hervor. Fast wie aus Plastik. Wäre da nicht das Loch, das ich gerissen habe. Sorry an die Gärtner.

Wie viel Zeit bleibt mir, von hier zu verschwinden, bevor die ersten Asarianer auftauchen? Mittlerweile wird der Nachthimmel heller. Was ist, wenn jemand gesehen hat, wie ich aus der Drohne gesprungen bin? Und wo bin ich hier überhaupt gelandet? Nicht weit entfernt sehe ich die Umrisse eines zweiten in Tierform geschnittenen Busches, dahinter noch einen und noch einen. Die Blättertiere sind in einem Halbkreis Richtung Meer angeordnet, und jetzt erkenne ich auch, dass nicht alle Stiere sind. Einer ist ein Tiger, ein anderer ein Adler, der dritte ein Löwe.

Die Ränder des präzise gemähten Rasens verlieren sich in der Dunkelheit. Außer dem leichten Rascheln der Blätter im Wind und dem entfernten Rauschen des Meeres herrscht Stille. Ich richte mich auf und schüttele Blätter und Ästchen aus meinen Haaren. Mein Ärmel ist eingerissen und mein Knöchel sticht, aber das Adrenalin betäubt den Schmerz einigermaßen. Ich humpele in Richtung des Waldes, über den ich vor ein paar Minuten mit der Drohne geflogen bin. Hinter den hohen Bäumen liegt das Meer, in das Lyssa und Jago gesprungen sind. Hoffentlich hatten sie mehr Glück als ich und haben sich nicht verletzt.

Ob das hier ein öffentlicher Park ist? Ich war noch nie in einem Park, bei uns auf Cainstorm gibt es keine. Aber in alten Fernsehfilmen kann man manchmal welche sehen. Wenn das hier ein Park ist, gehört er sicherlich zu einer Stadt. Vielleicht zu der Stadt, die ich aus der Ferne erkennen konnte? Sobald es hell wird, werden die Asarianer bestimmt hierherkommen, ihre seltsamen Haustiere ausführen, Eis mit

Goldstaub essen und ihre fremdartigen Sportarten treiben. Und jeder Einzelne von ihnen, der in den letzten Tagen Eyevision geschaut hat, kennt mein Gesicht!

»Leider konnte das System Sie nicht erkennen.«

Ich zucke panisch zusammen, meine Hand schnellt zur Pistole. Wer war das? Ganz langsam drehe ich mich um. Niemand zu sehen. Aber im Rasen leuchtet eine sechseckige Glasplatte auf, nicht größer als eine Handfläche.

»Bitte loggen Sie sich manuell ein«, verkündet eine freundliche, geschlechtsneutrale Stimme aus der Glasplatte. Ihre Aussprache ist eindeutig asarianisch, hart und korrekt. Außerdem klingt sie so ähnlich wie der Computer, der die Drohne geflogen hat, also handelt es sich wahrscheinlich um einen weiteren Computer. Ob er einen Wachdienst informiert, weil sich jemand ›Uneingeloggtes‹ im Park aufhält? Ich entferne mich humpelnd von dem Ding, doch ein paar Meter weiter leuchtet schon die nächste Platte auf und dieselbe Stimme mahnt: *»Sie sind nicht im System. Bitte loggen Sie sich mit Ihrer Eyewatch ein.«*

Ruckartig hole ich Luft, denn plötzlich sehe ich im Rasen alle paar Meter kleine, glatte Flächen. Dieser Park ist mit redenden Platten gepflastert! Ich bin gezwungen, Slalom zu laufen, um ihnen auszuweichen. Erleichtert stelle ich fest, dass sie tatsächlich nicht aufleuchten, wenn ich ihnen nicht zu nahe komme. Ein Sieg für mich, auch wenn mein Knöchel schmerzhaft sticht und mein verlangsamtes Tempo meinen Stresspegel in die Höhe schießen lässt. Schweiß rinnt mir mittlerweile in Strömen den Rücken hinunter.

Nach einigen endlosen Minuten erreiche ich den Wald, der wie eine Mauer in der Dunkelheit aufragt. Die Palmen wachsen in so exakten Abständen, als seien sie auf ein Schachbrett gepflanzt. Anscheinend muss Natur bei den

Asarianern ihre Ordnung haben. Wie reich muss man sein, wenn man sogar die Wälder in Reihen ordnet? Ich stolpere auf einen der Stämme zu und stütze mich ab, um den Fuß zu entlasten. Sofort beginnt die glatte Rinde des Baumes sanft zu leuchten. Ich zucke zurück und das Leuchten erlischt.

Was ist hier noch alles anders? Stimmen die Gerüchte, dass in Asaria Parfüm aus Helikoptern versprüht wird? Muss hier wirklich niemand arbeiten, weil jeder reich ist? Wirft man Teller und Besteck weg, wenn man einmal damit gegessen hat?

Ich schleppe mich hinkend durch den Wald.

Schattenhafte Affenwesen springen von Wipfel zu Wipfel. Ein lang gezogenes Kreischen, Brummen und vereinzelte Rufe sind zu hören. In meiner Nähe gurgelt es. Was sind das für Tiere? Ich kann die Geräusche nicht einordnen und muss trotz meiner Furcht unwillkürlich lachen. Wie oft habe ich mir gewünscht, einmal durch einen Wald zu laufen, mitten in der Natur zu sein. Ich hätte sogar Geld dafür bezahlt und jetzt will ich nichts lieber als zurück in mein stinkendes, hässliches Cainstorm.

Das Rauschen des Meeres wird lauter, dann schimmert es silbern zwischen den Baumstämmen. Endlich! Vor mir erstreckt sich der Sandstrand, den ich von einer leichten Anhöhe besonders gut überblicken kann. Er ist menschenleer und extrem breit. Die ersten Sonnenstrahlen tasten sich in glühendem Orange über den Horizont, glitzernde Reflexionen tanzen über das Wasser. Ich bin in einem Albtraum gefangen, der so schön ist wie ein Gemälde.

Und nirgendwo ist eine Spur meiner Freunde. Bei dem Gedanken, allein in diesem fremden Land überleben zu müssen, zieht sich mein Innerstes zusammen. Wurden die beiden von der Strömung abgetrieben? Haben sie es vielleicht gar nicht bis zum Ufer geschafft?

Plötzlich spüre ich ein leichtes Summen in meinem Hinterkopf. Es ist der Chip. Er will meine Schwäche ausnutzen, um sich einzuschalten. Mit geballten Fäusten empfange ich das hinterhältige Mistding. Seit meinem Absprung hat der Chip sich ruhig verhalten. Dafür versucht er es jetzt mit ganzer Kraft. Surrend kämpft er gegen meinen Willen an. Ich beiße die Zähne fest zusammen, gehe in die Hocke, schließe die Augen. Mit den Fingern kratze ich über meinen Nacken, ertaste die Schraube. Der Chip wird leiser und verstummt. Ich habe fürs Erste gewonnen, und ich weigere mich, Angst zu haben. Nicht vor diesem seltsamen Ort und nicht vor Eyevision, das mich noch immer kontrollieren will.

»So leicht kriegt ihr mich nicht«, murmele ich.

»Bester Sonnenaufgang, ja, ich weiß«, sagt eine Männerstimme direkt hinter mir und lacht. Ich erstarre. Schritte nähern sich, dann fühle ich eine Hand auf meiner Schulter. »Hey, du. Ich lasse Scio den Delfinfilter machen. Okay für dich?«

Ich verstehe kein Wort und gerate fast in Panik bei dem Gedanken, dass der Mann mein Gesicht sieht und mich erkennen könnte. Ich zwinge mich, ruhig zu bleiben, und nicke zustimmend, weil er sonst an meinem Dialekt hören könnte, dass ich nicht von hier bin. Dann drehe ich mich weg, schlendere betont lässig zwischen den Bäumen entlang und ignoriere den Schmerz im Knöchel.

»Scio, Delfinfilter«, höre ich den Typ sagen und gleich darauf schweben rosa Delfine über den Strand. Hologramme?

Vor mir leuchten mehrere Stämme hell auf. Eine Frau mit glänzenden blonden Haaren, so perfekt wie eine Perücke, und einem hautengen rosa Anzug schreitet auf mich zu. Ist sie echt oder auch ein Hologramm? Schnell drehe ich mich um, aber auch auf der anderen Seite leuchten Stämme auf und einige Jugendliche kommen auf Hoverboards oder zu Fuß näher. Sie wirken gut gelaunt, ausgelassen.

Plötzlich bleibt ein Typ abrupt stehen. »Beim bärtigen Asul«, schreit er fassungslos und ich weiß augenblicklich, dass er mich erkannt hat. Er reißt die Augen weit auf. »Das ist Emilio!«

Alle drehen sich zu mir und mein Herz trommelt wie wahnsinnig. Werden sie die Polizei rufen? Staunend nähern sie sich. Angst haben sie nicht. Sie wirken auf mich wie Schaufensterpuppen, die zum Leben erwacht sind, mit ihren schmalen, neongrünen Brillen und grell gefärbten Haaren, unpraktisch hohen Absätzen und perfekter Kleidung, auf der sich Muster bewegen. Das Licht der Stämme lässt ihre aufgeregten, lächelnden Gesichter hell leuchten. Eine Waffe entdecke ich nicht.

»Denkt ihr, er ist es?«, wispert ein junges Mädchen mit Regenbogenhaaren. Die anderen antworten nicht. Sie reden nur mit sich selbst.

»Was macht er hier?«, will ein Junge mit geschminktem Gesicht und unnatürlich dicken Lippen wissen. »Meint ihr, er ist gefährlich? Ob er Viren hat?«

Ein anderer in lackrotem Outfit, das bei jedem Schritt quietscht, kichert: »Schreibt mal ›ja‹ oder ›nein‹. Was sagt ihr? Ist das DER Emilio? Mann, Leute, ich habe riesige Angst!«

Und da verstehe ich endlich. Diese Leute reden mit ihren Zuschauern! Sie haben den Chip implantiert, genau wie ich. Sie filmen durch ihre Augen! Wahrscheinlich wollten sie den Sonnenaufgang aufnehmen, aber das, was gerade passiert, ist tausendmal besser. Geschockt weiche ich zurück. Diese Videos kann sich jeder auf Eyevision anschauen. Ganz Asaria wird bald wissen, wo ich bin.

»Ich muss echt weiter«, sage ich atemlos. »Kann mir jemand sein Hoverboard leihen?«

»Wo willst du denn hin? Bleib bei uns!«, ruft jemand. »Sei Teil meiner Sendung, bitte!«

Vorsichtig taste ich nach der Pistole. Noch ist sie unter dem Pulli verborgen. Ich brauche ein Hoverboard! Aber soll ich diese Asarianer wirklich während ihrer Aufnahmen bedrohen? Das würde alles nur noch schlimmer machen. Ein Mädchen mit halb grünen, halb blauen Haaren streckt die Hand nach mir aus. Ihre Augen sind lila. »Meine Zuschauer schreiben, dass zwei weitere Fremdlinge in der Nähe gelandet sind. Sie sind bei der Party.«

»Wo?«, rufe ich überrascht. »Wo sind sie? Welche Party?«

Sie schaut über mich hinweg ins Nichts, wie eine Wahrsagerin, die die Zukunft liest. Aber ich bin mir sicher, dass es der Chat ist, den sie vor ihrem inneren Auge geöffnet hat. Ob ich auch so dämlich gucke, wenn ich meinen Chat lese?

»Am Strand!«, sagt sie und der Junge in dem roten Lackdress fügt hinzu: »In der Villa, schreiben meine Zuschauer. Die anderen haben sie dorthin gebracht!«

Die ›anderen‹? Noch mehr filmende Asarianer?

»Bringt mich zu ihnen!«, rufe ich, und die Hoffnung, Lyssa und Jago wiederzutreffen, macht mich mutig. »Dann gebe ich euch auch Interviews!«

Das Versprechen bringt ihre Gesichter zum Leuchten. Ich habe das Richtige gesagt.

»Flieg mit mir, Emilio!«

»Nein, flieg mit mir!«

Ich springe hinter dem Typen auf, der sein Hoverboard als Erster startklar hat, und klammere mich an sein halb durchsichtiges Tülloberteil. Er gibt sofort Gas und brüllt: »Wuhuhu, Leute! Der berühmte Emilio aus Cainstorm fliegt mit mir mit! Küsse an euch alle!«

Ich entspanne mich ein wenig und muss unwillkürlich

über die anderen grinsen, die mich von ihren Hoverboards aus anstarren, mit sich selbst reden und dabei fast gegen die Stämme prallen. Vielleicht ist es auf Asaria doch nicht so gefährlich, wie Lyssa gesagt hat?

Ein silbernes Leuchten zieht meine Aufmerksamkeit auf sich. Auf einer Lichtung unter uns stehen zwei riesige silberne Tiere. Bisher kannte ich Pferde nur aus dem Fernsehen. Allerdings waren die nie silbern, definitiv kleiner … und sie hatten kein Horn auf der Stirn. Verblüfft starre ich die Einhörner an. Was ist das für eine seltsame Märchenwelt, in der ich gelandet bin?

Wir rauschen an ihnen vorbei in Richtung der Buschtiere. Ich versuche, meinen Knöchel zu entlasten, ohne vom Brett zu fallen, das für zwei eigentlich zu klein ist. Hinter uns höre ich eine Art Trommeln und blicke zurück. Zwei Mädchen sitzen nun auf den silbernen Einhörnern und galoppieren uns hinterher. Die bunten Mähnen der Tiere wehen im Wind. Sind das wirklich echte Pferde? Sie erinnern mich an riesige Spielzeugtiere.

Vor uns breitet sich die Parklandschaft aus mit ihrem leuchtend grünen Rasen und ordentlichen Buschgruppen und Wäldchen. Ich kann nicht fassen, wie viel unbebautes Land und wie wenig Menschen es hier gibt. Wie sauber, wie geordnet alles ist. Ich denke an die lauten, überfüllten Straßen meiner Heimat, die Häuserschluchten, deren Wände grau von Abgasen sind. Natur ist dort das graugrüne Moos in den Asphaltritzen.

»Geht's dir gut dahinten?«, fragt mein Begleiter. »Was hältst du bisher von Asaria?«

Ich denke an meinen Aufprall: »Der Boden ist hier auf jeden Fall genauso hart wie auf Cainstorm.«

Der Typ lacht auf: »Keine Ahnung, was das heißt, aber du

hast so ein Glück! Heute steigt eine Riesenparty mit den größten Influencern Asarias!«

»Oh«, sage ich und bin nicht sicher, ob das ein Glück ist.

In der Ferne taucht nun ein richtiger Wald auf aus uralten Bäumen. Ihre Äste verknoten und verschlingen sich zu einem dichten Dach. Ich weiß nicht, was mich mehr beeindruckt. Der Wald selbst oder die Villa, die am Waldrand steht. Sie wirkt so irreal, als hätte sie jemand in die Landschaft gemalt: Schlanke Türme, gekrönt von runden Dächern, ragen in die Luft und erinnern mich an ein Märchenschloss. Es funkelt in der aufgehenden Sonne wie ein Diamant, sodass ich die Augen zusammenkneifen muss. Das Schloss ist aus bläulichem Glas!

Schon von Weitem schallt uns Musik entgegen. Unnatürlich gefärbte Pferde stehen vor dem weit geöffneten Eingangstor. Ohne zu bremsen, rast mein Begleiter darauf zu und über die Eingangsstufen hinweg, auf denen sich halb volle Gläser und Flaschen angesammelt haben.

Auch der Flur ist aus Glas. Die Wände sind mit bläulicher Flüssigkeit gefüllt, in der leuchtend bunte Quallen schwimmen. Parfüm mischt sich mit dem Geruch von Alkohol. Die Musik und das Stimmengewirr werden lauter und dann öffnet sich ein hoher Saal. Tierfiguren aus Eis schweben in der Luft, wilde Farben bewegen sich wie Wasserstrudel über den Fußboden. Niemand tanzt, stattdessen drängen sich alle Partygäste in der Mitte des Raumes.

»Lyssa! Jago?«, rufe ich und springe vom Board. Ein heftiger Schmerz zuckt durch meinen Knöchel. Die Gäste drehen sich zu mir um. Auch sie sind von Kopf bis Fuß durchgestylt. Pelze, Lackkleider, Haut und Haare wie aus Plastik. Ein paar schreien erstaunt auf, als sie mich sehen. Und dann drängelt plötzlich Jago durch die Menge, die er mit seinen ein Meter neunzig überragt. Er strahlt mich so überrascht an, als wäre ich ein goldener Hirsch mit Heiligenschein. Neben ihm taucht ein helles Gesicht auf. Lyssa!

Zwischen den makellosen Asarianern könnten die beiden nicht fremder wirken. Jagos kurze Dreadlocks hängen feucht herunter und Lyssas türkis gefärbte Haare kleben ihr an der Stirn. Ihr Pulli und ihre Hose sind zu groß, Jagos ist zu kurz. Ich mache das unperfekte Trio perfekt mit meinem Gehumple.

Lyssa wirft sich in meine Arme. Ich drücke sie fest an mich und atme ihren wunderbaren Duft nach Sonne, Benzin und Himbeeren ein. Durch die feuchten Klamotten spüre ich ihr Herz schlagen.

»Wir dachten …« Ihre Finger krallen sich in meinen Pullover.

Von der anderen Seite legt sich ein langer Arm um meine Schultern. »Wir wussten nicht, wo du bist.«

»Ihr glaubt gar nicht, wie froh ich bin, euch zu sehen«, flüstere ich.

»Wir sind in einem Nest voller Models gelandet«, kichert Jago begeistert. Er hält ein Cocktailglas hoch und stößt mit einem der Asarianer an, die einen Kreis um uns gebildet haben, uns fasziniert anstarren und aufgeregt mit sich selbst reden. Wahrscheinlich werden wir gerade aus jedem möglichen Winkel gefilmt. Neugierig schaue ich mich um.

»Eher in einem Nest voller Irrer«, flüstert Lyssa panisch.

Ich greife nach ihrer Hand. »Die scheinen doch alle nett zu sein.«

»Ich weiß nicht«, entgegnet sie voller Sorge. »Was, wenn das alles nur Fassade ist?«

Da tritt ein etwa sechzehnjähriges Mädchen zu mir. In ihren dunklen Haaren glitzert es, als sei sie von einem Diamantenregen überrascht worden. Sie breitet die Arme aus, an denen violetter Stoff befestigt ist, der aussieht wie Schmetterlingsflügel.

»Hallo!«, sagt sie mit einer seltsam kindlichen Stimme. »Das ist meine Party! Willst du mein Freund sein?« Sie reicht mir ein Cocktailglas und will auch Lyssa eines geben, aber die dreht sich zu mir und ich sehe die Angst in ihren hellgrauen Augen.

Ich flüstere: »Vielleicht ist es auf Asaria nicht mehr so schlimm wie früher? Du warst immerhin ein paar Jahre weg.«

»Was für eine Party!«, ruft Jago uns zu und tanzt mit ein paar Asarianern, die nicht mehr ganz nüchtern wirken.

Ein Typ mit dunkler Sonnenbrille und buntem Stirnband zupft mich aufdringlich am Ärmel: »Emilio, gib mir ein Interview!«

»Später«, wimmle ich ihn ab, aber er will nicht gehen.

»Scio, Champagner!«, ruft das Schmetterlingsmädchen und wirbelt mit ausgebreiteten Armen herum. Die Flügel flattern durch die Luft. Von der Decke sprüht ein feiner Regen auf uns herab. Die Asarianer öffnen die Münder. Ich kann es kaum fassen. Ist das hier ein Traum?

Plötzlich verstummt die Musik. Überrascht bleiben die Tänzer stehen und eine körperlose Stimme sagt: »Hier spricht die Polizei. Bleiben Sie ruhig und bringen Sie sich in Sicherheit. Eine Gruppe wahrscheinlich bewaffneter Cainstormler hält sich in Ihrer Villa auf. Ich wiederhole: Bleiben Sie ruhig! Verlassen sie geordnet die Villa.«

Verwirrt mustern uns die Asarianer und tuscheln miteinander. »Gefährlich?«, höre ich sie sagen. »Waffen?« Ich spüre förmlich, wie die Stimmung kippt und die Leute uns auf einmal anstarren, als wären wir Kriminelle.

Lyssa löst sich als Erste aus ihrer Erstarrung und rennt los.

Jagos Cocktailglas zerschellt am Boden. Im Flur weichen die Partygäste ängstlich zurück, stolpern übereinander. Keiner von ihnen will den Helden spielen und uns aufhalten. Wir schlittern den Glasboden entlang und auf das Tor zu, das immer noch offen steht.

»Die Pferde«, schreit Lyssa und deutet auf die Tiere vor der Eingangstreppe. Doch da dringt ein fernes Knattern in mein Bewusstsein, das schnell näher kommt. Jago schreit. Er zeigt zum Himmel, wo eine Art lang gezogener Helikopter kreist. In den drei offenen Türen sitzen Polizisten in schwarzen Rüstungen.

»Links«, ruft Jago. Wir stürmen zurück in den Flur und eine gläserne Treppe nach oben. Die Panik lässt mich immer zwei Stufen nehmen. Ein großer Saal mit einem gläsernen Tisch und Stühlen, keine Menschen, die uns aufhalten könnten. Wir nehmen irgendeine Tür und landen in einem Zimmer, in dem nur zwei Glassofas stehen. Ein Video läuft an der bläulichen Wand, durch die die Quallen schwimmen. Zusammen schieben wir eines der schweren Sofas vor die Tür.

»Was sollen wir machen, wenn sie kommen?«, fragt Jago. Er hat die Hand auf die Pistole in seinem Hosenbund gelegt. »Ihr wollt nicht schießen, oder? Haben wir überhaupt eine Chance gegen die? Besser, wir ergeben uns. Vielleicht können wir das alles aufklären. Wir haben doch gar nichts gemacht.«

Lyssa späht vorsichtig aus dem Fenster. Der Helikopter kreist am blauen Himmel. »Illegaler Grenzübertritt«, murmelt sie. »Wir können uns nicht ergeben. Sie werden uns auf die Gefängnisinsel bringen. Dort ist man lebendig begraben.«

»Aber es wäre doch ein Beweis unserer Unschuld, wenn wir uns stellen«, stimme ich Jago zu. »Diese Leute eben haben uns ja auch nicht als Gefahr gesehen.«

»VERLASSEN SIE DIE VILLA!«, ruft eine Lautsprecherstimme. »WIR GEBEN IHNEN DECKUNG.« Die Partygäste stolpern, fliegen und rennen über den Rasen. Ihre hohen Schuhe und der Alkohol bereiten ihnen Probleme. Rechts von uns sehe ich ein Stück des dichten Waldes. Wenn wir ihn nur irgendwie erreichen könnten …

»Nachrichten«, sagt Jago und deutet auf das Video an der Wand, wo eine Frau und ein Mann mit plastikartigen Frisuren nebeneinandersitzen.

» … niemals passiert, in zweiundzwanzig Jahren …«, höre ich die Frau sagen. »… ein nationaler Schock …«, antwortet der Mann und hebt eine seiner perfekt gezupften Augenbrauen. »… eine Katastrophe für Eyevision«, verkündet die Frau. »Wir zeigen die Bilder aus Cainstorm noch einmal.«

Das Bild einer dunklen Treppe erscheint, darauf ein Mann. Blut hat sein teures asarianisches Hemd und seine glitzernde Hose verfärbt. Seine Augen sind glasig vor Angst. Bradley Starlight. Ich erkenne meinen eigenen Turnschuh, der auf Bradleys Brust steht und ihn auf die Stufen drückt. Meine Hand mit der Pistole, die auf sein Herz gerichtet ist. Das Video ist von heute Nacht und es ist durch meine Augen aufgenommen worden.

»Und das Beste ist: Ich bin auf Sendung. Dein Tod wird die Quote explodieren lassen, oder was meinst du?«, höre ich meine Stimme sagen. Bradleys Gesicht verzerrt sich, wird schneeweiß.

»Letzte Worte an die Zuschauer?«, frage ich und mein Finger spannt sich um den Abzug. Ich höre mich stoßweise atmen, dann verschwimmt das Video, wird wieder klar, verschwimmt und kippt dann ins Schwarz. Es ist der Moment, in dem ich es geschafft habe, den Chip in meinem Hinterkopf endlich zu kontrollieren und auszuschalten. Der Grund, weshalb ich Bradley verschont habe.

Die beiden Moderatoren sind wieder im Bild. Der Mann spielt nervös mit einem Stift: »Nur damit Ihnen das hier absolut klar ist: Nicht wir haben das Video an dieser Stelle geschnitten. Das Video ist nicht länger, es endet an diesem Punkt.«

»Bis jetzt ist nicht sicher, ob Eyevision selbst das Video hat enden lassen, um uns Bilder vom Mord an einem Asarianer zu ersparen«, vermutet die Moderatorin. Ihr Haar ist in perfekte blonde Locken gelegt, der Lidschatten silbern wie Alufolie. »Was wir wissen, ist, dass es seit diesem Moment kein Lebenszeichen mehr von Bradley Starlight und seinem Praktikanten Balhaus Bim gibt. Wir müssen davon ausgehen, dass sie ermordet wurden.«

Ich habe Bradleys Eyewatch zertreten und Balhaus Bim gezwungen, seine wegzuwerfen. Sollten sie also noch leben, können sie es niemandem mitteilen.

Ein Foto von mir wird eingeblendet. Ich höre die Stimme des Moderators wie durch Watte: »Dringend tatverdächtig ist Emilio Rivoir. Ein Siebzehnjähriger aus Cainstorm. Es wäre der erste Mord an einem Asarianer durch einen Provinzler seit zweiundzwanzig Jahren.«

Der Chip in meinem Schädel will sich wieder summend nach vorne arbeiten. Ich atme tief durch und versuche, mich zu beruhigen. Bradley und sein Praktikant werden schon wieder auftauchen.

»Gerade hat uns das Video eines bekannten Influencers erreicht …«, sagt die Moderatorin, »… das uns allen große Sorgen macht. Sehen Sie selbst.«

Verwackelte Bilder werden eingeblendet. Ein Typ mit runder schwarzer Sonnenbrille und buntem Stirnband filmt sich selbst mit einem Spiegel. Es ist der, dem ich das Interview verweigert habe! Hinter seiner Schulter sehen wir die gläserne Villa kleiner werden. Er ruft: »Wir rennen um unser Leben! Die Provinzler haben sich in unserer Villa verbarrikadiert. Habt ihr sie gesehen? Das sind wilde Gestalten mit veränderter DNA. Vielleicht Rebellen! Die wollen uns angreifen!«

»Wie ich das Wort ›Provinzler‹ hasse«, flüstere ich. Stirnbandtyp schiebt sich die Sonnenbrille in die Haare und kommt dem Spiegel, den er in der Hand hält und mit dem er sich selbst filmt, so nah, dass ich die roten Adern in seinen Augen sehen kann. Er wirkt betrunken.

»Die sind hier, um uns zu ERMORDEN! Wir wussten doch alle, dass die Provinzler eines Tages kommen würden! Das ist nur die Vorhut! Sie werden unsere Häuser besetzen! Unser Geld stehlen! Sie werden uns umbringen! Habt ihr gehört, dass Bradleys Drohne gefunden wurde? Sie ist leer!«

Lyssa stöhnt: »Das ist es, was ich meinte! Die Asarianer biegen sich die Wahrheit zurecht, wie es ihnen passt.«

Die Videoübertragung springt zurück zu den fassungslosen Moderatoren. Der Anzugmann fängt sich als Erster: »Wir haben hier eine Situation, die seit dem Bau der Friedensmauer noch nie eingetreten ist. Mit großer Wahrscheinlichkeit wurde Bradley Starlights Drohne entführt und möglicherweise sind Rebellen aus Cainstorm nach Asaria gelangt. Wir wissen nicht, wie viele …«

»In eine große Drohne passen an die vierzig Personen«, wirft die Moderatorin ein. Der Moderator nickt zustimmend: »… möglicherweise bewaffnet, wahrscheinlich in der Küstenregion unterwegs. Und wahrscheinlich …« Der Moderator und die Moderatorin schauen sich an, dann sagt er: »… ist ihr Anführer Emilio Rivoir. Der Mann, der auch Bradley Starlight und Balhaus Bim ermordet hat.«

2

Das Summen in meinem Kopf explodiert so heftig, dass die Stimmen der Nachrichtensprecher darin untergehen und ich nur noch sehe, wie sich ihre Münder sinnlos öffnen und schließen. Ich presse die Hände auf die Ohren, versuche, ruhig zu atmen, den Chip zu kontrollieren, aber es ist zu spät. Meine Kopfhaut beginnt zu kribbeln. *»Willkommen bei Eyevision. In zehn Sekunden sind Sie auf Sendung«*, verkündet eine freundliche Frauenstimme in meinem Kopf. *»Eyevison wünscht Ihnen in der nächsten halben Stunde viel Spaß!«*

»Der Chip schaltet sich ein«, kann ich Jago und Lyssa noch warnen. Ein kurzer fröhlicher Jingle ertönt und ich bin auf Sendung.

Ich versuche, den Chip gedanklich zu fassen, ihn wieder in sein Gefängnis zu sperren. Aber ich kann ihn nicht greifen. Ich bin zu aufgeregt, zu unkonzentriert. Wie ein nasser Fisch flutscht er mir davon.

Mit einem langen Blinzeln öffne ich den Chat zur Sendung. Sofort fliegen Wörter und Sätze an meinem inneren Auge vorbei. Jemand schreibt: *»Bist du wirklich gekommen, um uns zu töten? Bitte verschone uns und geh mit deinen Rebel-*

len zurück nach Cainstorm! BITTE!!« Vor Angst zitternde Katzen. Schweinchen mit aufgerissenen Mündern.

Herzchen überschwemmen den Chat. *»Emilio, egal was passiert, ich liebe dich! Ich versuche, zur Küste zu kommen, um dir zu helfen!«*

»Die Luft auf Cainstorm ist giftig. Sie verändert die Gehirnstruktur und lässt die Leute zu Mördern werden, auch wenn sie nett erscheinen.«

Oben in der Ecke des Chats steht die Zahl meiner Zuschauer: sechs Millionen. Vielleicht ein guter Moment, mit ein paar Missverständnissen aufzuräumen: »So wenig kennt ihr mich?«, frage ich. »Ihr denkt, ich will euch umbringen? Wir haben uns die Drohne genommen, ja. Aber wir wollten nach Hause fliegen. Wir wollten niemals nach Asaria. Die Drohne war auf einen asarianischen Palast als Zielpunkt eingestellt und wir konnten sie nicht umprogrammieren. Jetzt sind wir hier, obwohl wir gar nicht hier sein wollen.«

Ununterbrochen ploppen neue Kommentare auf. *»Die Leichen von Starlight und Bim sind immer noch nicht gefunden worden. Das heißt, Emilio könnte unschuldig sein.«*

»Könnte, könnte«, antwortet ein Zuschauer und schickt schnippisch die Augen verdrehende Schweinchen. *»Du wachst erst auf, wenn dieser Emilio dir ins Gesicht schießt, oder?«*

»Ich habe Bradley Starlight und seinen Praktikanten nicht umgebracht«, stoße ich zornig hervor.

»Du kannst es uns nicht beweisen!«, schreibt ein User. *»Ich bin dein Fan, aber du und die anderen Rebellen gehören hier einfach nicht hin!«* Der Kommentar bekommt eine Menge Likes und klatschende Hasen applaudieren ihm zu.

»Ich bin sofort dabei! Gebt mir eine Drohne und wir fliegen zurück.«

Ich spüre, wie Jago seinen Arm um mich legt und Lyssa

meine Hand greift. Dass die beiden bei mir sind, gibt mir Kraft. Ich atme tief durch und plötzlich klappt es. Wie ein Dompteur befehle ich den wütend summenden Chip zurück in seinen Käfig. Er wehrt sich und lässt meine Kopfhaut kribbeln, aber jetzt bin ich wieder derjenige, der die Kontrolle hat. Ich kappe die Verbindung zu den ungebetenen Gästen in meinem Kopf. Fürs Erste ist die Sendung vorbei.

Ich öffne meine Augen: »Der Chip ist aus.«

Lyssa flüstert, als ob immer noch Zuschauer um uns wären: »Sie glauben, dass ihr Albtraum wahr geworden ist, das, wovor sich jeder Asarianer am meisten fürchtet. Sie glauben, dass ihr friedliches Land von gewalttätigen Cainstormern überrollt wird und wir nur die Vorhut sind.«

In diesem Augenblick klopft es an der verbarrikadierten Tür und ich zucke zusammen. Durch das bläuliche Wasser erahne ich eine kleine, verschwommene Gestalt. »Hallo!«, ruft eine mädchenhafte Stimme. »Seid ihr da drinnen? Gebt ihr mir ein Interview? Bitte!«

»Diese Leute sind schon ganz schön durchgeknallt«, stellt Jago leise fest. »Hält sie uns nicht für gefährlich?«

Die Person vor der Tür hebt die Arme und schemenhaft erkenne ich Flügel wie von einem Schmetterling. Das Mädchen mit dem Glitzer in den Haaren! Lyssa legt den Finger auf ihre Lippen und wir schweigen. Nach einer Minute verschwindet der Schatten.

Draußen kreisen mittlerweile zwei Helikopter am Himmel und ein Teil der gepanzerten Polizisten steht in etwa fünfzig Metern Entfernung hinter einer Barrikade aus Schilden, auf denen ein Löwe abgebildet ist. Noch weiter weg steigen die Partyleute in eine riesige runde Drohne. Einige wirken trotzig. Immer wieder deuten sie zur Villa. Wollen sie hierbleiben? Wahrscheinlich wollen sie das Spektakel filmen.

»Wie in einem Alien-Film«, grinst Jago schief, der seine kurzsichtigen Augen zusammenkneift. »Nur sind wir die Außerirdischen.«

»Wie Fremde …«, seufzt Lyssa leise. Sie sitzt auf der Glascouch und das morgendliche Licht lässt ihre weiße Haut noch heller wirken. Mit verschleiertem Blick beobachtet sie die Quallen in der Wand.

»Wer weiß«, sagt Jago mit unerschütterlicher Zuversicht. »Vielleicht können wir das ganze Missverständnis aufklären?«

Ich höre Lyssas Antwort nicht, denn der Chip in meinem Hinterkopf meldet sich mit bislang unbekannter Wucht zurück. Ein wellenförmiges Summen geht von ihm aus. Es ist so stark, dass ich die Vibration spüren kann. Wie ein Insekt, das mit seinen Fühlern gegen mein Hirn trommelt. Der Chip will sich einschalten. Unbedingt. Es fühlt sich ganz anders an als jemals zuvor. Viel stärker! Ich reibe über die Stelle neben der Schraube. Meine Fingernägel graben sich in die Haut. Warum vibriert der Chip? Das hat er vorher noch nie getan.

Von einem auf den anderen Moment verschwindet das Vibrieren und lässt mich schweißgebadet zurück. Was plant Eyevision? Erschöpft setze ich mich neben Lyssa. Sie lehnt ihren Kopf an meine Schulter. Wir wissen alle, dass es eine Frage der Zeit ist, bis die Polizisten die Villa stürmen. Wahrscheinlich warten sie nur auf Verstärkung.

»Wisst ihr«, sagt Jago ein wenig verträumt vom Fenster aus. »Dieser Wald erinnert mich an die Märchen, die meine Oma mir früher vorgelesen hat. Von Elfen und Trollen. Wenn sie irgendwo wohnen, dann hier. Es ist … magisch.« Trocken fügt er hinzu: »Ehrlich gesagt, ich kann mir kaum vorstellen, dass die Bewohner eines so schönen Landes so … scheiße sein sollen.«

Lyssa seufzt: »Was hier falsch ist, ist das System. Jeder, der nicht passt, wird auf die Insel gebracht. Die, die passen, werden so verwöhnt, dass sie niemals auf die Idee kommen würden, irgendetwas zu hinterfragen.«

»Erzähl uns mehr von der Insel«, bitte ich. »Wie … war es dort?«

Als Lyssa schließlich spricht, klingt ihre Stimme belegt: »Die Insel ist völlig überfüllt. Wir haben dicht an dicht geschlafen. Vier, fünf Kinder auf einer Matratze. Es wurde um alles gekämpft. Um Essen, um einen Schlafplatz, um Wasser. Alleine konnte man nicht überleben, wir mussten zusammenhalten. Gegen die Erwachsenen, gegen die vielen Gangs.«

Vor meinem inneren Auge erscheint ein massiver Betonbau, der auf einer steilen, felsigen Insel steht.

»Und die Wachen?«, will ich wissen. »Helfen sie nicht?«

»Es gibt keine Wachen mehr. Das Gefängnis wird von Scio geführt. Scio ist ein Computer. Er steuert die Türen, die Essensausgabe. Alles.«

»Scio …«, murmelt Jago verwirrt, und ich muss an die Computerstimme denken, die mir mitgeteilt hat, ich sei nicht im System.

»Warum haben sie euch diese Platten in den Arm eingesetzt?«

Lyssa streicht über das zerkratzte Metall. »So wusste Scio immer, wo man ist und ob man noch lebt oder tot ist. Aber die Insel war überfüllt. Deshalb wurden alle Kinder nach Cainstorm abgeschoben. Sie dachten, wir sterben dort sowieso.« Lyssa stockt. »Asaria ist nur für diejenigen ein Paradies, die den Normen entsprechen. Alle anderen werden aussortiert wie faule Äpfel.« Ihre schrägen grauen Augen sind völlig klar. Ich sehe keine Trauer, keine Tränen, aber ich spüre eine Wut in ihr, als würde sie sich mit dem, was ihr und den anderen Kindern angetan wurde, nie abfinden können.

Unruhig kaut Jago auf seinem Piercing an der Lippe: »Mich kriegen die nicht. Mich bringen die niemals auf die Insel.«

Lyssa zögert keine Sekunde: »Mich auch nicht.«

Ich strecke meine Hand aus, die Handfläche nach unten. »Wir haben nur noch uns. Lasst uns schwören, dass wir zusammenhalten. Wenn einer von uns auf die Insel gebracht wird, retten wir ihn, egal was passiert.«

Lyssa legt ihre Hand auf meine: »Wir werden zusammen nach Cainstorm zurückkehren. Noch ist nichts verloren.«

»Wir halten zusammen!«, fügt Jago hinzu, seine Hand umklammert unsere. Lyssas ist eiskalt, die von Jago schweißnass.

»Lasst uns runtergehen«, sage ich. »Wir stellen uns. Wir klären das auf. Lasst es uns wenigstens probieren.«

Lyssa zögert, aber Jago nickt: »Es ist unsere einzige Chance.«

Wir schieben die Couch weg, öffnen vorsichtig die Tür und lauschen auf Geräusche. Nichts. Nicht einmal Musik. Die Villa scheint verlassen. Jago stützt mich, damit ich den Fuß entlasten kann, und ich konzentriere mich auf den Chip, der in meinem Hinterkopf vibriert wie ein Nest voller Insekten, das jeden Moment explodieren will.

Durch die bläulichen Wände versuche ich, nach draußen zu spähen, kann aber nur hell und dunkel unterscheiden. Ganz langsam nähern wir uns der offenen Eingangstür und schielen hinaus. Die Pferde stehen immer noch ruhig zwischen uns und den Polizisten. Die Helikopter kreisen in der Luft.

Ich mache mich bereit, aus der Villa zu treten, als Lyssa wispert: »Wartet.« Konzentriert sucht sie den Himmel ab. Ich folge ihrem Blick. Gegen das Blau reflektiert etwas. Sonne auf Metall? Im selben Moment höre ich ein leises Brummen. Es ist weit entfernt, doch als es von Sekunde zu Sekunde lauter wird, spannen sich meine Rückenmuskeln an. Lyssa krallt ihre Hand um meinen Oberarm. »Weg, weg!«

Jetzt erkenne ich silberne Kugeln. Fußballgroß. Wie herabstürzende Meteoriten rasen sie auf die Villa zu. Ihre Geschwindigkeit bringt die Luft zum Pfeifen. »Bei der heiligen … «, stößt Jago hervor.

3

Der Schock schießt wie einen Stromschlag durch meinen Körper und betäubt den Schmerz im Knöchel. Wir stürzen den Flur entlang, zurück in den Partysaal, schlittern über den champagnernassen Boden auf der hektischen Suche nach einem Versteck. Die Tische mit den halb vollen Gläsern bieten keinen Schutz. Aber an den Seiten stehen gläserne Sofas, halb verdeckt von zurückgelassenen Jacken und Taschen. Mit einem Hechtsprung stürze ich hinter ein Sofa. Lyssa kauert sich neben mich, ringt um Atem. Wo ist Jago? Durch die Rückenlehne des durchsichtigen Sofas sehe ich ihn nicht. Das Brummen wird lauter. Jetzt ist es ganz nah. Durch das Glas nehme ich einen verschwommenen Fleck wahr, der in der Luft schwebt.

Lyssa klammert sich mit einer Hand an mich, mit der anderen zieht sie die Pistole hervor. »Ich kenne diese Dinger. Sie sind gefährlich«, flüstert sie. Ihre Stimme zittert vor Angst.

Ich schüttele den Kopf und greife nach ihrem Handgelenk. »Schieß nicht! Vielleicht schießt es zurück.«

Der Ball rast plötzlich auf uns zu, als wolle er uns erschlagen. Lyssa springt auf, ihre Hände umklammern die Waffe. Sie drückt ab und trifft. Der Ball wird zurückkatapultiert, als hätte ihn jemand an durchsichtigen Fäden weggerissen. Er knallt gegen die Wand, die Hülle platzt auf und Kabel quellen hervor. Dahinter schweben die Quallen unbeeindruckt auf und ab.

»Weg!«, schreit Jago aus der anderen Ecke. Blindlings stürzen wir los, durch eine angrenzende Tür und einen Flur entlang. Hinter uns meine ich, das Brummen weiterer Bälle zu hören. Adrenalin pumpt durch meine Adern. Eins der Fenster ist nur angelehnt. Ich drücke es auf, sehe Rasen, Pferde, den Wald. Wir sind auf der Rückseite der Villa. Über uns knattert der Helikopter. Lyssa springt an mir vorbei, landet auf dem Rasen.

»Zu den Pferden!«, ruft sie, rennt los und zieht sich an einer Schlaufe auf eines der Tiere. Ich folge ihr, sprinte zu einem grauen Pferd und drehe mich im Laufen nach Jago um.

Wie gelähmt schaut er aus dem Fenster. Sein panischer Blick ist auf Bälle gerichtet, die wie ein silberner Schwarm aus dem Himmel herabstürzen und auf Lyssa und mich zurasen.

War es das, was die Polizisten wollten? Uns aus dem Haus locken, damit uns die Bälle erschlagen? Mein Herzschlag setzt aus. Die Geräusche um mich herum kippen ins Nichts und die Welt verlangsamt sich. Ich kann nicht zu Jago zurück.

Wie im Traum ziehe ich mich auf ein Pferd, schwinge das Bein über seinen Rücken und haue ihm die Fersen in die Seiten. Es springt aus dem Stand los und prescht vor. Lyssa reitet weiter vorn. Sie bewegt sich, als hätte sie ihr Leben auf einem Pferderücken verbracht. Ich klammere mich am Sattelknauf fest, beuge mich nach vorne, um möglichst wenig Fläche für Schüsse abzugeben, und fühle mich wie auf einem Schiff bei schwerem Seegang.

Der Wald ist nicht weit entfernt. Ein letztes Mal drehe ich mich nach Jago um. Er ist nicht zu sehen. Mein Pferd setzt über eine Wurzel hinweg und kracht mit den Hufen so hart auf, dass ich fast vornüberfliege. Ich kralle meine Hände in die graue Mähne, presse die Oberschenkel gegen den Sattel und folge Lyssa, die weit nach vorne gebeugt ist, ihr Körper schwingt mit den Bewegungen des Pferdes mit. Die Hufe trommeln dumpf auf dem Boden, weichen Stämmen aus. Ein Brummen links von mir. Ganz nah. Ein silberner Ball bricht durch das Geäst. Ich ziele, schieße mehrmals und das Ding zerbirst unmittelbar vor mir in tausend Teile.

Lyssa schmiegt sich an den Hals ihres Pferdes, schießt auf ein für mich unsichtbares Ziel zwischen den Stämmen. Ich treibe mein Pferd an, um mit ihr mitzuhalten. Seine Hufe rutschen auf dem feuchten Moos. Vor mir taucht ein gestürzter Baumstamm auf. Das Tier springt, rutscht beim Landen ein paar Meter nach vorne und ich klammere mich an die Mähne. In Todesangst haue ich dem Pferd meine Fersen in die Seiten, damit es nicht langsamer wird.

Ein weiterer Ball rauscht heran und dreht sich um sich selbst wie eine Eisenkugel. Diesmal ist Lyssa sein Ziel. Wieder feuere ich. Das Ding explodiert neben ihr. Ein Teil der zersplitternden Hülle trifft Lyssa am Kopf. Ihr Körper kippt zur Seite wie eine Stoffpuppe und für einen Moment denke ich, dass sie fällt. Dann zieht sie sich zurück in den Sattel.

Aus dem Augenwinkel sehe ich einen silbernen Schatten auf mich zurasen. Instinktiv werfe ich mich nach vorne und der Ball zischt über mich hinweg. Ich feuere ihm hinterher, aber das Ding ist zu schnell. Es fliegt in einer Kurve um die Bäume. Ich halte die Luft an, ziele und treffe. Es zerplatzt nicht, sondern wirbelt unkontrolliert auf mich zu. Ich zerre an den Zügeln, um mein Pferd abzubremsen. Zu spät.

Der Ball kracht gegen den Hals meines Pferdes. Die Wucht des Aufpralls dreht es um neunzig Grad und schleudert es seitlich auf einen Stein zu. Halb setzt es zum Sprung an, halb versucht es zu bremsen. Die Vorderhufe bleiben am Stein hängen und knicken weg. Der schwere Körper verliert das Gleichgewicht.

Ich werde aus dem Sattel katapultiert, lande unsanft auf dem Boden und werfe mich zur Seite. Gleich wird mich der schwere Pferdekörper zermalmen! Aber er kracht dort auf die Erde, wo ich eben gelegen habe. Sprachlos starre ich auf das Loch in dem aufgerissenen Fell, aus dem kein Blut fließt, sondern Kabel hängen. Es ist ein Roboterpferd!

Die dunklen Augen des Tiers wirken gleichmütig, so als hätte es gar nicht bemerkt, was passiert ist. Es riecht nach verbranntem Plastik. Metallstangen ragen aus dem Knie. Aus den Überresten des Balls sprühen Funken.

Zitternd komme ich auf die Beine, schaue mich um. Wie viele Bälle sind noch übrig? Weit entfernt sehe ich Lyssa hinter einem dicken Stamm verschwinden. Zwei Bälle folgen ihr. Ich umklammere den Griff der Pistole und lausche in die Stille. Keine Hufe, keine Schüsse, kein Vogelgezwitscher. Das dicke Moos um mich herum scheint jedes Geräusch abzudämpfen.

»Kannst du dich selbst reparieren?«, frage ich das Pferd halb im Ernst und zucke zurück, als eine Stimme aus seinem Inneren antwortet: *»Ihr Quintauer ist stark beschädigt. Eine Verbindung zum Abschleppdienst konnte nicht hergestellt werden. Sie befinden sich außerhalb des Netzes. Bitte begeben Sie sich in belebteres Gebiet, damit Sie Hilfe rufen können.«*

Zögerlich bleibe ich stehen. Ich will Lyssa hinterherlaufen, aber mit dem verstauchten Fuß kann ich sie unmöglich einholen, und genauso dringend muss ich zurück zu Jago. Er kann weder reiten noch schießen. Wenn einer von beiden Hilfe braucht, dann er zuerst. Oder wurde er längst festgenommen?

Es zerreißt mich fast, aber ich drehe mich um und stolpere den Weg zurück, den wir gekommen sind. Mein Knöchel brennt wie Feuer, aber noch schlimmer ist das Gefühl, Lyssa ihrem Schicksal zu überlassen. Ich atme ein paarmal tief durch, um die Tränen niederzukämpfen, die sich hinter meinen Augen anstauen.

In meiner Verzweiflung merke ich erst allmählich, dass der Chip wieder vibriert. Genervt ziehe ich die Luft zwischen den Zähnen ein. Was willst du, verdammte Nervensäge? Lass mich doch einfach in Ruhe. Das Vibrieren wird stärker und stärker. Es kribbelt wie tausend Insekten, die sich winzige Tunnel durch meine Kopfhaut graben. Ich kneife die Augen zusammen. Nicht die Kontrolle verlieren! Konzentriere dich!

Aber ich habe keine Kraft mehr. Kurz habe ich das Gefühl zu schweben, meine Ohren rauschen, dann spüre ich, wie sich der Chip einschaltet. Ich habe verloren. Das Gefühl der Niederlage hat mir heute noch in meiner Sammlung aus Wut und Verzweiflung gefehlt. Trotzdem eile ich humpelnd weiter und warte auf die freundliche Stimme, die mir verkündet, dass ich auf Sendung bin.

Nichts passiert. Ist das ein Trick von Eyevision? Ich blinzele einmal lang und der Chat öffnet sich. In der oberen Ecke steht meine Zuschauerzahl. Null. Aber ich bin auf Sendung. Ich spüre es ganz genau. Dann erscheinen zwei Wörter im Chat:

»Hallo, Emilio.«

»Wie wär's mit Anklopfen?«, begrüße ich den Eindringling. »Mein Kopf ist kein öffentlicher Platz, in den man einfach reinspazieren kann.«

»Ich habe mehrmals angeklopft, aber du hast mich nicht reingelassen«, schreibt der Jemand. Ich denke an die vielen Male, als der Chip merkwürdig vibriert hat und ich es unterdrücken konnte.

»Was willst du? Bist du von Eyevision?«

»Nein, ich bin ein Freund«, schreibt der Fremde.

Ich lache unfroh. »Wie soll ich dir das glauben? Das ist doch ein bescheuerter Trick. Hast du mich gehackt?«

»Ja, das habe ich.«

»Kannst du also auch durch meine Augen sehen?«

»So ist es. Emilio, ich habe dich gehackt, um dir zu sagen, dass du und deine Freunde sich auf keinen Fall ergeben dürfen. Sie werden euch sofort erschießen.«

Ja, das habe ich auch gemerkt, denke ich. Trotzdem frage ich: »Woher willst du das wissen?«

»Ich kenne den Präsidenten gut. Besser als alle anderen. Ich weiß, wie er denkt. Er mag einfache und saubere Lösungen. Und euch umzubringen ist so eine Lösung.«

»Also bist du Asarianer?«

»Ich war es. Jetzt bin ich nur noch ich. Jemand aus der Dunkelheit. Jemand, der auf deiner Seite steht.«

»Woher soll ich wissen, dass du mich nicht anlügst«, murmele ich misstrauisch. »Oder kannst du mir beweisen, dass du NICHT von Eyevision kommst?«

»Ja. Indem ich deinen Kopf verlasse, wenn DU es willst.«

»Dann verschwinde!«, verlange ich frustriert.

»Gut, ich komme später wieder. Ergib dich den Soldaten nicht! Es wäre dein Tod – und ich brauche dich …«

Und ohne dass ich noch etwas sage, schaltet sich der Chip aus. Verwirrt blinzele ich ein paarmal, aber der Eindringling ist tatsächlich weg. Ein Schauer kriecht mir bei der Vorstellung über den Rücken, dass sich ein Fremder in meinen Kopf gehackt hat. Und was meinte er damit, dass er aus der Dunkelheit kommt?

Egal, ich muss zu Jago. Mühsam klettere ich über moosglatte Wurzeln und schaue mich um. Im Häuserdschungel meiner Heimat habe ich einen guten Orientierungssinn, aber hier sieht alles gleich aus. Grün in grün in grün. Bin ich überhaupt aus dieser Richtung gekommen?

Ich rechne damit, dass der Chip jeden Moment wieder anspringt. Aber nichts passiert. Kann es sein, dass das wirklich niemand von Eyevision war?

Vorsichtig schleiche ich von Baum zu Baum, langsam wie eine Schnecke und immer auf der Hut, was hinter dem nächsten Stamm lauert.

Plötzlich nehme ich ein leises Rauschen wahr, das rasch anschwillt. Jetzt ist es direkt über mir! Instinktiv werfe ich mich zu Boden und presse mich an einen Stamm. Das Rauschen entfernt sich, aber ich behalte das Blätterdach genau im Blick. Etwas bewegt sich da oben. Neue Bälle brechen durch die Zweige und sausen zwischen den Stämmen umher, während ich mich tiefer in die Wurzeln presse. Dort harre ich einige Zeit bewegungslos aus, dann schiebe ich den Kopf aus der Deckung. Sie sind weg.

Ja, die Asarianer haben die bessere Technik. Aber sie scheinen nicht wirklich auf uns vorbereitet zu sein, sonst hätten sie doch viel mehr Bälle, oder? Wahrscheinlich verlassen sie sich voll und ganz auf ihre Barriere im Meer.

Ein Knacken. Ich fahre herum, ziele auf ein riesiges Pferd und lasse die Waffe sinken. Lyssa trabt auf mich zu.

»Hab alle Bälle abgeschossen«, sagt sie nicht ohne Stolz, und die Erleichterung, sie lebend wiederzusehen, lässt meine Knie weich werden. Aber dann entdecke ich Blut, das ihr aus den Haaren über die Schläfe läuft.

»Du bist verletzt!«

»Ist nichts Schlimmes«, sagt sie mit grimmigem Lächeln. Und da muss ich auch lächeln, weil ich ihre kämpferische Art so gerne mag. Ihre Unerschrockenheit. Ihren Durchhaltewillen. Ich hieve mich hinter sie auf den Pferderücken. Ihre Schultern sind nach oben gezogen. Ihr Atem geht schnell und flach. Mir selbst ist eiskalt. Wir sollten fliehen, weit weg von diesem Ort. Aber wir können Jago nicht einfach zurücklassen.

»Quintauer, Schritt«, befiehlt Lyssa. Einige Zeit später tauchen der Rasen und die Villa zwischen den Bäumen auf. Ein Teil der Glaswand im Erdgeschoss ist weggesprengt. Splitter glitzern in einer Wasserlache auf dem Boden wie scharfkantiger Schnee.

»Ergib dich!«, hallt eine Männerstimme durch die Stille. War das an uns gerichtet? Ich sehe niemanden. Lyssa hält das Pferd an.

»Du bist getroffen«, ruft der unsichtbare Mann. »Ich habe es gesehen.«

»Quintauer, leg dich hin«, flüstert Lyssa und der Roboter geht gehorsam in die Knie. Wir rutschen von seinem Rücken, drücken uns neben ihm flach in das feuchte Moos.

Erst erkenne ich nur Umrisse auf dem Rasen und bin für einen Moment heillos verwirrt. Dann begreife ich, dass es ein Soldat ist, dessen Uniform sich der Umgebung anpasst. Grün wie der Rasen. Wie bei einem Chamäleon! Die Tarnung ist so gut, dass ich auf die Entfernung nicht sagen kann, wie viele Soldaten es sind.

Gelähmt beobachte ich, wie sie sich der Villa nähern. Von Jago ist nichts zu hören oder zu sehen. Der Satz des Hackers echot durch meinen Kopf: *»Sie werden euch sofort erschießen!«*

Ich muss Jago retten. Jetzt. Ich greife nach Lyssas Arm. »Geh! Reite weg! Bring dich in Sicherheit.«

»Was hast du vor?« Lyssas Pupillen weiten sich und die hellgrauen Strahlen ihrer Iris wirken wie eine gefrorene Explosion.

Ich ziehe mich in die Hocke. Leichter Schwindel erfasst mich. »Ich werde ihnen die Wahrheit sagen.«

Sie schüttelt entsetzt den Kopf. »Nein«, fleht sie eindringlich. »Sie werden dir nicht zuhören!«

»Geh.« Ich lege meine Waffe neben sie ins Moos.

»Du bist wahnsinnig«, stößt sie wütend hervor und umklammert meine Hand. Wahrscheinlich hat sie recht. Aber es ist, als hätte eine fremde Macht von mir Besitz ergriffen.

»Bleib frei«, sage ich, löse mich aus ihrem Griff und laufe los. Als ich mich noch einmal umdrehe, starrt Lyssa mir hinterher. Fassungslos. Eine Mischung aus Zorn und Trauer spiegelt sich in ihren Augen. Dann rafft sie sich auf und steigt auf den Quintauer. Sie davonreiten zu sehen, versetzt mir einen scharfen Stich. Aber solange wenigstens einer von uns in Sicherheit ist, gibt es Hoffnung.

Mit erhobenen Händen trete ich langsam hinter den Stämmen hervor. Ein Soldat zielt mit seiner Pistole auf mich. Die anderen behalten die Umgebung im Auge. Es sind etwa zwanzig Leute in Zweierteams. Jeweils einer von ihnen hält eine Pistole, der andere einen Schild. Ihre Gesichter sind hinter spiegelnden Visieren verborgen. Die Form ihrer Helme erinnert mich an Hornissenköpfe. Länglich, vorne spitz.

Was auch immer jetzt passieren wird, ein paar Zeugen sind sicherlich nicht schlecht. Da sich der Chip sowieso die ganze Zeit einschalten will, gebe ich meinen Widerstand auf und lasse ihn durch. Meine Kopfhaut kribbelt. Der Eyevision-Jingle ertönt in meinem Kopf. Die Stimme zählt von zehn herunter.

»Ist dein Name Emilio Rivoir«, bellt einer der Soldaten. Mit einer schnellen Bewegung richtet er seine Eyewatch auf mich und stellt fest: »Er ist nicht im System.«

»Ich bin unbewaffnet«, antworte ich so laut und so langsam, wie es mein pumpendes Herz zulässt. Noch nie habe ich so ungeduldig auf den Start meiner Sendung gewartet, denn nun ist der Chip meine Lebensversicherung. Summend schaltet er sich ein. Ich bin auf Sendung, das erste Mal seit langer Zeit freiwillig. Die Zuschauerzahl in meinem Chat steigt schnell. Kein Hacker. Alles ist ganz normal.

»Ist dein Name Emilio Rivoir?«, wiederholt der Soldat. Aus der Villa ist ein Stöhnen zu vernehmen und jetzt sehe ich auch durch die weggesprengte Wand, dass sich der gläserne Boden am Rand eines Sofas rot verfärbt hat.

»Lasst mich sprechen! Ich bin kein Rebell!«, rufe ich. »Außerdem bin ich auf Sendung. Jeder Asarianer wird sehen, wie ihr mich erschießt.«

Einer der anderen Soldaten zischt etwas. Es hört sich an wie: Ja, er ist der, den wir suchen. Der Körper des vordersten Soldaten spannt sich an. Ich blicke in den schwarzen Lauf seiner Pistole und begreife, dass er das hier durchziehen wird. Dass es ihm völlig egal ist, ob ganz Asaria zuschaut.

Mein Hals zieht sich zu. Ich bekomme kaum noch Luft. Du hast einen letzten Versuch, denke ich. Einen letzten Satz, bevor er abdrückt. Eine letzte Lüge. Als ich spreche, kann ich mich nicht erinnern, jemals etwas mit mehr Überzeugung gesagt zu haben: »Ich weiß, wo die beiden Asarianer Bradley Starlight und Balhaus Bim sind. Sie sind nicht tot. Ich habe sie nicht umgebracht. Sie sind … in meiner Gewalt.«

Die Worte hören sich seltsam an. Brutal. Irgendwie falsch.

So, als hätte nicht ich sie gesagt. Für eine Sekunde denke ich an meine Bemühungen, den Asarianern zu versichern, dass von mir keine Gefahr ausgeht. Umsonst.

Der Soldat reagiert immer noch nicht. Hat er mich überhaupt gehört?

»Wenn ich tot bin, werden auch Starlight und Bim sterben.«

»Auf den Boden!«, brüllt einer der anderen Männer plötzlich. Mit schweren Schritten rennen sie auf mich zu, zerren mich nach unten, während ich laut wiederhole: »Ich weiß, wo Bradley Starlight und Balhaus Bim sind. Ich habe sie nicht umgebracht. Sie sind auf Cainstorm. Sie sind in der Gewalt meiner Freunde. Wenn ihr mich jetzt tötet, werdet ihr sie niemals wiedersehen.«

»Wo sind sie?«, ruft ein Soldat.

»Auf Cainstorm, bei meinen Freunden«, würge ich hervor, das Gesicht gegen den Rasen gepresst, Knie in meinem Rücken.

»Beweise es«, fordert ein zweiter.

»Nein. Ich verhandele nicht mit euch. Nur … mit eurem Präsidenten«, verlange ich, um Zeit zu schinden. »Und jetzt lasst mich nach meinem Freund sehen.«

Ich höre, wie einer von ihnen mit einem Vorgesetzten telefoniert, und mich durchläuft ein eiskalter Schauer bei der Vorstellung, Bradley und Balhaus könnten längst gefunden worden sein oder den Präsidenten interessiere es womöglich nicht, wenn zwei seiner Landsleute verloren gehen.

»Ja. Jawohl, verstanden«, sagt der Telefonierende, dann zerren mich Hände nach oben und ich komme auf die Füße.

»Los«, befiehlt einer. Ich hinke auf die Villa zu, meine Wachen dicht hinter mir.

Jago liegt mit geschlossenen Augen auf dem Boden, Arme

und Beine von sich gestreckt, wie ein X. Er ist in die Schulter getroffen. Blut hat seinen Pullover rot gefärbt. Ich falle neben ihm auf die Knie. »Jago! Hörst du mich?«

Ich habe das Gefühl, in der Zeit zurückgerissen zu werden und meinen Stiefvater in seinem Blut vor mir liegen zu sehen. »Jago!«, schreie ich. »Wach auf! Wach auf.«

Nach einigen Sekunden, die mir wie Stunden vorkommen, öffnen sich seine Augenlider flatternd. »Ich bin … getroffen. Ich … sterbe.«

»Nein! Halte durch! Hörst du mich? Halte durch!«

Irgendwo habe ich mal gehört, dass man besser Stoff auf eine Schusswunde drückt als seine Hände. Also ziehe ich meinen Pullover über den Kopf und presse ihn auf die blutige Stelle. Jagos Augen verdrehen sich nach oben. Wenn keine Hilfe kommt, wird er verbluten.

Ich springe auf. Einer der Soldaten steht keine zwei Meter entfernt. »Zurück!«, schreit er, als ich auf ihn zukomme, aber ich denke gar nicht daran und mache erst halt, als sich mein wutverzerrtes Gesicht in seinem Helm spiegelt. Ich bin noch immer auf Sendung und halb Asaria schaut mir zu.

Plötzlich ist mir völlig egal, was diese Leute von mir denken oder ob sie mich für brutal halten könnten. »Wenn mein Freund stirbt, lasse ich Bradley und seinen Praktikanten erschießen! Schickt einen Helikopter und Ärzte oder ihr dürft eure asarischen Mitbürger heute noch beerdigen!«

»Mir ist so kalt«, wispert Jago und ich muss es ihm mehr von den Lippen ablesen, als dass ich es höre. Seine Haut ist fahl und seine halb geöffneten Augen seltsam matt. Ich presse den Pullover auf die Schusswunde knapp unter seinem Schlüsselbein. Langsam färbt er sich rot.

»Halt durch.«

»Ist dein Video an?«, flüstert Jago.

»Ja. Jeder wird sehen, was diese Soldaten getan haben.«

Ein winziger Glanz kehrt in Jagos Augen zurück: »Dann sollen meine Worte an deine Zuschauer gehen.« Er atmet schwer, als müsste er Kraft sammeln. Sein Brustkorb zittert. Mühevoll bringt er hervor: »Keiner von uns ist ein … Rebell. Wir waren es nie. Lasst meine Freunde gehen.« Sein Gesicht entspannt sich. Es hat ihm Frieden gebracht, die Wahrheit loszuwerden. Seine Lider schließen sich. Meine Finger rutschen an seinen Hals und ich versuche, seinen Puls zu spüren. Das Pochen ist so schwach, als läge Jagos Herz auf dem Grund des Meeres.

»Rettung ist unterwegs«, schnauzt einer der Soldaten. »Es besteht also kein Grund, Bradley Starlight oder Balhaus Bim etwas anzutun.«

»Beeilt euch lieber!«, knurre ich und verdränge den Gedanken, es könnte zu spät sein. Ich drücke Jagos eiskalte Hand und rede auf ihn ein, aber er reagiert nicht mehr.

Irgendwann gebe ich auf und verharre bewegungslos, die Hände auf den Pullover gepresst. Selbst die Soldaten stehen da wie Statuen. Sie haben ihre Waffen angelegt und beobachten den Waldrand. Nur ein Video an der Wand verrät mir, dass die Zeit nicht stehen geblieben ist. Meine ganze Aufmerksamkeit richtet sich auf dieses Video, um nicht vor Sorge um Jago wahnsinnig zu werden. Als ob mein Hirn einen seltsamen Schutzmechanismus in Gang gesetzt hätte.

Eine Moderatorin sagt ernst: »… ziehen Emilio Rivoir und seine Bande bewaffnet die Küste entlang. Sehen Sie selbst.«

Bilder werden eingeblendet, anscheinend aus einem der fliegenden Bälle aufgenommen. Lyssa ist zu sehen. Mit einer Hand klammert sie sich am Pferd fest, in der anderen hält sie die Pistole und drückt ab. Ihr Mund ist vor Anstrengung verzerrt. Blut läuft ihr über die Stirn.

Dann werde ich gezeigt. Meine Augen sind schmal. Mein Gesichtsausdruck ist entschlossen, aggressiv. Der Lauf der Waffe ist auf die Zuschauer gerichtet, als wolle ich sie erschießen. Würde ich nur diese Bilder kennen, ich würde uns auch für gefährlich halten. Eine seltsame, verzweifelte Trauer mischt sich mit meiner Wut. Wie kann ich den Asarianern klarmachen, dass ich nicht der bin, für den sie mich halten und als der ich mich gerade selbst ausgegeben habe?

»Ich bin absolut sprachlos«, empört sich die Moderatorin. »Wie viele Morde, wie viele Überfälle sind schon passiert, von denen wir noch gar nichts wissen? Wir müssen darauf gefasst sein, in den nächsten Stunden grauenhafte Schilderungen aus der Küstenregion zu hören. Doch erst einmal eine gute Nachricht: Zwei Rebellen sind gestellt. Einer von ihnen behauptet, dass seine Kumpane unsere asarianischen Mitbürger Bradley Starlight und Balhaus Bim auf Cainstorm als Geiseln festhalten. Die Behauptung lässt sich momentan nicht überprüfen. Wir können nur vermuten, dass unser Präsident einen Suchtrupp nach Cainstorm ausschickt, um die Wahrheit ans Licht zu bringen.«

Ein Hubschrauber sinkt auf den Rasen hinab. Endlich kommen sie. Ich taste an Jagos Hals nach seinem Puls. Nichts. Meine Finger rutschen ein Stück nach unten. Ich spüre ihn, ganz schwach. Der Rotorenwind wirbelt die Glassplitter auf und lässt sie gegen die Villa prasseln. Mit zusammengekniffenen Augen beuge ich mich über Jago, um ihn zu schützen. Über den Lärm höre ich Menschen Befehle schreien. Scheinwerfer leuchten durch den aufgewirbelten Staub und die Villa erstrahlt in gleißendem Licht. Schwarze Silhouetten stürmen heran. Es sind Soldaten. Sie reißen mich am T-Shirt nach oben und versuchen, mir die Arme auf den Rücken zu drehen.

Ich wehre mich mit aller Kraft. »Was ist mit meinem Freund?«

Zwei weitere Soldaten stürzen hinzu, eine Trage schwebt neben ihnen in der Luft. Jago wird eine Sauerstoffmaske über das Gesicht gezogen, eine Hand checkt seinen Puls. Erleichtert gebe ich meinen Widerstand auf. Ich habe alles getan, was ich konnte. Meine Arme werden mir schmerzhaft auf dem Rücken verdreht und mein Kopf nach unten gedrückt. So zerren mich die Soldaten aus der Villa. Unsere Schuhe knirschen über Glassplitter, dann kommen die Kufen des Hubschraubers in Sicht. Hände ziehen mich nach oben und drücken mich auf einen Sitz. Ein Soldat streift mir einen Sack über den Kopf und die Welt wird schwarz. Gurte werden um meinen Oberkörper, um meine Arme und um meine Beine gezerrt, bis ich mich keinen Millimeter mehr bewegen kann. Als wäre ich ein Verbrecher aus irgendeinem Superhelden-Comic, der ihren Helikopter mit einer Handbewegung zum Absturz bringen könnte.

Ich spüre, wie der Helikopter abhebt. Wohin fliegen wir? Habe ich vorhin nicht gesagt, ich verhandele nur mit dem Präsidenten persönlich über Bradley und Balhaus? Bringen sie mich wirklich zu ihm? Was soll ich ihm erzählen? Wer kann mir jetzt noch helfen? Vielleicht Lyssas Freunde Wolka und Ilvana? Die beiden schauen bestimmt mein Video. Könnten sie Bradley und Balhaus auf Cainstorm finden?

Mit einem langen Blinzeln öffne ich den Chat. Ich habe 13 Millionen Zuschauer, die live zugeschaltet sind und mit mir zusammen das Schwarz des Stoffes betrachten, der über meinen Kopf gezogen ist. Wie wild feuern sie ihre Textnachrichten ab: *»Ich glaube davon gar nichts …« »Schaut euch das Blut an …« »Wenn ein Asarianer stirbt, sterben wir im Herzen alle …« »Mussten die Soldaten wirklich schießen? Ist dieser Typ gestorben?« »Heirate mich, Emilio!« »Zerbombt die Rebellen!« »Emilio ritzt sich für jeden seiner Morde eine Linie in seinen Arm.«*

Falls Wolka und Ilvana mir geschrieben haben, ist es in dieser Textmasse unmöglich zu finden. Aber zumindest lese ich nirgends, dass Bradley und Balhaus schon wieder aufgetaucht sind. Meine Lüge steht also noch. Aber wie lange? Mir wird übel bei dem Gedanken, die Asarianer könnten die Wahrheit herausfinden und Jago seine Operation verweigern. Wenn er nicht längst tot ist … Und was ist mit Lyssa? Ich schüttele mich unwillkürlich und die Gurte ziehen sich enger um meinen Körper zusammen. Immerhin ist sie der Verhaftung bisher entkommen, sonst hätten es die Medien berichtet. Oder haben sie sie heimlich erschossen?

Auf einmal spüre ich wieder das sonderbare Vibrieren in meinem Kopf, das mich an die tastenden Fühler eines Insekts denken lässt. Es ist der Hacker. Anstatt sich seinen Weg mit Gewalt in meinen Kopf zu bahnen, scheint er anzuklopfen. Ich zögere einen Moment, aber was habe ich schon zu verlieren? Also gebe ich meinen Widerstand auf. Ein leichter Schwindel überkommt mich, als sich meine Sendung ausschaltet und der Hacker sich zuschaltet. Die Zuschauerzahl springt auf null und die Kommentare verschwinden. Schweigend warte ich ab.

»Ich habe in den Nachrichten gehört, was passiert ist. Du hast die beiden Asarianer nicht in deiner Gewalt, oder?«, erscheint vor meinen Augen. Ich antworte nicht.

»Du traust mir nicht, denn ich bin nichts außer ein paar Worten. Ein abstrakter Gedanke. Aber ich habe davon ge-

träumt, dass jemand wie du kommen würde. Jemand, der etwas Neues schaffen will. Der etwas ändern möchte. Jemand, der mit mir zusammen die Herrschaftsriege stürzt. Durch einen Putsch.«

Ich weiß nicht, ob ich überhaupt noch Zeit habe, irgendjemanden zu stürzen. Der Gedanke erscheint mir in meiner jetzigen Lage geradezu absurd. Gerade so laut, dass der Hacker mich über den Hubschrauberlärm hinweg hören kann, aber die Soldaten hoffentlich nicht, murmele ich: »Du hast doch gehört, was mein Freund eben gesagt hat, oder? Wir sind keine Rebellen. Ich will nur nach Cainstorm zurück.«

»Du hast gedroht, Starlight und Bim umbringen zu lassen. Die Nachrichten sind voll davon. In den Augen der Asarianer und des Präsidenten bist du ein Rebell, ein Terrorist, ein Verbrecher. Ein Monster wie ich. Vielleicht werden wir uns bald treffen.«

»Bald treffen? Wo?« Aber schon verschwindet der Eindringling aus meinem Kopf und die Sendung schaltet sich wieder ein. Meine Zuschauerzahl schnellt nach oben. *»Hast du einen Wackelkontakt im Kopf?«*, lese ich im Chat.

»Wahrscheinlich«, sage ich laut. »Vor einer Woche habe ich noch mit meinen Freunden am Strand gesessen und jetzt bin ich hier in diesem Hubschrauber. Staatsfeind Nummer eins, Hunderte von Kilometern von meiner Heimat entfernt. Das kann nicht real sein. Das hier ist irgendein Wackelkontakt in der Realität.«

Ich habe mein Zeitgefühl verloren, als der Helikopter landet. Die Gurte um meinen Körper schnellen auf, nur meine Handgelenke bleiben gefesselt. Hände wie Schraubstöcke packen meine Arme und ziehen mich vom Sitz. Als ich aus dem

Helikopter steige, stürze ich fast, aber ich werde unbarmherzig vorwärtsgezerrt und hoffe vergeblich, dass man mir den Sack vom Kopf nimmt. Eine Tür schlägt hinter mir zu, der Helikopterlärm verstummt schlagartig. Es riecht nach Parfüm. Haben wir ein Gebäude betreten? Wie zum Beweis spüre ich weichen Teppich unter meinen Füßen, doch gleichzeitig höre ich Geklapper wie von Hufen. Sind das Pferde? Im Gebäude?

Eine Frauenstimme stößt einen spitzen Schrei aus: »Das Monster! Sie haben es.« Weitere furchtsame Schreie und eilige Schritte, als würde meine bloße Anwesenheit die Menschen in Panik versetzen.

»Ungeheuer«, flüstert jemand unangenehm nah an meinem Ohr.

»Mörder«, zischt eine andere Stimme.

»Wo ist Balhaus Bim, du Verbrecher?«, knurrt jemand in meinem Rücken.

Die Beschimpfungen bohren sich wie Nadelstiche in mein Fleisch. Wenn ich ein Verbrecher bin, dann nur, weil sie mich gezwungen haben, wie einer zu handeln. Die Hand an meinem Oberarm packt mich grob und ich bleibe stehen. So selbstbewusst wie möglich. Obwohl das in meiner Lage nicht ganz einfach ist.

Die Wache neben mir verkündet: »Verehrte Madame Le Grand, verehrter Präsident, wir bringen Ihnen den Anführer der Rebellen, Emilio Rivoir.«

Eine gereizte Frauenstimme befiehlt über Lautsprecher: »Fahrt ihn nach oben.«

4

Die Wachen nehmen mir die Handschellen ab und ich höre sie zurücktreten. Etwas unter mir bewegt sich und ein leichter Druck verrät mir, dass ich mich in einem Aufzug befinde, der nach oben steigt. Der Aufzug stoppt mit einem kleinen Ruck und ich höre gedämpftes Stimmengemurmel von vielen Leuten. »… Zahl der Rebellen nach unten korrigiert.« »Es wurden keine Opfer gemeldet … « »… falsche Prognosen …« »… zwei gestohlene Quintauer …«

Entschlossen greife ich nach einem Zipfel des Stoffsacks, den sie mir übergestülpt haben, und ziehe ihn mir vom Kopf. Das Licht blendet mich und ich schaue blinzelnd nach unten. Meine Hände und mein T-Shirt sind fleckig von Jagos Blut. Es sieht schaurig aus. Meine Bewacher sind verschwunden und ich strecke eine Hand aus und stoße auf kaltes Glas. Vorsichtig streiche ich darüber. Ich stehe in einer durchsichtigen Röhre, die vom Boden bis zur Decke reicht und mich komplett einschließt, wie ein Gefängnis. Wie bin ich hineingekommen? Beim Blick auf den Boden begreife ich. Unter meinen Füßen ist eine runde Granitplattform eingelassen, die anscheinend hoch- und runtergefahren werden kann.

Die Röhre befindet sich in der Mitte eines großen, runden

Saales mit kreisförmig aufsteigenden Sitzreihen aus tiefschwarzem Granit, der mit eckigen goldenen Mustern verziert ist. Ich schätze, dass der Saal etwa zweihundert Sitzplätze hat, aber nur knapp die Hälfte ist besetzt, als hätten es nicht alle in der kurzen Zeit hierhergeschafft. Offenbar stehe ich mitten im Parlament von Asaria. Die Abgeordneten starren mich an wie einen Löwen in der Manege. Ihre Gesichter werden gespenstisch blau von Bildschirmen beleuchtet, die vor den Sitzen in die Balustraden eingelassen sind. Ob sie glauben, ich wäre ein Raubtier, das sie verschlingt, wenn ich ihnen zu nahe komme? Bin ich deshalb in der Röhre? Ein heiseres Lachen kratzt in meiner Kehle.

Zu meiner Verwunderung winkt mir plötzlich jemand aus der ersten Reihe zu. Ein Mädchen, dessen Haare auffällig glitzern. Ich muss zweimal hinschauen. Es ist das Schmetterlingsmädchen von der Party! Ich kann es nicht glauben, aber sie hat einen Stoffpanda im Arm. Neben ihr sitzen weitere sehr junge Leute, die sich durch ihre überdrehte Kleidung auffällig von den älteren Erwachsenen in den oberen Reihen unterscheiden. Einige Gesichter kommen mir bekannt vor von der Party. Sie alle reden mit sich selbst. Manche schauen dabei in einen Spiegel. Anscheinend sind sie auf Sendung.

»Was stimmt mit seinem Chip nicht? Warum ist er vorhin angegangen und dann wieder aus?«, fragt dieselbe schneidende Stimme, die auch befohlen hatte, mich ›nach oben‹ zu bringen. Der Ton klingt merkwürdig, etwas zu laut, und jetzt weiß ich auch, warum: Die Stimme wird von außen zu mir in die Glasröhre übertragen.

Ich drehe mich, mustere die Parlamentarier genauer und erkenne Damaris Le Grand, die Chefin von Eyevision. Damaris' bronzene Haut leuchtet auch mit Ende vierzig noch makellos. Ihre weiß gefärbten Haare sind in einer perfekten

Welle zurückgekämmt und ihre Mundwinkel zeigen nach unten, als hätte sie noch nie gelacht. Sie sitzt zwischen militärisch gekleideten Abgeordneten und hat ihre Hände unter der Brust lässig gefaltet. Aber ihre Augen verraten Anspannung. Sie mustert mich so intensiv, als wolle sie mit ihrem Blick mein Gehirn sezieren.

Neben ihr thront ein Mann mit grimmigem Ausdruck. Er ist vielleicht Mitte fünfzig, ein Riese mit breiten Schultern, einer langen, schmalen Nase und einem starken Kinn. Seine Haut ist so dunkel wie seine Uniform. Wahrscheinlich ist er der Präsident, Trench Asaria, und der Ehemann von Damaris.

Damaris trommelt jetzt mit den Fingern auf ihre Armlehne: »Was ist mit Rivoirs Chip? Wer hat eine Antwort?«

Auf der gegenüberliegenden Seite erhebt sich ein Mann. Seine raspelkurzen schwarzen Haare erinnern mich an einen Igel. »Vielleicht eine Gehirnerschütterung, Madame. Die Schwellung drückt auf den Chip und lässt ihn an- und ausgehen.«

»Ich bezweifele, dass das die richtige Erklärung ist …« Die Chefin von Eyevision wirft mir einen bohrenden Blick zu, dem ich mit gespielter Gelassenheit standhalte. Es wirft sicher kein gutes Licht auf sie und ihren Mann, dass wir die Barriere überwunden haben. Ob der Präsident um seine Wiederwahl fürchtet? Oder wird er vielleicht gar nicht gewählt?

Der grimmige Mann, den ich für den Präsidenten halte, mustert mich eingehend. »In meiner Vorstellung sahst du gefährlicher aus, Emilio Rivoir.«

Mein Mund ist staubtrocken und meine Stimme klingt ärgerlicherweise brüchig: »In meiner Vorstellung wart ihr Asarianer keine solchen Angsthasen. Warum bin ich hinter Glas?«

Das Glitzermädchen kichert mit vorgehaltener Hand. Ein paar Leute murmeln entrüstet, aber der Präsident lässt sich nicht so leicht provozieren. Er lacht leise in sich hinein und fragt in die Runde: »Was wissen wir über ihn?«

Eine Frau steht auf: »Nach unseren Recherchen ist Rivoir ein einfacher Fischer aus Cainstorm. Sein Stiefvater soll Mitglied einer Widerstandsbewegung gegen unser Land gewesen sein, die versuchte, die Friedensmauer zu stürmen.«

»Diese ganze Geschichte zeigt nur wieder, wie gefährlich die Provinzler sind«, ruft ein Junge ein paar Sitze neben dem Glitzermädchen. Hasserfüllt starrt er mich an. Seine Fäuste sind geballt. Warum ist er so sauer? Kenne ich ihn irgendwoher?

Er hat zu viel Kinn und zu viel Stirn, sodass seine Gesichtsform mich an eine Erdnuss erinnert. Seine Haare sind im Ansatz schwarz, der Rest ist hellgrau gefärbt. Er ist komplett rot gekleidet, mit einer Jeansjacke und Jeanshose, die auf den zweiten Blick extrem teuer wirken. Nein, ich habe ihn noch nie gesehen. Wie kann er mich so sehr hassen, wenn er mich gar nicht kennt? Der Hacker hat recht. Sie alle haben ihr Urteil über mich schon gefällt. In ihren Augen bin ich ein Rebell.

»Gefährlich?«, gebe ich so ruhig wie möglich zurück. Vor meinem inneren Auge explodiert der silberne Ball neben Lyssas Kopf und fegt sie fast vom Pferd. Jago liegt in seinem Blut, halb tot. Meine Stimme hallt laut von der Glaswand wider: »Ihr denkt, ich bin gefährlich? Ich habe eine Pistole auf Bradley gerichtet, ja. Aber er lebt! Ich habe nicht geschossen.« Eine plötzliche Wut wallt in mir auf. »Wisst ihr eigentlich, wie viel Dreck euer tolles Asaria jeden Tag zu uns nach Cainstorm bringt? Wir ersticken in eurem Müll! Unser Meer ist euer Abwasser! Die Fische sterben! Meine Freunde müssen in euren Fabriken für einen Hungerlohn arbeiten, um zu überleben, und wir sind die Gefahr? Die Gefahr seid ihr!«

Das Murmeln der Abgeordneten schwillt an und wird zu einem wütenden Zischen. Die jungen Leute in der ersten Reihe reden aufgeregt mit ihren unsichtbaren Zuschauern und das Glitzermädchen schlägt sich in einer grazilen Geste des Schocks die Hand vor den Mund.

»Hört, hört«, sagt der Präsident. Er klingt völlig beherrscht. »Große Worte für einen Fischer aus der Provinz. Und rebellische noch dazu. Ich denke, es ist Zeit, dass wir zum Kern dieser Angelegenheit kommen: Wo ist Bradley Starlight? Wo ist Balhaus Bim?«

Ich schleudere zurück: »Wo sind meine Freunde?«

Damaris zieht ihre Mundwinkel noch tiefer, sodass ihre Lippen wie ein umgedrehtes Hufeisen aussehen. »Emilio, wir spielen mit offenen Karten. Unsere Ärzte bemühen sich um das Leben deines Kameraden. Die anderen Eindringlinge wurden bisher nicht gefunden.«

Jago lebt und Lyssa ist noch immer frei! Oder lügt Damaris? Prüfend mustere ich ihr Gesicht und komme zu dem Schluss, ihr zu glauben. Was bleibt mir auch anderes übrig, sie hält alle Karten in der Hand.

»Also«, sagt der Präsident ruhig. Aber ein Schatten hat sich über sein Gesicht gelegt und seine Gelassenheit wird zu Härte. »Wo befinden sich Bradley Starlight und Balhaus Bim? Ich warne dich, Rivoir. Wage es nicht, meine Audienz zu verspotten und deine Spiele mit uns zu treiben.«

Schweiß läuft mir den Rücken herunter. Was soll ich tun, was soll ich sagen? Ich habe niemanden entführt, ich bin unschuldig, will ich ihnen allen entgegenbrüllen. Aber was passiert, wenn sie erkennen, dass ich nichts in der Hand habe? Werden sie Jago sofort auf diese Insel bringen? Allein der Transport könnte ihn umbringen und Lyssa werden sie irgendwann finden und womöglich gleich erschießen.

Lauter werdendes Stimmengewirr. Die Leute verlieren die Geduld. Ich entschließe mich, weiter zu bluffen, richte mich gerade auf und schaue den Präsidenten fest an: »Ich sage es erst, wenn mein Freund operiert ist und ich ihn gesehen habe!«

Der Präsident lacht überrascht: »Du willst mich erpressen? So, so. Vielleicht überblickst du nicht ganz, vor wem du hier stehst?«

»Doch, das tue ich.«

Damaris schüttelt leicht den Kopf und sagt zu ihrem Mann: »Er ist ein Provinzler. Geistig mehr Kind als Erwachsener. Was hast du erwartet? Es ist kein Gespräch möglich.«

Sie schauen abfällig zu mir herunter und der Präsident wirkt immer noch belustigt. Die Erdnuss in der ersten Reihe lacht gehässig. Geistig mehr Kind als Erwachsener? Die Beleidigung verschlägt mir die Sprache, und ehe mir eine passende Antwort einfällt, wendet sich der Präsident den Abgeordneten zu. Doch obwohl er spricht, höre ich kein Wort mehr. Er hat mir den Ton abgestellt! Nicht das leiseste Geräusch dringt durch das Glas. Ich kann das Geschehen nur wie bei einem stumm geschalteten Fernseher verfolgen.

»Beleidigungen? Sind das eure Argumente?«, fällt mir endlich eine Antwort ein, aber niemand hört mich.

Eine Frau mit rundem Gesicht und streng zurückgekämmtem Haar erhebt sich. Ihr Arm wedelt durch die Luft, während sie eine flammende Rede hält. Auch die Erdnuss steht auf und spricht. Sind er, das Glitzermädchen mit dem Stoffpanda und die anderen jungen Leute Teil dieses Parlaments? Von denen ist doch keiner über achtzehn!

Der Präsident sitzt nachdenklich da und nickt ab und zu.

Die Zeit zieht sich. Ich versuche, meinen Knöchel zu entlasten. Über dem Sessel des Präsidenten fällt mir das in die Wand eingravierte Bild eines gepanzerten Löwen auf, der sich auf die Hinterbeine erhoben hat. Es wirkt altmodisch in diesem modernen Raum. Auch über anderen Plätzen sind Tiere zu sehen. Ein Hirsch, ein Adler, ein Tiger, ein Stier. Sie erinnern mich an die Büsche, in die ich heute Morgen gestürzt bin. Offensichtlich sind das die Wappentiere von Asaria.

»Wir brauchen einen Beweis von dir«, unterbricht Damaris meine Gedanken. Der Ton ist wieder angeschaltet.

»Hab ich nicht«, sage ich. Die Augen des Präsidenten sind starr auf mich gerichtet, seine Stirn gefurcht. Plötzlich strahlt er Aggression und Skrupellosigkeit aus, die bisher von demonstrativer Gelassenheit überdeckt waren.

»Der lügt doch nur, merkt ihr das nicht?«, ruft der Junge mit dem Erdnussgesicht.

Die Stimmen der anderen werden zu einem unzufriedenen Summen. Immer wieder höre ich heraus: »Bringt ihn ins Staatshotel!«

Was ist das Staatshotel? Ich hole Luft, um dem Präsidenten entgegenzuschleudern, dass jedes einzelne meiner Worte der Wahrheit entspricht, als eine blonde Frau von ihrem Sitz hochschießt. Sie zeigt auf ihren Bildschirm und ruft: »Präsident, sie haben ihn! Sie haben ihn gefunden!«

Die Stimmen der Abgeordneten schwellen zu einem Sturm an. Ich presse die Hände gegen das Glas. Mein Herz wummert wie wild. Wer hat wen gefunden?

Das Licht wird gedimmt und alle blicken jetzt auf ihre Bildschirme. Im Glas meiner Röhre erscheint ein viereckiges Bild von einem schmalen Strand. Es ist vermutlich dasselbe Bild, das auch die Asarianer vor sich sehen. Grauer Sand, aufgeplatzte Säcke, aus denen der Müll quillt. Zerfetzte Tüten wehen vorbei und zerbrochene Flaschen glitzern im Staub. Diese Aufnahmen stammen eindeutig aus Cainstorm und nicht von den Postkartenstränden Asarias.

»Wie sieht das denn aus. Widerlich«, stöhnt jemand und macht mich zornig. Es ist schließlich ihr Müll!

Ein paar ausgemergelte Gestalten hocken auf dem Boden. Verfilzte Haare, zerfurchte Gesichter. Die meisten barfuß und mit zerrissener Kleidung. Etwas entfernt steht ein Trupp Soldaten. Sie sind fast unsichtbar, weil ihre Rüstung die Farbe des grauen Sandes angenommen hat. In ihren Fäusten tragen sie Schilde mit dem Löwensymbol.

Die blonde Frau erklärt: »Unsere mobile Einsatztruppe, Präsident. Sie ist vor zwei Stunden auf Cainstorm gelandet und hat die Verletzten unter einer Plane gefunden. Die Soldaten warten auf den Helikopter, um sie abzutransportieren.«

Die Kamera schwenkt an dem Soldaten vorbei und eine Trage kommt ins Bild. Darauf hockt eine zusammengekauerte Gestalt, die Arme um die Knie geschlungen, die Klamotten schlammig. Balhaus Bim hebt das schmale Gesicht. Seine Lippen sind vor Angst rot gebissen. Etwas Gehetztes liegt in seinem Ausdruck.

Damaris' Stimme erklingt, diesmal salbungsvoll: »Du bist in Sicherheit, mein asarianischer Bürger!«

Bim scheint sie gehört zu haben. Seine Lippen zittern vor Erleichterung und seine Augen füllen sich mit Tränen.

Die Kamera fliegt weiter zu einer zweiten Liege. Darauf krümmt sich ein Mann zusammen. Es ist Bradley Starlight. Er ist kreidebleich und sein Hemd ist blutverkrustet. Sein sonst so selbstsicheres Grinsen ist einer Grimasse der Erschöpfung gewichen, die ihn Jahre älter aussehen lässt. Die glitzernde Hose ist zerrissen und er hat einen seiner spitzen Krokodillederschuhe verloren.

Ein halb entsetztes, halb erleichtertes Keuchen geht durch die Reihen der Zuschauer, während mein Herz absackt und der Boden sich unter mir zu öffnen scheint. Mein Versuch, uns zu retten, ist gescheitert. Ganz tief in meinem Inneren hatte ich tatsächlich gehofft, dass Wolka und Ilvana die beiden zuerst finden und wegbringen könnten. Wie naiv!

»Ich bin es, mein lieber Bradley«, ruft Damaris. »Kein Leid wird dir mehr geschehen.«

»Damaris!«, flüstert Bradley, als hätte ihn die Stimme der Eyevision-Chefin von den Toten erweckt. Seine Lider öffnen sich flatternd und seine Augen suchen die Kamera. »Verzeih mir, bitte verzeih mir!« Er hebt eine Hand, als wolle er Damaris berühren. Den anderen Arm hält er seltsam angewinkelt vor seiner Brust.

»Seht ihr?«, platzt es aus mir heraus. »Ich habe ihn nicht umgebracht! Bradley lebt!«

Bradley zuckt zusammen. Anscheinend hat er nicht damit gerechnet, gerade meine Stimme zu hören. Damaris wirft mir einen Blick zu, der Leben in Stein verwandeln könnte, und tippt mit einer entschiedenen Geste auf den Bildschirm vor sich. Die Glasröhre um mich herum färbt sich schwarz. Ich stehe in absoluter Finsternis und Stille. Wütend trete ich gegen das Glas. Keine Antwort.

Frustriert lasse ich mich an der Wand hinabgleiten. Meine Geschichte ist wie ein Kartenhaus in sich zusammengefallen. Ich fühle mich, als ob ich im Schlamm stünde, der höher und höher steigt. Die Finsternis ist erdrückend. Ich balle die Fäuste gegen meine Stirn, wippe mit dem Fuß, versuche gleichmäßig Luft zu holen. Aber mein Atem wird schneller und schneller. Ich muss mich zusammenreißen, um nicht in Panik zu geraten.

Meine Sendung läuft immer noch. Mit letzter Willenskraft schalte ich den Chip aus. Ich will keine fremden Leute in meinem Kopf. Ich will alleine sein. Langsam, ganz langsam bringe ich meine Atmung wieder unter Kontrolle und noch viel langsamer vergeht die Zeit. Meine Gedanken drehen sich wie ein Karussell im Kreis. Was besprechen Damaris, der Präsident und ihre Offiziere da draußen so lange? Ich fühle mich von der ganzen Welt verlassen.

Der Chip vibriert. Insektenfühler trommeln gegen mein Hirn, wollen eingelassen werden. Verzweifelte Hoffnung steigt in mir auf. Vielleicht kann mir der Hacker doch helfen? Ich lasse ihn sofort ein. Ungeduldig warte ich, was er mir schreibt.

»Dunkelheit? Entweder hast du die Augen geschlossen oder du bist in der berüchtigten Glasröhre des Parlamentsaals?«

Fast unhörbar flüstere ich: »Wer bist du?«

»Mein Name ist Imogen-Alika.« Irgendwie hatte ich angenommen, sie wäre ein Mann.

»Du bist aus der Offizierskaste, oder? Jeder mit einem Doppelnamen gehört zu den Offizieren.« Das weiß ich von Lyssa.

»Nicht mehr. Sie wollten mich zu einem Niemand machen. Auslöschen. Aber ich bin immer noch da. Einst gottesgleich, nun Nummer d542e2. Ich bin die Herrscherin über Schimmel und feuchte Keller.«

»Was für eine Nummer? Wo bist du?«

»Ich bin in einem Albtraum gefangen.«

»Auf der Insel?«

»Ja.«

»Wie konntest du dann überhaupt … du weißt schon …«

Ich will es nicht laut aussprechen, am Ende können die da draußen mich doch irgendwie hören.

»Gefangene haben viel Zeit. Sehr viel Zeit. Mittlerweile bin ich 32. Zehn Jahre rotte ich schon im Staatshotel vor mich hin. Da lernt man viele Leute kennen. Menschen mit allerhand Begabungen. Einer von ihnen hat für Eyevision gearbeitet. Ein glückliches Leben, aber er bekam Krebs. Es folgten Depressionen. Alkohol. Krumme Dinger. Schwupp, waren alle Punkte dahingeschmolzen und er kam ins Staatshotel.«

›Punkte dahingeschmolzen‹? Ich brauche eine Sekunde, dann verstehe ich: Jeder asarianische Bürger erhält Punkte für gesetzestreues Verhalten und beruflichen Erfolg, aber die Punkte können auch abgezogen werden. Bei unter null Punkten landet man auf der Insel und im Gefängnis, das offenbar auch ›Staatshotel‹ genannt wird.

»Es ging so schnell, er hatte es selbst noch nicht begriffen, da war er schon hier bei mir. Er hat mir gezeigt, wie ich deinen Chip hacken kann. Emilio …«

Ich spüre, wie die Hackerin aus meinem Kopf verschwindet. Hat sie sich mitten im Gespräch abgeschaltet? Ist die Verbindung abgerissen?

Plötzlich wird die Welt um mich herum wieder hell. Die schwarze Farbe weicht aus dem Glas und ich rappele mich vom kalten Boden auf. Die Abgeordneten wirken entspannt, fast heiter. Auf ein oder zwei Gesichtern lese ich Schadenfreude.

»Das ist doch alles Zeitverschwendung«, höre ich den Präsidenten sagen. »Ein paar Kinder, die eine Drohne geklaut haben. Wie viele sollen da noch sein?«

»Zwei oder drei«, berichtet jemand und plötzlich fällt mir Tami die Taubenjägerin ein. Ich hatte sie ganz vergessen!

»Und wie viele Asarianer wurden verletzt? Wie viele überfallen?«

»Niemand bisher«, kommt es zurück.

Der Präsident macht eine wegwerfende Handbewegung. »Ich habe heute wirklich wichtigere Dinge zu tun, als mich um ein paar Provinzler zu sorgen. Fangt sie alle ein, dann bringt sie ins Staatshotel. Fall abgeschlossen.«

Spontanes Klatschen unterstützt ihn. Meine Kehle fühlt sich an, als hätte jemand Beton hineingegossen. Ich schlage mit den Händen gegen das Glas: »Sie können uns nicht einfach auf die Insel schicken!«

Der Präsident ignoriert mich. Bin ich auf stumm geschaltet?

Damaris beugt sich zu ihrem Mann und flüstert ihm etwas zu. Seine Augen leuchten auf und er hebt einen Finger: »Meine Gemahlin hat einen fabelhaften Vorschlag! Bevor wir die Gefangenen umsiedeln, möchte ich sie unserem Volk als das präsentieren, was sie sind: harmlos, schwach. Sobald alle Provinzler gefangen sind, soll es eine große Parade geben. Ich will den Menschen zeigen, dass niemand in Gefahr war. Asaria ist und bleibt die Wiege des Glücks und der Sicherheit.«

Frenetischer Applaus braust auf. »Hoch lebe der Präsident.« Dieser lächelt stolz und selbstverliebt. Er nickt seinem Parlament huldvoll zu.

Das Glitzermädchen ist aufgesprungen, den Panda im Arm. Sie winkt und lächelt in die Runde, um Aufmerksamkeit zu erhalten. Ihr weißes, hochgeschlossenes Kleid mit dem Pelzkragen ist mit Diamanten besetzt und glitzert im bläulichen Licht. Sie ist nur schwer zu übersehen. Als das Klatschen verstummt, ruft sie mit ihrer hellen Stimme: »Bravo, Herr Präsident! Eine schöne Lösung. Aber darf ich

Emilio bis zur Parade bei mir aufnehmen? Das wäre mir eine sooo große Freude!« Schmetterlingsscheu lächelt sie Damaris zu. »Emilio und ich könnten für Eyevision Videos drehen. Die Einschaltquoten wären sicherlich fantastisch!« Bei dem Wort ›Einschaltquoten‹ leuchten Damaris' Augen auf.

»Herr Spooky und ich würden uns so freuen«, sagt das Mädchen und drückt dem Panda auf den Bauch. Laut macht er ›Lö, lö, lö‹.

Irritiert schaue ich in die Gesichter der Abgeordneten, aber die scheinen es völlig normal zu finden, dass eine Sechzehnjährige einen Stoffpanda herumschleppt. Damaris lächelt milde.

»Nein!«, brüllt der Typ mit dem Erdnussgesicht das Mädchen da unbeherrscht an. »Die Provinzler sind gefährlich! Besonders dieser hier! Er darf nicht in einer Villa wohnen!«

»Lieber Federico«, sagt Damaris mit leichtem Tadel in der Stimme. »Ich verstehe deine Wut. Aber du bist Teil des Parlaments, also bringe deinen Punkt bitte in angemessenem Ton vor.«

Federico ringt nach Luft. Seine Hände kneten seine rote Hose. »Verzeihung!«

Ein paar der Abgeordneten wispern hinter vorgehaltener Hand und ich meine den Namen ›Victor‹ herauszuhören. Bisher konnte ich die Bilder der vergangenen Nacht zurückdrängen, aber nun steigen sie auf wie bittere Magensäure. Victor am Boden liegend, sein Mund verzerrt, die Zähne gebleckt. Er stöhnt vor Schmerz und Schock. Seine Hand umklammert den schwarzen Pfeil, der in seinem Hals steckt, abgefeuert von Brenda-Lee, seiner angeblichen Verbündeten. Sie wollte mich treffen, nicht ihn. Aber sie hat es darauf ankommen lassen.

»Mein bester Freund Victor ist tot!«, ruft Federico jetzt

»Und dieser hier«, er deutet auf mich, »hat ihn als Schutzschild benutzt! Hätte er das nicht getan, wäre Victor noch am Leben!«

Daher kommt also sein Hass. Ja, ich habe Victor als Schutzschild benutzt, aber erst, nachdem er mich töten wollte. Und Brenda hat den Pfeil abgeschossen, nicht ich. Trotzdem ist es furchtbar, wie Victor an der Wunde verblutet ist. Einsam und allein auf dem kalten Steinboden eines fremden Landes.

Federico dreht sich zu den Abgeordneten und sagt in Richtung einer dunkelhaarigen Frau, die still weint: »Victors Mutter hat ihren Sohn noch nicht mal beerdigt und jetzt muss sie sich anhören, dass sein Mörder frei bleiben soll?«

»Brenda wurde schon vor Stunden verhaftet und es wird zu einer Untersuchung kommen«, verspricht Damaris ruhig.

»Immerhin.« Federico lässt sich auf seinen Platz zurückfallen, nun auch von Schluchzern geschüttelt, und schlägt die Hände vors Gesicht.

Das Glitzermädchen lächelt maskenhaft. Auch wenn ich Federico nicht mag, kommt mir ihr Lächeln im Angesicht seiner Trauer und der von Victors Mutter fehlplatziert vor. Aber ihr Lächeln wird sogar noch breiter, als sie sich wieder Damaris zuwendet. Mit ihrer süßen Mädchenstimme sagt sie: »Emilio ist ja nicht frei. Er wird unsere Villa nicht verlassen. Er und ich, wir werden ganz viel auf Sendung sein … und wenn das Parlament es beschließt, kann er dann immer noch ins Staatshotel.«

»Die Cainstormer haben sich des Grenzübertritts und des illegalen Aufenthalts in unserem Land schuldig gemacht«, bringt Federico mühsam hervor. »Außerdem der Hetze, der Lüge und der Provokation! Sie müssen mindestens in eine Zelle hier im Palast!«

»Ich übernehme volle Verantwortung«, piepst das Glitzermädchen lächelnd. Sie kommt mir wie ein Roboter vor. Trotzdem steigt eine leise Hoffnung in mir auf. Lieber mit dem Glitzermädchen und Herrn Spooky meine Zeit verbringen als in einer Zelle!

Federico schaut, als wolle er sie am liebsten erwürgen, und zischt: »Und was macht ihr dann zusammen? Glitzerknete herstellen? Euch gegenseitig die Haare flechten? Oder stopft ihr euch zusammen mit Kaviar voll? Du schändest Victor! Du schändest einen Toten!«

Ich schlage gegen die Scheibe, um auf mich aufmerksam zu machen. »Spart euch den Stress und bringt uns einfach zurück nach Cainstorm!«

Damaris ergreift das Wort: »Nein. Wenn wir dich zurückbringen, werden noch mehr Provinzler versuchen, über die Friedensmauer zu gelangen. In deine Heimat kehrst du niemals zurück. Bis zur Parade bist du bei Hina-Mai und danach kommst du ins Staatshotel.«

Die Röhre verdunkelt sich wieder und Stille umgibt mich. Nach einer Weile macht sich der Chip bemerkbar und die mir so gut bekannte, freundliche Frauenstimme verkündet: *»Ihre Sendung wurde deaktiviert.«*

Das Summen bricht ab. Der Chip ist aus. Reflexartig taste ich nach der Schraube an meinem Hinterkopf. Wie viele Tausend Male ich mir vorgestellt habe, der Chip würde nicht mehr senden! Wie sehr ich mir diesen Moment herbeigesehnt habe! Zu jedem anderen Zeitpunkt wäre die Tatsache ein Grund zum Feiern. Aber jetzt macht es mich wahnsinnig. Ist der Chip komplett deaktiviert oder nur meine Sendung? Wird die Hackerin sich noch zuschalten können?

Ich stehe einfach nur da und versuche, die Ungewissheit und Hilflosigkeit zu ertragen. Mein Kiefer verkrampft sich so fest beiße ich die Zähne aufeinander. Wenn sie mich wegsperren, werde ich meine Familie nie wiedersehen. Meine Mutter, meinen kleinen Bruder. Aber die beiden brauchen mich! Erst wird mein Stiefvater ermordet und jetzt verschwinde ich auf Nimmerwiedersehen?

Verzweiflung vermischt sich in mir mit Wut, die brennend meine Kehle hinaufsteigt. Den Mord an meinem Stiefvater haben Damaris Le Grand und Bradley Starlight zu verantworten. Diese Leute haben Serge ermordet und jetzt wollen sie mir in ihrer Selbstgerechtigkeit auch noch den Rest meiner Familie nehmen? Egal was mit mir und meinen Freunden passiert, ich werde das Urteil des Präsidenten und von Damaris niemals hinnehmen. Wenn ich bei diesem Glitzermädchen bin, werde ich einen Fluchtweg finden …

Plötzlich ist da wieder das Vibrieren in meinem Hinterkopf. Es ist die Hackerin! Der Chip ist anscheinend nicht völlig abgeschaltet und die Freude, nicht mehr allein zu sein, überdeckt meine Angst und Wut schlagartig.

»Die Verbindung ist furchtbar«, lese ich im Chat. *»Wahrscheinlich Störfelder über dem Meer. Was haben die entschieden? Hat der Präsident sein Urteil gefällt?«*

»Erzähl mir von dir«, verlange ich und spüre im selben Moment, dass die Verbindung wackelt. Verdammt. Mit geschlossenen Augen warte ich ab. Dann ist das Vibrieren wieder da und sie schreibt: *»Lass uns keine Zeit mehr verschwenden. Ich verrate dir, wer ich bin. Mein voller Name ist Imogen-Alika Asaria. Der Präsident ist mein Bruder.«*

Ich lese den Satz zweimal. Ist das wirklich wahr? Oder ist sie durchgeknallt?

»Oh, ich wusste nicht, dass ich den Hochadel in meinem Kopf zu Besuch habe, sonst hätte ich aufgeräumt!«

»Mein Titel ist eine Erinnerung im Wind. Ein Flüstern der Palastwände. Ein schlechter Witz. Emilio, ich bin gefallen, tief.

Ich erzähle dir mehr von mir, wenn unsere Verbindung besser ist. Alles, was ich jetzt wissen will, ist, ob du mich unterstützt, wenn ich versuche, uns beiden zu unserem Recht zu verhelfen? Ja oder nein?«

Ihre Worte sind wie ein kleines Licht in dieser entsetzlichen Dunkelheit, dem ich folgen möchte. Sie ist meine einzige Verbündete weit und breit. Eine leise Stimme in mir fragt, was ist, wenn sie nicht die ist, für die sie sich ausgibt. Ich ignoriere sie.

»Ja. Wenn dein Plan mich und meine Freunde zurück nach Cainstorm bringt, bin ich dabei.«

5

In der Finsternis scheint die Zeit wieder stehen geblieben zu sein. Vor einer Weile hat sich der Boden bewegt. Ich habe die Hände an die Glasröhre gelegt und gefühlt, dass ich abwärtssinke. Seitdem ist nichts mehr passiert. Ich sitze auf dem Boden und dämmere vor mich hin. Meine Gesichtshaut spannt. Mit der Zunge fahre ich über meine rissigen Lippen, aber es hilft nichts gegen den Durst. Ich versuche, den Gedanken an Wasser zu verdrängen und frage mich, wie viele Verbündete die Hackerin wohl hat? Wenn sie die Herrschaftsriege stürzen will, braucht sie das Militär. Oder nicht?

Ein zischendes Geräusch erschreckt mich. Ich spüre feinen, kalten Nebel auf meiner Haut und springe auf. Was ist das? Es riecht nach Desinfektionsmittel. Dann wird die Glasröhre plötzlich durchsichtig. Meine Augen brauchen einen Moment, um sich an das blendende Weiß zu gewöhnen. Wo bin ich? Die gläsernen Türen der Röhre gleiten geräuschlos auseinander und ich trete schwankend aus meinem Gefängnis. Eine hohe, schmale Tür öffnet sich. Zwei bullige Wachleute in schwarzen Uniformen treten zu mir und von draußen dringt Geschrei herein, wie von einer großen Menge.

»Emiliooo!«, brüllt jemand.

Andere Stimmen fordern: »Zeigt uns die Provinzler!«

»Wir wollen den Mörder sehen!«

Die Tür fällt krachend zu und schneidet den Lärm der Menge ab.

Hinter den Wachen glitzert etwas und eine hohe Stimme ruft: »Zeit für neue Freunde!«

Das Glitzermädchen hüpft lächelnd hervor, bleibt dann aber mit einem großen Sicherheitsabstand zu mir stehen.

»Ich bin Hina-Mai Yong. Das ist Spooky! Wollen wir etwas spielen?«, flötet sie und hält den Panda hoch, der mit dunkler Stimme sagt: »Hina, dein Gast will sicher erst mal ausruhen.«

»Stimmt«, kichert Hina wie eine Fünfjährige, die sich schämt.

Irritiert verschränke ich die Arme vor der Brust. Bin ich tatsächlich kein gefürchteter Terrorist mehr, sondern auf die Freundlichkeit dieses Pandamädchens angewiesen? »Wo sind wir hier?«

»Hier? Im Palast«, sagt sie und hält sich einen Spiegel vors Gesicht. Anscheinend ist sie auf Sendung. »Wir machen eine Kutschfahrt nach Hause! Juhuu!« Sie hopst in die Luft und lacht mich an.

Unter ihrer Schminke und den unechten langen Wimpern wirkt sie noch fast kindlich. Ihr Gesicht ist rund und puppenhaft, mit hellen, sanften Augen. Vielleicht hat sie es nicht böse gemeint, als sie sagte, ich könne doch nach den Videodrehs auf die Insel? Wahrscheinlich durchschaut sie die Zusammenhänge nicht. Oder doch? Ich kann sie überhaupt nicht einschätzen.

»Madame«, sagt der ältere der Wachmänner und deutet auf eine zweite Tür. »Hier entlang, bitte. Auf diesem Weg vermeiden wir die Menge.«

Hina-Mai trippelt los, filmt sich selbst und lächelt ununterbrochen. In den durchsichtigen Absätzen ihrer hohen Schuhe wirbelt bei jedem Schritt Glitzerstaub auf.

»Spooky, was sagst du dazu?« Sie flüstert dem Panda etwas ins Ohr und drückt dann auf seinen Bauch.

»Bizarr, bizarr«, ruft der Bär.

Bizarr ist das alles wirklich. Ich bin in weniger als ein paar Stunden vom Staatsfeind Nummer eins zu einem ungebildeten Fischer geworden, der zufällig über die Landesgrenze gestolpert ist. Ein Ärgernis, aber ungefährlich. Das ist mir irgendwie auch nicht recht. Widerwillig setze ich mich in Bewegung und folge ihr. »Hina.« Ich räuspere mich. »Wie geht es meinen Freunden? Was ist mit Lyssa und Jago?«

Hina hebt ihr Handgelenk und spricht mit ihrer Kinderstimme in die Eyewatch: »Scio, ist der Rebellenkrieger namens Jago aus der OP zurück? Wurden die anderen Rebellen gefunden?«

»Die Operation des Mannes aus Cainstorm ist noch nicht beendet«, antwortet die neutrale Computerstimme. *»Er ist außer Lebensgefahr. Weitere Rebellen wurden bisher nicht entdeckt.«*

»Danke!«, sage ich. Vor Erleichterung wird mir schwindelig. Jetzt hoffe ich inständig, dass Lyssa auch in Sicherheit ist.

Eine weitere Tür öffnet sich auf einen gewaltigen Gang, der für Riesen gebaut zu sein scheint. Wasser plätschert die Wände hinunter. Der Boden ist spiegelglatt und es riecht nach Parfüm. Kein Palastbewohner scheint zu Fuß unterwegs zu sein. Alle fliegen auf Hoverboards an uns vorbei oder sitzen in Kutschen. Manche davon sind silbern, andere golden oder schwarz. Solche extravaganten Fortbewegungsmittel könnte sich auf Cainstorm niemand leisten.

Sofort kommen mir die Worte meines Stiefvaters ins Gedächtnis: *Wie, meinst du, sind die Asarianer so reich geworden? Indem sie uns ausnutzen. Wir sind ihre Müllhalde!*

Obwohl ich es nicht will, beeindrucken mich der Prunk und die schiere Größe des Palastes. »Jetzt weiß ich, wie sich Alice gefühlt hat, nachdem sie in den Hasenbau gestürzt ist«, murmele ich.

»Du kennst Alice im Wunderland?«, fragt mich der jüngere Wachmann interessiert.

»Ja«, sage ich knapp, weil ich keine Lust auf Small Talk habe. Aber er schaut mich noch immer so seltsam an, dass ich ergänze: »Als ich noch als Fischer aufs Meer gefahren bin, habe ich viel gelesen.«

Der Mann zieht die Augenbrauen zusammen.

Ich rate. »Du dachtest, wir hätten keine Bücher auf Cainstorm?«

»Ich dachte, ihr könntet nicht lesen. Ich wusste nicht . . dass ihr Schulen habt.« Fragend schaut er mich an.

Jetzt bin ich es, der vor Erstaunen den Mund nicht zubekommt. »Ich dachte, ihr wisst alles über uns und wir nichts über euch?«

»Ich habe mich nie sonderlich für Cainstorm interessiert. Aber ich habe gestern deine Sendung geschaut. Die war super … ich bin ein Fan!«

Eine Kutsche, die von zwei silbernen Roboterpferden gezogen wird, nähert sich und hält neben uns. Die Räder sind durchsichtig, wie Glas. Das ballonartige Verdeck besteht aus schwarzen, handgroßen Dreiecken. Es faltet sich mechanisch von oben nach unten zusammen und ein rundes schwarzes Sofa kommt zum Vorschein. Erst jetzt fällt mir auf, dass es gar keinen Kutscher gibt. Wer steuert die Kutsche? Die Antwort ist wahrscheinlich: Scio, dieser Computer.

»Schnell! Die Menge darf uns nicht finden!«, kichert Hina. »Und auch nicht die anderen Influencer! Ich will dich ganz für mich alleine haben.«

»Das hört sich irgendwie unheimlich an«, murmele ich unbehaglich. Widerstrebend klettere ich ihr hinterher. Die Männer platzieren sich links und rechts von mir, die Hände wie zufällig auf ihre Waffen gelegt.

»Scio, nach Hausehause«, flötet Hina.

Eine sechseckige Glasplatte leuchtet im Boden der Kutsche auf und die geschlechtslose Stimme ertönt: *»Sofort, Madame Yong. Darf ich Ihre Lieblingsmusik abspielen?«*

»Scio, ja!«

Heitere Musik erklingt, die mich an einen Eiscremewagen erinnert. Die Kugel aus Dreiecken faltet sich wieder auf und umschließt uns komplett. Doch zu meinem Erstaunen ist sie von innen nicht schwarz, sondern durchsichtig. Alles, was ich von dem Verdeck sehe, sind die dünnen Umrisse der Dreiecke.

»Warum wurde mein Chip ausgestellt? Weißt du das?«

»Damaris hat dich aus der Eyevision-Familie entlassen«, flötet Hina. »Du hast jetzt keinen eigenen Kanal mehr. Sie möchte, dass du nur noch in Videos anderer auftrittst. Vor allem in meinen Videos!«

Eyevision-Familie? Ich verzichte mit Freuden.

»Erzählzeit«, ruft Hina jetzt und strahlt mich an, während sie ihren Spiegel hält. »Du bist mein bester Freund und ich deiner?«

»Wieso redest du auf diesem … Kinderniveau? Wie alt bist du?«

Hina kichert und flüstert dem Panda etwas ins Ohr. Laut

sagt er: »Eine Dame fragt man nicht nach dem … na gut. Hina ist neunundneunzig Feenjahre alt!«

»Spooky!«, ruft Hina in gespielter Empörung.

Ruhig bleiben, sage ich mir. Hina ist nervig, aber ich kann meine Situation im Moment nicht ändern. Also sollte ich auch das Beste daraus machen und Infos sammeln.

»Wohnen alle Asarianer im Palast?«

»Nur die Angehörigen des Parlaments.« Sie lehnt sich nach vorne und lächelt gekünstelt. »Meine Zuschauer haben sooo viele Fragen an dich. Sag doch mal, wie war das, als du in unser Land gekommen bist?«

»Nicht so toll.« Ich weiß, ich sollte ausführlicher antworten. Aber mir fehlt die Lust. Ich fühle mich mit dieser merkwürdigen Person unwohl.

Hina flüstert dem Panda zu: »Wieso ist er so schweigsam? Vielleicht hat er ein Geheimnis, über das er nicht reden will?«

»Wahrscheinlich eine Affäre«, vermutet der Panda.

Irritiert über Hina und ihr Stofftier kratze ich an den verschorften Schnitten auf meinen Unterarmen, die mir ein Gangmitglied vor einigen Tagen mit einem Messer zugefügt hat.

Hina reißt die Augen in völlig übertriebenem Schrecken auf, schlägt die Hand vor den Mund und stottert gekünstelt: »Wie hast du die Na-Na-Narben bekommen? Meine Zuschauer wollen es wissen. Oder du erzählst uns, wie es war, als Victor erschossen wurde.«

»Nein, Mann!«, fahre ich sie an, weil das wirklich das Letzte ist, an das ich denken will. Ärger sammelt sich in meinem Magen und ich schüttele angewidert den Kopf über ihren Voyeurismus.

Hinas Lächeln verkrampft sich leicht und das verschafft

mir eine kleine, gemeine Freude. Aber schnell fängt sie sich wieder und fragt in den Spiegel: »Irgendwelche lustigen Ideen, was wir mit Emilio machen können, wenn er nicht redet?« Sie kichert hinter vorgehaltener Hand.

»Willst du mir drohen?«, frage ich scharf. Hina zuckt mit den Schultern und sagt süßlich: »Ich sitze im Parlament. Ich mache, was ich will.«

Der jüngere Wachmann nickt zustimmend und schaut mich etwas bedauernd an. Ich kann mich nicht bremsen. »Du bist doch selbst für Asaria nicht normal, oder?«, sage ich.

Etwas blitzt in ihren Augen auf. Aber sie kichert nur mädchenhaft. Am liebsten würde ich aus der Kutsche springen. Aber ich schlucke meine Wut hinunter. Die Gelegenheit zur Flucht wird sich bestimmt ergeben! Ich muss nur abwarten. Einsilbig antworte ich auf Hinas Fragen, während uns die führerlosen Quintauer in sanftem Trab durch Gänge ziehen, die riesig sind wie Bahnhofshallen, durchflutet von Licht und Parfüm, der Boden schwarz und spiegelnd. Phänomenal. Ich kann mir kaum vorstellen, wie hier ein Putsch gelingen soll. Es scheint alles so perfekt! Sauber, unglaublich vornehm, wenn auch ein wenig leblos.

Gang reiht sich an Gang, ohne dass wir den Palast verlassen. Doch plötzlich werden wir langsamer. Rechts und links sind in größeren Abständen einheitliche schwarze Tore in die Wände eingelassen. Sie wirken wie Wohnungstüren in einem Apartmentblock, nur viel prächtiger. Die goldenen Wappen auf den Torflügeln zeigen Tiger, Bären oder Stiere.

Eines der schwarzen Tore gleitet wie von Geisterhand zur Seite. Goldene Adler rechts und links. In einem sanften Bogen fährt die Kutsche in einen leeren Raum dahinter. Die Türen schließen sich und ich spüre, wie wir nach oben gleiten. Ein riesiger Aufzug! Dann surren die Wände und die

Decke herunter und wir stehen in einem Innenhof, der von einem mehrstöckigen Gebäude umschlossen ist. Die Fassade ist weiß lackiert und glatt. Darüber verteilen sich große Fenster. Instinktiv schätze ich die Fluchtmöglichkeiten ab. Vielleicht könnte ich die Hauswand mit viel Mühe erklimmen. Aber leider schließt an das vorspringende Dach eine Glasplatte an, die den gesamten Innenhof überspannt. Darüber leuchtet der rote Abendhimmel. Was meine Mutter wohl sagen würde, wenn ich ihr von den steinreichen Yongs erzählen könnte, die ihre Villa wahrscheinlich mit Geldscheinen heizen.

»Ihr seid bestimmt eine große Familie.« Meine Stimme klingt belegt.

»Vier Personen«, antwortet Hina. »Und Spooky.«

»Wie? Vier? Mehr Leute wohnen nicht in diesem gigantischen Haus?«

»Jetzt bist du ja noch da!« Sie lacht und ich spüre einen Stich in meiner Brust. Wir waren schon stolz auf unser kleines Haus mit seinen drei Räumen. Ist es fair, dass andere so unendlich viel mehr haben?

Ich setze meinen Fuß so argwöhnisch auf den schwarzen Kies des Innenhofes, als könnten im Boden Minen vergraben sein. Nirgendwo wächst auch nur ein Grashalm. Diese Anlage kommt mir so unwirklich vor wie ein überdimensionales Puppenhaus. Ob Lyssas Eltern auch in einer solchen Villa wohnen? Aber sie gehören nicht zur Offiziersgarde, also wahrscheinlich nicht.

Hina hopst die breite Treppe zur Eingangstür hinauf. Die Wachen geleiten mich nach oben, wo sich die gläsernen Flügel der Eingangstür automatisch geöffnet haben. An der Schwelle bleibe ich stehen. Das Abendlicht fällt auf den grauen Granitboden der Eingangshalle. Ein Zierbrunnen mit goldschimmerndem Wasser plätschert in der Mitte. Vögel aus Marmor sitzen auf seinem Rand.

»Du bist mein bester Freund und wohnst jetzt bei mir«, ruft Hina, mit gebührendem Sicherheitsabstand zu mir. Zögerlich trete ich über die Schwelle.

»Hina«, zischt in dem Moment eine Stimme. Auf der Treppe ins obere Stockwerk steht ein Junge. Sein Pulli, auf dem ein tanzender Pixelbär abgebildet ist, spannt über seinem dicken Bauch.

Hina ignoriert ihn, klatscht in die Hände und fragt mich aufgedreht: »Was sollen wir jetzt zusammen machen? Willst du raten, was in meiner Tasche ist?«

»Hina!«, ruft der Junge wieder und kommt ein paar Stufen herunter.

Sie überhört ihn immer noch und fragt mich: »Oder wir schminken uns wie Katzen?«

Der Junge ist fast bei uns, aber er schaut durch mich hindurch, die Lider halb geschlossen. Dem dünnen Flaum auf seiner Oberlippe und der Akne auf seiner Stirn nach würde ich schätzen, dass er etwas jünger ist als Hina, vielleicht vierzehn?

»Hina!«, sagt er vorwurfsvoll. »Du bist auf Sendung, oder? Kannst du das mal ausschalten? Wir müssen reden.«

»Mein Bruder Quentin«, sagt Hina entschuldigend. Es ist eher an ihre Zuschauer gerichtet als an mich. Sie lächelt den Jungen nachsichtig an und sagt mit ihrer Kinderstimme: »Alles, was du mir sagen willst, kannst du auch meinen Followern sagen. Ich habe keine Geheimnisse.«

Quentin ringt sichtlich mit sich und flüstert dann: »Ich habe die Sendung aus dem Parlament gesehen. Warum hast du Federico so gegen dich aufbringen müssen? Er ist total sauer.«

»Sauer?«, sage ich ironisch. »Die Erdnuss hatte einen Nervenzusammenbruch.«

Hina drückt ihr Gesicht in das Fell des Pandas. »Erdnuss, Erdnuss«, sagt der.

Quentin schaut erschrocken. Fast tonlos flüstert er seiner Schwester zu: »Emilio kann hier nicht wohnen. Sonst hasst Federico dich für immer! Und mich auch. Sorry, Federico. Falls du das hier sehen solltest – ich habe damit nichts zu tun!«

»Warum hast du solche Angst vor Federico?«, will ich wissen. Quentin wirft mir einen furchtsamen Blick zu. Anscheinend hat er auch vor mir Angst, obwohl die Wachen noch da sind.

»Quentin«, sagt Hina. »Wenn du magst, kannst du mit Emilio und mir etwas unternehmen!«

»Du willst mich nicht verstehen. Ich rufe Mama und Papa an«, droht der Junge ärgerlich, dreht um und stapft die Stufen hinauf.

Hina flüstert dem Bären etwas ins Ohr und der ruft: »Petze!«

»Scio, ruf meine Eltern an«, flötet Hina.

»Sehr wohl, Madame«, erschallt die körperlose Stimme aus einer erleuchteten Bodenplatte. Sofort wächst das Hologramm einer großen Frau aus ihr empor. Auf ihrem hochgeschlossenen Kleid laufen dunkelgrüne und goldene Farben ineinander wie Öl in Wasser. Sie steht an einer riesigen Blumenvase und zupft ein paar Blüten zurecht. Hinter ihr erkenne ich einen leicht unscharfen Park. Ihre Stimme klingt abwesend: »Hina, was gibt es, mein Schatz?«

»Mama«, sagt Hina mit ihrer Kinderstimme. »Ich habe einen neuen besten Freund. Er heißt Emilio.«

»Noch ein Kuscheltier? Reicht nicht Spooky?«, seufzt die

Frau und schaut das erste Mal auf. Ich blicke in die riesigen runden Gläser ihrer Sonnenbrille, aber sehe darin nur mich selbst. Wie alt mag sie sein? Es ist unmöglich zu sagen. Über fünfzig? Aber ihre Haut ist dafür zu glatt. Sie lässt die Hand sinken, mit der sie an den Blüten gezupft hat, und fragt schockiert: »Wer ist das?«

Kann sie uns sehen?

»Emilio aus Cainstorm«, kichert Hina.

»Der Terrorist aus den Nachrichten? Der Mörder?«, ruft Frau Yong entsetzt.

Die beiden Wachen treten ein Stück vor. »Wir sind hier, Frau Yong. Keine Sorge. Wir schützen Ihre Tochter.«

Frau Yong reißt sich die Sonnenbrille vom Gesicht. Ihre schmalen Augen sind stark geschminkt. »Was ist mit Viren? Was ist mit Bakterien? Krankheiten?« Sie ist völlig außer sich. Anscheinend ist nicht nur Hina total verrückt, sondern auch ihre Mutter.

Trotzig sage ich: »Warum sollte ich Krankheiten haben?«

Über einer anderen Bodenplatte wächst jetzt das Hologramm eines Mannes in die Luft. Er ist lang, hager und trägt eine dunkle Uniform, die Brust voller Orden. Sein Haar ist grau, durchzogen von schwarzen Strähnen und streng zurückgekämmt, seine Haut so braun gebrannt, als würde er viel Zeit draußen verbringen. Der schmale Mund und die hohen Wangenknochen verraten Unnachgiebigkeit und Härte. Im Hintergrund erkenne ich verschwommen das Meer. Er öffnet den Mund, um etwas zu sagen, aber sieht mich, und seine Augenbrauen ziehen sich zusammen: »Wer …?«

»Der Provinzler!«, ruft Frau Yong geradezu panisch. »Der Eindringling! Das Monster!«

»Was macht er in unserem Haus?«, knurrt Herr Yong.

»Es heißt Cainstormer, nicht Provinzler«, verbessere ich Frau Yong kalt.

Hina lächelt. »Er wohnt jetzt bei uns. Spooky, er und ich sind beste Freunde.«

»Hina, lass die Babystimme«, verlangt Yong.

»Sie ist auf Sendung«, sagt ihre Mutter und Yong atmet langsam ein, bis sich die Uniform über seinem Brustkorb spannt. Die goldenen Medaillen sind kleine Bildschirme, auf denen sich Zahlen, Kronen und wilde Tiere abwechseln, die vermutlich von seinen Heldentaten erzählen, wenn man die Zeichen zu deuten weiß. Ruhiger sagt er: »Dieser kriminelle, gefährliche und wahrscheinlich mit Krankheiten befallene Provinzler verlässt sofort mein Haus!«

»Liebend gerne«, entgegne ich voller Verachtung.

Aber Hina erinnert mich an die Konsequenzen: »Wenn du gehst, lässt Damaris dich in eine Zelle werfen.« Der jüngere Wachmann nickt.

»Was hat Damaris mit der Sache zu tun?«, fragt Frau Yong alarmiert.

Hina lächelt breit und klatscht in die Hände. »Sie hat entschieden, dass Emilio zu uns zieht!«

Eine kurze Stille tritt ein. Frau Yong hat es die Sprache verschlagen. Ihr Mann atmet aus und sieht plötzlich aus wie ein alter Ballon, aus dem die Luft entwichen ist.

»Und Damaris' Wort ist unantastbar«, sagt Spooky altklug.

»Juhu«, ruft Hina und ich frage mich, ob es ihr Spaß macht, ihre Eltern vor einem Livepublikum zu provozieren.

»Trench hat das auch erlaubt?«, knurrt Yong und die pochende Ader an seiner Schläfe verrät seinen Unwillen.

»Hat er!«, lacht Hina.

»Dieser Mistkerl!«, ruft Yong aus und ich schaue ihn verblüfft an. Darf man seinen Präsidenten auf Asaria ungestraft beleidigen?

»Mit dem muss ich ein Hühnchen rupfen, wenn wir uns das nächste Mal sehen«, lacht Yong halb sauer, halb im Spaß, und ich begreife, dass er mit dem Präsidenten befreundet ist.

Yong schaut seine Tochter streng an. »Wenn Trench und Damaris es so wollen, wird es so gemacht. Aber ich möchte, dass du dich nicht im selben Raum wie dieser Kriminelle aufhältst, verstanden?«

Hina flüstert dem Panda etwas zu und der sagt: »Das macht Hina traurig.«

Frau Yongs Mundwinkel zittern leicht. »Du wirst auf deinen Vater hören! Nicht im selben Raum! Was ist mit Krankheiten, Hina? Was ist, wenn du dich schon mit etwas angesteckt hast?«

Ich fahre dazwischen: »Was ist eigentlich mit meinen Freunden, wo werden sie wohnen?«

Hina kichert. »Das sollte eigentlich eine Überraschung sein.« Sie beißt sich auf die Unterlippe, dann ruft sie: »Auch bei uns! Ich habe alle eingeladen, mit mir Videos zu drehen!«

Für einen Moment sind wir alle völlig perplex. Die Yongs wirken, als würden sie gleich ohnmächtig werden, aber ich kann mein Glück kaum fassen! Jago wird sich in diesem großen Haus von der OP erholen können! Wir werden zusammen sein.

»Das hat auch Damaris entschieden, oder?«, fragt Quentin von der Treppe. Er muss schon länger dort stehen, aber weder ich noch die anderen haben ihn wahrgenommen.

»Genau! Damaris hat es erlaubt«, grinst Hina und jetzt bin ich mir sicher, dass es ihr Spaß macht, ihre Eltern zu ärgern.

»Scio«, ruft Yong zwischen zusammengebissenen Zähnen. »Behalte den Provinzler im Auge, verstanden?«

»Sehr wohl, Monsieur«, kommt die körperlose Stimme zurück, dann erlöschen die Hologramme grußlos. Hina wendet sich mir zu: »Was machen wir jetzt?«

Ich weiß, es ist ein Risiko, aber ich lasse es darauf ankommen. Ich brauche Zeit, um Fluchtmöglichkeiten zu erkunden. »Nichts. Ich ruhe mich aus. Wir machen Videos. Aber eines am Tag reicht und das hattest du ja jetzt in der Kutsche.«

Ihr Lächeln gefriert. Sie ärgert sich. Ich sehe es deutlich. Ihre Augen haben das Naive verloren. Abrupt dreht sie sich um und springt die Treppen hinauf: »Bis später!«, flötet sie.

Auch Quentin ist nicht mehr zu sehen und ich atme durch. Was für eine verrückte Familie!

Der ältere Wachmann macht sich bemerkbar: »Denk daran: Nicht alleine das Grundstück verlassen. Sonst wird der Präsident dich und deine Freunde in eine Zelle sperren. Er will nicht, dass die Palastbewohner sich durch eure Anwesenheit gestört fühlen. Wir haben ein Auge auf dich.«

Ich nicke, aber denke an die Hackerin und ihre Pläne.

6

Scio, der Computer, kann nicht nur Kutsche fahren und Fragen beantworten, er leitet mich auch durch die Villa zu meinem Zimmer. Ich fühle mich wie in einem Science-Fiction-Film, während ich einer leuchtend weißen Linie folge, die vor mir über den grau glänzenden Boden die Treppe hinauf- und dann einen Flur entlangläuft. Ich präge mir den Weg genau ein, halte nach Türen und Fenstern Ausschau, durch die ich mit Jago entkommen könnte.

Die lackweißen Wände glimmen sanft. Goldene Linien formen sich zu Wäldern, durch die wilde Tiere streifen. Ich bleibe stehen und betrachte das Schauspiel fasziniert.

»Monsieur Rivoir«, erklingt Scios freundliche Stimme. *»Bitte folgen Sie mir.«*

Scio kennt sogar schon meinen Namen? Bin ich jetzt in diesem ›System‹? Plötzlich kommt mir ein beunruhigender Gedanke. Lyssa hat erzählt, dass jeder Asarianer virtuelle Punkte besitzt. Je mehr, desto besser. Durch gute Noten oder Wettbewerbe kann man neue Punkte dazugewinnen. Doch wenn man Mist baut, werden Punkte abgezogen. Wer unter null Punkte fällt, wird auf die Insel abgeschoben.

»Computer«, sage ich und fühle mich albern dabei, mit

einer künstlichen Intelligenz zu sprechen, aber einen Versuch ist es wert. »Habe ich auch ›Punkte‹ bekommen? Wenn ja, wie viele?«

Der Computer reagiert nicht und ich überlege, was ich falsch gemacht haben könnte. Die Yongs haben Scio mit seinem Namen angesprochen. Also wiederhole ich meine Frage und ersetze ›Computer‹ mit ›Scio‹. Es funktioniert.

»Monsieur, Sie wurden nicht in unser Punktesystem aufgenommen, da Sie nur eine überschaubare Zeit in diesem Haushalt verweilen werden. Hina Yong hat mich gebeten, Ihnen trotzdem jeden Wunsch zu erfüllen.«

Was für eine ausführliche Antwort für einen Computer, denke ich und bin erleichtert. Keine Punkte, kein Stress.

»Scio, ist Hina wirklich Abgeordnete im Parlament von Asaria?« Jede Information über diese neue Welt kann wichtig sein.

»Ja. Hina-Mai Yong und vierzehn weitere der beliebtesten Influencer Asarias sind vollwertige Mitglieder und vertreten die Interessen eher jüngerer Leute. Auch Offizier Alexej-Sansibar Yong, Hinas Vater, ist Mitglied des Parlaments.«

»Scio, Influencer? Aber das sind doch keine Politiker?«

»Mitglied im Parlament kann werden, wer asarianischer Staatsbürger ist, mindestens siebzehn Jahre zählt und eine sehr hohe Zahl an Followern hat.«

Man muss also einfach nur beliebt sein? Was für ein verrücktes System!

»Scio, wie alt ist Hina?«

»Sechzehn, Monsieur.«

»Scio, warum darf sie dann im Parlament sitzen, wenn man siebzehn sein muss?«

»Offizier Yong hat in einer Petition gefordert, seine Tochter im Parlament zuzulassen. Die Petition erreichte die geforderte

Anzahl von Unterschriften, wurde dem Präsidenten vorgelegt und von ihm abgesegnet. Seitdem ist Hina Yong ein vollwertiges Mitglied.«

Mit sechzehn im Parlament, weil man beliebt ist und einen einflussreichen Vater hat? Das ist schwer zu begreifen.

»Scio, was machen die Yongs beruflich?«

»Yeo-Jin Yong ist eine mehrfach ausgezeichnete Organisatorin von Hochzeitsfeiern. Offizier Yong ist Abgeordneter des Parlaments und verantwortlich für die Bewachung unserer Friedensmauer gegen die Cainstormer.«

Ich denke an die Narbe auf Yongs Stirn. Sie beginnt an der Augenbraue und verschwindet unter seinem Haar. Ob sie aus einem Kampf stammt? Wie viele von uns hat er wohl schon umgebracht? Meine Abneigung gegen ihn und seine Familie wächst.

Wir biegen in einen Flur ein, in dem rechts und links Vitrinen stehen. Sie sind mit antiken Degen und Pistolen gefüllt, wie in einem Museum.

Die Flügel einer Milchglastür gleiten zur Seite und geben den Blick auf einen großen Raum frei.

»Monsieur Rivoir, Ihr Gästezimmer. Sprechen Sie mich an, wenn Sie etwas brauchen. Ich bin hier, um Ihnen jeden Wunsch zu erfüllen.«

Ich will schon ›Danke‹ sagen, aber bremse mich. Scio ist ein Computer, kein Mensch!

Das Gästezimmer erscheint mir gigantisch. Es misst bestimmt zehn mal fünf Meter. Auch hier ist der Boden dunkel und spiegelglatt. Auf den weißen Wänden winden sich Muster und werden zu Rehen, die durch Ranken springen. Die großen Fenster sind wie die Tür aus Mattglas, sodass ich nicht hinausschauen kann. Neben einem niedrigen Tisch und einem Sessel steht ein breites, ebenfalls sehr niedriges

Bett und eine seltsame, weiße Statue aus Kreisen und Vierecken. Wahrscheinlich Kunst. Der Raum ist teuer, aber sparsam eingerichtet und wirkt eher kühl als gemütlich.

»Scio, verschließe die Tür«, befehle ich und tatsächlich klickt es. Testweise versuche ich, die Flügel auseinanderzudrücken. Die Tür ist zu und ich entspanne mich bei dem Gedanken, diese unheimliche fremde Welt auszusperren.

»Scio, ich habe Durst … wo finde ich Wasser?«, versuche ich es auf gut Glück.

»Sofort, Monsieur Rivoir.«

Die Platte des niedrigen Tischchens gleitet zur Seite und mehrere Flaschen werden nach oben gefahren. So ausgedörrt wie ich bin, trinke ich eine Flasche in einem Zug leer. Gekühltes Wasser mit einem frischen, leicht süßlichen Geschmack. Es schmeckt ungewohnt.

»Scio, zeig mir Nachrichten.« Ich lasse mich auf einen weißen Sessel ohne Armlehnen fallen, der wie eine Welle gebogen ist.

»Sofort«, erwidert die Computerstimme beflissen.

Die Hologramme der beiden Moderatoren, die ich schon von heute Morgen kenne, wachsen über einer Glasplatte mitten im Zimmer aus dem Boden. Sie sehen müde aus. Die Frau mit dem silbernen Lidschatten sagt: »… hat unser Präsident das Problem mit absoluter Perfektion gelöst. Die Asarianer Bradley Starlight und Balhaus Bim wurden lebend gefunden und in Sicherheit gebracht. Brenda-Lee Moet ist in Gewahrsam genommen worden. Eine Untersuchung, die die Umstände von Victor Susswicks Tod aufklären soll, wurde eingeleitet.«

Der Mann fährt fort: »Mittlerweile gibt es auch neue Informationen über die Provinzler, die noch immer durch unser Land streifen.«

Hinter ihnen wird ein Foto von Lyssa eingeblendet, das sie als Kind zeigt. Mit ordentlich geflochtenem, braun gefärbtem Haar und in einem Ballerinaoutfit lächelt sie der Kamera entgegen.

»Bei der Gesuchten handelt es sich um Lissabell Mondstein. Eine ehemalige Asarianerin, die wegen ihres niedrigen Punktestands abgeschoben wurde …«

Lyssa … Lissabell Mondstein. Wie schön das klingt. Der Klang ihres Namens und die Tatsache, dass sie frei ist, lässt ein Glücksgefühl durch meine Adern strömen und gibt mir Auftrieb wie einem Süchtigen.

Die Fenster lassen sich nicht öffnen. Weder durch Scio noch durch meine Bemühungen. Eine Flucht aus diesem Hightech-Haus wird schwerer als gedacht.

An der Stirnwand des Zimmers hängt ein bodentiefes, abstraktes Gemälde in Grau und Weiß, das sich bei näherer Betrachtung als Tür entpuppt, die in ein Badezimmer führt. Aber was für eines!

Der ganze Raum ist mit glänzenden schwarzen Steinplatten ausgelegt. Auf den Wänden läuft ein Video mit Urwaldbildern. In der Mitte sind drei längliche Pools in den Boden eingelassen, neben denen zusammengerollte Handtücher liegen. Ich kann es kaum fassen. Meine Eltern hatten nicht mal eine Dusche. Wir mussten die öffentlichen benutzen.

Warum haben die Pools alle verschieden gefärbtes Wasser? Benutzt man jeden Tag eine andere Badewanne? Wenn ja, in welcher Reihenfolge? Beim Anblick des Pools überrollt mich eine unendliche Erschöpfung. Bevor ich weiter an Flucht denken kann, muss ich Kraft sammeln. Ich ziehe meine Strümpfe von den Füßen. Kaum berühren meine Sohlen den Boden, verkündet Scio: *»Monsieur Rivoir. Ich messe bei Ihnen* *einen etwas zu niedrigen Körperfettanteil. Ich werde Ihre Nahrung so zubereiten, dass Sie ein wenig zunehmen.«*

Im Boden müssen Sensoren sein, aber ich kann keine entdecken. Ob Scio immer so bevormundend ist? »Scio, und was ist, wenn ich nicht zunehmen will?«

»Ich habe außerdem Anzeichen für eine Verletzung im Fußgelenk festgestellt«, ignoriert der Computer meine Frage. *»Bitte nehmen Sie morgens und abends zwei dieser Tabletten.«*

Die Türen eines kleinen Schränkchens fahren zurück und eine Röhre erscheint. Überrascht drehe ich sie in den Händen. Medizin!

»Ich vertraue dir einfach mal, Computer«, murmele ich, schüttele zwei Pillen heraus und schlucke sie. Scio ist so nützlich, wie er unheimlich ist. Auf Nachfrage erklärt er, dass man alle drei Pools nacheinander benutzt. Sie haben verschiedene Temperaturen und die Essenzen öffnen die Poren, oder so ähnlich. Ich entscheide, dass mir ein Pool reicht. Und zwar der, der nach Blumengarten riecht. Das Wasser ist angenehm warm und prickelt auf der Haut. Außer im Meer habe ich noch nie gebadet. Premiere.

Aus einer Glasplatte im Boden lässt Scio auf meinen Befehl hin wieder die Nachrichten auftauchen. Irgendwann spricht der Präsident selbst. Er verbietet den privaten Kontakt nach Cainstorm. Für jede Nachricht brauche man ab heute das Einverständnis des Ministeriums. Außerdem soll Eyevision auf Cainstorm nicht mehr zu empfangen sein.

»Wir waren zu unvorsichtig«, sagt er. »Die Provinzler sehen die Schönheit unseres Landes auf Eyevision und wollen herüberkommen, um sie zu zerstören. Aber ich verspreche Ihnen allen: Unsere Mauer wird halten! Wir werden uns weiter abschotten müssen, dann wird es zu keinem weiteren Grenzübertritt kommen. Allerdings muss garantiert bleiben, dass unsere asarianische Wirtschaft nicht leidet. Wir beziehen Rohstoffe aus Cainstorm und viele unserer Produktionsketten haben ein oder zwei Schritte, die von Fabrikarbeitern in der Provinz durchgeführt werden.«

Mein Inneres zieht sich zu einem festen Knoten zusammen. Selbst wenn ich irgendwie an die neue Telefonnummer meiner Mutter käme, kann ich sie von Asaria aus nicht mehr anrufen. Sie fragt sich sicherlich schon längst, was mit mir passiert ist, wo ich bin, wie es mir geht. Mein Bruder Luc wird wissen wollen, warum ich nicht nach Hause komme. Er ist erst drei Jahre alt. Wie lange wird es dauern, bis er mich vergessen hat?

Zorn auf Asaria steigt in mir hoch. Der Moment, in dem ich Bradley Starlight fast erschossen hätte, ist noch so nah. Die Dunkelheit hatte mich eingeholt und ich war sogar bereit zu töten. Jetzt spüre ich, wie sich diese Dunkelheit wieder anschleicht. Du musst stark bleiben, denke ich. Du darfst dich nicht im Hass verlieren! Aber vielleicht wirst du diesen Hass noch brauchen, um hier rauszukommen, flüstert mir eine andere Stimme zu. Ich tauche ab und die Stimme des Präsidenten geht im Gluckern des Wassers und dem Knistern des Schaums unter. Ich wünschte, Lyssa wäre hier mit mir im Palast. Ich vermisse sie so sehr, dass es wehtut.

Scio bietet mir nach dem Bad einen Bademantel an, aber ich fühle mich darin seltsam angreifbar. Also lasse ich mir normale Kleidung liefern. Die Platte eines Tisches fährt zurück und die Kleidung erscheint. Unglaublich! Es muss im Boden ein Röhrensystem geben, durch das Dinge befördert werden. Vollständig angezogen will ich mich auf das Bett legen und greife automatisch nach der schimmernd grauen Decke, um sie auszuschütteln, so wie ich es mein Leben lang gemacht habe, falls sich Kakerlaken hineingeschlichen haben sollten. Mitten in der Bewegung lasse ich die Decke los. Warum sollte es hier Kakerlaken geben? Ich bin nicht zu Hause auf meiner Matratze unter dem Dachvorsprung. Nicht mal gegen Moskitos muss ich mich schützen. Ich lasse mich auf das Bett fallen, stopfe das rollenartige Kissen unter meinen Kopf und versinke in den Laken. Wie ein Meer aus Seide umfließen sie mich, aber ich bin zu angespannt, um den Luxus zu genießen.

»Monsieur, darf ich Ihre Matratze erwärmen?«

Reflexhaft will ich ›Nein‹ sagen. Aber warum eigentlich nicht. »Scio, ja.« Unter mir wird es angenehm warm. Todmüde lausche ich mit geschlossenen Augen den vor sich hin blubbernden Nachrichtenstimmen. Sie wiederholen immer wieder dieselben Informationen und ich bin trotz meiner Müdigkeit kurz vorm Durchdrehen, weil ich nichts tun kann, als hier zu liegen und auf Nachrichten über Jago und Lyssa zu hoffen.

Ich kann nicht schlafen, also bestelle ich über Scio Abendessen. Schon nach wenigen Minuten öffnet sich das niedrige Tischchen und präsentiert einen Teller, auf dem sich das Essen häuft. Zartrosa Scheiben, Orangenes auf Spieße gesteckt und Rotes, in Vierecke oder Bällchen geformt. Ob in der Soße möglichst viele Kalorien sind, damit ich zunehme?

»Monsieur«, sagt Scio. *»Ich habe einen Hologramm-Anruf für Sie. Es ist Hina-Mai Yong. Darf ich sie zuschalten?«*

Ich zögere, doch da erscheint Hina auch schon als Hologramm über einer der sechseckigen Platten. Sie sitzt im Schneidersitz auf einem plüschigen Teppich.

»Hey, mein Freund!«, ruft sie übertrieben gut gelaunt und eine Reihe übergroßer Kuscheltiere hinter ihr wiederholen im Chor: »Hey, mein Freund.«

»Ich wollte nach dir sehen«, sagt Hinas Hologramm in der Kinderstimme.

»Siehst du mich denn wirklich?«, frage ich irritiert.

»Ja. Scio filmt dich, so wie er mich filmt.«

Unbehaglich schaue ich mich nach Kameras um, kann aber keine entdecken. Hat Scio mich auch beim Baden gefilmt? Auf einmal fühlt sich dieses Zimmer nicht mehr privat an, sondern wie ein Gefängnis mit Überwachungsanlage, die eine Flucht völlig unmöglich machen könnte. Aber ich bin zu müde, um das jetzt zu durchdenken.

Hina rutscht nach vorne und die Kamera zoomt ein Stück zurück. Plötzlich sitzt sie hinter einem Tisch, auf dem sich Essen auftürmt. Eingelegte Tintenfische, Jakobsmuscheln, Garnelen. Es wirkt wie eine Fischtheke. »Lass uns zusammen essen«, sagt sie. Ihr Kopf ragt hinter dem Berg hervor. »Wir müssen auch nicht reden.«

»Schaffst du das alles?«, frage ich erstaunt.

»Mal sehen. Spooky isst den Rest.« Hina tunkt ein Hummerbein in Soße und beißt mit geschlossenen Augen ab. »Hmmmm«, macht sie genießerisch. Dann schlürft sie eine Muschel aus, reißt die Augen begeistert auf und nickt. »Hmmm. Ich esse den Ozean.«

Sie muss auf Sendung sein. Warum würde sie sonst so übertreiben? Ungeschickt versuche ich, mit den beigelegten Stäbchen den glitschigen Fisch auf meinem Teller aufzuspießen. Warum haben die Leute hier keine Messer und Gabeln? Es schmeckt fantastisch. Salziges Meer und karamellisierter Zucker. So habe ich Fisch noch nie gegessen! Und auch die Beilagen sind kein Vergleich mit dem Dosenfraß, den es bei uns gibt.

Scio meldet sich: *»Monsieur Rivoir, ich habe in Ihrem Speichel eine mögliche Kariesinfektion gemessen. Wir könnten so-*

fort eine heilsame, wohlschmeckende Mundspülung machen oder ich …«

»Scio, halt die Klappe!«, befehle ich und betrachte das Stäbchen in meiner Hand mit tiefem Unwohlsein. Ist dieser Computer wirklich überall? Ich esse die Bällchen mit den Fingern und bin lange vor Hina fertig, die mit übertriebenem Genuss Krabbenbeine aussaugt. Nach fünfzehn Minuten ist ihre Platte immer noch bis oben hin voll, aber sie entscheidet: »Scio, abräumen.«

Sofort schnellen die Platten auseinander und all die Muscheln, Fische und Garnelen fallen nach unten und verschwinden in der Tiefe.

»Hast du … hast du jetzt etwa das ganze Essen weggeschmissen?« Ich kann es nicht fassen.

Hina ignoriert mich: »Zeit für ein Spiel?«

»Davon hätte noch eine ganze Familie satt werden können!«

»Sei keine lahme Giraffe.« Hina winkt mit beiden Händen wie ein kleines Mädchen und singt: »Bin gleich wieder da!«

Das scheint an die Zuschauer gerichtet zu sein, nicht an mich. Sie drückt ihre Augen fest zusammen. Einmal kurz, zweimal lang. Was macht sie da? Als sie mich anschaut, ist ihr Dauerlächeln weggewischt. Alles Liebliche und Mädchenhafte ist auf einen Schlag verschwunden. Es ist, als würde eine andere Person vor mir sitzen.

»Wer bist du eigentlich?«, frage ich ironisch.

Sie wirft mir einen müden, leicht entnervten Blick zu. »Schon mal das Wort ›Kunstfigur‹ gehört?« Ihre Stimme klingt tiefer. Normal. »Ich bin seit 24 Stunden auf Sendung, habe heute Nacht nicht geschlafen. Also nerv mich bitte nicht und mach einfach bei meinem Stream mit!«

»Das Blinzeln eben. Hast du damit den Chip ausgestellt?«

»Ja.«

»Kann das jeder hier?«, frage ich leicht gereizt, weil ich nie die Möglichkeit hatte.

»Na klar. Ich bestimme selbst, wann ich online bin.« Sie lehnt sich nach vorne und betrachtet mich ernst. »Wir haben einen Auftrag von Damaris. Videos drehen. Ein Video am Tag ist zu wenig. Aber ich lasse dich mitentscheiden, was wir machen. Wir könnten anderen Leuten Streiche spielen oder … uns verlieben?«

Ich lache laut auf. So emotionslos habe ich noch niemanden von Liebe reden hören. »Liebe mit Sicherheitsabstand? Wie soll das gehen? Und was würden deine Eltern sagen?«

»Die sind eh nie da … Rumknutschen wäre für mich okay. Weiter gehe ich nicht.«

Ich wische mir die Lachtränen aus den Augenwinkeln. »Verkauf mir deine Seele, dann machen wir mehr Videos. Verlieben? Komm, sei ehrlich. Ich bin dir doch völlig egal.«

Sie schaut mich an und in ihren hellen Augen sehe ich Ärger und Erschöpfung: »Dann halt nicht. Aber ich will, dass du jetzt mitmachst, sonst … rufe ich die Wache und die sperrt dich in die Zelle!«

Wir starren uns wortlos an. Ich kämpfe meine Wut nieder. Es wäre dumm, mich zu verweigern, und ich darf nicht nur an mich denken. Jago muss die Chance haben, sich in diesem komfortablen Haus zu erholen. Und selbst wenn nur ich in einer Zelle bin, sind wir getrennt und können nicht zusammen fliehen. »Gut«, stoße ich zwischen zusammengebissenen Zähnen hervor.

Von einer auf die andere Sekunde verwandelt sich Hina wieder in das strahlende kleine Mädchen. Blinzelnd stellt sie ihre Sendung an und ruft: »Emojis raten!« Sie lässt ihren

Kopf zurücksinken, schließt die Augen und lächelt dabei leicht grenzdebil. Vor mir erscheinen drei verschiedene Hologramm-Emojis. Ich brauche einen Moment, um zu verstehen, dass ich raten soll, welches Emoji sie darstellt. »Schläfrig«, tippe ich und Hina klatscht begeistert. So geht das vielleicht eine Stunde mit unterschiedlichen Spielen, bei denen ich mich bemühe, nicht zu gelangweilt zu wirken.

Als sie sich endlich mit einem »Bis morgen, mein bester Freund!« verabschiedet, lasse ich Scio Eyevision öffnen und finde Hinas Kanal. Ganz oben ist der Stream mit mir. Er hat Millionen von Aufrufen. Anscheinend hatte Damaris recht. Ich bringe Einschaltquote. In den Streams darunter sitzt Hina vor gewaltigen Essensplatten. Wer schaut einem anderen beim Essen zu? Das ist doch langweilig, oder nicht? Aber die Videos wurden von Millionen aufgerufen.

In vielen Videos ist auch Spooky zu sehen, in einigen Hinas Eltern, ganz selten ihr Bruder, und immer spielt Hina ihre nervige Kunstfigur. Ich scrolle nach unten, durch insgesamt fünftausend Videos, die in den letzten neun Jahren entstanden sind. Hina war fast ihr ganzes Leben auf Sendung! Je tiefer ich komme, desto jünger wird Hina auf den Thumbnails und desto natürlicher ihr Aussehen. Beim allerersten Video ist sie ein ganz normales Mädchen, das die Welt durch ihre Augen filmt. Faszinierend. Sie ist über die Jahre mehr und mehr zu einer Kunstfigur geworden.

Die Stimme des Moderators reißt mich aus meinen Gedanken: »Eine Provinzlerin wurde geschnappt! Wir schalten um!« Auf einen Schlag habe ich Hina vergessen. Das Hologramm einer kleinen Villa, angestrahlt von Scheinwerfern, leuchtet in der Dunkelheit meines Zimmers. Ein breiter Schatten bewegt sich hinter der Terrassentür.

»Im Namen des Präsidenten nehme ich Sie fest! Kommen

Sie mit erhobenen Händen heraus«, erschallt eine Lautsprecherstimme.

Der Schatten schiebt sich durch die Tür, dünnes braunes Haar leuchtet im Scheinwerferlicht auf. »ICH LIEBE DICH, ASARIA«, schreit eine Frauenstimme. Es ist Tami, die Taubenjägerin. Die Kopfgeldjägerin aus Cainstorm, die sich heimlich in unsere Drohne geschlichen hat und wie Lyssa und Jago vor der Küste Asarias ins Meer gesprungen ist.

»Ich liebe euch«, schreit Tami ekstatisch und entblößt die Zahnlücke zwischen ihren Schneidezähnen, dann verschwindet sie in einem Helikopter. Immerhin scheint der Präsident zu seinem Wort zu stehen und lässt Tami nicht erschießen. Meine Gedanken wandern weiter zu Lyssa. Wo ist sie? Was sie wohl macht? Allmählich fallen mir die Augen zu. Im Halbschlaf stelle ich mir vor, ihren Geruch nach Himbeere einzuatmen … dann sinke ich in einen unruhigen Schlaf.

Bruchstückhafte Bilder von tiefen, düsteren Wäldern voll hungriger Tiere kleben wie geschmolzener Teer vor meinen Augen. Der verzweifelte Wunsch, meine Freunde zu finden, zerreißt mich fast. Irgendwo ist Lyssa. Eingehüllt in bodenlanges türkises Haar. Weiße Kabel wachsen über den Boden, wickeln sich eng um die Stämme. Jago ruft, schwach und hallend. Die Kabel winden sich wie Würmer unter meinen nackten Füßen, wickeln sich um meinen schmerzenden Knöchel …

Ich reiße die Augen auf. Mein Hemd klebt schweißnass an meiner Haut. Mein Herz rast und meine Hände haben sich im Schlaf zu Fäusten verkrampft. Im Zimmer ist es stockdunkel, es muss mitten in der Nacht sein. Ich lausche in die Stille des fremden Hauses. Irgendwo summt es leise, dann höre ich Schritte und Stimmen vor der Tür. Mir wird eiskalt in meinem verschwitzten T-Shirt. Kommen sie doch noch, um mich auf die Insel zu verbannen? Bringen sie Tami?

Ich rutsche aus dem Bett, meine Augen versuchen vergeblich, die Dunkelheit zu durchdringen, meine Hände tasten nach der Wand und einem Lichtschalter. Dann fällt mir der rettende Befehl ein: »SCIO, LICHT!«

Die Wände beginnen sanft zu leuchten.

»Monsieur Rivoir«, meldet sich Scio. *»Ihr Schlaf war sehr unruhig. Darf ich Ihnen einen beruhigenden Tee anbieten? Während Sie ihn trinken, spiele ich Ihnen …«*

»Scio, woher …«, unterbreche ich ihn und schaue zurück zum Bett. Dieser Computer weiß wirklich alles über mich! Gruselig.

In meinem Fuß pocht es immer noch dumpf, aber die Tablette hat wahre Wunder gewirkt, denn ich kann fast ohne Schmerzen auftreten. Ich lege mein Ohr an das kalte graue Glas der Tür und höre gedämpfte Stimmen auf dem Flur. Kurz entschlossen lasse ich Scio das Schloss entriegeln und schiele hinaus. Eine Tür schräg gegenüber ist geöffnet. Aus dem Zimmer dringen leise Stimmen.

Kurz darauf treten zwei Wachleute und eine Frau in weißem Kittel aus dem Zimmer. Eine Ärztin? Ich öffne die Tür weiter: »Entschuldigung, wen haben Sie gebracht?«

Die Männer legen ihre Hände auf die Pistolen und die Ärztin zuckt fast unmerklich zusammen. Sie deutet zu der offenen Tür: »Geh ruhig hinein. Dein Kumpan braucht dich sicherlich.«

Ihre Worte wirken wie eine Flut, die die Reste des Albtraums, der Angst und Verlassenheit davonspült. Die Wachen schauen mich an wie einen Massenmörder, der durch einen Fehler im System die Freiheit erlangt hat. Möglichst gleichgültig gehe ich an ihnen vorbei. Flurlicht fällt in einen

Raum, der meinem ziemlich ähnlich sieht. Allerdings riecht es nach Desinfektionsmittel.

Die Tür schließt sich hinter mir. Durch die Mattglasscheiben fällt Mondlicht. Unter den Laken zeichnet sich eine lange Gestalt ab. Jago hat die Augen geschlossen, den Mund leicht geöffnet. Zwischen den vielen Kissen wirkt er schmal. Sein Atem geht gleichmäßig. Schläuche mit durchsichtiger Flüssigkeit führen unter die Bettdecke. An seinem Finger steckt ein kleines Gerät, das über ein Kabel mit einem Kasten verbunden ist. Am liebsten würde ich Jago umarmen, aber ich beherrsche mich. Vorsichtig lege ich mich neben ihn auf die breite Matratze, und als ich einschlafe, ist mein Schlaf tief und traumlos.

7

Insektenfühler. Drängend, vibrierend. Wellenförmig breitet sich das Trommeln unter meinem Schädel aus. Blinzelnd öffne ich die Augen. Die Sonne scheint gedämpft durch die milchigen Fenster. Jago liegt noch genauso neben mir wie in der Nacht. Sein Herzschlag auf dem Monitor des grauen Kastens mit den blinkenden Lichtern ist gleichmäßig. Erleichtert atme ich aus.

Das Vibrieren wird immer stärker. Ich lasse die Hackerin ein. Sofort erscheint im Chat: *»Ich bin's! Zeit für die Revolte. Aber bevor du antwortest: Es kann gut sein, dass sie dich abhören. Scio ist überall.«*

Mein Blick wandert zu der unauffälligen sechseckigen Glasplatte, die auch hier im Boden eingelassen ist. Scio sieht und hört alles, und wer weiß, wer Scio abhört? Ich rolle aus dem Bett. Auf einem Stuhl liegen Jagos Klamotten in einem so ordentlichen Stapel, wie er das selbst sicher noch nie im Leben gemacht hat. In seiner Hosentasche werde ich fündig. Sein Notizheft und ein Bleistift. Ich lege mich wieder hin, ziehe mir die Decke über den Kopf und trenne vorsichtig ein paar Seiten auseinander, die durch das Meerwasser verklebt sind. Jago hat viele kunstvolle, nun teils verwischte Abbildungen von Flugdrachen gezeichnet, aber ich finde ein paar leere Seiten. Im Halbdunkel schreibe ich: ›Um was geht es dir eigentlich, also was ist der Plan?‹

»Wir werden versuchen, den Schlüssel zu finden. Den Schlüssel zu dem, was Asaria im Innersten zusammenhält. Mehr kann ich dir erst sagen, wenn du dich mir hundertprozentig anschließt. Emilio, ich bin die Königin der Ratten, Flöhe, Ausgestoßenen und Verrückten! Ich bin die, die alle Monster unter sich vereinigt, und du bist eines von ihnen. Ein Provinzler. Ein Verbrecher. Deine Seite ist meine Seite!«

›Ich bin kein Monster. Ich bin nicht kriminell!‹

»Was ist die Wahrheit? Was die Mehrheit über dich denkt oder was du über dich denkst? Emilio, ich bin deine einzige Hoffnung und du meine. Folge mir. Ich brauche dich! Wir werden uns aus all dem Schmutz, den sie über uns ausschütten, erheben!«

›Warum bist du auf der Insel?‹

»Mein Bruder und ich sind direkte Nachfahren unseres Gründervaters Asul Asaria. Zwischen uns entschied sich, wer der nächste Präsident werden würde. Mein Bruder hat den Kampf gewonnen und den Thron bestiegen. Im Himmel ist nur Platz für einen Gott. Sein Leben begann, während er meines enden ließ.«

»Wie?«

Es dauert einige Zeit, bis der nächste Text erscheint. *»Lass es mich so sagen: Ich wurde verehrt. In meinen Adern fließt das Blut meiner Vorfahren und die Menschen spürten seine Macht. Ich war wie die Sonne. Ich strahlte hell. Zu hell. Die Menschen beugten ihre Köpfe vor mir in Demut, sodass ich den Neid in ihren Gesichtern nicht sehen konnte. Neid, so entflammbar wie trockenes Stroh. Es brauchte nur einen Funken, ein, zwei Gerüchte, die mein Bruder streute, und alles, was ich war, alles, was ich hatte, zerfiel zu Asche. Wortwörtlich.«*

›Kannst du dich weniger rätselhaft ausdrücken?‹

»Mein Bruder hat den Palast angezündet und es mir in die Schuhe geschoben.«

Ob die Hackerin mir die Wahrheit erzählt? Dass sie so geschwollen von ihrem Blut daherredet, kommt mir nicht gerade vertrauenswürdig vor. Andererseits würde ich dem Präsidenten eine solche Tat zutrauen. Grausam und effizient.

Wieder spüre ich, wie der Chip sich schlagartig ausschaltet. Wütend schlage ich mir mit der Hand gegen die Schläfe. Der Chip meldet sich zurück und ich lasse Imogen ungeduldig ein. Sie schreibt: *»Heute Abend geht es los, halte dich bereit. Bist du dabei?«*

›Muss ich dazu das Haus der Yongs verlassen?‹, krakele ich auf das Papier.

»Ja. Aber wir kommen ohne Probleme an Scio vorbei. Verlass dich nur auf mich.«

Sie verschwindet. Eine Gänsehaut kriecht mir über die Arme und die Wirbelsäule hinunter. Falls ich beim Verlassen der Villa geschnappt werde, wird der Präsident uns in diese Zelle sperren … Würde Jago das überstehen? Will ich überhaupt bei Imogens Plan mitmachen?

Nachdenklich reiße ich die beschriebenen Seiten aus dem Heft und verarbeite sie zu winzigen Schnipseln. Was passiert, wenn ich nicht mitmache? Ob sie einen Mörder schickt, der mich beseitigt, damit ich ihre Pläne nicht verrate? Hat sie noch mehr Verbündete? Vielleicht unter den Offizieren? Intrigen scheint es hier viele zu geben. Ich wünschte, ich könnte sie real sehen und hören. Was würde mein Stiefvater Serge zu Imogen sagen? Wahrscheinlich würde er auf die wurzelförmige Narbe an seinem Bein zeigen, die er sich geholt hat, als er die Barriere bezwingen wollte, um Cainstorm zu befreien, und mir dann sagen, dass keinem Asarianer zu trauen ist. Schon gar nicht Imogen, Herrscherin der feuchten Keller.

Jago bewegt sich stöhnend. Seine Augenlider öffnen sich mühsam. Ich setze mich neben ihn und grinse auf ihn herab. »Ich wusste doch, dass dich Kugeln nicht umbringen können.«

»Mich doch nicht«, flüstert Jago. Er ist so geschwächt, dass er nur ein winziges Lächeln zustande bringt.

»Wie geht's deiner Schulter?«, will ich wissen.

»Okay … fühlt sich betäubt an.«

Scio unterbricht uns sanft. *»Monsieur Cabrera«*, sagt er und ich grusele mich ein wenig, weil Scio Jagos Nachnamen kennt. *»Sie haben besser geschlafen als sechzig Prozent aller Menschen in Ihrer Umgebung.«*

Scio zählt Jagos Schlafphasen auf, während dieser verstört flüstert: »Was ist das für eine Stimme? Wer redet da?«

»Eine Art Übermutter, die dir aber jeden Wunsch erfüllt.«

»Für einen schnellen Heilungsprozess habe ich ein passendes Frühstück zusammengestellt: ein Omelett aus dem Ei des Schwarzkopfadlers, serviert mit Krabbe und Trüffel. Dazu reiche ich Orangensaft aus sonnengewärmten Hochlandfrüchten.«

Die Platten des Tisches neben Jagos Bett gleiten zur Seite und ein Frühstück erscheint, ohne dass Scio auf Jagos Einverständnis wartet. Ob er Widerspruch dulden würde?

»Bitte trinken Sie den Saft komplett. Ich habe ihn mit Ihrer heutigen Medikation angereichert.«

»Das ist … das ist so abgefahren«, flüstert Jago und schaut sich im Raum um. »Was ist passiert? Wo sind wir? Sag mir, was los ist.«

Ich zögere, weil er so schwach aussieht, aber ich kann ihn auch nicht belügen. Also erzähle ich ihm, was der Präsident entschieden hat. »Lyssa ist noch frei«, sage ich und Jago murmelt: »Immerhin, sie ist am Leben! Was noch? Du verschweigst mir was.«

Ich ziehe die Decke über mich und ihn, sodass nur ein schwaches Licht auf das Heft fällt. ›Wir werden wahrscheinlich belauscht‹, schreibe ich. Dann bringe ich alles zu Papier, was ich über die Hackerin weiß.

Jagos Antwort besteht aus zittrigen, dünnen Buchstaben: ›Persönlich getroffen?‹

›Nein‹, schreibe ich. ›Und ich will ihren Namen auch nicht online suchen – sonst erfährt Scio das auch.‹

›Kannst niemandem trauen, nicht kennst‹, lese ich Jagos zerstückelte Antwort. Mit Mühe bringt er weitere halbe Sätze zu Papier: ›Ist sie wirklich sie? Existiert sie? Wie soll Aufstand gehen? Hat sie eigene Armee? Lass abwarten, bis Lyssa hier ist. Wir machen eigenen Plan. Verschwinden von hier. Bin bald wieder fit!‹

Wieder fit? Du kannst ja den Stift kaum halten, denke ich. Plötzlich habe ich das überwältigende Bedürfnis, mit meiner Mutter zu sprechen. Mir ihren Rat zu holen. Mir war bisher nie klar, wie selbstverständlich sie immer für mich da war …

Jago will an dem Piercing in seiner Lippe kauen, aber jemand hat es entfernt. Er schreibt: ›Hab schlechtes Gefühl. Trau der verrückten Adeligen nicht.‹

»Ich finde einen anderen Weg«, flüstere ich fest entschlossen.

Der Flur ist verlassen. Probehalber gehe ich ein paar Schritte und entferne mich dabei von meiner und Jagos Zimmertür. Scio reagiert nicht. Ob ich mich im Haus frei bewegen darf? Mein Knöchel zieht immer noch, trotzdem fühlt er sich besser an als gestern. Ich muss zugeben, dass die Medikamente auf Asaria deutlich wirkungsvoller sind als unsere. Ganz egal, um welchen Schmerz es sich handelt, bei uns löst man eine Schmerztablette in Limo auf, und wenn das nicht hilft, lässt man sich von einer Priesterin Weihrauch ins Gesicht pusten. Vielleicht ist Jago doch schneller wieder auf den Beinen, als ich mir vorstellen kann?

Eine Bewegung lenkt mich ab. Auf einer Vitrine hat sich ein rosa Schmetterling niedergelassen. Er muss sich ins Haus verirrt haben. Ich nähere mich vorsichtig, als ich etwas Merkwürdiges auf seinen Flügeln sehe. Sie sind mit Text beschrieben. Vorsichtig nehme ich den Schmetterling in die Hand. Er lässt es einfach geschehen. Ganz zart streiche ich über seine Flügel. Sie sind aus Seidenpapier und riechen nach Kirsch-Parfüm.

Erstaunt lese die mädchenhaft geschriebenen Wörter: ›Emilio!! Ich bin für immer dein Fan, Inaya.‹ Über die i's sind kleine Herzchen gemalt.

Neugierig schraube ich den Plastikkörper des rosa Schmetterlings auf. Ein Kabel und eine winzige Batterie fallen heraus. Als ich mich umschaue, entdecke ich weitere Falter, pflücke hier und da welche von den Wänden und lese die Nachrichten auf ihren Flügeln.

›Was ist passiert? Bitte schicke uns eine Nachricht, wie es dir geht. Deine KiraLinn.‹

›Emilio, ich wünschte, du wärst wieder auf Sendung!‹

»Scio«, frage ich. »Kann ich auf diese … Brieflinge antworten?«

»Monsieur, es ist Ihnen nicht gestattet, mit jemandem außerhalb des Hauses zu kommunizieren.«

Im Flur ist ein großes Fenster, aber es ist natürlich undurchsichtig.

»Scio«, sage ich zu der sechseckigen Platte im Flurboden. »Öffne das Fenster.«

»Monsieur Rivoir, es ist Ihnen verboten, die Fenster zu öffnen.«

Ich habe es geahnt. Ob ich die Scheibe zerschlagen könnte? Oder ist es Sicherheitsglas? Ich frage Scio lieber nicht, gehe weiter und halte mich dicht an der Wand, damit Scio sich nicht einschaltet, aber es funktioniert nicht. Alle paar Meter leuchtet eine neue Platte auf. Ich habe keine Chance, mich durch dieses Haus zu bewegen, ohne dass Scio genau weiß, wo ich bin. Immerhin werde ich von Scio nicht dazu aufgefordert, in mein Zimmer zurückzugehen.

Über die Treppe gelange ich zurück in die Eingangshalle mit dem Springbrunnen. Das ganze Haus scheint verlassen, so still ist es. Nicht einmal Musik oder irgendein Geklapper. Sind die Yongs überhaupt da? Aber bei so wenigen Bewohnern und so vielen Zimmern und Fluren ist es vielleicht normal, tagelang auf keine andere Menschenseele zu stoßen. Mir wäre so ein Leben zu einsam. Bei uns hört man ständig das Lachen der Kinder, die auf der Straße spielen, die Wellen des Meeres, das Kreischen der Möwen und das Hupen der Motorräder. Hintergrundgeräusche, die manchmal genervt haben, aber die ich plötzlich vermisse.

Wie aus dem Nichts erscheint Hina als Hologramm vor mir. Sie trägt ein Pandakostüm, springt in kindlichen Hopsern über eine Wiese und piepst dabei. Ich beiße die Zähne aufeinander. Wie sollen Jago und ich jemals hier herauskommen, wenn sie ständig auftaucht und idiotische Spiele spielen will?

»Rate, was ich bin«, ruft Hina und piepst wieder.

Ich hole tief Luft. »Ein Panda?«

»Ein Baby-Panda!« Sie kichert. »Mach auch mal ein Tier nach.«

»Nicht jetzt, okay? Später.«

»Doch, jetzt!«

Ich spüre Wut in mir aufsteigen und es fällt mir schwer, die Beherrschung zu bewahren! In dem Moment sagt Scio unerwartet streng: *»Madame Yong, darf ich Sie freundlich an die Abgabe der Social-Media-Kampagne erinnern zum Thema ›Wie integrieren wir die unter Fünfjährigen besser bei Eyevision?‹. Der Abgabetermin war gestern Abend um zwanzig Uhr. Sie haben ihn verpasst.«*

Hina zieht eine Schnute. »Scio, jaha. Ich bin doch dran.«

»Nehmen Sie Ihre Aufgabe ernster, sonst muss ich Ihnen Punkte abziehen. Ein Sitz im Parlament ist mit Verantwortung verbunden. Ich sehe nicht gerne, dass Sie auf Sendung sind, wenn Pflichten erfüllt werden müssen.«

»Scio ...«, stöhnt Hina und ich erwarte, dass sie dem Computer befiehlt, sie in Ruhe zu lassen. Doch zu meiner Überraschung gibt sie nach. ».... schalte die Übertragung aus.«

Ihr Hologramm erlischt und ich frage mich, wie weit Scio in seiner Strenge gehen würde?

»Scio«, frage ich. »Wie lange, schätzt du, braucht Hina für diese Aufgabe?«

»Monsieur, eine gute Kampagne lässt sich nicht in wenigen Stunden planen.«

Ich grinse in mich hinein. Sehr gut.

Über der Eingangstür fließen die Linien an den Wänden bei den Porträts der Familie Yong zusammen. Unter jedem Bild steht eine Zahl. Die Eltern haben über fünf Millionen Punkte, Hina hat immerhin eine Million, aber der stille Junge ist weit abgeschlagen mit unter zweihunderttausend Punkten.

»Scio, sind das die Punkte, die jedes Familienmitglied gesammelt hat? Die Punkte für ein erfolgreiches Leben, die auf Asaria so wertvoll sind?«

»Ja, Monsieur.«

Als ich an der Eingangstür vorbeikomme, öffnet sie sich zu meiner Überraschung automatisch. Ich wage einen Schritt hinaus. Nichts passiert. Keine Alarmsirene, kein Wachpersonal. Sogar Scio schweigt. Also laufe ich die Treppe hinunter, über den knirschenden Kies und zum Aufzug, mit dem ich gestern hier angekommen bin. Einfach nur, um meine Bewegungsfreiheit zu testen, sage ich: »Scio, ich will nach unten fahren.«

»Monsieur Rivoir, es ist Ihnen verboten, den Aufzug zu benutzen.«

»Ja, ja, ja.« Hier ist also meine Grenze. Ich schaue nach oben, wo sich die Glasplatte über den Innenhof spannt. Der Himmel ist wolkenlos. Ein wunderschöner Sommertag. Am Rand der Glasplatte, dort wo das Dach anfängt, wehen ein paar Blätter in leichtem Wind. Ob da oben ein Dachgarten ist? Vielleicht parken die Yongs dort ihre Drohnen? Ich will es herausfinden.

»Monsieur Rivoir«, ertönt schon wieder Scios Stimme. *»Sie haben heute trotz Ihrer Fußverletzung gerade Ihren siebenhundertsten Schritt gemacht. Überlasten Sie Ihren Knöchel nicht. Darf ich Ihnen ein beruhigendes Bad mit Minzextrakt anbieten?«*

Wie ertragen die Asarianer nur diese Überwachung und Bevormundung? Allein schon deshalb habe ich Lust, ›Nein‹ zu sagen, doch in diesem Moment ruft jemand: »Diese Villa ist der Hammer!«

Tami die Taubenjägerin kommt mit breitem Grinsen die Treppe heruntergesprungen. Hina hat uns tatsächlich alle aufgenommen. Einen Moment habe ich ein wenig Mitleid mit ihren Eltern.

»Hammer, Hammer, Hammer«, schreit Tami laut und nervig, aber ich freue mich, ein bekanntes Gesicht zu sehen und eine Stimme ohne hart geschliffene asarianische Aussprache zu hören.

»Hey. Hast du meine Freundin Lyssa gesehen?«, frage ich. »Vielleicht irgendwo im Wald?«

»Nö.« Tamis braune Haare sind wie immer ungekämmt und die Fransen ihrer Lederjacke schlackern durch die Gegend. »War die ganze Zeit alleine unterwegs. Ich hatte Angst, sie würden mich einsperren. Aber jetzt bin ich hier! Im Himmel! Ich habe ein eigenes Zimmer! Einfach so. Ich musste nichts dafür tun.«

Ich stapfe enttäuscht an Tami vorbei die Treppe hinauf. Sie folgt mir: »Hast du deine Fans schon getroffen? Ich will meine so schnell wie möglich treffen.«

»Deine Fans?«, frage ich verwirrt.

»Jaha. Meine Fans, meine Fans, meine Faaans!«, singt Tami mit ihrer lauten Stimme. Klar, Tami hat auch den Eyevision-Chip implantiert. Mit ihrem schrägen Gesang über Liebe und Tauben ist sie zu zweifelhaftem Ruhm gekommen, denn ihr Video ist das am meisten gedislikte auf Eyevision.

Ich sage Tami nicht, dass die Yongs wahrscheinlich den Teufel tun werden, irgendwelche Fans in ihr Haus zu lassen. Das muss Tami schon selbst herausfinden, was hoffentlich noch dauert, denn wenn sie wütend wird und versucht auszubrechen, will ich wegen ihr nicht in einer Zelle landen.

»Taaaube, Taaaube! Hööööher und hö-hö-höher!«, singt Tami schief, aber immerhin vertreibt ihr Gesang diese Totenstille, die die Flure wie Blei füllt.

Im ersten Stock kommen wir an eine Kreuzung, in deren Mitte zu meiner Verwunderung ein mächtiger Olivenbaum wächst. Über ihm wölbt sich eine runde Glaskuppel. Sie ist durchsichtig. Wenn ich den Baum hochklettere, kann ich vielleicht sehen, wie weit wir von einem Wald entfernt sind oder einer anderen Möglichkeit, sich zu verstecken. Vielleicht liegt der Palast sogar nah am Meer? Ich greife nach einem Ast, aber meine Hand fasst zu meiner Enttäuschung ins Leere. Der Baum ist ein Hologramm. An jeder Zweigspitze ist das Bildnis von einem Mann oder einer Frau eingeblendet, darunter Geburts- und Sterbedaten. Der Stammbaum der Familie Yong. Er reicht 200 Jahre zurück, stelle ich staunend fest und stoße einen anerkennenden Pfiff aus. Ich kann mich ja kaum noch an meine Großeltern erinnern.

Tami interessiert sich nicht für den Baum. Sie wippt herum und schnipst mit den Fingern. In ihrem Kopf scheint ein Lied zu laufen, das nur sie hört. Ich setze meinen Weg zum Dachgarten fort. Tami folgt mir. Aus ihrem aufgeknöpften Ausschnitt schlängelt sich eine goldene Kette.

»Hast du die von den Yongs?«

Tami unterbricht ihr Gesumme und stopft die Kette zurück in ihren Ausschnitt. »Nee, von einem der Wachmänner.« Sie lacht gackernd. Mit einem ihrer matschgrünen Augen zwinkert sie mir so listig zu wie eine Katze, die heimlich auf ein Kissen gepinkelt hat. »Er war unvorsichtig.«

»Mach, was du willst«, sage ich, verärgert über Tamis Leichtsinn. »Aber wundere dich nicht, wenn die dich ganz schnell ins Gefängnis stecken.«

»Ey, die checken das doch nicht. Die Leute hier sind doch behängt wie Weihnachtsbäume.«

»Bleib lieber unter dem Radar«, rate ich ihr und denke an Scio, der überall ist und alles hört und sieht.

»Was? Nee, ich will ein Star werden. Sängerin! Dafür muss ich auffallen.« Sie klimpert affektiert mit den Wimpern.

Bevor du Sängerin wirst, werde ich Präsident, denke ich.

Als wir weitergehen, hören wir plötzlich Musik, die durch eine verschlossene Tür dringt. Sie klingt aufgedreht und gut gelaunt, wie von einer Cartoon-Sendung für Kinder.

»Haaaallo! Haaaallo!«, ruft Tami und hämmert gegen die Tür. Die Musik bricht ab und die Tür wird durchsichtig.

»Was wollt ihr?«, fragt eine Stimme über Lautsprecher. Ich blicke über Tamis Schulter in einen saalartigen Raum. Zu meiner Verwunderung springen dort Schweine wild durcheinander. Sie sind dick, rosa und wirken auf den zweiten Blick wie gezeichnet. Hologramme! In der Mitte des Raumes führen zwei Stufen zu einem Podium, auf dem ein viereckiger Tisch mit stählernen Tigertatzen als Beinen steht. Er ist niedrig, aber groß genug, um locker zehn Menschen Platz zu bieten.

Dort sitzt ganz alleine der Junge auf einem Sitzkissen, die Beine im Schneidersitz verschränkt. Er hebt seine Hand und ein Hologramm-Ball mit Feuerschweif bildet sich in der Luft. Dann macht er eine Wurfbewegung und trifft eines der Schweine. Es zerplatzt in einer Explosion von Diamanten und Sternen.

»Geil! Lass uns rein!« Mit beiden Händen rückt Tami ihre goldene Gürtelschnalle gerade.

»Hast du etwas über meine Freundin Lyssa gehört?«, frage ich. Der Junge schaut uns ausdruckslos an und mir wird klar, warum wir uns frei bewegen dürfen. Scio bewacht die Yongs. Es wird immer eine verschlossene Tür zwischen ihnen und uns geben.

»Wir sind doch Gäste, kleiner Zwerg«, versucht Tami es freundlich.

Wie war doch gleich der Name des Jungen? Quentin? Genau. Plötzlich scheint Quentin sich seiner Rolle als vornehmer Asarianer mit hundertfach verzweigtem Stammbaum und beheiztem Toilettensitz bewusst zu werden. Er erhebt sich so würdevoll, wie das in einem roten Plüschbademantel und vom Schlaf zerzausten Haaren möglich ist. Sein Stimmbruch lässt seine Worte durch die Tonleiter schlittern: »Nein, ich habe nichts über Lyssa gehört.«

»Hast du eine Familie und wo ist die?«, röhrt Tami, ganz außer sich vor Begeisterung, und wedelt mit den Cowboyfransen.

Quentin verschränkt die Hände hinter seinem Rücken und drückt den bebademantelten Bauch heraus, was ihn wie einen kleinen Professor wirken lässt. »Mein Vater bewacht die Friedensmauer, meine Mutter organisiert ein Event und meine Schwester …. keine Ahnung.«

Sprunghaft wechselt Tami das Thema: »Hab übrigens in den Nachrichten gehört, dass Victors Leiche heute Nacht hier im Palast angekommen ist. Express-Versand.« Sie bohrt den Finger in die Seite ihres Halses, als hätte sie ein Pfeil getroffen, streckt die Zunge raus und macht ein ersticktes Geräusch. Unwillkürlich erinnert sie mich an ein Monster, das heimlich durch eine Hintertür in die Villa geschlichen ist. Quentins Miene wechselt von herrschaftlicher Gelassenheit zu tiefem Unbehagen.

Leise sagt er: »Ja. Heute ist seine Beerdigung.« Er beißt sich auf die Unterlippe, will sich wegdrehen, aber hält inne und schaut mich an. »Deine Sendung war übrigens toll. Ich habe gehofft, dass du Victor besiegst.«

Er wartet nicht auf eine Antwort, sondern verschwindet durch eine Tür an der Rückseite des Raumes, die Füße wie ein Pinguin nach außen gedreht, die Hände auf dem Rücken verschränkt. Wie seltsam. Meine Sendung mochte er, aber dass wir zusammen in einem Raum sind, will er nicht. Er hat offensichtlich Angst vor Tami und mir.

Kaum ist Quentin verschwunden, öffnet Scio überraschend die Tür.

»Taube … Taube …«, trällert Tami und tanzt Richtung Tisch und zu dem Salatteller.

»Madame Küchenkraut«, meldet Scio sich beflissen.

»Ja, so heiß ich«, flötet sie.

»Darf ich Ihnen während des Essens eine Fußmassage anbieten? Stellen Sie Ihre Füße einfach auf die im Boden aufleuchtenden Punkte. Sie singen gerne? Wollen wir nach dem Essen gemeinsam singen?«

»Scio, unbedingt!«, ruft Tami, die sich die Garnelen aus dem Salat gepickt hat, und schleudert ihre Cowboystiefel von den Füßen. Hauptsache, sie ist beschäftigt und kommt nicht auf die Idee, die Villa zu verlassen.

Als ich zurück zum Flur gehe, höre ich Quentins schnelle Schritte von den weißen Wänden widerhallen. Am Ende des Ganges sehe ich ihn eine Treppe emporlaufen. Ist das der Weg zum Dachgarten?

Ich lasse mir etwas Zeit, damit ihm nicht der Verdacht kommt, dass ich ihn verfolge. Geistesabwesend streiche ich über die wabernden silbernen Linien an den Wänden, da formen sie sich plötzlich zu Bildern. Erschrocken ziehe ich die Hand zurück.

Schiffe erscheinen, die sich zwischen meterhohen Wellen aufbäumen. Segelschiffe, Jachten und Frachtschiffe. Ein bunt zusammengewürfelter Haufen. Ein gigantisches zähnefletschendes Seeungeheuer zieht sich an der Bordwand eines Frachters herauf. Sein Körper liegt halb im Wasser, halb auf dem Schiff. Nein, das ist kein Seeungeheuer. Es ist ein Löwe, dessen Körper gepanzert ist wie der eines Ritters! Einen Meter weiter hat es der Löwe an Deck geschafft, den Schlund unnatürlich weit aufgerissen. Männer und Frauen schießen aus Gewehren auf den Eindringling, doch die Kugeln prallen an seinem Panzer ab. Während ich weitergehe, zieht der blutige Fortgang der Schlacht in Bildern an mir vorbei. Der Löwe verschlingt die Menschen, zerreißt die Körper von zwei weiteren mit seinen Pranken. Seine Gegner sind chancenlos!

Am Himmel erscheint nun ein riesiger gepanzerter Adler. Er stürzt sich auf eines der Segelschiffe, zerschmettert den Mast, verschlingt Frauen und Männer, die nicht ins Meer gesprungen sind. In den Wellentälern tauchen ein Krokodil und ein Leopard auf, die die anderen Schiffe angreifen. Alle sind gepanzert und viel größer als echte Tiere.

Über die gesamte Länge der Wand zieht sich die Seeschlacht hin, bis jedes Schiff der gegnerischen Flotte vernichtet ist. Am Ende des Flurs bilden die silbernen Linien einen Mann auf einem Thron ab. Er ist nicht mehr der Jüngste, aber es geht eine enorme Kraft von ihm aus. Sein selbstbewusstes Gesicht, der dichte, eckige Bart und die stechenden Augen geben ihm den Anschein, jeden Feind mit dem Maschinengewehr in seiner Hand niederstrecken zu können. Er ist von den Tierwappen umgeben, die ich schon über den Stühlen der Offiziere gesehen habe.

Dem Mann wird ein trauriger Haufen von Gegnern vorgeführt. Gefesselt sind sie auf die Knie gesunken. Die vorderste Figur ist eine Frau. Ihre Züge sind fies und verkniffen, aber demütig. Ich schaue genauer hin und erkenne eine runde Sonnenbrille, die sie sich an den Ausschnitt ihrer Militärjacke geklemmt hat. Ungläubig starre ich auf diese würdelose Darstellung der größten Heldin Cainstorms und der Namensgeberin unseres Kontinents. Kalte Wut steigt in mir auf. Ja, Cat Cainstorms Flotte wurde von Asul Asaria besiegt, nachdem sie Schiffe voller Lebensmittel zu uns herübergeschmuggelt hatte, um eine Hungersnot zu verhindern. Aber sie hätte niemals zu Füßen ihrer Feinde gekniet und sie sah auch nicht wie eine Hexe aus, die Kinder in einen Ofen steckt. Cat Cainstorm war eine mutige, ehrenvolle Kämpferin!

Asul Asaria war es, der vor zweihundert Jahren Tausende von Menschen aus Asaria vertrieb, weil sie ihm nicht ›rein‹ genug erschienen. Er hätte meine Vorfahren auf Cainstorm verhungern lassen! Außerdem war er derjenige, der die Barriere um unseren Kontinent errichtete und der uns zu einer abgeschotteten Provinz machte.

Wenn die Asarianer wüssten, wie Asul bei uns dargestellt wird! Ich grinse zornig. Ein viel zu kleiner Kopf mit hängenden Wangen, wie bei einem alten Hund, auf einem plumpen Körper. Dieses Aussehen passt viel besser zu seinem Charakter.

Auf der Wand erscheint ein letztes Bild, auf dem Cat und die restlichen Soldaten am Galgen baumeln. ›Der Frieden ward wiederhergestellt und der Gerechtigkeit Genüge getan‹, steht in silberner Schrift darunter.

Gerechtigkeit? Frieden? Vielleicht auf Asaria, aber nicht auf Cainstorm. ›Der Rebellin Cat Cainstorm wurde das Handwerk gelegt, bevor sie Schiffsladungen voller Waffen an die Aufständischen verteilen konnte.‹

Das hier ist Propaganda, eine völlige Verdrehung der Wahrheit! Ärgerlich kratze ich an den schorfigen Narben an meinen Armen und stapfe zornig die weiße Treppe hinauf in das obere Stockwerk.

Der Flur dort endet an einer Tür, die ins Freie führt. Die Sonne wirft Lichtreflexe auf eine Wasserfläche, die unmittelbar an die Tür grenzt. Steinplatten führen durch den flachen See zu einem penibel gestutzten Rasen. Ich habe den Dachgarten gefunden! Er ist viereckig, und in seiner Mitte erahne ich die Glasfläche, die den Hof überspannt. Aber ich kann sie nicht sehen. Eine schnurgerade Reihe halbhoher Büsche mit roten, orangen und dunkelgrünen Blättern verdeckt sie.

Mittlerweile wundert es mich kaum noch, dass nirgendwo etwas zu wachsen scheint, das geerntet werden kann. Bei uns zu Hause muss jede Pflanze essbar sein und jeder Baum Früchte tragen, sonst gelten sie als Platzverschwendung. Ich stelle mich auf die Zehenspitzen. In der linken Ecke des Gartens ragt etwas Ballonartiges über die Büsche. Eine Drohne! Wenn ich sie irgendwie knacken könnte, dann könnten Jago und ich …

»Scio, öffne die Tür.«

»Monsieur Rivoir, es ist Ihnen verboten, die Tür zu öffnen.«

Ich hole tief Luft. »Scio, du gehst mir auf die Nerven!«

»Monsieur Rivoir. Kann ich etwas tun, um Ihre Laune zu heben? Möchten Sie mit einer magisch-prickelnden Gesichtsmaske entspannen?«

»Scio, du bist der freundlichste Gefängniswärter, den es gibt.«

Auf drei Seiten wird der Garten vom obersten Stockwerk des Hauses eingerahmt, aber an der vierten Seite ist der Dachgarten von einer hüfthohen gläsernen Balustrade begrenzt, sodass man in die Ferne blicken kann. Am Horizont, gegen den endlosen blauen Himmel fast unsichtbar, ragt ein zackiges Gebirge auf. Auf den Gipfeln scheint Schnee zu liegen. Echter Schnee!

So etwas kenne ich nur aus Geschichten und unserem alten Kühlschrank. Wenn Jago und ich dorthin gelangen könnten! In den Tälern erahne ich dichte Wälder, in denen wir verschwinden könnten …

Eine Bewegung am Himmel unterbricht die Ruhe. Sind das riesige Vögel? Nein. Es sind vier Leute auf Hoverboards. Ihre langen schwarzen Mäntel flattern im Wind. An den Oberarmen und Schienbeinen tragen sie silberne Rüstungen. Sie drehen eine Runde, schauen sich dabei um und grinsen fies. Dann landen sie hinter den Büschen auf dem Glasdach. Ich höre einen Mann laut und schrill lachen. Ich weiß fast nichts über die Asarianer, trotzdem habe ich das sichere Gefühl, dass diese Leute hier ganz und gar nicht hingehören.

8

Die Blätter der Buschreihe wachsen zu dicht, um Genaueres zu erkennen. Was diese Leute wohl hier wollen? Von rechts nähert sich jemand über den Rasen. Es ist Quentin. Sein weinroter Pyjama glänzt in der Sonne. Sein Kopf ruckt nach links und rechts, wie bei einem Huhn.

»Mama?«, höre ich seine Stimme gedämpft durch die Scheibe. »Bist du wieder da?«

Er kann die Eindringlinge genauso wenig sehen wie ich, aber er hat sie offenbar gehört und läuft nun genau auf die Büsche zu.

Plötzlich springt einer der Typen durch das Gebüsch. Mit einem Satz ist er bei Quentin und wirft ihn auf den Boden. Quentin landet auf dem Rücken. Der Eindringling ist Federico, die Erdnuss! Er hockt sich auf Quentins Brust und presst ihm die Hand auf den Mund. Quentin strampelt, ohne irgendetwas ausrichten zu können. Ein Weichtier ohne Muskeln und Knochen.

Ein zweiter Junge kommt lässig zwischen den Büschen hervor. Lang und sehnig. Nach hinten gegeltes, tintenschwarzes Haar. Wie Federico ist er etwa siebzehn Jahre alt. Mit einem spielerischen Grinsen packt der mit dem Tintenhaar Quentins Arme und biegt sie hinter dessen Kopf zu Boden. Ein Angriff bei Tageslicht. Es scheint so, als wäre den beiden Scios Überwachung egal. Die brutale Szene kommt mir seltsam fehlplatziert vor in diesem gepflegten Garten.

»Scio«, sage ich, ohne lange nachzudenken. »Ruf die Polizei.«

»Monsieur Rivoir, Sie sind nicht autorisiert, die Wache zu rufen.«

»Scio, ruf Hina Yong an oder ihre Eltern.«

»Monsieur Rivoir, Sie sind nicht autorisiert, eine Person außerhalb des Grundstücks zu kontaktieren.«

»Scio, merkst du denn nicht, dass Einbrecher auf dem Dachgarten sind?«

Vom Dachgarten ertönt nun auch Scios Stimme: *»Meine Damen und Herren, bitte beachten Sie die Vorschriften zur Sicherheit auf Dachgärten.«*

Ich stoße ein paar Flüche auf diesen dämlichen Computer aus. Er versteht nicht, was los ist. Jetzt treten zwei Mädchen zwischen den Büschen hervor. Der Vorderen fallen braun gelockte Haare über die Schultern. Ihre hellen Augen blitzen streitsüchtig. Sie kommt mir bekannt vor. Hat sie nicht auch im Parlament gesessen?

Die Hintere ist so dünn wie ein Stock. Ihre dunkelrot gefärbten Haare sind zu einem wahren Kunstwerk aus Zöpfen geflochten. Sie schaut sich nervös um. Die Braunhaarige lächelt Quentin höhnisch an. Von denen kann er keine Hilfe erwarten.

Federico kniet mittlerweile auf Quentin und zischt ihm etwas ins Ohr, was ich durch die Scheibe nicht verstehe. Seine Stimme wird lauter und steigert sich zu einem unterdrückten Brüllen: »… meinen besten Freund gerade eben tot gesehen habe? Weißt du, wie sich das anfühlt? Und deine

Familie nimmt seinen MÖRDER auf und Hina macht lustige Spielchen mit ihm auf ihrem Kanal. Macht ihn zum Star!« Seine Stimme überschlägt sich. Sein Mund ist ein wütendes schwarzes O. Seine Gesichtsmuskeln entgleisen kurz, als ob er in Tränen ausbrechen wolle. Aber dann reißt er die Hand von Quentins Mund, ballt sie zusammen und schreit: »SAG WAS!«

Quentin stellt sich tot. In Schockstarre liegt er mit geschlossenen Augen auf dem Rasen. Ich schlage gegen die Scheibe und brülle: »RUF DIE WACHEN, QUENTIN!«

Die vier Angreifer schauen überrascht in meine Richtung. Federico will aufspringen, aber dann scheint ihm klar zu werden, dass ich hinter der Glastür sicher bin.

»Du bist als Nächster dran!«, schreit er, wendet sich wieder Quentin zu und holt aus. Mit einem Klatschen, das sogar durch die Scheibe zu hören ist, landet seine Hand auf Quentins Wange.

Der Schlag weckt den Jungen aus seiner Totenstarre. Er blinzelt erschrocken, zu geschockt, um zu realisieren, was gerade passiert ist. Er glotzt zu Erdnuss hoch, dessen erhobene Hand über ihm schwebt. Auch der Sehnige mit den Tintenhaaren und die zwei Mädchen starren Federico an. Ich lese Überraschung in ihren Gesichtern, die sich bei der Braunhaarigen in ein grausames, zustimmendes Lächeln verwandelt. Der Mund des Sehnigen formt ein begeistertes ›Wow‹.

Völlig ausdruckslos schaut Federico auf Quentin herab. Langsam wie ein Schlafwandler hebt er wieder die Hand. Diesmal erwischt er Quentin an der Schläfe. Quentin strampelt. Mit den Knien versucht er, Federico im Rücken zu treffen, krümmt sich, will seine Handgelenke frei bekommen. Keine Chance. Ein heiserer Schrei löst sich aus seiner Kehle: »SCIOOO …«

Ein weiterer Schlag und der Schrei reißt ab.

»Federico, hör auf ...«, ruft die dünne Rothaarige erschrocken. Aber das Gesicht der Erdnuss ist wie aus Wachs. Mein Herzschlag beschleunigt sich. Aber warum eigentlich? Was interessieren mich Quentins Angelegenheiten? Was gehen mich die Yongs an?

Klatschend knallen Federicos Hände jetzt in Quentins Gesicht. Rechts, links, rechts, links. Quentins Kopf fliegt hin und her. Tränen fließen ihm aus den Augenwinkeln. Aber erst als sich die Hände der Erdnuss zu Fäusten ballen, beginne ich, mir ernsthaft Sorgen zu machen. Der erste Faustschlag trifft Quentin dumpf vor die Brust. Er hustet.

Jetzt versenkt die Braunhaarige ihre Stiefelspitze in Quentins Oberschenkel und brüllt: »IHR HABT EINEN MÖRDER BEI EUCH AUFGENOMMEN!«

Der Sehnige lacht aufgedreht. Seine Hände umklammern noch immer Quentins Handgelenke, obwohl das gar nicht mehr nötig ist. Wie ein Mehlsack liegt er da. Die Faustschläge treffen ihn auf Brust, Schultern und dann ins Gesicht. Hemmungslos. Das erste Blut spritzt. Jeder weitere Schlag versprüht Tropfen. Will die Erdnuss Quentin umbringen? Wenn in den nächsten zehn Sekunden niemand auftaucht, haut dieser Federico Quentin tot. Ich packe eine der Vasen und hole aus. Schwere Keramik. Mit aller Kraft schlage ich sie gegen die Scheibe. Die Vase zerspringt krachend, das Glas hat nicht mal einen Kratzer.

»Auf eine Eingangstür wurde mit Gewalt eingewirkt. Ich habe die Wachen informiert«, teilt Scio mir gleichmütig mit. Endlich. Aber wie lange werden sie brauchen? Ich hämmere mit den Fäusten gegen die Scheibe. »DIE WACHEN KOMMEN! BESSER, IHR VERSCHWINDET.«

Die vier beachten mich nicht. Vielleicht haben sie mich

nicht mal gehört. Aber Quentin hat mir sein Gesicht zugewandt. Blut fließt aus seiner Nase. Ein Auge ist zugeschwollen. Zwischen zwei Schlägen bewegen sich seine Lippen schwerfällig und formen Wörter. Dann trifft ihn wieder die Faust. Gleichzeitig gleitet die Tür vor mir auf. Quentin muss es Scio befohlen haben.

Jedes Geräusch ist auf einmal doppelt so laut. Federicos Wutstöhnen, die Tritte, die Schläge. Ich sollte von hier verschwinden. Vier gegen einen ist eine schlechte Idee. Aber da setze ich schon über die Steinplatten des Sees.

Die Rothaarige sieht mich kommen. Ihr Schrei ist spitz und ängstlich. Ganz anders die mit den braunen Haaren. »Tunnelratte!«, zischt sie mir entgegen, ihre Wangen leicht gerötet von den Tritten, die sie ausgeteilt hat.

Der Sehnige springt auf, eine Hand erhoben: »Hey, hey«, ruft er warnend und läuft auf mich zu. »Lass bloß die Ladys in Ruhe.«

Als ob ich Interesse an denen hätte. Was ich will, ist, Federico von Quentin herunterzuholen. Der Sehnige stellt sich mir in den Weg. Kreisend bewegt er die Fäuste. Die Handrücken zu mir. Es sieht lächerlich aus. Nicht, dass ich besonders viel Erfahrung in Faustkämpfen hätte, aber bei uns muss man sich wehren können, und zwar auch ohne Waffen.

»Ganz Gentleman, hm?«, sage ich. Er setzt zu einer Antwort an und ich trete ihm gegen sein Schienbein. Er heult auf und lässt reflexhaft die Deckung sinken. Ich knalle ihm die flache Hand aufs Ohr. Der Schlag bringt ihn aus dem Gleichgewicht und er fällt auf den Rasen. Billiger Kirmesboxer.

Die Erdnuss hat Quentin losgelassen und ist aufgesprungen. Er bleckt die Zähne zu einem Grinsen. Quentin war nur die Vorspeise. Er will mehr Blut für Victor fließen sehen und am liebsten meins. Aus der Nähe ist er kleiner, als ich dachte. Vielleicht kräftig, aber das ist schwer abzuschätzen durch die Rüstung an seinen Armen. Mit grimmiger Entschlossenheit stapft er auf mich zu. Noch im Gehen holt er aus. Nicht aus der Hüfte, sondern aus der Schulter. Anfänger. Ich sehe den Schlag meilenweit kommen. Mit Leichtigkeit weiche ich aus und deute einen Tritt an. Auch er lässt die Arme reflexhaft sinken und macht den Weg frei für meine Rechte. Mit dem Handballen treffe ich Federicos Kinn. Sein Kopf fliegt nach hinten und er stolpert rückwärts.

Aus den Augenwinkeln sehe ich die Dünne auf ihrem Hoverboard davonfliegen. Nur noch drei gegen einen. Immerhin. Tintenhaar hockt am Boden und presst eine Hand auf sein Ohr. Wahrscheinlich summt es ganz schön. Die Braunhaarige steht abwartend da. Ihre Hand liegt auf der Hüfte. Hat sie eine Waffe?

»Verschwindet«, sage ich. Federico schnauft. Seine Lippe ist aufgeplatzt. Er muss sie sich selbst aufgebissen haben. Lautstark zieht er die Nase hoch und zeigt anklagend mit einem Finger auf mich. Sein Gesicht hat etwas Unreifes, Überdrehtes. Ein Kind im Körper eines Erwachsenen. Seine Stimme zittert vor Zorn, blutige Spuckebläschen bilden sich ich seinem Mundwinkel: »Niemand, niemand schlägt mich! Ich mach dich fertig. Dich und die Yongs, DU MÖRDER!«

»Verschwinde. Jetzt«, wiederhole ich mit ruhiger Stimme.

Aber Federico grinst nur. Blitzschnell greift er unter seinen Mantel und zieht einen silbernen Degen hervor. Unwillkürlich zucke ich zurück. Federico tut mitleidig: »Ohhh. Hast du Provinzler wirklich gedacht, du hättest gewonnen?«

Der Sehnige lacht hämisch und ich spüre, wie die Stimmung kippt. Er und die Braunhaarige ziehen nun auch Degen hervor. Eben haben sie noch Abstand gehalten, jetzt schleichen sie heran wie hungrige Wölfe.

»Und?«, frage ich, ohne weiter zurückzuweichen. Keine Angst zeigen. Etwas anderes bleibt mir nicht übrig. »Was ist der Plan? Wollt ihr mich erstechen?«

»Rache für Victor«, schreit das Mädchen. Sie stürzt auf mich zu. Die scharfe Klinge blitzt im Sonnenlicht. Ich spanne die Muskeln an, mache mich bereit, auszuweichen und ihren erhobenen Arm zu packen. Aber bevor sie mich erreichen kann, stürzt sie der Länge nach aufs Gras. Quentin hat die Arme wie ein Tintenfisch um ihre Beine geschlungen! Sie will mit der Waffe nach ihm stechen. Blitzschnell springe ich nach vorne, trete nach ihrer Hand und treffe. Das Mädchen jault auf und ich reiße ihr den Degen aus den Fingern.

»Du hast Narinas Hand gebrochen«, brüllt der Sehnige zornig. Er lässt seine Waffe auf mich niedersausen, aber ich wehre ihn mit dem erbeuteten Degen ab. Er ist nicht sehr schnell, doch er scheint Erfahrung zu haben. Auf gar keinen Fall lasse ich mich auf einen Kampf mit dieser ungewohnten Waffe ein. Ein gezielter Tritt lässt den Sehnigen rückwärts stolpern und auf seinen Hintern plumpsen.

»Was für großartige Kämpfer ihr seid«, zische ich ironisch. Aber da greift Federico schon wieder an. Ich fasse die ungewohnte Waffe fester. Unsere Klingen treffen sich. Er macht eine blitzschnelle Drehung und der Degen wird mir aus der Hand gerissen. In hohem Bogen fliegt er davon. Keine Frage, fechten kann er besser als boxen. Federico setzt mir triumphierend seine Degenspitze auf die Brust. Seine schmalen Lippen sind von Blut rot gefärbt. Es sieht aus wie Lippenstift.

»Was jetzt?«, frage ich, um Zeit zu gewinnen. Ich brauche

Abstand von der Klinge! »Erstichst du mich, oder was? Meinst du, du kommst mit Mord durch?«

»Du bist ja nicht mal Asarianer«, keucht Federico, aber Unsicherheit klingt durch.

Die Braunhaarige hält ihre verletzte Hand und heult: »Dann stich ihm durch SEINE verdammte Hand. Das wird ihn nicht umbringen.«

Federicos blutroter Mund verzerrt sich zu einem Grinsen. Blufft er? Ich nutze die kurze Ablenkung und springe rückwärts, weg von seiner Degenspitze. Federico folgt mir und sticht in Richtung meiner Hände. »Für Victor!«, ruft er, lacht kalt und genießt sichtlich seine Überlegenheit. »Dafür, dass du an seinem Tod Mitschuld trägst!«

Plötzlich ist der Sehnige wieder da. Noch etwas gekrümmt, aber wild entschlossen, sich für meinen Tritt zu rächen. Seine Waffe saust mir entgegen und ich schlage einen Haken, zurück zur Tür, aber da ist die Braunhaarige. Sie hat ihren Degen aufgehoben und hält ihn in der unverletzten Hand. Ich schaue Hilfe suchend zu Quentin. Er liegt ausgestreckt auf dem Gras, die Augen geschlossen. Wäre da nicht das ganze Blut, man könnte meinen, er würde sich sonnen.

Die drei kreisen mich ein. Ich weiche zurück, lauere auf eine Lücke, aber stoße plötzlich mit dem Rücken gegen etwas Hartes. Es ist die gläserne Brüstung, die den Garten auf einer Seite begrenzt und hinter der ich den schneebedeckten Berg in der Ferne habe aufragen sehen.

»Sackgasse!«, ruft Federico siegessicher. Ich wage einen Blick über das Geländer. Unter mir ist der Abgrund. Schwindelerregend tief. Mindestens zwanzig Meter geht es nach unten. Ballförmige Blumenbüsche, so weit weg, dass sie wie Fußbälle aussehen. Dazwischen laufen ein paar Rehe umher, klein wie Ameisen. Schweiß bricht mir aus. Ich sitze in der Falle.

Federico lässt zufrieden seinen Degen kreisen: »Die linke oder die rechte Hand?«

»Die rechte«, zischt die Braunhaarige wie sein bösartiger Schatten. »Er ist Rechtshänder.«

Wollen sie das wirklich durchziehen? Wahrscheinlich können sie mich nicht festhalten, aber ihre Degen sind scharf … ein einziger Treffer an der falschen Stelle könnte lebensgefährlich sein. In Gedanken taste ich nach dem Chip, will ihn anschalten, damit jeder sieht, was hier passiert. Verdammt. Er ist ja deaktiviert!

Die drei lassen sich Zeit. Aufreizend langsam kommen sie auf mich zu und genießen meine Hilflosigkeit. Mit einem Satz springe ich auf das Geländer. Es ist nicht breit, und ich muss alle Muskeln anspannen, um das Gleichgewicht zu halten. Ein Blick in die Tiefe beschleunigt meinen Herzschlag. Die Mauer direkt unter mir ist mit Tierstatuen geschmückt, die den Dachgarten abstützen. Zumindest vermute ich das, weil ein Schnabel und zwei Flügelspitzen hervorragen. Ich wische meine schweißigen Hände an der Hose ab, schätze die Entfernung ein und positioniere mich. Dann mache ich einen Schritt rückwärts und lasse mich fallen.

9

Schon im Absprung strecke ich die Arme aus, das Glasgeländer fliegt an mir vorbei und ich packe den Schnabel. Er gehört zu einem steinernen Adler, der unter dem Balkon hervorragt. Das Material ist glatt. Meine rechte Hand rutscht ab. Schnell schwinge ich nach vorne. Meine Beine umschlingen den Körper des Adlers, meine Arme seinen Nacken. Ich ziehe mich enger an ihn heran. Flach atmend lausche ich, was da oben passiert. Sie können mich nicht sehen, obwohl ich kaum einen Meter unter ihnen bin. Der Vorsprung verdeckt mich.

Der Sehnige lacht hysterisch: »Der Idiot ist echt gesprungen!«

»Bei Asuls Bart …« Federico klingt plötzlich nervös. »Siehst du ihn irgendwo?«

»Nö. Der muss in die Büsche gestürzt sein.«

»Ist ja wohl nicht unsere Schuld, wenn er ein Scheiß-Lemming ist.«

Narina stößt hervor: »Lasst uns verschwinden, bevor die Wachen kommen. Das gibt vielleicht eh schon Punktabzug wegen Quentin.«

Schritte entfernen sich und ich jubele still vor Erleichterung. An dem Adler hängend warte ich ab. Mir gegenüber ragen hohe Gebäude auf, die der Villa der Yongs ähneln. Das unter mir scheint ein Streifen Park zu sein. Gerade fährt eine Kutsche vorbei. Als ich meine neuen Feinde auf ihren Hoverboards davonfliegen sehe, klettere ich auf den Adlerschnabel und drücke mich mit Schwung nach oben, kriege die Brüstung zu fassen und ziehe mich mit zittrigen Händen zurück in den Dachgarten. Von dort werfe ich einen kurzen Blick in den Abgrund. Die Büsche dort unten kommen mir noch kleiner vor als eben. Mein Atem geht zu flach. Eine plötzliche Schwäche überkommt mich und ich pumpe mühevoll Luft in die Lungen. Die Knie knicken mir ein und mein Knöchel meldet sich schmerzhaft.

Als ich mich aufrichte, fallen mir wieder die Drohnen ins Auge, die hinter den Büschen aufragen. Es sind drei Stück. Diese Chance bekomme ich nicht noch mal! Ich muss herausfinden, wie sie gesichert sind. Aber Quentin braucht Hilfe. Schon aus der Entfernung sehe ich, wie übel er zugerichtet ist. Blut läuft aus einer Wunde am Mund und ein Auge ist zugeschwollen. Auch wenn ich es sicherlich bereuen werde, kehre ich der Drohne den Rücken.

»Hörst du mich?«, frage ich. Quentin antwortet mit einem Stöhnen. Vom Flur nähern sich eilige Schritte.

»Sie haben den Zielort erreicht«, sagt Scio. Mehrere Wachen treten mit gezogener Waffe durch die Tür.

»Geh von dem Jungen weg!«, brüllt der Vorderste.

»Was ist passiert, Provinzler?«, raunzt ein anderer. »Was hast du gemacht?«

»Ich habe Ihren Job übernommen und Quentin beschützt. Das ist passiert. Warum haben Sie so ewig gebraucht? Ich dachte, auf Asaria ist alles so super organisiert.«

Die Wachen rennen über den Rasen auf mich zu. Sie verdrehen mir die Arme, ich spüre ein Knie im Rücken. »Provinzler, du bist unter Arrest!«

Ich versuche, mich freizuwinden. »Ihr habt doch keine Ahnung!«

»Oh doch!«, sagt einer. »Zeit für die Zelle.«

»Wartet«, ertönt eine schwache Stimme. Quentin hat sein heiles Auge geöffnet: »Er hat nichts getan … er ist unschuldig.«

»Wer hat Sie dann so zugerichtet?«, will die Wache wissen.

»Ich bin …« Quentins Gesicht ist ein einziger Ausdruck von Schmerz. »… gestürzt.«

Eine Stunde später sitze ich auf einem äußerst bequemen Sessel in Quentins Zimmer und fühle mich unwohl. Nachdem mein Magen geknurrt hat, hat Scio auf Quentins Befehl Frühstück erscheinen lassen. Jetzt esse ich stumm und betrachte all die merkwürdigen Dinge, mit denen die Regale vollgestopft sind. Kleine Roboter, Miniaturmotorräder und Kanonen, historische Schwerter, Pistolen und Actionfiguren. An der gegenüberliegenden Wand laufen drei stumm geschaltete Videos untereinander. Dinos, die miteinander kämpfen, ein achtäugiger Wurm, der eine tote Wespe herunterschlingt, und zwei Typen, die sich gegenseitig mit Gummigeschossen beschießen. Auf dem Boden häufen sich Klamotten, Schnipsel, Stifte, Staubfussel und Actionfiguren zu einem wilden Durcheinander. Quentin liegt stöhnend in seinem Sessel. Ein breites Pflaster klebt auf seiner Nase, sein Kopf ist verbunden. Jochbeinfraktur und eine Gehirnerschütterung, hat die Ärztin festgestellt. Immerhin kann er das zugeschwollene Auge schon wieder etwas öffnen. Die Medikamente der Asarianer sind wirklich Zauberei.

»Du hast mir das Leben gerettet«, murmelt er.

»Kein Ding, vergiss es«, sage ich und meine es so.

Über Quentins Gesicht huscht ein Hauch von Verwunderung. Allerdings ist ein Rest von abwartender Furcht in seinen Augen geblieben. Vielleicht denkt er, ich wäre ihm nur zu Hilfe gekommen, um jetzt eine Gegenleistung von ihm zu verlangen?

»Wer ist denn dieser Federico eigentlich genau?«, will ich wissen. »Und wer waren die anderen?«

Quentin starrt auf den Boden. »Freunde von Victor. Sie lebten alle zusammen in einer großen Villa. Jeder von ihnen hat den Chip implantiert. Sie machen Videos von ihren Partys und so … Sie sind ziemlich bekannt auf Asaria. Und beliebt.«

»Hast du auch den Chip?«

»Nee … ich wollte gerne mal, aber Scio hat es nicht erlaubt.« Er fasst sich an den Bauch und grinst dabei entschuldigend. »Ich bin zu dick.«

»Er erlaubt es nicht? Hat dich Scio auch auf Diät gesetzt?«, mutmaße ich. »Ich meine, wegen dem Salat mit den Garnelen?«

»Ich bekomme nur noch grünes Zeug von ihm. Und Fisch. Echt eklig.«

Das ist nicht mehr fürsorglich, das ist überbehütend. »Scio überwacht euch schon ganz schön, oder?«

Quentin zuckt mit den Schultern: »Ja … aber dass er so praktisch ist, überwiegt für mich. Außerdem hat er ja recht, mir den Chip zu verweigern. Mit meinen Extra-Kilos wäre ich ein schlechtes Vorbild für andere.« In seinem verschwollenen Gesicht formt sich ein verschwörerisches Grinsen. »Ich kenne einfach zu viele Tricks.«

Er tritt mit der Ferse gegen den unteren Teil seines Sessels.

Eine Schublade springt auf. Sie ist bis oben hin mit Süßigkeiten gefüllt. Quentin angelt zwei Kakao-Trinkpäckchen heraus und wirft mir eines zu. Zufrieden flüstert er: »Hab ich heimlich in der Stadt eingetauscht. Scio ist auch nur ein Computer. Alles rafft er nicht.«

Stimmt, denke ich. Scio hat auch nicht verstanden, dass Quentin verprügelt wurde.

»… aber ist es nicht komisch, dass er immer zuhört?«

»Nö, er gibt ja nichts weiter. Gewöhnungssache.«

Nachdenklich steche ich meinen Strohhalm in das Päckchen, während Quentin schon mit großen Schlucken trinkt. Cat sei Dank bin ich kein Asarianer und werde nicht von Scio erzogen!

»Übrigens«, sagt Quentin, der auf seiner Eyewatch herumtippt. »Federico und die anderen waren nicht auf Sendung, als sie mich angegriffen haben.«

»Du kennst sie ganz gut, oder?«

Quentin starrt auf das Trinkpäckchen in seinen Händen.

»Haben sie dir schon früher etwas angetan?«, versuche ich es noch mal.

Quentin windet sich jetzt auf seinem Stuhl und mir geht auf, dass er sich schämt. Schließlich flüstert er: »Sie haben mich blamiert. Schon häufiger.«

»Warum?«

»Scio sagt, weil sich Gruppen von Menschen gerne ein Opfer suchen. Mit Vorliebe ein schwaches und nicht so optimales. Aber ich finde, sie sind einfach Arschlöcher.«

»Nicht optimal? Weil Scio dich für zu dick hält?«

»Meine Punktzahl ist nicht soo hoch wie die der meisten anderen im Palast. Ich sammle Punkte, weil ich gut in der Schule bin, aber ich müsste mehr Sport machen. Manchmal zwingt mich Scio. Du glaubst gar nicht, wie laut er ›Push up‹

brüllen kann.« Quentin kichert, aber wird schnell wieder ernst. »Ich müsste versuchen, mehr Freunde zu finden, ich müsste mal aufräumen, mehr auf meine Kleidung achten. Die neueste Mode und so.«

Er schaut auf seine Schuhe und erst jetzt fällt mir auf, dass er darauf mit Kugelschreiber Männchen und anderes Zeug gekrakelt hat. Wenn so etwas schon ungern gesehen wird …

»Hört sich anstrengend an.«

»Ach, es geht. Richtig schlimm wird es erst, wenn man unter tausend Punkte fällt. Dann überwacht Scio wirklich jeden deiner Schritte. Aber davon bin ich weit entfernt.«

Ich denke an die rund zweihunderttausend Punkte unter seinem Porträt in der Eingangshalle. Wirkliche Sorgen muss er sich wahrscheinlich nicht machen.

»Heute war das erste Mal, dass Federico dich geschlagen hat, oder?«

»Ja«, sagt er langsam. »Sie haben mich schon mit Schleim übergossen, mich eine Nacht im Papageiengehege eingeschlossen …«

»Was für Feiglinge. Sie sind zu mehreren, du bist alleine. Und deine Eltern? Was sagen die dazu?«

Quentin zuckt hilflos mit den Schultern. »Sie sind nicht besonders häufig da. Mein Vater sagt, ich muss mich wehren.« Seine Stimme sinkt zu einem leisen Gemurmel herab. »Er ist unzufrieden mit mir, mit ganz vielen Dingen. Dass ich so viel in meinem Zimmer bin und keinen Sport mache. Er sagt, ich muss stark sein und für mich selbst einstehen. Aber das ist so schwer.«

Wie düster es wohl in Quentin aussieht? Ob er deshalb so abweisend wirkt? Plötzlich erscheint mir seine anfängliche Arroganz wie eine Art Schutzhülle, hinter der er sich versteckt. Wenn mir jemand vor ein paar Tagen erzählt hätte, es gäbe Asarianer, die trotz ihres Reichtums kein begehrenswertes Leben führen, ich hätte es nicht geglaubt.

Zu meinen Füßen liegt eine sechseckige Scheibe. ›Angriff der Zombie-Provinzler‹ steht darauf.

»Oh, das ist nur ein Comic!«, nuschelt Quentin schnell. Auf gut Glück lege ich die Scheibe auf Scios Platte. Sie passt perfekt. Das Hologramm einer Comicseite erscheint. Ich betrachte die Bilder von einem heldenhaften Präsidenten mit Rüstung und Schwert, der Tausende und Abertausende Cainstormer mit toten, hervorquellenden Augen und aufgerissenen Mündern abwehrt, während sie über eine Mauer kriechen.

»Glaubst du das?«, frage ich ohne jede Wut, eher aus Neugier. »Ich meine, dass wir Zombies sind, die nichts anderes wollen, als über die Barriere zu klettern?«

Quentin windet sich in seinem Sessel. »Du nicht. Ich meine, du hast mir geholfen. Aber die anderen Cainstormer … Die Gangs … Die Morde dort drüben. Mein Vater bewacht die Friedensmauer seit vielen Jahren. Er erzählt immer Geschichten, wie die Cainstormer versuchen, sie zu überwinden. Sie haben Waffen, Sprengstoff, richtig kriminell. Er sagt, viele von ihnen hätten veränderte DNA, die sie gewaltbereit macht.« Er schüttelt sich. Allein die Vorstellung scheint ihm Angst zu machen.

»Ich habe einen kleinen Bruder, er heißt Luc und ist drei Jahre alt. Ich schwöre dir, dass seine DNA völlig in Ordnung ist. Genau wie bei mir, meiner Mutter, Jago und allen anderen meiner Freunde.« Bei dem Gedanken an meine Familie wird mir warm und traurig zugleich. »Weißt du, was wir uns über euch erzählen? Dass ihr euch Edelsteine auf die Haut nähen lasst, weil ihr so reich seid. Dass ihr Leute aus Cainstorm entführt und sie hier als Sklaven haltet. Ich habe auch schon gehört, dass ihr gar keine echten Menschen seid, sondern Aliens.«

»Was für ein Quatsch!«, ruft Quentin und lacht, verzieht aber sofort das Gesicht vor Schmerz.

»Ich wünschte, ich könnte zurück nach Cainstorm«, murmele ich düster. Wir schweigen eine Zeit lang, bis ich frage: »Warum hast du den Wachen eigentlich nicht gesagt, dass es Federico war, der dich verprügelt hat? Willst du nicht, dass er bestraft wird?«

»Ich will nicht, dass es zu noch mehr Gerede kommt.«

Ich mustere ihn. Quentin lehnt sich zurück und schließt die Augen. Ich kann nicht sagen, was in seinem Kopf vorgeht. Als die Ärztin ihre Sachen zusammenpackte, musste Quentin ihr versprechen, sich auszuruhen. Doch kaum waren sie und die Wachen weg, schaltete er eine Videoübertragung vom Dachgarten an und entdeckte, warum Federico und seine Freunde überhaupt gekommen waren. Auf dem Glasdach hinter der Hecke war fett und breit ›Provinzler = Mörder!‹ hingesprayt. Mit roter Farbe und so platziert, dass es aus dem Innenhof der Yongs, zumindest spiegelverkehrt, zu lesen gewesen wäre.

Quentin hat Scio befohlen, die Schrift entfernen zu lassen. Kleine Putzroboter sind sofort losgesaust und haben die Buchstaben weggewischt. Sogar das Überwachungsvideo hat Quentin gelöscht. Außer Quentins Verletzungen gibt es keinen handfesten Beweis mehr dafür, dass Federico und seine Freunde überhaupt da waren.

Ich halte Quentins Vorgehen für einen ziemlichen Fehler, aber er wollte auf keinen Fall, dass sein Vater sieht, wie er wehrlos im Schlafanzug auf dem Rücken liegt. Als ob er das Ganze so ungeschehen machen könnte.

»Scio, zeig uns die Aufzeichnung von Victors Beerdigung«, befiehlt Quentin, bevor ich tiefer bohren kann, warum er sich so gar nicht gegen die Mobber wehrt. Vielleicht ist das seine Art von Verteidigung? Abwarten und stillhalten, bis ihn irgendwann ein anderes Opfer ersetzt.

Das Hologramm einer dunkelgrünen Rasenfläche, die so dicht und gleichmäßig ist, dass ich rätsele, ob es sich dabei um einen Teppich handelt, wächst über den Boden in Quentins Raum. In seiner Mitte steht ein runder Kuppelbau, der auf Rundbögen ruht und mit schwarzen Blumen geschmückt ist. Trauermusik ist zu hören und das Gemurmel und Schluchzen von Hunderten von Gästen, die in Gruppen zusammenstehen. Viele tragen schwarze Mäntel und Rüstungsteile an Schienbeinen und Oberarmen, so wie Federico und seine Freunde. Anscheinend die Tracht der Offiziere. Schwarze Rosenblätter regnen sanft auf die Gäste hinab. In der Mitte des Rundbaus hat sich eine große Gruppe Trauernder versammelt. Zwischen den Leuten öffnet sich kurz ein Durchblick und ich sehe einen pompösen Sarg. Die Vorstellung, dass Victor darin liegt, der vor zwei Tagen noch so jung und voller Kraft war, ist schaurig und beklemmend.

Federico lehnt am Sarg und heult schluchzend. Narina steht daneben und streicht ihm mit ihrer zu diesem Zeitpunkt noch unverletzten Hand über die Schulter.

Quentin streckt seinen Arm aus und bewegt seine Finger zusammen und auseinander. Zu meinem Erstaunen zoomt das Bild und steuert auf einen Berg von Kränzen und Blumengestecken zu, die neben dem Rundbau platziert sind. Ein Kranz liegt einige Meter entfernt im Gras, als würde er nicht richtig dazugehören. Die weiße Schleife ist halb abgerissen. »Mit herzlichem Beileid, Hina und Mr Spooky«, entziffere ich. Quentin kneift die Augen zusammen. »Warum ist die Schleife so zerrissen? Warum liegt der Kranz so weit weg?«

Mit seinen merkwürdigen Handbewegungen zoomt Quentin nah an die Trauergäste im Pavillon heran. Viele von ihnen reden aufgebracht miteinander. In einigen Gesichtern erkenne ich Wut. Victors Mutter steht inmitten der Gäste. Anders als gestern im Parlament scheint sie nur noch schwer an sich halten zu können. Immer wieder drückt sie ein Taschentuch an die verweinten Augen und wird von Schluchzern erschüttert. Im nächsten Moment zittert sie vor Zorn und die senkrechte Falte zwischen ihren Brauen gräbt sich noch tiefer.

Quentin lässt das Bild zurück zum Kranz von Hina sausen. In diesem Moment tritt einer der Trauergäste mit voller Wucht dagegen. Blumenblätter wirbeln durch die Luft. Ein anderer Gast spuckt aus. Quentin zieht laut die Nase hoch. »Das ist … das ist nicht gut.«

Seine Eyewatch vibriert und er zuckt zusammen. »Federico hat ein neues Video hochgeladen«, sagt er matt und wischt die Szene mit der Beerdigung weg. Stattdessen erscheint Federicos wütendes Erdnussgesicht als Hologramm. Er filmt sich durch seine Augen selbst, während er in einen großen Wandspiegel schaut. Links neben ihm auf dem Sofa sitzt Narina, die verletzte Hand unter einem Kissen versteckt. Der Typ mit den tintenschwarzen Haaren hockt rechts. Er hat die Arme um seine Körpermitte geschlungen und den Kopf gesenkt. Federico bebt vor innerer Anspannung. Er trägt schwarze Handschuhe, mit denen er sich immer wieder durch sein graues Haar fährt. Kurz wundere ich mich, dann wird mir klar, dass er wahrscheinlich kleine offene Stellen an den Handknöcheln hat, die er verstecken will. Die Wunde an seiner Unterlippe ist überschminkt. Die drei wollen nicht, dass jemand ahnt, was sie getan haben!

Ich empfinde kein Mitleid für Federico, als er hervorpresst: »Heute habe ich meinen besten Freund beerdigt! Brenda wird wahrscheinlich verurteilt werden und ihre gerechte Strafe erhalten, aber Emilio, der mindestens genauso viel Schuld trägt, macht sich ein schönes Leben bei den Yongs! Hina, die ihr alle kennt, hat das so hingebogen, damit sie mehr Fame bekommt. Aber wo bleibt die Gerechtigkeit? Wo bleibt die Menschlichkeit?«

»Er weiß, dass ich nicht tot bin«, sage ich überrascht. Quentin scheint es nicht zu wundern: »Scio hätte längst Meldung gemacht, wenn irgendwo eine Leiche läge.«

Federico springt auf, schlägt mit der Faust in seine flache Hand und zeigt mit einem Finger Richtung Spiegel: »An alle da draußen! An meine großartigen Zuschauer! Ich habe eine Petition aufgesetzt. Gebt mir eure Stimmen, damit wir Damaris und den Präsidenten erreichen! Emilio und die anderen Provinzler müssen JETZT in einer Zelle im Palast festgesetzt werden! Emilio hat keinen Luxus verdient!« Er atmet einmal tief durch und legt eine Hand auf sein Herz. Plötzlich klingt er verschwörerisch: »Außerdem mache ich mir große Sorgen um Quentin Yong, Hinas kleinen Bruder. Ich will keine Gerüchte in die Welt setzen, aber ich glaube, er braucht dringend Hilfe. Es geht ihm nicht gut, so wie er lebt. Das sieht man ja schon an seinem Übergewicht.«

»Ja«, stimmt Narina zu. »Wir haben ein längeres Gespräch mit ihm geführt und er hat angedeutet, er könnte Autist sein. Er leidet sehr und verletzt sich sogar selbst.«

»Ich fasse es nicht«, ächzt Quentin.

»Das hier ist ein komplexes und sensibles Thema, aber Quentin muss sich unbedingt einem Test unterziehen«, sagt Federico voller Mitgefühl. »Wir wollen, dass er sich nicht selbst schadet und auch keinem anderen. Asaria muss rein von Erbkrankheiten bleiben. Also an alle: Wir müssen eine

Million Unterschriften erreichen, damit uns der Präsident und Damaris anhören! Die Provinzler müssen in eine Zelle und Quentin muss einen Test machen! Seiner eigenen Sicherheit zuliebe. Teilt dieses Video mit allen, die ihr kennt.«

»Er will sich über mich an Hina rächen«, flüstert Quentin schockiert. »Er will, dass ich ins Staatshotel komme!« Hektisch scrollt er durch die Kommentare der Zuschauer. *»Die Petition hat schon viertausend Stimmen …« »Hina sollte sich schämen …« »Dieser Quentin ist echt ein Autist, oder?« »… der Präsident muss entscheiden.« »Sie alle sollten ins Staatshotel …«* Explosionen und Totenköpfe. *»Der Präsident hätte den Provinzler erschießen sollen.«* Katzen, die die Nase rümpfen, als würden sie faulenden Fisch riechen.

Quentin sinkt in sich zusammen. »Ich bin kein Autist! Was für eine hinterhältige Lüge.«

»Ihr seid doch eine Offiziersfamilie, oder?«, sage ich. »Kann euch diese Petition überhaupt etwas anhaben? Und dein Vater ist doch auch mit dem Präsidenten befreundet.«

Quentin hebt überfordert die Schultern. »Ja, ist er. Aber Federico ist auch Parlamentarier und seine beiden Freunde sind es auch. Sie haben echt viel Einfluss.«

»Noch ist es ja nicht so weit«, beruhige ich ihn. Aber seine Worte machen mir nun auch Sorge. Wenn er die Situation schon nicht einschätzen kann, wie soll ich es dann tun? Ich fühle mich, als würde ich auf Bällen stehen, die unter meinen Füßen wegrollen. Wie schnell kann so eine Petition durchgehen? Und wie soll Jago sich in einer Zelle erholen? Was kann ich von dort aus noch unternehmen, um uns zu retten? Nichts. Ich wusste, dass ich es bereuen würde, die Drohne nicht untersucht zu haben.

»Findest du auch, meine Freunde und ich gehören auf die Insel?«, frage ich Quentin.

Er schweigt nachdenklich, dann sagt er: »Nein. Von mir aus könnt ihr hier bei uns wohnen bleiben. So lange ihr wollt.«

»Danke«, sage ich ehrlich überrascht. Es gibt also Asarianer, die sich von der Propaganda noch nicht haben einwickeln lassen.

Eine Zeit lang schweigen wir und meine Gedanken wandern zu Imogen. Ich fühle mich unwohl dabei, die emotionale Nähe zu Quentin auszunutzen ... aber jetzt oder nie. Möglichst beiläufig frage ich: »Ich habe gestern Nachrichten gehört und jemand sprach von einer Imogen. Wer ist sie?«

Quentin verzieht erstaunt das Gesicht. »Die leuchtend grüne Imogen? Wird noch über sie gesprochen? Das ist die verrückte Schwester des Präsidenten.«

»Die verrückte Schwester des Präsidenten«, wiederhole ich. »Weißt du mehr über sie?«

»Auf einer ihrer Partys hat sie von einem grünen Pilz gegessen. Darüber ist sie wahnsinnig geworden und ihre Zunge hat angefangen, neongrün zu leuchten. Nachts ist sie durch die Gänge des Palastes geschlichen und hat Feuer gelegt, weil ihr das angeblich Stimmen befohlen haben. Seitdem ist sie im Staatshotel.«

»Ein grüner Pilz, Feuer? Kannst du dich an Imogen erinnern?«

»Nicht wirklich. Die Geschichte ist über zehn Jahre her. Meine Mutter erzählte mal von einer Feier, bei der Imogen Schnecken in das Essen der Gäste gemischt hat. Panik ist ausgebrochen und meine Mutter ist eine Treppe runtergestürzt. Ich glaube, Imogen hatte einen ziemlich speziellen Humor.«

Ich wage nicht, noch mehr Fragen zu stellen. Zu auffällig.

Immerhin weiß ich jetzt, dass Imogen existiert und dass sie tatsächlich auf der Insel ist. Ob die Gerüchte stimmen, ist schwer zu sagen. Die Asarianer erzählen schließlich auch genug Falsches über mich.

Ich stehe auf. »Ich muss nach Jago sehen. Und du sollst dich ausruhen, hat die Ärztin gesagt.«

»Warte«, sagt Quentin. »Ich wollte dir noch etwas schenken, weil du mir geholfen hast. Vielleicht eine Actionfigur? Die sind Sammlerstücke. Oder eines meiner Spiele? Ich habe Hunderte. Such dir aus, was du willst!«

»Eine Drohne kannst du mir nicht zufällig leihen, damit Jago und ich … «

Quentins Augen werden für einen Moment groß, dann schüttelt er bedauernd den Kopf. Ich seufze: »Hast du Bücher? Romane?«

»Ja, klar.« Quentin erhebt sich mühsam und geht zu einem Regal. Eine Schublade springt auf. Aber ich sehe keine Bücher, sondern nur Hunderte von diesen sechseckigen, bunt bedruckten Deckeln. Anscheinend gibt es Bücher auf Asaria nur in digitaler Form. Ich suche zehn Platten aus, die Jago gefallen könnten.

»Das ist auch noch für dich.« Quentin hält mir eine geöffnete Schachtel hin. Ein Augapfel starrt mir entgegen. Er nimmt ihn und wirft ihn gegen die Wand. Der Augapfel bleibt kleben und dreht seine Pupille zu uns, als würde das Auge uns betrachten.

»Was ist das denn?«

»Hab ich selbst gebaut.« Er zieht das Auge von der Wand und steckt es zurück in die Schachtel.

»Warum brauchst du das? Scio überwacht doch alles, oder?«

»Um zu sehen, ob Federico in meiner Nähe ist. Zum Beispiel auf Veranstaltungen. Vielleicht kannst du es ja auch brauchen?«

»Danke«, sage ich und lächele über das seltsame Geschenk.

Quentin schlägt vor: »Wenn es mir wieder besser geht, dann können wir ja mal zusammen neue Augen basteln, okay?« Er scheint von seinem Vorschlag selbst verblüfft zu sein und schaut mich mit einem Blick an, der so gar nicht zu dem arroganten Jungen passt, den ich gestern kennengelernt habe. Ob er überhaupt einen Freund im Palast hat?

»Gerne!«, antworte ich und über Quentins Gesicht huscht ein winziges, erstauntes Lächeln.

Jago schläft immer noch. Er sieht so schmal und verletzlich aus in dem großen Bett, dass ich das Gefühl habe, ihn bewachen zu müssen. »Werd schnell wieder gesund«, flüstere ich beschwörend, lege die flachen Bücher auf seinen Nachttisch und rolle mich neben ihn.

Wie kann ich Scio nur dazu bringen, die Drohne freizugeben? Mir fällt nichts ein. Also rufe ich Federicos Petition auf: *›Victors Recht‹*. Die Hologramm-Buchstaben schweben unheilvoll im Raum. Die Schrift erinnert an Marmorsäulen. Darunter erhöht sich eine Zahl im Sekundentakt und mit ihr mein Herzschlag. Zwanzigtausendeins, zwanzigtausendzwei … Das Ziel von einer Million Unterschriften ist weit entfernt, aber wer weiß, wie lange das so bleibt. Und was dann? Wird der Präsident nachgeben?

Nur eine Stunde später bezieht der Präsident tatsächlich Stellung. Allerdings nicht zur Petition. Die Nachrichtensprecherin mit dem silbernen Lidschatten verkündet: »Der Präsident gibt bekannt, dass die Tatortbesichtigung auf Cainstorm abgeschlossen ist. Alle Beweismittel und Informationen wurden nach Asaria übermittelt, in den nächsten Tagen wird ein Urteil über Brenda-Lee Moet gesprochen werden. Außerdem wird es weitere Urteile geben, um den Normalzustand wiederherzustellen.«

Weitere Urteile? Normalzustand? Was soll das alles heißen?

»Der Präsident teilt außerdem mit, dass sich nach neuestem Kenntnisstand nur noch eine Cainstormerin frei auf Asaria bewegt. Es handelt sich um Lissabell Mondstein. Der Präsident geht davon aus, dass sie ungefährlich ist und sehr bald gefasst werden wird.«

Mein Bedürfnis zu handeln wird übermächtig. Die Zeit läuft mir davon! Ich kann hier nicht still sitzen und abwarten, wie andere über mich entscheiden. Mit geschlossenen Augen atme ich ein paarmal durch und ordne meine Gedanken. Selbst wenn ich irgendwie zur Drohne gelange, wird sie wahrscheinlich durch Scio gesteuert und der Computer wird mich nicht starten lassen. Aber einen anderen Weg, mit Jago von hier zu fliehen, sehe ich nicht, außer … der Hackerin. Hitze steigt mir in die Wangen. Sie weiß, wie man die Villa verlassen kann, und sie muss es mir sagen. Es gibt keine Alternative.

Ich greife Jagos Hand, drücke sie leicht. Er atmet ruhig. *Bitte verzeih mir, dass ich nicht auf deinen Rat höre.* Dann stehe ich auf und verlasse den Raum. Ich will, dass sich Imogen, die Königin aller Monster, meldet.

10

Es ist mir unmöglich, still zu sitzen. Mein Fuß wippt pausenlos. Auch wenn ich nicht weiß, was heute Nacht passieren wird, ich bin vorbereitet. Zuerst habe ich mir von Scio einen ganzen Stapel Klamotten liefern lassen, damit niemand merkt, dass ich nur die unauffällige schwarze Kleidung verwende. Die Ärmel meines Hemdes liegen eng an, damit ich nirgendwo hängen bleibe, und die Hose ist an den Knien dehnbar. In meiner Hosentasche stecken das Kameraauge und der Bildschirm von Quentin. Die Sohlen meiner Turnschuhe habe ich mit der Spitze des jeweils anderen Schuhs abgerieben, um sie aufzurauen. So haben sie mehr Halt beim Klettern. Sogar mein Knöchel fühlt sich gut an.

Über den Hologramm-Anruf haben Hina, Tami und ich stundenlang telefoniert. Wir haben gegessen, uns Witze von Spooky angehört, ich habe etwas über Lyssas und meine Flucht vor den Bällen erzählt, Tami hat gesungen und Hina war wieder ihre kindliche Kunstfigur. Keine Spur von dem emotionslosen, erschöpften Mädchen. Ich habe mir sogar extragroße Mühe gegeben, nicht genervt zu wirken, und hoffe, dass Hina mich für heute in Ruhe lässt.

Seitdem wir nicht mehr senden, liege ich auf meinem Bett

und warte. Endlich, als ich schon fast nicht mehr daran glaube, spüre ich das Vibrieren. Ich lasse die Hackerin ein.

»Bist du bereit, mir zu folgen?«

Sofort verkrieche ich mich unter die Decke und kritzele auf einen Zettel: ›Du hast gesagt, du suchst den Schlüssel, der Asaria im Innersten zusammenhält. Was hast du damit gemeint?‹

»Ich will Scio steuern. Ich will ihn ausschalten. Auf der Gefängnisinsel und im Palast.«

›Wie soll das funktionieren?‹

»Heute Nacht suchen wir ein paar alte Festplatten. Sie werden uns zeigen, wie wir Scios Kern entschlüsseln können. Danach müssen meine Anhänger und ich von dieser Insel herunterkommen. Wir sind sehr viele, Emilio. Wir werden uns in den Wäldern Asarias verstecken und von dort einen Guerillakrieg führen. Ich bin überzeugt, dass wir es schaffen können.«

›Woher weißt du von diesen Festplatten?‹

»Überlieferungen, alte Bücher. Viele glauben, dass sie nicht mehr existieren. Aber wir versuchen unser Glück.«

›Wenn ich dir helfe, habe ich eine Bedingung. Ich brauche einen Fluchtweg. Wenn wir Scios Code finden, will ich, dass du mir alle Türen der Yongs freischaltest und ihre Drohne. Kannst du das?‹

»Ein paar einfache Steuerbefehle für Scio kenne ich noch aus meiner Zeit im Palast. Sie wirken aber nur kurz und in beschränktem Rahmen. Damit stellen Mitglieder der Präsidentenfamilie sicher, dass sie hin und wieder Dinge tun können, die noch nicht mal Scio erfasst.«

In meiner Vorstellung höre ich sie lachen.

›Sag mir, wie das geht.‹

»Ich gebe dir jetzt ein Passwort. Es bewirkt, dass Scio eine Stunde lang nicht mehr auf dich reagiert. Er wird keine Auf-

zeichnungen von dir machen und dich nicht im System melden. Sag das Passwort laut, dann geh in den Keller. Dort wirst du einen Fluchtweg finden. Eine Metallklappe. Jede Villa besitzt so einen Notausgang. Dahinter sind wir vor Entdeckungen sicher.«

Du meinst, ›ich‹ bin sicher, denke ich. Sie geht bei diesem Abenteuer wenig Risiko ein.

»Emilio, wenn du mir geholfen hast, gebe ich dir ein zweites Passwort. Eins, mit dem du fliehen könntest. Aber wenn du treu an meiner Seite stehst, verspreche ich dir noch viel mehr. Wenn ich erst Präsidentin bin, mache ich dich zu meinem Offizier. Mit meiner Hilfe kannst du dich und deine Freunde retten. Außerdem kannst du etwas für deine Leute auf Cainstorm ändern!«

Vor meinem inneren Auge steigen Bilder auf, wie ich den asarianischen Schiffen verbiete, ihren Müll in unser Meer zu kippen. Die Vorstellung wärmt mich.

»Bist du bereit?«

›Mehr als bereit.‹ Ich schiebe Jagos warnende Worte, niemandem zu trauen, den man nicht persönlich kennt, beiseite. Wenn ich ihn morgen besuche, werde ich einen Fluchtweg für uns gefunden haben. Das ist alles, was zählt.

»Lass uns anfangen.«

»Scio, Dot 7 Exe6q7«, schreibt sie. *»Sag es und du wirst unsichtbar!«*

Ich präge mir die Kombination ein. Gerade noch rechtzeitig. Die Verbindung in meinem Kopf schaltet sich mit einem Schlag ab und die Hackerin und der Chat verschwinden. Das fängt ja gut an.

Ich befehle: »Scio, Licht aus!«

Es wird dunkel und die einzige Lichtquelle ist jetzt die sechseckige Platte im Boden. Ich warte, bis sich meine Augen an die Dunkelheit gewöhnt haben, dann wiederhole ich die

Buchstaben- und Zahlenkombination. Scios Platte erlischt. Verblüfft stoße ich die Luft aus. Ich habe gezweifelt, dass die Hackerin wirklich die Macht hat, Scio von der Insel aus zu beeinflussen. Aber sie kann es! Plötzlich fühle ich mich leicht, hoffnungsvoll.

Die Zimmertür lässt sich einfach aufdrücken, obwohl sie verschlossen war. Ich bin unsichtbar, ein Schatten, ein Geist. Mit heißen Wangen warte ich darauf, dass die Platte im Flur aufleuchtet. Nichts passiert! Gut. Ich jogge los und weiche den kleinen, flachen Putzrobotern aus, die nachts die Flure reinigen. Die sanft leuchtenden Wände spenden ein mattes Licht. Im Treppenhaus lausche ich auf Geräusche, aber bis auf das leise Surren der Roboter ist es völlig still. Keine Stimmen, keine Musik.

Von der Eingangshalle aus führt eine schmale Treppe weiter nach unten. Auch im Keller leuchten die Wände und ich erkenne die Umrisse einer Kegelbahn. Ich kann mir nicht vorstellen, wie die Yongs hier zusammen spielen. Sie wirken so vereinzelt. So, als wäre jeder einsam in ihrer Familie.

Der nächste Raum dient Schießübungen. Die durchlöcherten Schablonen von Hirschen und Menschen hängen an der Wand. Auch hier von einer Geheimtür keine Spur. Der nächste Raum ist eine Bar mit Theke und Billardtisch. Die Wände leuchten in schummrigem Rot.

In einer Wand ist eine unauffällige Tür eingelassen. Ich öffne sie. Und tatsächlich, dahinter ist im Boden eine Klappe, die wie der Zugang zu einem Tresor aussieht. Ich packe den lenkradförmigen Eisengriff und drehe. Die Tür lässt sich ohne Schwierigkeiten aufziehen. Kalte Luft strömt mir entgegen.

Eine kurze Eisentreppe führt in einen niedrigen, weiß gestrichenen Gang, der schummrig beleuchtet ist. An der

Decke hängen Spinnweben. Anscheinend ist hier schon länger niemand mehr gewesen. Ich steige hinab, aber lasse die Klappe geöffnet. Wer weiß, am Ende lässt sie sich von unten nicht mehr aufdrücken. Dann laufe ich den Tunnel entlang. In regelmäßigen Abständen tauchen Klappen an der Decke auf, zu denen Eisenleitern führen. Fluchtwege anderer Villen. Aber kein Scio, keine Technik.

Imogen schaltet sich an und schreibt: *»Perfekt, du hast den Fluchtweg gefunden! Ich habe eine Karte vor mir, die uns den Weg zeigt.«*

»Gut.« Ich nehme mir fest vor, mir jede Abzweigung genau zu merken, um auch alleine zurückzufinden. Glücklicherweise gibt es nicht viele Gabelungen.

»Du magst grün leuchtende Pilze?«, frage ich.

»Du hast dich über mich erkundigt. Ich hoffe, du hast es unauffällig getan. Aber ja, niemand konnte feiern wie ich. Wir haben die Nacht zum Tag gemacht und den Tag zur Nacht. Wir bestiegen den Olymp, flogen durch die Wolken, so hoch wie niemand vor uns.«

»Sie sagen, du wärst wahnsinnig.«

»Wir experimentierten mit allem Möglichen. Ich bin nicht wahnsinnig geworden, ich hatte Visionen. Das ist etwas ganz anderes.«

»Hmm. Und wie kannst du mit mir kommunizieren? Hast du einen Computer in deiner Zelle?«

»Ich sitze zwar in einem Loch, aber mein Licht strahlt noch immer heller als das der anderen. Durch meine Adern fließt das Blut der asarianischen Herrscher. Jeder, der etwas auf die Insel schmuggelt, gibt es mir freiwillig. Die Gefangenen bauen auf mich.«

»Wie siehst du aus?« Scherzhaft füge ich hinzu: »Leuchtet deine Zunge grün?«

»Ich wünschte, sie würde es tun! Das wäre nur passend für die Königin der Monster! Mein Haar ist schwarz und immer noch schön, auch wenn ich es mit der Küchenschere schneide und in eiskaltem Wasser wasche. Meine Hände sind rau von der Kälte, aber immer noch königlich. Meine Augen sind ungeschminkt, meine Kleidung alt und zerrissen, aber all das hält mich nicht auf. Ich bin bereit für den Thron!«

Keine Minute später öffnet sich vor mir ein runder Raum. Mehrere Tunnel zweigen von ihm ab, schwach erleuchtet.

»Ist hier irgendwo ein Rucksack?«, schreibt sie. Tatsächlich lehnt ein großer grauer, ziemlich abgenutzter an der Wand.

»Wo kommt der her? Hast du noch einen Verbündeten? Hat der die Sachen hier abgestellt? Wer ist das?«

»Ihr werdet euch noch früh genug kennenlernen. Was ich dir sagen kann, ist, dass er körperlich nicht in der Lage ist, das zu tun, was du tun wirst.«

Vage Andeutungen. Traut sie mir nicht? Fakt ist, dass mehr Leute über mich Bescheid wissen als ich über sie. Keine gute Sache. Vorsichtig öffne ich den Rucksack. Eine Stirnlampe, ein Brecheisen, ein Akkuschrauber, ein abgenutztes Hoverboard, eine Wasserflasche und ein Zettel, auf dem etwas Viereckiges, Grünes mit kleinen silbernen Punkten abgebildet ist. »Eine Festplatte?«

»Ja. Das, was wir suchen. Du öffnest die Rechner mit dem Akkuschrauber und holst sie heraus. Nun schau am Boden, dort müsste wieder eine Klappe sein.«

Ich setze die Stirnlampe auf, werfe mir den Rucksack über die Schulter und klemme das abgenutzte Hoverboard unter meinen Arm. Tatsächlich entdecke ich einen runden Eisendeckel mit Griff im Boden. Als ich ihn zur Seite hieve, steigt mir modriger Gestank entgegen. Der Strahl meiner Stirnlampe durchschneidet die Finsternis und zeigt raue Betonwände. Zu Stufen gebogene Metallstangen führen in die schwarze Tiefe.

»So weit unten ist das, was wir suchen?«, frage ich beunruhigt.

»Da unten öffnet sich eine ganz andere, geheimnisvolle Welt«, verspricht sie. Aber auf mich wirkt die Dunkelheit nicht geheimnisvoll, sondern unheimlich. Wenn ich mit Jago fliehen will, kann ich jetzt nicht umdrehen. Also klettere ich die Leiter hinab ins Ungewisse und lande auf Betonboden. Es raschelt leise und kleine Schatten laufen durch den Lichtkegel meiner Stirnlampe. Ratten. Na ja, immerhin bin ich hier nicht ganz alleine.

Mit dem Hoverboard unter den Füßen und nach den Anweisungen von Imogen gleite ich den niedrigen, aber breiten Tunnel entlang. Das Hoverboard ist äußerlich nicht mehr als ein Brett, aber wenn ich mich nach vorne lehne, beschleunigt es, wenn ich mich nach rechts oder links lehne, fliegt es eine Kurve. Gelegentlich kreuze ich einen Abwasserkanal und ziehe mir wegen des Gestanks den Pullover über die Nase.

»Asarianische Scheiße riecht auch nicht anders als unsere«, stelle ich fest. Mein Lichtstrahl tanzt über die gluckernde Brühe in einem der Kanäle und ich bremse das Hoverboard verdutzt ab. Hunderte, nein, Tausende von Tellern, Gläsern und Tassen werden durch den Kanal gespült. Ein paar sind zerquetscht, aber die meisten noch völlig intakt. Es ist eindeutig dieses leichte Kunststoffgeschirr, auf dem Scio das Essen serviert.

»Was ...«, frage ich. »Warum wird das alles weggeworfen?«

»Das Geschirr? Weil es benutzt wurde.«

»Aber es ist doch noch völlig in Ordnung!«

»Ja … vielleicht. Aber es ist nun mal billiger, neues herzustellen, als das alte zu waschen.«

»Neues aus der ›Provinz‹ zu holen, ja?«, sage ich giftig. »Von billigen Arbeitskräften herstellen zu lassen!«

»Darum sind wir ja hier. Weil wir etwas ändern wollen«, entgegnet sie beruhigend.

Welche Massen an Müll kommen hier jeden Tag zusammen? Es fällt mir schwer, meinen Zorn zu unterdrücken, weil ich genau weiß, wo sie am Ende landen. An der Küste von Cainstorm.

Ich fliege weiter und befinde mich auf einmal in einer Sackgasse. Zumindest denke ich das. Doch dann entdecke ich einen Schacht im Boden. Daneben liegen die Überreste eines Eisendeckels. ›Öffnen verboten‹, entziffere ich die zerschnittenen Buchstaben darauf. Jemand muss den Deckel mit einer Eisensäge zerteilt haben.

»Dein Verbündeter?«, rate ich.

Imogen versteht sofort, was ich meine. *»Ja. Er hat etwas nachgeholfen, aber musste ab hier umkehren. Wie gesagt, er ist körperlich eingeschränkt. Klettere hinunter. Aber sei vorsichtig!«*

Mir ist mulmig zumute, aber gleichzeitig packt mich Neugier. So muss es Höhlenforschern gehen, die immer tiefer in die Geheimnisse der Unterwelt eindringen.

Ich lasse mich auf dem Hoverboard in den Schacht absinken. Metallstangen ragen senkrecht aus der Tiefe wie riesige Mikadostäbchen. Dazwischen stecken Farbeimer, Holzlatten, Leitern und sogar eine Schubkarre. Bauschutt, so eng verkeilt, dass er nur schmale Lücken lässt. Ich klammere mich an eine der Metallstangen, klemme mir das Board unter den Arm und rutsche nach unten. Dabei mache ich mich ganz dünn, um nicht an den Nägeln hängen zu bleiben, die aus zerborstenen Balken ragen. Das wird Arbeit, hier wieder hochzukommen!

Meine Schultern passen gerade so eben durch den Spalt. Das Licht meiner Stirnlampe erfasst einen Brocken aus Beton, der zwischen Holzlatten klemmt. In Zentimeterarbeit winde ich mich an ihm vorbei. Wenn nur eine der Latten verschoben wird, rollt der Klumpen weg, alles stürzt zusammen und begräbt mich …

Die Vorstellung lässt mein Herz schneller schlagen und plötzlich durchflutet Adrenalin angenehm meine Adern. Komischerweise ist das genau die Art von Abenteuer, die mir gefällt. Gefährlich, aber auf einem Level, das ich meistern kann. Wie tief geht es noch nach unten? Ich schlängele mich zwischen zwei der Metallstäbe hindurch. Endlich spüre ich Boden unter den Füßen. Ich befreie mich vorsichtig aus dem Haufen Bauschutt und stehe nach ein paar Schritten vor einem verschlossenen, eisernen Tor. Es wirkt massiv.

»Sehr gut, sehr, sehr gut!«, lobt Imogen. *»Und jetzt – siehst du das Zahlenschloss?«*

Ich lasse das Licht über den Stahl wandern, bis er auf eine Zahlenreihe trifft, die auf Drehknöpfe graviert ist. Es sind bestimmt fünfzig Ziffern. Im selben Moment erscheint ein langer Code im Chat und ich beginne, die Zahlen einzustellen. Die Knöpfe sind verrostet und lassen sich nur schwer bewegen. Hier ist schon lange niemand mehr gewesen. Endlich ertönt ein Klicken und ich stemme mich mit meinem ganzen Gewicht gegen die Tür. Schwerfällig öffnet sie sich einen Spalt und ich schlüpfe hindurch, den Strahl meiner Stirnlampe in die Nachtschwärze vor mir gerichtet.

»Es ist hier viel kälter«, flüstere ich in die Stille.

Irgendwo plätschert leise Wasser. Die Luft riecht feucht, muffig und ist so dick, als wäre sie seit Jahrhunderten nicht mehr bewegt worden. Mein Lichtkegel tastet sich nach oben und erfasst in großer Höhe die Decke einer gewaltigen Höhle. Von einigen Flecken dort oben geht dünnes, nebeliges Licht aus. Fluoreszierender Bewuchs? Dazwischen hängt Metallschrott, den ich nur schwer identifizieren kann. Kaputte Scheinwerfer?

Vorsichtig gehe ich über den felsigen Boden und stehe plötzlich an einer Treppe, die weiter in die Tiefe führt. Ich folge ihr mit dem Lichtstrahl nach unten. Es sind sicher an die hundert Stufen. Dann trifft mein Licht auf altes Gemäuer, das sich in der Tiefe der Höhle verliert. Eine Stadt?

»Das ist es! Endlich! Es ist wahr. Der alte Palast existiert noch. Die Karten stimmen! Dies ist der Palast, in dem Asul Asaria die Grundpfeiler unseres Landes schuf.«

»Wieso liegt er unter der Erde?«, frage ich verblüfft.

»Die Welt damals war viel unsicherer als heute. Es herrschte Krieg. Viele Menschen wollten nach Asaria kommen, auch gewaltsam. Sie versuchten, es zu erobern. Asul brauchte viele Jahre, um die Grenzen zu sichern. Solange lebten er und ein großer Teil seines Volkes hier unten, in Sicherheit.«

»Und als die Grenzen gesichert waren, hat Asul sich an der Oberfläche einen neuen Palast gebaut?«

»Genau. Den alten versiegelte er, weil er ihn nicht mehr brauchte. Er war plötzlich altmodisch, feucht, dunkel. Die Leute wollten ans Licht. Niemanden hielt es hier unten. Ein helles Zeitalter brach an. Es gab neue Erfindungen und die alten wurden zurückgelassen. Flieg einfach los, in Richtung Zentrum der Anlage.«

»Wenn ich vom Board falle, kommst du dann und rettest mich?«, frage ich halb scherzhaft, spüre aber eine Gänsehaut über meine Haut kriechen. Dieser Palast ist mir jetzt schon unheimlich.

»So schnell ich kann.«

Langsam gleite ich die Treppe nach unten. Sie endet an einem kleinen Park. Die Büsche und Bäume sind lange tot. Ihre Schatten tanzen schaurig in meinem Lichtkegel. Ein Kribbeln fährt mir über den Rücken, als würde mich jemand beobachten. Aber das ist eine Einbildung, denn alles ist still und ausgestorben. Vor mir schält sich die Front des Palastes aus der Düsternis. Säulen, Statuen, goldene Verzierungen. Er erinnert mich an einen Märchenpalast, allerdings an die düstere Variante. Die, in der König und Königin Zwerge im Keller foltern.

Mein Lichtkegel huscht über die rissigen Wände und über gesprungene Fensterscheiben. Sie sind schmal, aber mehrere Meter hoch. Ich nehme meinen Mut zusammen, fliege näher heran und leuchte durch eine Scheibe. Sie ist vom Staub der Jahrhunderte nebelig und ich nehme nur verschwommene Umrisse wahr. Sind das Reste der Einrichtung?

Ich steige hoch, bis zum Dach, wo die Fenster klein, eckig und mit Gold eingefasst sind. Ein steinerner Löwe wacht hier, sein Maul zu einem stummen Schrei aufgerissen. Statuen von Männern und Frauen in wallenden Gewändern thronen auf Vorsprüngen wie die erstarrten Wächter einer längst vergessenen Zeit. Mein Lichtstrahl wandert weiter über einen umgestürzten Kamin, der das Dach durchschlagen hat. Ich bin unendlich froh, dass ich das Hoverboard habe.

»Flieg geradeaus«, schreibt Imogen und ich folge ihrer Anweisung. Vor mir liegt ein Innenhof. Aus der Tintenschwärze ragen schwarze Äste wie krallenartige Hände. Ich bilde mir ein, sich windende Bewegungen in den Schatten zu sehen, stelle mir vor, wie etwas nach mir schnappen könnte, und erhöhe mein Tempo. Mein Herz schlägt schneller, mein Mund

ist staubtrocken. Dieser Palast scheint direkt aus einem Albtraum zu stammen. Auf einem Balkon leuchtet eines der diffusen Lichter, die ich aus der Ferne gesehen habe.

Flechten, stelle ich beim Näherkommen fest. Die Pflanze überzieht die Steinplatten und sondert ein schwaches gräuliches Leuchten ab. Ich gleite weiter über das Dach und komme mir wie der letzte Mensch auf Erden vor.

»Warte. Flieg ein Stück zurück. Ja. Kannst du durch das Fenster rechts von dir steigen? Das könnte es sein.«

Ich lasse mich vom Giebel ein Stück nach unten sinken und halte mich an dem vergoldeten Holzrahmen eines Dachfensters fest. Es ist so morsch, dass es sich ohne Probleme von außen aufdrücken lässt. Dahinter liegt ein kleiner Raum. Zwei Sessel, ein runder Tisch. Ich zucke zusammen, als ich die Umrisse einer Person wahrnehme. Das bist du selbst, Idiot. Mein Spiegelbild schaut mir von der gegenüberliegenden Wand verstaubt entgegen. »Ich sehe Gespenster.«

Ich gebe mir einen Ruck und schwebe in das Innere des Hauses. Der Holzboden ist von Feuchtigkeit gewellt, und ich bete, dass das Gebäude nicht genau jetzt zusammenbricht. Etwas bewegt sich in der Ecke. Ich reiße die Arme nach oben. Flatternd und kreischend saust mir ein weißer Ball aus Flügeln und Mäulern entgegen. Instinktiv weiche ich zur Seite aus und ein Schwarm nackter, rotäugiger Tiere mit Flügeln jagt durch das Fenster nach draußen.

»Wenn ich dafür nicht zum obersten General ernannt werde …«, stoße ich gepresst hervor.

»Wirst du. Glaub mir, mein Herz rast auch. Du machst das ausgezeichnet. Öffne die Tür neben dem Spiegel.«

Der ehemals weiße Lack der Tür ist abgeplatzt, und noch bevor ich sie öffne, weiß ich, dass sie quietschen wird. Ich habe recht. Wie das Kreischen eines gequälten Tiers fährt mir das Geräusch durch jede Zelle. Der Geruch nach jahrhundertealtem Schimmel schlägt mir auf die Lunge. Mit meinem Lichtstrahl erkunde ich den engen Flur und lausche in die Dunkelheit. Irgendwie kann ich den Gedanken nicht abschütteln, dass mich irgendetwas oder irgendjemand aus den Schatten heraus angreifen könnte. Aber wer sollte sich hier freiwillig aufhalten? Ich habe zu viele Horrorfilme gesehen.

Der Strahl meiner Lampe wandert über die Wände und trifft eine Fratze, die mir aus einem fleckigen Rahmen entgegenstarrt. Feuchtigkeit hat das Gesicht des Mannes zerfressen. Es ist nur ein Gemälde! Daneben hängt das Bild einer Dame in einem blauen Kleid, Stirn und Augen zerflossen. Mein Lichtstrahl jagt weiter, landet in einer schwarzen Türöffnung, streift einen umgestürzten Schreibtisch. Ein Bett mit Baldachin. Wer weiß, ob darin nicht jemand liegt? Meine Fantasie geht langsam mit mir durch.

Unter mir knarrt es. Einmal, zweimal.

»Da sind Schritte«, zische ich. »Jemand ist im Stockwerk unter mir.«

»Nein … sicher … bleib …«, kommen die Bruchstücke einer Antwort.

»Hallo?«, flüstere ich »Imogen?« Schweigen. Keine Verbindung. Das Herz trommelt in meiner Brust. Ich fliege zurück in das erste Zimmer und im Chat erscheint: *»Nein, es ist ganz sicher niemand hier. Bleib ruhig.«*

»Hast du die Schritte nicht gehört?«

»Vielleicht sind es die toten Programmierer, die kannst du dann gleich persönlich nach Scios Code fragen.«

Ich schnaube wütend. »Wohin jetzt?«, raune ich und frage mich, warum ich eigentlich so leise rede.

»Fünfzig Meter nach links. Das müsste die Richtung sein.

Dort ist hoffentlich eine Treppe, die nach unten führt, zum Ingenieurbüro.«

»Ingenieurbüro? Gib mir jetzt alle Infos, die du hast, falls die Verbindung wieder abreißt«, dränge ich.

»Asul Asaria ließ den neuen Palast von Ingenieuren und Programmierern aufs Modernste ausstatten. Sie entwickelten eine Menge praktischer Dinge, unter anderem auch die erste Form von Scio. Ich bin mir sicher, dass wir in dem alten Büro Festplatten finden, die diesen Code enthalten.«

Ich schwebe zurück in den Gang. Wieder ein Knarren unter mir.

»Hörst du«, zische ich. Auf was habe ich mich eingelassen? »Ich habe es mir nicht eingebildet. Da ist jemand!«

Aber die Verbindung zu Imogen ist abgebrochen. Sie ist weg. Plötzlich fühle ich mich seltsam alleine, obwohl ich das ja eigentlich schon die ganze Zeit bin. So alleine wie noch nie in meinem Leben. Erstarrt verharre ich und lausche. Irgendwo tropft es leise. Tief atme ich durch und erinnere mich daran, warum ich das hier mache. Ich will meine Familie wiedersehen und ich will, dass Jago und Lyssa in Sicherheit sind. Ich will das Passwort für die Drohne!

Mit vorsichtigen Bewegungen und so leise wie möglich nehme ich den Rucksack von meinem Rücken und hole die Brechstange heraus. Besser das Ding als keine Waffe. Dann zwinge ich mich, weiterzufliegen bis zum Ende des Flurs, der in eine Halle mündet. Mein Lichtstrahl irrt durch den Raum. Zerbrochenes Porzellan, ein von Motten zerfressener Teppich. Ein Tisch, auf dem immer noch eine Vase steht. Türöffnungen, die so schwarz sind, dass sie mein Licht verschlucken, und hinter denen alles Mögliche lauern könnte. Mir gegenüber liegt eine breite Treppe. Von dort kamen die Schritte. Oder war es doch nur das Knarren von altem Holz?

Sei kein Feigling, schimpfe ich mit mir selbst. Ich schwebe in die Mitte des Raumes, verharre und lausche. Nichts. Mein Licht wandert umher, während ich auf die Treppenstufen zuhalte. Tausende von winzigen Staubpartikeln wirbeln im Lichtkegel meiner Stirnlampe wie Sandkörner tief unter Wasser. Ein merkwürdiges Gefühl bohrt sich in meinen Rücken. Ich drehe mich um und scanne Boden und Wände. Nichts.

Je tiefer ich die Stufen hinabgleite, desto feuchter wird es. Wassertropfen hängen an den Wänden. Die Luft ist schwer. Am Fuß der Treppe blicken zwei Engel aus schwarzem Marmor auf mich herab, die mit ihren Händen die Decke abstützen. Statuen. Ich verstehe nicht, warum die Asarianer diesen Reichtum zurückgelassen haben. Was für eine Verschwendung. Sollte ich jemals General werden, dann hole ich mir diese Statuen, stelle sie vor mein Haus und der Präsident muss sie putzen!

Hinter den Statuen beleuchtet mein Lichtstrahl eine Säulenreihe, die in einen schwarzen Gang führt. Kurzerhand ziehe ich das klebrige Auge und den Bildschirm aus meiner Hosentasche, die ich von Quentin bekomme habe. Ich werfe das Auge in den Gang. Gespannt beobachte ich den Bildschirm. Viel ist in der Dunkelheit nicht zu sehen. Ich erahne ganz schwach die Umrisse einer Tür. Wie die Säulen reicht sie bis unter die Decke. Ungefährlich. Ich lehne mich leicht nach vorne, damit sich das Hoverboard in Bewegung setzt, spähe hinter jede Säule, bis ich das Auge erreicht habe, und sammle es wieder ein.

Das Holz der Tür ist mit einem geometrisch geschnitzten Muster verziert, das tiefe Kerben durchziehen. Vielleicht hat jemand mit einem Degen auf das Holz eingeschlagen? Ich werfe einen Blick zurück zur Treppe. Niemand zu sehen. Ich lege meine Hand auf die kalte Klinke, drücke sie nach unten und spüre rostigen Widerstand. Mit einem entschlossenen Ruck reiße ich die Tür auf. Sie öffnet sich mit einem widerwilligen Knarzen. Schnell schlüpfe ich durch den Spalt. Mein Licht erhellt einen länglichen Saal, dessen Ende sich in Dunkelheit verliert. Seine Wände sind mit Bücherregalen zugestellt. Allerdings ist ihr Inhalt zu einer feuchten, schwarzen Masse zusammengesackt. Nur ein paar Ordner aus Plastik haben überlebt. Ich fliege an der linken Seite des Saals entlang. Ob dies das Ingenieurbüro gewesen ist? Obwohl alles heruntergekommen ist, ahne ich doch, wie schön es hier einmal gewesen sein muss. Die modrigen bunten Hölzer des Fußbodens bilden geometrische Muster und die Decke über mir ist mit Bildern von Wäldern bemalt.

Am Ende des Saals führen einige Treppenstufen in einen tiefer gelegenen Raum, in dem sich eine schwarze Brühe angesammelt hat. Metallene Stuhlreste ragen daraus hervor. Dahinter, vielleicht vier Meter entfernt, erhebt sich eine Glaswand, von Metallstreben durchzogen, die zu einem Muster aus Kreisen geformt sind. Von außen pressen sich blattlose Zweige gegen das Glas, als wollten sie es sprengen. Durch einzelne zerbrochene Scheiben strecken abgestorbene Bäume ihre Zweige wie erstarrte Arme. In dem Geäst und auf den faulenden Stämmen wachsen die grauen Leuchtflechten.

Wahrscheinlich war das mal ein hübsch angelegter Garten, bis die Menschen gegangen sind und die riesigen Scheinwerfer an der Decke der Höhle ausgeschaltet haben. Als mein Blick nach unten wandert, fällt mir etwas Merkwürdiges auf. Einige Scheiben sind auf Höhe des schwarzen Wassers herausgebrochen und die Stangen drum herum sind zur Seite gebogen, als hätte sich etwas Großes hindurchgequetscht. Was ist hier passiert? In der Ferne höre ich ein leises Kratzen. Bilde ich mir das ein? Lebt hier doch noch etwas anderes außer Flechten und Fledermäusen?

Eine Wendeltreppe führt aus dem schwarzen Wasser in das Stockwerk über mir. Ich gleite darauf zu und halte möglichst viel Abstand zur undurchsichtigen Brühe. Warum macht mir das Klettern an den höchsten Hauswänden oder die Gefahr, von Bauschutt zerdrückt zu werden, so wenig aus, während ich von diesem verlassenen Gebäude wahrscheinlich noch monatelang Albträume haben werde? Die geschnitzten Figuren, die ihre Pirouetten auf dem Geländer der Treppe drehen, scheinen mich auszulachen. Die Holzgesichter sind zu höhnischen Grimassen aufgedunsen. Ich klebe das Auge auf eine Treppenstufe, sodass es das schwarze Wasser im Blick hat, und aktiviere den Bildschirm. Vielleicht bin ich übervorsichtig, aber ich will nicht von hinten überrascht werden.

Bücher liegen auf den Stufen verstreut, die meisten aufgeklappt, die Seiten herausgefetzt. So, als ob ein Tier sie zerrissen hätte. Über dem Schimmelgeruch meine ich jetzt noch etwas anderes zu riechen. Süßlich. Ist das Verwesungsgeruch? Meine Haut beginnt zu kribbeln, als würde dieser Ort eine allergische Reaktion hervorrufen. Vorsichtig fliege ich die Treppe hinauf ins nächste Stockwerk. Der Schein meiner Lampe gleitet über Regale, die rechts und links zwei Stockwerke in die Höhe ragen. Sie sind mit durchsichtigen Plastikkästen voller Schrauben, Drähte und Werkzeuge gefüllt. Auf einem Brett steht eine Miniaturausgabe eines Quintauers. Ob die mechanischen Pferde hier erfunden wurden? Ein riesiger Globus schält sich aus der Dunkelheit und leuchtet weiß unter meinem Lichtstrahl. Fasziniert lasse ich meine Finger über die staubige Oberfläche fahren. Die Landmassen und Meere sind verblasst, aber noch zu erkennen. Sie kommen mir völlig unbekannt vor. Vielleicht ist das die Welt vor dem großen Krieg, vor den Atombomben und den Überflutungen, die zu der Gründung von Cainstorm und Asaria geführt haben?

Mein Licht wandert weiter und streift den Boden: Knochen! Ich verharre wie festgenagelt. Der ganze Boden ist übersät damit. Die meisten sind winzig klein, wie von Ratten, andere so groß wie von Katzen oder Hunden. Dazwischen schwarze Fellbüschel. Würmer und Maden winden sich aus den leeren Augenhöhlen eines Tierschädels. Ich fasse das Brecheisen fester.

»Sag mir, dass es hier keine wilden Tiere gibt! Sag es mir!«, wispere ich, aber erhalte natürlich keine Antwort.

In dem Augenblick sehe ich auf meinem Bildschirm, wie sich die Oberfläche des schwarzen Wassers kräuselt, als ob irgendetwas Großes darunter schwimmt. Das Kräuseln nähert sich der Wendeltreppe. Ich halte den Atem an. Ein Schatten schnellt hervor, dann wird das Bild schwarz. Ich fahre zur Treppe herum. Von unten höre ich ein Ächzen, wie von morschem Holz.

Ohne nachzudenken gehe ich in die Hocke, gebe Gas und rase steil nach oben. Der Saal ist hoch. Bestimmt zehn Meter. Erst unter der Decke bremse ich ab und schaue auf den Bildschirm. Das Wasser liegt wieder still da, aber ich habe mir nichts eingebildet! Da war etwas. Ich lösche das Licht der Stirnlampe und schalte den Bildschirm ab, damit mich nicht sieht, was auch immer mit mir zusammen in diesem Raum ist. Finsternis umgibt mich. Die Stille dröhnt mir in den Ohren. Mein Atem geht viel zu laut, mein Herz schlägt unkontrolliert. Ich versuche, mich zu beruhigen, leise zu atmen.

Dann ein Stöhnen, wie von einem Toten, der Luft in seine halb vermoderten Lungen zieht. Mein Blut gefriert. Ein schabendes Geräusch bei der Treppe. Wieder Stille. Rasselndes Keuchen. Schritte. Ein zweites Stöhnen. Und plötzlich rieche ich es. Verwesung, so heftig, als wären da unten eine ganze Herde auferstandener Leichen unterwegs. Wieder das Rasseln, wie von losen Knochen. Atmet da etwas ein? Nimmt das Wesen meine Fährte auf? Schritte trommeln über den Boden, jetzt schneller. Nasses Material klatscht gegen einen Körper. Meine schweißigen Hände umklammern den Griff des Brecheisens. Mit weit aufgerissenen Augen starre ich nach unten in die absolute, alles verschlingende Schwärze.

Wieder ein Ziehen und Rascheln. Das Geräusch wird lauter. Etwas schlägt scheppernd auf dem Boden auf, dann noch etwas und noch etwas. Ich brauche eine Sekunde, um zu begreifen: Das Wesen klettert die Regale hinauf! Was da zu Boden fällt, sind die Plastikkisten.

Ich halte es nicht mehr im Dunkeln aus und aktiviere meine Stirnlampe. Das Licht trifft auf einen riesigen schwarzen Körper, der auf mich zuspringt. Leere Augenhöhlen in einem kantigen Schädel. Ich lehne mich nach vorne und tauche zur Seite ab. Das Hoverboard rast steil Richtung Boden, flattert von der Geschwindigkeit unter meinen Füßen. Ich werfe mich nach hinten, will bremsen, da streift das Board etwas. Ein Kabel. Ich stolpere vorwärts, stürze in die schwarze Nacht, reiße schützend meine Arme über den Kopf, stoße mit der Schulter gegen ein Regal, schlage auf, rolle über Bücher und Papiere, das Brecheisen fest umklammert.

Sofort bin ich wieder auf den Beinen. Wo ist das Wesen? Mein Lichtstrahl schwenkt nach oben, dann über graue Schreibtische, Bürostühle, Computer. Für eine Millisekunde denke ich an die Festplatten. Ich bin am Ziel und doch so weit entfernt. Etwas landet krachend hinter mir. Ich muss nicht hinschauen. Ich weiß, es ist das Wesen. Ich renne los, die Gasse zwischen den Schreibtischen entlang. Keine Ahnung, wo ich hergekommen bin und wo der Ausgang ist. Der Sturz hat mir jede Orientierung geraubt.

Trommelnde Schritte hinter mir. Ich spüre seinen Atem in meinem Nacken, rieche die Verwesung und rolle unter den nächsten Schreibtisch. Beine wie Baumstämme, aber seltsam abgeknickt. Schwarze Hautreste und Fell hängen an Schienbeinknochen und Kabeln. Das Wesen wirft sich nach vorne und ich hechte unter dem Schreibtisch hervor. Hinter mir zersplittert Plastik. Mit einem Sprung setze ich über den nächsten Schreibtisch hinweg, stoße Bürostühle zur Seite. Mein Licht tanzt über Reihen und Reihen von Schreibtischen. Wo ist der Ausgang? Ein metallisches Knirschen, das lauter wird … und plötzlich abbricht.

Ich werfe einen Blick zurück und stolpere vor Fassungslosigkeit über einen Mülleimer. Das Monster steht stocksteif da, auf seinen Hinterbeinen aufgerichtet, die Pranken in der Luft. Es ist an die fünf Meter groß und steht da wie erstarrt. Nur seine Krallen zucken, als würde es Stromstöße bekommen.

Ein verzweifeltes Lachen würgt aus meiner Kehle. Schnell sehe ich mich um. Hinter mir ist eine Wand. Ich muss ganz am Ende des Saals sein. Aber wo ist mein Hoverboard? Ich renne los. Mit möglichst großem Sicherheitsabstand umrunde ich das Monster. Das Adrenalin lässt mich wie ein Olympiaspringer über die Schreibtische setzen. In wenigen Sekunden bin ich an der Stelle, wo ich abgestürzt bin. Das Hoverboard liegt gleich daneben.

Ich springe auf, steige ein paar Meter in die Luft, aber ich kann noch nicht weg. Ich muss diese Festplatten rausschrauben, sonst war alles umsonst. Wer weiß, ob ich das Passwort für die Drohne bekomme?

Mein Atem wird noch schneller. Das Monster steht unbewegt da. Zotteliges, herabhängendes Fell, das Teile eines Metallskeletts und Kabel freigibt. Ist es halb Tier, halb Roboter? Leere schwarze Augenhöhlen. Kann es mich überhaupt sehen? Vielleicht riecht es mich nur oder spürt Vibrationen? Seine Krallen zucken immer noch und erzeugen dabei klickende Geräusche. Hat es einen Wackelkontakt? Wird es gleich wieder angreifen? Angst steigt sauer in mir auf.

Ich starre auf das Meer an Schreibtischen und Computern unter mir. Welches ist die richtige Festplatte? Unkontrolliert hole ich Luft. Konzentrier dich, höre ich plötzlich die Stimme meiner Mutter sagen. Ruhig, aber mit Nachdruck. Ich sehe sie vor mir stehen, ihre Haare schwarz und glänzend in der Sonne. Ihre Ohrringe groß und türkis. Das Gesicht so vertraut, so beruhigend. Ich kämpfe den Wunsch nieder zu fliehen und meine zitternden Hände werden etwas ruhiger.

Ich lasse das Hoverboard absinken, lande neben einem Schreibtisch mit PC. Ohne den Riesen aus den Augen zu lassen, zerre ich den Reißverschluss des Rucksacks auf. Mit bebenden Fingern taste ich nach dem Akkuschrauber und setze ihn an. Sein leises Summen erscheint mir so laut wie das Geräusch einer Bohrmaschine. Ich starre Richtung Monster. Mit einem Ruck dreht es den Kopf in meine Richtung und verursacht mir fast einen Herzinfarkt. Dann erstarrt es wieder. Schnell drehe ich die drei restlichen Schrauben hinaus und öffne den Deckel. Die Festplatte ist grün mit silbernen Punkten. Wie auf dem Foto. Ich reiße sie heraus, stecke sie in den Rucksack. Dann fliege ich zum nächsten PC, setze den Akkuschrauber an, entferne die Abdeckung und greife die Festplatte.

Ich arbeite schnell und präzise. Jeder Handgriff sitzt. Ein paar Sekunden, dann bin ich am nächsten Rechner. Ich beuge mich über die Schrauben, setze an und werfe einen Blick über die Schreibtischkante. Das Monster ist auf alle viere gesunken. Vor Schreck lasse ich den Akkuschrauber fallen, greife die Brechstange und hechte auf mein Hoverboard.

Aus dem Stand springt das Tier auf mich zu, segelt über mehrere Schreibtischreihen. Sein Maul öffnet sich unnatürlich weit. Spitze Zähne. Zweireihig. Grau wie Metall. Ein glatter weißer Schlund, der wie ein Schlauch in die Tiefe führt. Ich schieße mit dem Hoverboard nach oben. Der Kiefer des Monsters schnappt ins Leere, der gigantische Kopf macht eine Aufwärtsbewegung, erwischt mich von unten. Das Board wird mir unter den Füßen weggerissen.

Im Fallen schwinge ich die Brechstange, lasse sie auf den Schädel des Monsters krachen. Klong. Metall auf Metall. Ich lande auf nassem, glitschigem Fell. Der Roboter richtet sich mit einem Ruck auf. Mit der freien Hand kralle ich mich in die haarige Masse. Ein schmatzendes Geräusch und die Haare lösen sich aus der Haut wie Grasbüschel aus Uferschlamm. Ich rutsche ab, falle auf den Boden, hole aus und schlage gegen sein Bein. Metall auf Metall. Es hat keinen Sinn. Aus den Augenwinkeln sehe ich mein Hoverboard.

Ich stürze mich darauf, greife es. Etwas trifft mich mit voller Wucht gegen die Schulter. Schwärze, explodierende Lichtpunkte. Ich fliege durch die Luft, das Hoverboard fest an mich gedrückt, und krache mit dem Rücken gegen etwas Hartes, lande auf den Füßen, hole mit der Brechstange aus und schlage blind zu. Die Stange wird mir aus der Hand gerissen. Ich lasse mich fallen, rolle über den Boden, das Hoverboard zerre ich hinter mir her. Neben mir Krallen. Lang und scharf. Sie heben sich, wollen mich zerstampfen. Ich weiche aus, stolpere auf die Füße und klammere mich verzweifelt an das Bein. Meine Finger graben sich durch Haut und Fellreste. Ich bekomme etwas Glattes zu fassen. Mit beiden Händen ziehe ich, hänge mich mit meinem ganzen Gewicht daran.

Das Monster stampft auf, dreht sich im Kreis. Seine Pranke fliegt auf mich zu. Mit einem Knall gibt das Kabel nach, an dem ich hänge, und ich stürze zu Boden. Das Bein des Monsters knickt nach vorne weg und der schwere Körper landet zwischen den Schreibtischen. Wie wild dreht sich das Wesen auf allen vieren im Kreis. Das steife Bein schleudert Stühle und Tische zur Seite, die krachend zersplittern. Ich stolpere auf mein Board, jage den Saal entlang und die Wendeltreppe hinunter, über die schwarze Brühe hinweg und auf die Tür mit den Kerben zu. Ich reiße sie auf und bin wenige Sekunden später in der Halle und im Flur. In der Ferne höre ich einen rostigen Schrei, wie bei einer Maschine, die nach Jahrhunderten wieder in Gang gekommen ist. Er ist tief und erinnert mich entfernt an einen Löwen. Der Schrei wird lauter und lauter, bis das ganze Gebäude zu vibrieren scheint.

Wie ein Schlafwandler finde ich das Zimmer, durch das ich in das Gebäude gekommen bin, und ziehe mich durch das Dachfenster nach draußen. Stoßweise atmend pumpe ich die dumpfe Luft in meine Lungen, während ich über das Dach fliege. Anscheinend habe ich wieder Empfang, denn sofort spüre ich das drängende Vibrieren des Chips.

»Hast du die Festplatten? Wie war es?«

Ich bin so außer Atem, dass ich kaum sprechen kann. »Ein Ungeheuer … da war … ein Ungeheuer!«

»Was?«

»Warum … hast du mich nicht … gewarnt?«

»Was für ein Ungeheuer?«

»Ein Tier, halb Maschine … wie ein Löwe. Völlig verwahrlost. Es hätte mich fast … gefressen!«

»Das kann nicht sein. Eine Löwen-Maschine? DER Löwe? Das Symbol der Präsidenten-Familie?«

Ich denke an den Löwen, der die Flotte von Cat Cainstorm vernichtet hat. »Keine Ahnung. Vielleicht.« Ich schüttele mehrere Asseln von meinem Ärmel, die wahrscheinlich aus dem Fell des Monsters stammen. Meine Finger sind mit grauem Schleim bedeckt. »Warum hast du mich nicht gewarnt?«

»Weil ich es nicht wusste! Verzeih mir, Emilio … ich bin völlig verwirrt. Wie konnte ich ahnen, dass so etwas da unten haust?«

Keine Ahnung, ob ich ihr glauben kann oder ob sie wissentlich mein Leben riskiert hat. Aber es ist auch egal, solange sie ihr Versprechen hält.

»Ich hab … ich hab zehn Platten ausgebaut«, schnaufe ich. »Sag mir das Passwort, dann kriegst du sie.«

»Emilio, mein Krieger, mein Offizier. Ich danke dir tausendfach: Scio, Alpha Zwölf Yong m8l2ex3b2. Sage es und Scio wird im Haus der Yongs komplett zurückgesetzt. Du wirst alles bedienen können. Auch die Drohne. Aber ich hoffe natürlich, du fliegst in den Wald und wartest, bis ich zu dir stoße?«

Ich präge mir die Kombination ein und brumme etwas Unverständliches, während ich über das Dach rausche. Das Adrenalin lässt nach. Mir ist kalt und meine Muskeln zittern. Ich kann nur beten, dass das Passwort stimmt und Imogen mich nicht betrügt.

»Scheiße.«

»Was ist?«, will sie wissen.

»Ich habe Monsterscheiße am Schuh.« Anscheinend bin

ich in einen ziemlichen Haufen getreten. Der Gestank ist ekelhaft. Ich sinke ein Stück ab und ziehe meine Schuhsohle mehrmals über die Kante des Daches.

»Gib zu, dass ich vorhin recht hatte«, sage ich. »Das Knarren unter mir waren die Schritte von diesem Vieh.«

»Ja, du hattest recht, Emilio.«

»Na also.«

11

Bum. Bum. Bum. Ich wälze mich hin und her. Das Fell des Wesens glänzt schwarz, seine Rüstung schimmert silbern und seine Augen leuchten in der Dunkelheit wie Taschenlampen. Mit seinem ganzen Gewicht wirft es sich gegen die Metalltür, die von der Höhle in die Kanalisation führt. BUM. Ich drücke von der anderen Seite dagegen, aber ich werde nicht lange standhalten. Ich weiß, ich bin zu schwach, ich werde verlieren. Der Raum kippt in Dunkelheit. Schwarzer Farn. Nasses Moos. Augen, die über mir leuchten wie Neonlichter. Imogen, nein, der Präsident starrt auf mich herab. *»Du willst zurück in dein Viertel? Das ist dein Wunsch?«*

Ich reiße die Lider auf und blicke mich schwer atmend um. Ich bin in einem kleinen Laden. Dosen stapeln sich bis zur Decke. Wieso habe ich hier früher nie eingekauft? Ich muss den Laden immer übersehen haben, obwohl er sich direkt neben unserem Hof befindet. Plötzlich steht Lyssa draußen vor dem Schaufenster. Sie betrachtet die Dosen, bemerkt mich aber nicht. Ihre Haare ringeln sich im Wind. Sie trägt ein Ballettkleid und Ballettschuhe. Mein Herz macht einen Sprung. Wie sehr ich sie vermisst habe! Ich stürze nach draußen und bleibe wie angewurzelt stehen. Sie ist nicht mehr da! Ein Hauch von Himbeere hängt in der Luft. Der Schmerz in meiner Brust ist wie ein kalter Stein. Ich hetze um die nächste Ecke, suche die Menge nach türkisfarbenen Haaren ab, bis ich auf einmal vor der Haustür ihrer Eltern stehe. Ein hohes asarianisches Haus. Marmorsäulen. Ein Butler bittet mich hinein: »Lissabell ist nicht da, aber Sie können auf sie warten, Monsieur.«

Ich sitze in einer kalten Halle mit Marmorfliesen. Die Zeit vergeht. Die Schatten werden länger und kriechen über die goldgerahmten Bilder an den Wänden. Es wird dunkel und es wird hell und ich weiß, dass nichts auf dieser Welt grausamer ist als Hoffnung. Sie wird nicht kommen.

BUM. Schweißgebadet schrecke ich hoch. Ich bin so erledigt, als hätte ich höchstens zehn Minuten geschlafen, aber laut Scio ist es bereits Mittag. Unwillig ziehe ich mir das Kissen über den Kopf. Sofort tauchen Bilder von gestern Nacht auf. Der Weg zurück aus dem unheimlichen Palast. Die Festplatten, die ich auf Anweisung der Hackerin in der Kanalisation gelassen habe.

BUM.

Was ist das? Jago bewegt sich leise stöhnend neben mir. Ich setzte mich vorsichtig auf die Bettkante und stocke mit schmerzverzerrtem Gesicht. Mein Körper brennt und zieht von dem Kampf mit dem verfluchten Monster. Mit der Zunge fahre ich über meine Zähne. Die Kante eines Eckzahns ist abgebrochen. Na ja, hätte schlimmer kommen können.

Umständlich ziehe ich mich an, marschiere steifbeinig zur Tür und öffne sie. Rosa Papierschmetterlinge schwirren mir entgegen, ich wedele sie weg. Tami steht mit dem Rücken zu mir und donnert einen Ball mit einem Tennisschläger gegen die Wand. BUM.

»Hey!«, zische ich. »Kannst du das lassen? Jago schläft noch.«

Sie wirbelt zu mir herum und brüllt: »So eine Scheiße!« Mit der Hand fährt sie sich durch das wirre Haar und tastet nach den Schrauben in ihrem Nacken. »Meine Sendung ist abgestellt!«

Ich zucke mit den Schultern. »Meine auch.«

Tami ringt nach Luft. Ihre grünen Augen wirken auf einmal schutzlos. »Weißt du, was diese Hina gemacht hat?«

»Nein.«

»Scio, zeig das Video von mir, Hina und Emilio!«

Ein Hologramm vom gestrigen Stream wächst über einer Bodenplatte in die Luft. Hina, Tami und ich sind nebeneinander montiert. Ich sitze auf meinem Bett, Hina tanzt mit Herrn Spooky und Tami steht in ihrem Zimmer und singt inbrünstig über Tauben und Liebe. Aber ihre Stimme ist viel zu hoch. Sie klingt wie ein Gummibärchen mit verstopfter Nase.

»Dieses komische Hina-Mädchen hat meine Stimme hochgedreht«, ruft Tami empört, schleudert den Schläger gegen die Wand und schreit: »Sie hat meinen Auftritt versaut! Und Scio will mich ruhigstellen! Wie viele verdammte Gesichtsmasken und Bäder soll ich denn noch machen? Meine Hände sind schon ganz aufgeweicht! Ich drehe durch!«

Ich kann nicht anders, als zu grinsen. Sofort werden Tamis Augen schmal. »Warum ist dir das alles egal? Was ist mit deinen Fans?«

»Meine Fans kommen auch ganz gut ohne mich zurecht. Da bin ich zuversichtlich.«

Im Kopf wiederhole ich das Passwort, das die Hackerin mir gegeben hat, und bin plötzlich in absoluter Hochstimmung. Heute Nacht bin ich endlich weg von hier! Zusammen mit Jago werde ich Lyssa im Wald aufspüren und dann finden wir einen Weg, uns davonzustehlen.

Tami mustert mich misstrauisch. Wütend kündigt sie an: »Ich haue die Fensterscheiben kaputt, ich schwöre!«

Ich zucke die Schultern, weil ich weiß, dass das Haus ausbruchsicher ist. »Versuche es.«

Für eine Millisekunde erwäge ich, Tami auf unsere Flucht mitzunehmen, aber verwerfe den Gedanken sofort wieder. Sie ist nach wie vor eine Kopfgeldjägerin und hat Geld damit verdient, Menschen zu verraten.

Tami kneift ihre Lippen zusammen, dreht sich um und haut mit der Faust gegen eine Tür, die sich sofort öffnet.

»Scio, gib mir Schokoeis«, höre ich sie brüllen, bevor die Tür sich hinter ihr schließt.

Jago ist wach. Er hat sich halb aufgerichtet und sitzt mit dem Rücken gegen das Kopfende des Bettes gelehnt. Mit den sechseckigen Buchplatten versucht er, einen mehrstöckigen Turm auf seinem Nachttisch zu bauen.

»Geht es dir besser?«

»Viel besser.« Er lächelt schwach. Ich nicke in Richtung Turm und grinse schief: »Dafür sind die nicht da. Das sind Bücher.«

Er zieht die Stirn in Falten: »Bücher? Quatsch.«

Ich nehme ihm eine der Platten ab und lege sie auf Scio. Eine Hologramm-Buchseite wächst aus dem Boden. Mit asarianischer Betonung sage ich: »Voilà, Monsieur. Ihr Leseerlebnis aus der Zukunft.«

Jago lacht verblüfft auf, aber verzieht dann gleich das Gesicht und hält sich die Schulter. »Warte, ich will dir auch etwas zeigen.«

Er greift nach einer Brille auf dem Nachttisch. Sie hat

einen dicken, goldschwarz karierten Rand. »Scio hat gemerkt, dass ich kurzsichtig bin, und hat mir Hunderte von Brillen angezeigt. Ich hab mir diese ausgesucht.« Er setzt die Brille auf. »Tataaa!« Begeistert grinst er mich an. »Das erste Mal, dass ich weiter als zwei Meter scharf sehe!«

Jago hatte schon immer eine Vorliebe für extravagante Klamotten. »Steht dir«, sage ich. »Dann müssen wir ja das nächste Mal nicht direkt vorm Bildschirm kleben, wenn wir Fernsehen schauen.«

»Hallo?!«, gibt er zurück. »Ich kann jetzt bis nach Cainstorm schauen.«

Der fürsorgliche Scio lässt ein üppiges Frühstück neben dem Buchdeckelturm erscheinen. Jago greift sich eine der in Soße eingelegten, handflächengroßen Ringe, steckt sie sich in den Mund und verzieht schwärmerisch das Gesicht. »Das ist das Beste hier. Lotoswurzel. Schon probiert?«

»Nee.« Ich nehme mir eine und knabbere daran. Sie schmeckt gleichzeitig nussig und süß. »Lecker!«, stimme ich zu, und es gruselt mich, wie schnell ich mich an diesen ganzen Luxus gewöhnt habe. Wie sehr ich ihn genießen würde, wüsste ich nicht, dass die Überreste der Schüssel zum Schluss an einem Strand von Cainstorm landen. Scio macht es einem so leicht, die Dinge nicht zu hinterfragen.

Es drängt mich, Jago von meinen gestrigen Erlebnissen mit dem Monster zu erzählen, aber seine Laune ist gerade so gut, außerdem fehlt mir die Kraft, ewig lange Texte in das Büchlein zu schreiben, damit Scio nichts mitbekommt.

»Scio, Nachrichten«, befehle ich stattdessen. Eine Moderatorin wächst aus dem Boden, aber ich nehme sie kaum wahr, denn hinter ihr ist ein Bild von einem Mädchen eingeblendet. Unter ihren zotteligen türkisen Haaren blitzen zwei wütende graue Augen hervor. Kratzer ziehen sich über ihre Wangen, wie von dornigem Gestrüpp gerissen. An ihrem Hals und in ihrem Ausschnitt klebt getrockneter Matsch. Ihre Kleidung ist dreckig. Es ist Lyssa.

»Sie haben sie«, flüstert Jago.

»... wurde die Gesuchte heute Nacht in einer Erdhöhle gefunden. Nach unseren Informationen soll Mondstein in den Palast gebracht werden, wo sie wahrscheinlich bei Familie Yong untergebracht wird. Hina Yong, der Präsident und Damaris Le Grand haben eine Vereinbarung ...«

Eine Welle aus Glück und Hoffnung katapultiert mich durchs Zimmer. Ich tanze durch das Hologramm. »Sie wird hierhergebracht! Hierher, zu uns!« Ich kann es nicht fassen. Wir müssen Lyssa nicht im Wald suchen. Was für ein perfektes Timing!

Jagos Lachen hört sich nach erschöpftem Husten an. Ich schnappe mir das Heftchen, ziehe die Decke über Jago und mich und kritzele: ›Ich habe einen Weg gefunden, um von hier zu fliehen. Auf dem Dach ist eine Drohne. Wie fühlst du dich?‹

Er liest meine Worte mehrmals, als könne er sie nicht glauben. Schließlich schreibt er: ›Gut!! Sind wir eigentlich in Gefahr?‹

»Scio, zeig Federicos Petition«, befehle ich und schlage die Decke zurück. Eine Hologramm-Zahl erscheint über einer der Platten. Vierhunderttausend. Im Sekundentakt erhöht sich der Wert. Wenn das so weitergeht, ist die Million morgen oder spätestens übermorgen erreicht. Ich setze an, um Jago die Sache mit der Petition zu erklären, aber seine Lider hängen auf Halbmast. Er wirkt erschöpft, seine Energie ist aufgebraucht. Kaum lesbar schreibt er: ›Bin bereit. Tausend Prozent! Ich vertraue dir.‹

Der Stift knickt zur Seite weg und ich nicke dankbar, weil er sich auf all die Gefahren einlässt, die eine Flucht mit sich bringt. Alles Mögliche kann schiefgehen, angefangen damit, dass das Passwort nicht funktioniert. Aber das Risiko ist mir zu hoch, es jetzt schon zu testen.

Die Stimme der Moderatorin dringt wieder an mein Ohr: »... wurde soeben bekannt gegeben, dass es heute Abend eine Parade und eine anschließende Party geben wird. Unser Präsident lädt uns alle ein, bei der Parade den Sieg über die Eindringlinge aus der Provinz zu feiern.«

Jetzt schon? Ich hatte gehofft, dass sie noch Zeit für die Vorbereitungen brauchen würden.

Meine Nervosität wächst, aber gleichzeitig spüre ich sie wie einen Schub Energie. Plötzlich kommt mir alles heller vor, leichter, freundlicher. Ich habe das Monster überlebt. Lyssa und Jago leben. Wir haben noch nicht verloren.

»Scio, wann kommt Lyssa hier an?«, will ich wissen.

»Monsieur, dazu liegen mir keine Informationen vor.«

»Scio, sind die Yongs da?«

»Monsieur, Hina und Quentin Yong sind anwesend. Yeo-Jin *sowie* Alexej-Sansibar *Yong nicht.«*

»Vielleicht weiß Quentin mehr?«, sage ich zu Jago, der schwach nickt. Ich springe vom Bett. »Bin gleich wieder da.«

Auf dem Weg nach oben kommt mir ein unangenehmer Gedanke. Ob die Zustimmung zur Petition besonders schnell hochschießen wird, wenn Jago, Lyssa und ich in der Nacht verschwinden? Was ist, wenn Quentin wirklich auf Autismus geprüft wird? Was ist ein Autist überhaupt? Jemand, der schlecht kommunizieren kann und in sich selbst zurückgezogen ist, oder? Ich denke an meine Unterhaltung mit

Quentin und daran, dass er es nur selten geschafft hat, mir in die Augen zu schauen. Auffällig war das schon. Aber ist er deshalb gleich ein Autist?

Auf jeden Fall werden der Präsident und Damaris sehr wütend auf die Yongs sein, wenn wir einfach verschwinden. Kommt den beiden dann die Petition womöglich entgegen, um die Yongs zu bestrafen? Plötzlich bin ich gar nicht mehr so sicher, ob ich Quentin besuchen will, und bleibe auf der letzten Stufe stehen. Am Ende des Flurs kann ich einen kleinen Ausschnitt des Dachgartens sehen. Die Drohne ragt über die Büsche. Komisch. Auf einmal fühlt es sich an, als würde ich Quentin mit meiner Flucht verraten. Hier geht es um dein Leben und das deiner Freunde, sage ich mir. Denk an dich, Jago und Lyssa!

»Wer ist mir da in mein Netz gegangen?«, kichert eine kindliche Stimme. Hina schlürft mit hängenden Schultern und zur Seite gelegtem Kopf aus einem Zimmer. Ihr Gesicht ist weiß geschminkt, die Augen dick schwarz umrandet.

Der Panda in ihren Armen sagt: »Ich habe beschlossen, dass du sterben musst, Provinzler!«

Hina zieht eine Pistole aus den Falten ihres weißen Rüschenkleids und richtet sie auf mich.

»Ist das ein Witz?«, frage ich, aber Hina lächelt mich mit ihren schwarzen Lippen leicht irre an.

»Wenn das für deine Sendung ist, dann lass es!«, verlange ich.

»Spooky hat gesprochen!«, flüstert Hina und ihr Gesicht wird ernst. Meine Augen sind auf die Pistole in ihren Händen gerichtet. Für Aufmerksamkeit würde sie vielleicht sogar morden. Langsam weiche ich zurück und sage das Erstbeste, was mir einfällt, um sie abzulenken: »Wie geht's deinem Bruder?«

Eine Spur von Überraschung spiegelt sich in ihren Augen, dann flüstert sie dem Panda etwas zu und der sagt: »Quentin ist kein Autist!«

Natürlich hat sie die Petition auch gesehen.

»Das ist nicht, was ich meine«, sage ich. »Warst du in den letzten Stunden bei ihm?«

»Wieso willst du das wissen?«

»Ja oder nein?«

»Ich wollte einen Termin mit Quentin machen, aber Scio hat mir keinen gegeben, und jetzt lenk nicht weiter ab«, kichert sie und zielt mit ihrer Pistole auf mich. »Spooky braucht ein Opfer.«

Termin? Die beiden wohnen im gleichen Haus! Kann es wirklich sein, dass sie bis jetzt nicht mitbekommen hat, dass ihr Bruder zusammengeschlagen wurde? Und wenn sie es nicht weiß, wissen es ihre Eltern? Sitzt Quentin mit Gehirnerschütterung und Jochbeinprellung seit gestern alleine in seinem abgedunkelten Raum und versinkt im schwarzen Sumpf seiner Ängste? Sieht so ein Familienleben aus, wenn sich alle auf einen Computer verlassen?

»Wie wär's, wenn du mal nach Quentin schaust.« Es gerät vorwurfsvoller, als es geplant war.

»Hast du ihm etwas angetan?«, fragt sie alarmiert.

»Frag ihn.« Ich drehe mich langsam um und steige die Treppe hinunter. Keine schnellen Bewegungen. Hina ist verrückt! Zumindest folgt sie mir nicht.

Auch wenn es feige ist, irgendwie bin ich erleichtert, dass der Besuch bei Quentin nicht geklappt hat. Ihm in die Augen zu schauen und zu wissen, dass ich vorhabe zu fliehen, hätte sich verdammt unehrlich angefühlt. Dann lieber ohne Abschied verschwinden. Ob es auf Asaria viele einsame Menschen wie Quentin gibt? Auf einmal fallen mir Hinas ›Essvideos‹ ein. Vielleicht hat sie so viele Aufrufe, weil eine Menge Leute auf Asaria alleine in ihren riesigen Wohnungen sitzen, aber keine Gesellschaft haben? Sie wollen nicht alleine essen und schalten deshalb Hinas Videos an. Besser einen digitalen Tischnachbarn als keinen.

An der Wand beginnt die Mini-Meeresschlacht von Neuem und lenkt mich ab. Beim Anblick des Löwen spüre ich wieder das nasse, harte Fell zwischen den Fingern, rieche Verwesung, obwohl das gar nicht sein kann, weil ich nach meiner Rückkehr eine halbe Stunde lang geduscht habe. Sämtliche Klamotten habe ich in den Müllschlucker geworfen. Trotzdem bilde ich mir ein, den Geruch auf der Zunge zu schmecken, und mir wird leicht übel. Ich sehe vor mir, wie das Tier sein schlundartiges Maul aufreißt, und ich bin froh, dass es sicher im unterirdischen Palast eingesperrt ist.

»Scio«, frage ich. »Was ist das für ein Löwe, den der Präsident als Wappentier hat?«

Scio hebt zu einem langen und eher langweiligen Monolog an, bis er endlich zum spannenden Teil der Geschichte kommt: *»Der Löwe ist einer der sagenhaften fünfzehn silbernen Krieger. Jeder Krieger hat die Gestalt eines kraftvollen und kämpferischen Tieres und wurde aus einer Verbindung von tierischer DNA und Maschine geschaffen. Diese Cyborgs galten als unbesiegbar. Asul Asarias persönlicher silberner Krieger war ein Löwe. Die silbernen Krieger seiner damals vierzehn Offiziere sollen unter anderem ein Krokodil, einen Adler, einen Bullen und einen Panther dargestellt haben.«*

Nachträglich überfällt mich Angst. Waren die anderen Tiere auch dort unten? Wenn ja, dann hatte ich mehr Glück als Verstand, ihnen nicht begegnet zu sein.

»… Historische Bedeutung hat die Schlacht im großen Meer,

bei der die silbernen Krieger die Rebellen von Cat Cainstorm besiegten. Jeder Krieger soll über außerordentliche Kräfte verfügt haben, doch waren sie durch die tierische DNA schwer zu kontrollieren. Nachdem sie die feindlichen Soldaten vernichtet hatten, wendeten sie sich gegen die eigenen Leute. Deshalb ließ Asul Asaria sie abschalten. Ihr Verbleib ist unklar.«

Also hat Imogen tatsächlich die Wahrheit gesagt. Nicht nur sie glaubte, die gepanzerten Tiere wären längst Geschichte. Meine Hoffnung steigt, dass auch ihr Passwort funktioniert.

Zurück im Zimmer beschwere ich mich bei Jago: »Diese Leute hier sind irre! Hina hat mich mit einer Pistole bedroht! Scio, zeig Hinas Videostream.«

Sofort wächst ein Hologramm aus dem Boden. Hina sitzt auf der Kante ihres Bettes und filmt sich selbst. Zu meiner Verblüffung hat sie den Lauf der Waffe abgebissen und kaut lächelnd.

»Sie hat dich mit einer Schoko-Pistole bedroht?«, stellt Jago fest. Hina beißt ein weiteres Stück aus der Waffe und Jago kichert glucksend.

»Scio, mach das Video aus«, befehle ich, aber kann mir selbst ein Grinsen nicht verkneifen. »Die sah wirklich echt aus«, verteidige ich mich, aber Jago kann sich schon nicht mehr halten vor Lachen, während er sich die schmerzende Schulter hält. »Die ist gut, die hat dich reingelegt.«

Meine Gedanken wirbeln durcheinander, so aufgeregt bin ich. Aber ich muss mich konzentrieren und alles so vorbereiten, dass die Flucht für Jago so bequem wie möglich wird. Zuerst bestelle ich Essen bei Scio. Nicht zu viel, damit es nicht auffällig ist. Gerade genug, um die ersten beiden Tage zu überstehen, falls wir für den Rückflug länger brauchen.

Obst und Schokoriegel lege ich ganz offen auf einen der wellenförmigen Sessel. Scio weiß sowieso alles. Besser, ich tue so, als wäre mein Verhalten ganz normal.

Danach erzähle ich Jago von Quentin und der Schlägerei.

»Dieser Quentin klingt, als bräuchte er ein paar Freunde«, schlussfolgert Jago, kurz bevor er wieder einnickt. Mein schlechtes Gewissen Quentin gegenüber steigt.

Es ist fünf Uhr nachmittags, als ein markerschütternder Schrei durch den Flur schallt. Jago reißt die Augen auf. Unsere Tür wird aufgerissen und Tami stürzt in den Raum, fällt auf die Knie, sackt zusammen und brüllt aus voller Kehle. Sie klingt wie ein Dinosaurier, der vor einem Asteroiden flüchtet.

»Was ist los?«, rufe ich beunruhigt.

»Monsieur Rivoir, Monsieur Cabrera«, meldet sich Scio in diesem Moment. *»Ich darf Ihnen mitteilen, dass es um 19 Uhr eine Parade mit anschließender Party geben wird. Der Präsident verlangt Ihr Erscheinen.«*

Tami richtet sich auf und schleudert sich die Haare mit Schwung aus dem Gesicht. »Paaaarty!«, strahlt sie und mir wird klar, dass ihr Gebrüll Freude war. Endlich hat sie einen Weg gefunden, die Villa zu verlassen.

»Wird Lyssa da sein?«, fragt Jago mich.

»Hoffentlich.« Mein Herz sprintet los. Das Wichtigste ist, dass wir nach der Parade zur Villa der Yongs zurückgebracht werden, und zwar zu dritt, sonst wird mein jetzt schon riskanter Plan nicht funktionieren.

12

Tami hilft mir, Jago zu stützen, als wir zum Innenhof hinabsteigen. Es fällt ihm sichtlich schwer, die Stufen zu nehmen, und er braucht mehrere Atempausen. Unten wartet eine Kutsche auf uns, neben der zwei Wachen stehen. In der Kutsche sitzt Hina zusammen mit einer Frau und einem Mann. Erst auf den zweiten Blick erkenne ich, dass es Hinas Eltern sind. Frau Yong schaut uns mit offensichtlichem Unbehagen entgegen und legt einen Ärmel vor die Nase, als müsse sie sich beim Einatmen vor Viren schützen.

»Nehmt Platz«, knurrt Yong knapp und deutet auf die gegenüberliegende Seite des runden Sofas. »Scio, Schutz!« In der Mitte der Kutsche fährt eine durchsichtige Trennwand nach oben und teilt die Kutsche in zwei Hälften.

»Ich bin dabei«, ruft Tami aufgedreht. Sie hat sich ein dünnes schwarzes Band um den Hals gebunden, das mich an den abgeschnittenen Schwanz einer Katze erinnert. Auf ihrem goldenen Top sind zwei Tauben abgebildet, deren extralange Zungen wild umeinanderkreisen. Ihre schwarzen Leggins sitzen stramm um ihre mächtigen Oberschenkel. Sie springt als Erste zur Kutsche und klettert hinein. »Auf geht's zur Party!«

Ich verschränke die Arme. »Was passiert nach der Parade mit uns? Werden wir auf die Insel gebracht?«

Yong schaut irritiert und winkt den zwei Wachen zu: »Es wirkt anscheinend noch nicht …«

»Was wirkt nicht?«, will Jago wissen.

»Werden wir nach der Parade wieder hierhergebracht?«, frage ich diesmal Hina.

»Ich habe bei Damaris angefragt, ob ihr noch bleiben könnt«, sagt sie. Ihre Tonlage ist normal. Keine Kinderstimme. Der Panda liegt zu ihren Füßen. Anscheinend ist sie nicht auf Sendung. »Ihr macht echt gute Quote. Vielleicht drückt Damaris ein Auge zu?«

Yong schüttelt minimal den Kopf. Er glaubt nicht daran. Unser Schicksal ist besiegelt. Wir werden nicht in die Villa zurückkommen. Sie werden uns direkt abschieben. Jago und ich hätten fliehen sollen! Ich sollte Angst spüren, Panik, doch stattdessen ergreift mich eine seltsame Leichtigkeit. Ich versuche, mich gegen das Gefühl zu wehren und spanne die Fäuste an. Wärme breitet sich bis in meine Fingerspitzen aus und wie von selbst entspannen sich meine Hände. Was ist mit mir los?

In Jagos Gesicht spiegelt sich die gleiche Verwirrung. »Ich fühle mich so … schwebend«, murmelt er.

»Einsteigen«, sagt ein Wachmann und legt eine Hand auf meine Schulter. Kurz überlege ich, mich zu weigern, aber alle Kraft ist aus meinem Körper gewichen. Wie in Trance klettere ich auf das Sofa. Jago folgt mir. Neben dem Parfüm meine ich Alkohol zu riechen. Doch bevor ich weiter darüber nachdenken kann, sagt Yong zu seiner Frau: »Keine Sorge, Scio hat sie auf ansteckende Krankheiten untersucht. Er hat nichts gefunden.«

Wann hat Scio das getan? Als er meine Spucke auf Karies

analysiert hat? Misstrauisch beobachte ich Familie Yong durch die Trennwand. Ich habe nicht vergessen, dass sie mich für einen Kriminellen halten. Warum fahren sie mit uns in einer Kutsche? Das Unwohlsein wird von der Leichtigkeit weggeschwemmt. Ich konzentriere mich auf das Gefühl. Wird es stärker? Bekomme ich Fieber?

Beunruhigt werfe ich Jago und Tami einen Seitenblick zu. Jago atmet schwer wegen der körperlichen Anstrengung. Tami streckt die Arme in die Luft und dreht ihre Hände hin und her. Es sieht aus wie eine seltsame Dehnübung, aber wahrscheinlich probt sie eine Performance.

»Wo bleibt Quentin?«, fragt Frau Yong leicht genervt. Ihre Stimme klingt dumpf hinter der Trennwand. Sie und Hina, die ungewöhnlich still ist, sind zurechtgemacht wie Puppen. Dicke Schminke, gelockte, perückenartige Haare. Auf Hinas schwarzem Kleid explodieren silberne Kometen wie Feuerwerk, und mir entgeht nicht, dass Jago sie verstohlen beobachtet.

»Scio, ruf Quentin an«, sagt Yong und trommelt mit einem Finger auf seine Eyewatch. Er trägt eine schwarze Uniform, auf der sich goldene Linien schlängeln. An seinem Gürtel steckt eine Pistole.

»Sehr wohl, Monsieur.«

Ich sinke zurück in den Sitz. Mein Körper ist völlig entspannt. »Ich fühle mich so seltsam.«

»Ich auch«, haucht Jago kraftlos. »Aber es fühlt sich gut an.«

»Quentin ist nicht erreichbar, Monsieur«, teilt Scio uns mit.

Tami krakeelt: »Der kleine Zwerg hockt auf dem Pott!« Frau Yong schnalzt missbilligend mit der Zunge.

»Quentin kommt nicht«, sagt Hina und starrt mich an. Ihr

Blick ist so intensiv, als wollte sie mir ein Loch in den Kopf bohren, um meine Gedanken zu lesen. Vermutlich hat sie herausgefunden, dass ihr Bruder zusammengeschlagen wurde.

»Ist Quentin krank?«, fragt Frau Yong besorgt. Obwohl sie seine Eltern sind, wissen also auch sie nicht, was Quentin zugestoßen ist. Wie auch, wenn sie so selten da sind? Hina zieht ihren schwarzen Glitzermund spitz und schweigt vielsagend. Wahrscheinlich hat Quentin ihr verboten, über den Angriff zu sprechen. Was für eine seltsame Familie. Welche Geheimnisse sie wohl noch voreinander haben?

Yong schnauft: »Ich laufe jetzt bestimmt nicht nach oben, um den Bengel von seinen Spielen wegzuzerren. Wir sind sowieso schon knapp in der Zeit.«

Frau Yong seufzt: »Quentin kann ja nachkommen.«

»Scio, fahr los«, befiehlt der Offizier. Die Kutsche setzt sich in Bewegung und die beiden Wachen bleiben zurück.

»Party! Party!«, ruft Tami, aber es klingt ungewöhnlich lahm. Sie ist in den Sitz zurückgesunken und ihr Blick wirkt leicht entgleist. Das kann kein Zufall sein.

Ich rappele mich mit letzter Kraft auf: »Was habt ihr uns gegeben … und wann?«

»Es ist nur eine Vorsichtsmaßnahme«, antwortet Yong kalt.

»Auf dieser Parade werden Tausende von Menschen sein«, ergänzt Frau Yong. »Sie wird ins ganze Land übertragen. Ihr werdet überall zu sehen sein. Alles soll glattlaufen. Betrachtet es als Geschenk des Präsidenten. Die Wirkung macht doch auch gute Laune, oder?«

»Sie haben uns ruhiggestellt«, sage ich, aber empfinde keine Wut. Eine rosa Wolke hüllt mich ein. Deshalb sitzen wir mit den Yongs in einer Kutsche. Sie wollen sichergehen, dass wirkt, was auch immer sie uns gegeben haben.

»Die Schokolade, die Scio uns vorhin serviert hat«, flüstert Jago. »Die, die so kribbelnd auf der Zunge geschmolzen ist …«

»Die habe ich auch gegessen«, murmelt Tami verträumt.

Ich verfluche meine Naivität, aber vergebe mir gleich wieder. Angenehme Wärme umhüllt alle negativen Gedanken, alle Sorgen. Die Kutsche trägt uns durch die Gänge, ohne den Palast zu verlassen. Mit meiner neuen inneren Ruhe betrachte ich Hina, die nervös auf ihrem Platz hin und her rutscht. Ihre Finger kneten ihr Kleid. Ihre Backen blähen sich auf, als wolle sie unbedingt etwas sagen. Mehrmals schafft sie es, das, was in ihr arbeitet, herunterzuschlucken, bevor es dann doch aus ihr herausplatzt: »Quentin wurde verprügelt!«

Mein Kopf kommt mir riesig vor, dabei leicht wie ein Luftballon. Ich fühle mich wie der Zuschauer eines Theaterstücks, das in einer fremden Sprache aufgeführt wird. Hinas Gesichtsausdruck ist undefinierbar. Ihre Stimme kommt wie von weit, weit her. »Emilio hat Quentin gerettet«, höre ich sie sagen. »Ich weiß, skurril! Ich konnte es auch nicht glauben.«

»Weil du in einer Glitzerwelt lebst«, entgegne ich und mein Lächeln fühlt sich zu breit an. Interessiert betrachte ich Frau Yongs Reaktion, ihre weit aufgerissenen Augen, ihren sprachlos geöffneten Mund. An der Schläfe des Offiziers ist eine kleine, pochende Ader erschienen. Seine Kiefer mahlen vor Wut. Faszinierend. Plötzlich wird mir bewusst, dass mich alle drei anstarren. In Frau Yongs Augen lese ich Unglauben. Sie mustert mich so zweifelnd, als hätte Hina gesagt, ich wäre der wiederauferstandene Asul Asaria. Yong schüttelt immer wieder den Kopf. Seine Augen sind zusammengekniffen, als müsse er den Fehler in einer Matheaufgabe finden.

»Außerdem gibt es eine Petition gegen Quentin«, erklärt Hina.

»Ich werde das nachprüfen«, stößt Yong hervor und versucht vergeblich, seinen Sohn über Scio zu erreichen. Irgendetwas sagt mir, dass das eben ein wichtiger Moment gewesen ist. Aber ich kann ihn nicht wirklich fassen, denn meine Gedanken schweifen dauernd ab.

Leute auf Hoverboards fliegen an uns vorbei, Hunderte Kutschen sind unterwegs. Sie alle scheinen dasselbe Ziel wie wir zu haben. Doch dann biegen wir in einen verlassenen Seitengang ab und halten vor einer schmalen Tür. Ein Hintereingang? Unser Kutschdach aus Dreiecken klappt sich nach unten weg. Tami erhebt sich und ich erwarte, dass sie losbrüllt. Aber sie fragt verträumt: »Wo ist die Party?«

Jago liegt auf einer schwebenden Trage. Tami tanzt vor mir her, ihr Blick ist verklärt und ich fühle die gleiche Schwerelosigkeit. Wie ein Schlafwandler lasse ich mich von den Wachen in einen Raum führen, der nur mit einigen weißen Sitzinseln möbliert ist. Die Yongs sind verschwunden. Wann sind sie gegangen? Wo ist Lyssa?

Tami lässt sich mit einer dramatischen Drehung auf eine der runden Bänke fallen. »Ich brauche eine Bühne, auf der ich euch Leuten zeigen kann, was geht.«

Diese Droge hat sie genauso erwischt wie mich. Jago starrt fasziniert zur Decke, wo sich Linien ineinanderschieben. Ich sitze auf der anderen Insel, gefangen in einem Kokon aus Leichtigkeit und Licht, und beobachte, wie Tami ein Foto aus ihrer Tasche zieht und es küsst.

»Was machst du da?«, bringe ich hervor. Sie hält mir das Foto hin. Ein lachendes Kleinkind.

»Mein Baby«, lächelt Tami glücklich und verspricht dem Foto: »Mama kommt mit ganz viel Geld und Fame zurück.«

Tami hat ein Kind? Das hier ist mir alles zu viel. Zu niemand Bestimmtem sage ich: »Dieses rosa Zeug war etwas . .« Was wollte ich sagen? Übertrieben? In meinem Kopf herrscht angenehme Leere. Nicht mal an das Passwort der Hackerin kann ich mich erinnern. Plötzlich höre ich Stimmen um mich herum. Hände fahren mir durchs Haar. Jemand tupft mir etwas ins Gesicht. Make-up?

»Ich habe deine Sendung geliebt!«, sagt der Jemand. Ich versuche, meinen Blick auf das Gesicht zu fokussieren, das zu der Hand gehört.

»Ich liebe eure Lotoswurzeln«, höre ich mich sagen. Dann werden mir Kleidungsstücke in die Hand gedrückt. Ich fühle keinerlei Protest in mir. Jeder Widerstand hat sich aufgelöst. Alles ist gut, alles wird in Ordnung kommen. Ich ziehe das karierte Hemd und die blaue Latzhose an. »Sieht nicht wirklich nach Party aus«, murmele ich, ohne den Gedanken weiterzuverfolgen.

Jago liegt auf der schwebenden Liege und Tami springt wieder vor mir her. Irgendwie verlangsamt, wie in Zeitlupe. Beide tragen Latzhosen und karierte Hemden. Eine Tür öffnet sich. Dahinter ein heller Saal. Leute rennen umher. Viel zu schnell. Dann ist da ein Kanal, ein paar Meter breit. Kristallklares Wasser. Bunte Fischschwärme. So schön wie in einem Traum. Mit goldenen Blumen geschmückte Boote ziehen an mir vorbei, eines großartiger und faszinierender als das andere. Eine Gruppe Flamingos spielt auf Streichinstrumenten. Ihre langen Hälse wiegen sich, während ihre rosa Flügel die langen Bögen über die Saiten ihrer Instrumente streichen. Ich bin völlig gefangen von diesem Anblick. Musizierende Vögel! Ich wünschte, ich könnte Fotos machen.

»Einsteigen, einsteigen!«, drängt jemand und schiebt Jago auf seiner schwebenden Liege über die Reling. Ich klettere hinterher. In der Mitte des Bootes ragt eine Art Maschine auf mit vielen Hebeln und Klappen. Aus Luken entweicht Dampf. Seltsam. Es sieht aus wie ein Motivboot für eine Fabrik. Jemand drückt mir einen überdimensionalen Schraubenschlüssel in die Hand. Er ist aus Schaumstoff. »Winken und lächeln. Verstanden?«

Soll ich einen Fabrikarbeiter darstellen? Aber warum? Die Lösung scheint ganz einfach zu sein, aber ... eine Hand berührt mich sanft an der Hüfte und ich rieche Himbeere. Keine Sekunde später blicke ich in Lyssas große graue Augen. Sie lächelt. Sprachlos. Wie eine Traumgestalt, die plötzlich Realität geworden ist. Sie muss von der anderen Seite aufs Boot gestiegen sein! Lyssas Hände tasten über den Stoff meines Hemdes, ohne ihren Blick von meinem Gesicht zu nehmen, und dann ist sie ganz nah. Sie flüstert: »Ich habe dich vermisst.«

Ihre Stimme ist so leicht wie ein Frühlingswind. Hitze durchströmt mich, weil ihre Worte so ehrlich klingen. Ich will sie küssen, aber nicht hier, vor all diesen Leuten. Ich umarme sie, drücke sie an mich, spüre ihren Körper unter dem Hemd und der Latzhose, die sie ebenfalls trägt. »Ich habe dich auch vermisst. So sehr. Wie geht es dir?«

»Gut«, sagt sie. Ihre Pupillen sind leicht geweitet, ihre Augen glänzen fiebrig. Jeder Zorn ist aus ihnen gewichen. Jede Angst. Sie hat dieselbe Droge bekommen wie ich.

»Hey, ihr zwei Turteltauben«, unterbricht uns die Wache. »Lächeln und winken!«

Ich nehme Lyssas schmale Hand in meine, lächle glücklich. Das Boot setzt sich in Bewegung. Der Boden schaukelt sanft und vertraut und versetzt mich für einen Moment zurück auf das klapprige Boot, mit dem mein Stiefvater und ich zum Fischen gefahren sind. Es kommt mir vor, als wäre es in einem anderen Leben gewesen.

Wir gleiten durch einen Vorhang. Stimmen und Musik. Das Lachen und die Gespräche der Menschen bringen die Luft zum Summen. Helles Licht. Weiß, Gold und Silber glitzern vor meinen Augen. Goldenes Konfetti weht über den Kanal. Hunderte von Menschen stehen links und rechts. Ihre Gesichter sind verschwommen zu einer wogenden Masse. Hände ragen heraus, winken, klatschen, fotografieren. Jago sitzt auf seiner Liege und winkt zurück. Tami ist ganz vorne im Bug des Bootes auf eine der Maschinenattrappen geklettert. Sie windet sich mit ausgebreiteten Armen nach hinten und nach vorne, wie ein Spulwurm auf dem Trockenen.

»Unsere Liiiebe fliiegt hoooch wie Taaauben!«, singt sie. Ihre Stimme scheint mir ungewöhnlich leise. Sie schüttelt ihre Schultern, sodass ihr Busen hin und her wackelt. »Liiiebe! Liiiebe!«

»Mein Volk.« Die dröhnende Stimme des Präsidenten übertönt alles andere. »Asarianer! Ich schenke euch dieses Fest als Zeichen unserer Macht. Als Zeichen dafür, dass wir uneinnehmbar sind. Schaut euch die Provinzler an, die sich an unsere Ufer verirrt haben! Es sind halbe Kinder. Wir waren nie in Gefahr. Die Ordnung besteht. Wir sind die Führer dieser Welt. Die, die den Pfad vorgeben. Cainstorm folgt uns, die Cainstormer arbeiten in unseren Fabriken und so wird es immer sein.«

Ohrenbetäubender Applaus. Wenn sie alle wüssten ... wenn sie wüssten, was die Hackerin plant ... Federicos Erdnussgesicht taucht in der Menge auf. Mit großen Gesten redet er auf die Umstehenden ein. Die Leute hören ihm aufmerksam zu und nicken. Er hält ihnen seine Eyewatch hin, worauf die Zuschauer etwas mit ihren Fingern unterschreiben. Die Petition, uns einsperren zu lassen und Quentin auf Autismus zu prüfen? Ich sollte Ärger empfinden, vielleicht sogar Wut auf diesen Idioten, wegen dem ich fast vom Dach gefallen wäre, aber die Droge umhüllt mich wohlig warm.

Als ich vorbeigleite, schaut Federico zufällig auf und unsere Blicke treffen sich. Er zuckt zusammen, als hätte er einen Stromstoß erhalten. Ich verdrehe die Augen, bis man nur noch das Weiße sieht, und hebe die Arme wie ein Zombie, dann grinse ich ihm zu. Seine Hand berührt sein Kinn, wo ihn mein Schlag getroffen hat.

Zeit ist bedeutungslos geworden. Sie dehnt sich und sie zieht sich wieder zusammen. Irgendwann stoppt das Boot an einer Treppe. Die Wache drängt uns auszusteigen und ich helfe Lyssa über die Reling. Tami dreht sich an uns vorbei. »Ja, ja, ja!«, ruft sie und stürzt sich den Menschen entgegen, die uns erwartet haben. Ich fühle Hände auf meiner Schulter, meinen Armen und auf meinem Rücken. Sie sind mir ganz nah und trotzdem bin ich weit entfernt von ihnen. Vage kommt mir der Gedanke, dass die Menschen mich einengen und dass mir ihre Nähe in nüchternem Zustand gar nicht gefallen würde, aber dann verschwindet er wieder.

»Ein Foto, ein Foto!«, rufen die Leute und ich lächele wie ein Schlafwandler in die Eyewatches, die sie mir entgegenstrecken. Ob sie mir die Schmetterlinge geschickt haben? Der Menschenstrom reißt nicht ab, aber während der ganzen Zeit lassen Lyssa und ich unsere Hände nicht los. Jago sitzt auf seiner Liege und lächelt stolz. Sein Arm ruht auf der Schulter einer schönen Asarianerin.

»Tu so, als würdest du mich würgen, dann sieht es gefährlicher aus«, bittet jemand und ich lege halbherzig eine Hand an seinen Hals.

Irgendwann lichtet sich das Getümmel. Wachen führen uns breite Stufen hoch. Riesige Buffets in Form von Kronleuchtern, gefüllt mit Wein- und Sektgläsern, schweben an uns vorbei. Schwarze Papierrosen bedecken die Wände. Ein dunkler Samtvorhang öffnet sich und laute Musik schallt uns entgegen. Hunderte von Menschen wiegen sich auf einer Tanzfläche. Weißes und blaues Licht fällt in Strahlen von der Decke.

»Emilio«, ruft eine Stimme so grell, als hätte mir jemand einen Pfeil ins Ohr geschossen. Bradley Starlight streckt seine Hand nach mir aus. Sein Gesicht ist in blaues Licht getaucht und er wirkt wie ein Alien. Seine Augen sind geweitet und er redet und redet, aber ich kann ihm nicht folgen. Es ist viel zu laut und meine Gedanken beschäftigen sich mit der Frage, warum er ein graues, unförmiges Kleid trägt. Nein, es ist ein Sack, in den er Löcher für die Arme und den Hals geschnitten hat.

Der Boden unter mir hebt sich plötzlich. Wir steigen nach oben, bevor ich das Rätsel der sackartigen Klamotten lösen kann. Bradley bleibt zurück, wird kleiner und kleiner und ich vergesse ihn. Verwirrt schaue ich mich um. Lyssa und ich stehen auf einer schwebenden Plattform, keine vier mal vier Meter groß. Jago sitzt auf einem Sessel neben uns und starrt hinunter zu der Menge. Er wirkt völlig weggetreten. Wahrscheinlich verstärken seine Medikamente die Wirkung der Droge. Auch Tami ist da. Sie steht am Geländer und biegt sich in Zeitlupe nach hinten, geht in die Hocke, kommt nach oben und dreht sich im Kreis. Schweiß glänzt auf ihrer Stirn.

Weitere Plattformen schweben um uns herum. Schemenhaft nehme ich die Umrisse von Feiernden wahr. Sie tanzen, trinken, knutschen oder filmen uns.

Lyssa zieht mich auf ein Sofa. Sie drückt sich an mich und der Raum und die Leute sind vergessen. Das blauweiße Licht umfließt mich wie Wasser. Die Musik wird zu einem Rauschen, als wären wir tief unter der Meeresoberfläche. Ihre Lippen auf meinen, fordernd, begierig. Ich erwidere ihren Kuss stürmisch. Aber dann dreht sie sich plötzlich weg, zwinkert benommen und schaut sich um, als würde sie jetzt erst begreifen, wo sie ist.

»Das alles ... diese ganze Party ... das ist nur eine Fassade.«

»Wollte der Präsident so«, nuschle ich.

Ihr Körper versteift sich in meinen Armen. »Was der Präsident will, ist uns auf die Insel bringen! Aber ich will zu meinen Eltern.«

Sie starrt über meine Schulter. Schwerfällig drehe ich mich um. Jemand springt von einem Hoverboard auf unsere Plattform und kommt auf uns zugeschlendert. Es ist Federico, ein hässliches Grinsen im Gesicht. Er ruft mir etwas zu, aber die Musik ist viel zu laut.

»Wer ist das?«, flüstert Lyssa alarmiert.

Bevor ich reagieren kann, ist Federico schon bei uns. Sein Gesicht schwebt unangenehm nah vor mir. »Tja, gleich geht's ins Staatshotel. Freut ihr euch schon drauf?«

Diesmal dringen seine Worte scharf durch den Lärm und den Nebel.

»Ich hab gehört, da kann man einen eigenen Kräutergarten anlegen. Oder Sachen aus Holz schnitzen.« Seine Stimme kippt. »Klingt doch spannend, oder?«

Kräutergarten, Holz schnitzen? Wovon redet er?

»Das sind Lügen«, zischt Lyssa neben mir.

»Ahhh«, macht Federico. »Du warst doch schon mal dort, Mondfisch. Freust du dich zurückzukommen?«

Ich will aufspringen, aber da segelt Lyssas Faust erstaunlich schnell über meinen Kopf hinweg. Der Schlag trifft Federico auf die Wange.

»Auuu«, schreit er und stolpert rückwärts, als hätte ihn ein Nashorn gerammt.

»Es ist eine Lüge«, wiederholt Lyssa mit starrem Blick.

»Da! Habt ihr gesehen, wie aggressiv die Provinzler sind?«, brüllt jetzt eine Stimme von oben. Es ist Narina auf ihrem Hoverboard, die verletzte Hand verbunden. Sie und der Sehnige mit dem Tintenhaar umkreisen uns wie Aasgeier ihre Beute.

»Wachen!!! Wo bleiben die Wachen!?«

Die Plattform sinkt ab. Hände packen meine Oberarme. Ich will mich wehren, aber mein Körper fühlt sich an wie mit nassem Sand gefüllt. Die Wachleute zerren und schubsen uns zwischen den Partygästen hindurch, die eilig zurücktreten. Hinter einer Tür wartet schon eine gepanzerte Kutsche. Wir werden hineingeschoben und ich lande halb auf Tami, die nörgelt: »Was los? Ich will noch Party machen.«

»Nicht noch mehr Party«, lallt Jago erschöpft. Das Verdeck schließt sich. Es wird stockdunkel und die Kutsche setzt sich in Bewegung.

»Sie bringen uns auf die Insel!«, stößt Lyssa hervor.

Der Schock hat mich etwas ernüchtert. Ich rutsche in die Richtung, aus der Lyssas Stimme kam, und taste nach ihrer Hand. Als ihre Finger sich um meine krampfen, spüre ich ihre Angst fast körperlich. Ich flüstere ihr ins Ohr: »Ich habe eine Verbündete. Sie wird uns helfen.«

»Wer?«

Tami trommelt gegen das Verdeck: »Was ist mit meiner Paaarty?«

»Imogen«, hauche ich.

»Von … der Insel?«

»Ja.«

»Ich kenne sie«, wispert Lyssa. Ihre Worte sind kaum zu verstehen. »Als ich das erste Mal da war, habe ich sie kennengelernt.«

»Und? Wie war sie?«

»Sie saß stumm in einer Ecke und hat niemals gesprochen. Ich denke, sie ist … komisch. Anders.«

»Wie meinst du das?«

»Ein paar Erwachsene sagten, sie sei wahnsinnig.«

»Wahnsinnig?«, wiederhole ich leise, ohne wirklich zu begreifen. Die Droge überzieht mein Hirn immer noch wie klebriger Zuckerguss. Lyssas Worte perlen an mir ab wie Regen an einer Scheibe.

»Ja, weil man ihr unrecht getan hat, ist sie wahnsinnig geworden. Vor Kummer.«

»Ahh?« Ich versuche, das alles aufzunehmen und dabei Tamis Genörgel auszublenden.

»Anhalten«, ruft plötzlich eine laute Stimme. Es ist Yong. Schritte nähern sich und ich begreife, dass er die Kutsche gestoppt hat.

Lyssa greift meine Hand fester und ich höre sie tief Luft holen.

»Keine Angst. Das ist … das ist Offizier Yong«, erkläre ich. »Wir wohnen bei ihm. Vielleicht wird er uns retten?«

»Wir können uns nur selbst retten«, erwidert Lyssa.

Wieder erklingt die Stimme von Yong. »Trench, hör zu … nein, warte. Ich versuche dich schon den ganzen Abend zu erreichen … ja … ja. Aber es ist wichtig! Du kannst die Cainstormer zumindest nicht jetzt abschieben. Mein Sohn wurde Opfer einer Straftat. Er wurde fast totgeschlagen und es gibt keine Videoaufnahmen. Ich habe keinen verdammten Beweis! Außer der Aussage der Provinzler! Mindestens einer von ihnen hat den Vorfall miterlebt!«

Der Präsident scheint etwas zu sagen, denn es wird für einen Moment still. Dann fährt Yong angespannt fort: »Ich weiß, es ist geplant, die Provinzler heute Nacht noch wegzubringen, aber das Volk wird dir verzeihen, wenn du sie zwei, drei Tage später wegschickst. Lass sie mir!«

Die Antwort des Präsidenten ist kurz.

»Ja, es sind Provinzler!«, ruft Yong. »Ja, es sind vielleicht Kriminelle. Vielleicht sind ihre Aussagen wenig wert, aber nicht nichts!«

Wieder ist die Stille kurz. Yongs Stimme klingt plötzlich weich, fast flehend: »Trench, ich brauche deine Hilfe. Du hast mir versprochen, dass ich auf dich zählen kann, wenn es einmal darauf ankommt. Jetzt ist der Moment da. Du solltest meinen Sohn sehen. Sein Gesicht.« Yong stockt. »Ich habe Anzeige erstattet, aber ich brauche Zeugen! Aussage steht sonst gegen Aussage! Bitte! Erinnere dich an dein Wort.«

Ich atme tief ein. Yong und der Präsident sind Freunde! Die Chancen stehen gut, oder?

»Öffnet die Kutsche!«, ruft Yong plötzlich.

Mehrere aufgebrachte Stimmen reden durcheinander. Ich versuche mich zu konzentrieren, aber die Stimmen vermischen sich zu einem Brei aus Wörtern, dem ich nicht folgen kann. Diese verdammte Droge!

Plötzlich spüre ich Lyssas Hand auf meiner Wange, ihre Stirn berührt meine. »Vergiss mich nicht«, flüstert sie und für einen Moment verliere ich mich in ihrer Nähe. Dann dringen ihre Worte in mein Bewusstsein und mein Herz krampft sich zusammen.

»Wir bleiben zusammen!«, verspreche ich und halte sie in meinen Armen, auch dann noch, als sich das Verdeck öffnet. Das Licht erhellt Lyssas Gesicht und ich erschrecke über die Trauer in ihren Augen. Hände packen mich von hinten und zerren mich weg.

»Lasst mich los!« Ich will mich wehren, aber meine Muskeln machen nicht mit. Die Wachmänner ziehen mich, Tami und Jago aus der Kutsche. Ich halte mich an Lyssas Blick fest. Sie sitzt wie zu einem Bild erstarrt immer noch an gleicher Stelle. Ein Soldat hat eine Hand auf ihre Schulter gelegt. Sie trennen uns! Lyssas graue Augen sind kalt wie Steine. Ein harter Ausdruck liegt in ihren Zügen, fast wie eine Maske, die ihre Angst überdeckt. Panik überfällt mich. Ich stemme mich gegen die Wachen. Das Kutschdach um Lyssa fährt in die Höhe und verdeckt sie. Dann rollt die Kutsche mit ihr davon.

»Was passiert mit Lyssa?«, rufe ich Hina zu, die neben ihrem Vater steht. Sie scheint mich nicht gehört zu haben und starrt den Flur entlang Federico entgegen, der mit seinen zwei Freunden im Schlepptau angestapft kommt.

»Yong«, stößt er in einem Ton hervor, als wäre der Name ein Schimpfwort. »Was hast du da wieder gedreht? Die Provinzler gehören ins Staatshotel!«

Yongs Adleraugen werden schmal. »Du verschwindest besser, bevor ich mich vergesse.«

Die Drohung wirkt. Federico bleibt wie angewurzelt stehen. Feigling bleibt Feigling. Er beobachtet, wie Jago, Tami und ich in eine zweite Kutsche steigen, und ruft aus sicherer Entfernung: »Wo werden die Provinzler hingebracht?«

»Das geht dich nichts an«, flötet Hina mit ihrer Kunststimme. »Erzähl mal, was du Quentin angetan hast!«

»Was tut IHR ihm an?«, kreischt Narina. »Er ist Autist und bekommt keine Hilfe!«

Die Wände der Kutsche fahren um mich, Jago und Tami nach oben. Als Letztes sehe ich, wie Yong eine Hand auf die Schulter seiner Tochter legt und durch zusammengebissene Zähne zischt: »Wir gehen.«

Ich sinke auf dem Sofa der Kutsche zusammen. An den durchsichtigen Wänden rauscht der Palast vorbei. Aber es ist mir fast egal, wohin die Kutsche uns fährt. Als sich das Verdeck endlich öffnet, sind wir zurück im Innenhof der Yongs. Mir ist eiskalt vor Sorge um Lyssa.

Jagos Kopf hängt auf seiner Brust und seine Füße bewegen sich unsicher. Er kann kaum noch aufrecht stehen. Tami hilft mir, ihn die Treppe hinaufzuschleppen.

»Hätte mir mehr Party von den Asarianern erwartet«, resümiert sie. »Aber ich war gut!«

Vorsichtig legen wir Jago auf seinem Bett ab und decken ihn zu.

»Nachti«, singt Tami und verschwindet durch die Tür.

Über Scio versuche ich, einen der Yongs zu erreichen. Es klappt nicht. Also schalte ich die Nachrichten ein. Bilder der Parade. Glückliche, lachende Menschen. Wir in dem Boot. Freundlich und harmlos winkend. Kein Video von Lyssa und wie sie Federico ins Gesicht schlägt. Alles soll friedlich wirken. Asaria ist erfolgreich und stark und wir sind ungefährlich.

Ich rufe Federicos Kanal bei Eyevision auf. Er war auf Sendung, als Lyssa ihn geschlagen hat. Das Video hat schon Zehntausende Aufrufe. So ganz kann der Präsident den Vorfall also nicht unter den Teppich kehren. Und auch Federicos Petition ist sprunghaft angestiegen. Sechshunderttausend Unterschriften.

»Emilio und diese Lyssa sind wie Benzin und Streichholz«, schreibt jemand. *»Einmal zusammen und schon gibt's 'ne Schlä-*

gerei. Ekelhaftes Verhalten.« »Sind sie endlich im Staatshotel?« »Wohl nicht, aber niemand weiß, warum.« »Es gab eine Anzeige gegen dich, Federico. Von den Yongs. Bitte äußere dich dazu!«

Scio meldet sich plötzlich: *»Eine Sprachnachricht von Hina Yong, Monsieur. Darf ich sie abspielen?«*

»Scio, ja!«

»Hallo, Emilio«, ertönt Hinas förmliche, ernste Stimme. »Mein Vater hat den Präsidenten zu einem Deal überreden können. Du, Jago und Tami bleibt zwei weitere Tage bei uns. Ihr werdet eine Aussage dazu machen, was Quentin zugestoßen ist. Alles, was passiert ist, was ihr gesehen habt, was Federico und seine Freunde getan haben. Danach … na ja, mehr können wir nicht für euch tun. Der Präsident wollte euch eigentlich jetzt schon abschieben.« Sie pausiert kurz. »Ich denke, du willst wissen, wo deine Freundin ist? Mein Vater hat sich für sie eingesetzt. Als Dank dafür, was du für Quentin getan hast. Als Soldat weiß er Mut zu würdigen, sagt er. Und auch meine Mutter ist … erstaunt über dich. Und das ist positiv gemeint. Wie auch immer. Es gab leider keinen guten Grund, Lyssa auch zu uns zu bringen. Sie ist in einer Zelle. Im Palast. Damit ihr in zwei Tagen gemeinsam öffentlichkeitswirksam abgeschoben werden könnt.«

Die Nachricht endet abrupt. Warum hat der Präsident Yong all diese Gefallen getan? Und was ist mit Hina? Sie ist mir noch immer rätselhaft. Was wäre, wenn Imogen Scio in Lyssas Zelle ausschalten würde? Sofort wabern mir Lyssas Worte über sie durch den Kopf. Komisch … anders … wahnsinnig. Ist das wirklich wahr? Und was soll wahnsinnig heißen? Katzenfrau-wahnsinnig oder Serienmörder-wahnsinnig?

13

Mit dickem Schädel und Stechen im Hinterkopf kämpfe ich mich aus einem traumlosen Schlaf. Es ist bereits hell. Meine Mundwinkel ziehen, weil ich gestern so viel gelächelt habe wie in den letzten zehn Jahren nicht. Jago liegt neben mir und schaut sich Hologramm-Videos an. Ein nasser Waschlappen, aus dem Kräuter ragen, liegt auf seiner Stirn. Sein Gesicht wirkt verquollen.

Ich setze mich auf und reibe mir die schmerzenden Augen. »Diese verdammte Droge«, stöhne ich, lasse mir von Scio Kopfschmerztabletten liefern und trinke einen Liter Wasser.

»Monsieur Rivoir«, meldet sich Scio plötzlich. *»Bradley Starlight hat versucht, Sie zu erreichen. Möchten Sie ihn zurückrufen?«*

Dunkel fällt mir ein, ihn auf der Party getroffen zu haben. Er wollte etwas, aber was? Und hatte er wirklich einen Sack an?

Jago grinst. »Hast du Bradley gestern gesehen? Er hat mich am Ärmel festgehalten und wollte mit mir sprechen.«

»Mit mir auch. Warum trug er einen Sack?«

»Keine Ahnung. Aber ich hab herausgefunden, was mit ihm passiert ist.«

Jago lässt Scio ein Video aufrufen. Es ist eine schnelle Montage, keine halbe Minute lang. Ein schwarz glitzerndes, mannshohes Ei wird vor den Präsidenten und Damaris gefahren. Sprünge bilden sich auf der Oberfläche. Sie werden lang und länger, dann zerpufft die Schale wie bei einem Zaubertrick in Rauch und die Umrisse einer Person werden sichtbar. »Ich bin zurück!«, verkündet Bradley und lässt sein Delfinlachen erklingen. Ich hatte gehofft, dieses Lachen nie wieder hören zu müssen.

Bradley verbeugt sich etwas steif, was wohl an seinem geschienten Arm liegen mag. Sonst sieht er aus wie immer. Viel zu weiße Zähne, viel zu spitze Schuhe, viel zu gegeltes Haar, viel zu viel Glitzer auf seinem Anzug. »Madame, ich bin zurück, um meinen Posten bei Eyevision wieder zu übernehmen!«

Damaris Le Grands scheibenartige Augen pinnen Bradley fest. »Zweihunderttausend!«, sagt sie. Bradley greift sich dramatisch ans Herz und holt röchelnd Luft, als hätten Damaris' Worte ihm den Hals verstopft, dann beginnt das Video wieder von vorne.

»Zweihunderttausend?«, frage ich verwirrt. Ein paar Szenen scheinen zu fehlen.

Jago erklärt: »Bradley wollte seinen Job bei Eyevison wieder antreten. Aber Damaris hat in der Zwischenzeit herausgefunden, dass er dich heimlich nach Asaria schmuggeln wollte. Sie gibt ihm die Schuld an dem ganzen Drama und hat ihm fast alle seine Punkte abgezogen und ihn gefeuert. Seine Karriere ist genauso verpufft wie das Glitzerei.«

Mit Bradley habe ich kein Mitleid, aber ich wüsste gerne, wie es Quentin geht.

»Warte«, stöhnt Jago, zieht sich den Waschlappen vom Gesicht und setzt seine neue Brille auf. »Ich brauche Ablenkung, sonst drehe ich durch. Die Asarianer wollen uns endgültig in zwei Tagen abschieben, richtig?«

»Ich finde eine Lösung«, murmele ich. Der Gedanke an die Hackerin macht mir Kopfschmerzen. Die falsche Entscheidung könnte fatal sein.

In dem weiten T-Shirt und der Jogginghose wirkt Jago noch dünner als sonst. Aber er erhebt sich wackelig vom Bett und behauptet: »Ich bin topfit!«

Im Flur muss er sich doch an der Wand abstützen. Ein Schwarm Brieflinge wirbelt uns entgegen. Ich schnappe mir drei Stück und lese Jago die aufmunternden Botschaften vor.

Im Obergeschoss angekommen, öffnet sich eine Tür und Hina hopst heraus. Sie hat sich zwei kindliche Zöpfe geflochten und der Bär klemmt unter ihrem Arm. »Juhu, ihr! Kommt mal mit!«, ruft sie und verschwindet wieder in ihrem Zimmer.

»Sie ist auf Sendung«, warne ich Jago, doch den scheint das nicht zu stören. Er folgt ihr sofort.

Warmes Licht fällt auf dicke weiße Plüschteppiche, herzförmige Spiegel und weiße Sofas, auf denen Stofftiere sitzen und uns aus Glasaugen beobachten. In eine Wand ist ein Aquarium eingelassen, in dem winzige, glitzernde Delfine schwimmen. Ob sie echt sind oder Roboter? Hina tanzt durch den Raum, in dem es weder eine Glaswand gibt, die uns von ihr trennt, oder Wachen, die auf sie aufpassen. Wir sind alleine. Hat sie keine Angst? Ich werde nicht schlau aus ihr.

Fröhlich zeigt Hina auf rosa Hologramm-Buchstaben, die in einer Ecke schweben.

›Hinas Petition‹, lese ich. ›Mein Bruder wird nicht auf

Autismus geprüft und die Cainstormer bleiben noch länger bei mir wohnen!‹

»Was sagt ihr dazu?«, kichert Hina hinter vorgehaltener Hand. Es klingt etwas schrill. »Spooky und ich haben unsere eigene Petition gestartet! Eine Gegenpetition.«

»Eine Petition für uns?«, fragt Jago freudig erstaunt.

»Ja. Ich glaube, ihr seid nicht so schlimm, wie alle sagen. Und mein Bruder ist kein Autist. Er ist nur schüchtern«, ergänzt Hina und schaut mich erwartungsvoll an. »Was sagst duhu zu meiner Petition?«

Unter der Schrift erhöht sich eine Hologramm-Zahl auf fünfzigtausend Unterschriften. »Ich danke dir von Herzen, aber wir sollen in zwei Tagen abgeschoben werden. Wirst du bis dahin eine Million Stimmen erreichen?«, frage ich zweifelnd.

Hina flüstert dem Panda etwas ins Ohr und der sagt mit seiner dunklen Stimme: »Wir werden das schaffen, du Miesepeter!«

»Miesepeter ist aber kein netter Ausdruck, Spooky!«, belehrt Hina den Panda und ruft: »Kommt, wir essen alle zusammen!« Sie hüpft zu einem Tablett, das auf dem Boden steht und auf dem sich neongrell gefärbte Süßigkeiten türmen.

Jago lehnt sich zu mir und flüstert leicht belustigt: »Wieso redet sie mit dem Stofftier? Und was ist auf einmal mit ihrer Stimme?«

»Sie ist eine Kunstfigur«, erkläre ich. Jago schaut, als warte er auf eine ausführlichere Erklärung, aber ich habe keine und zucke mit den Schultern.

»Stimmt für mich ab, stimmt für mich ab«, singt Hina und lutscht an einer neongelben Süßigkeit in Form einer Zitrone. Sie hat die Augen leicht zusammengekniffen und schaut auf eine Wand, an der Schrift vorbeirauscht. Es sind Kommentare.

»Hina, bitte gib dich nicht mehr mit den Provinzlern ab«, steht da. *»Sie sind gefährlich.«* Pandas mit Fragezeichen über den Köpfen rahmen den Text ein.

»Warum nimmst du die Provinzler in Schutz?«, lese ich. *»Sie haben Federico geschlagen. Ich werde dich nicht mehr abonnieren.«*

»Federico hat meinen Bruder geschlagen!«, entgegnet Hina ruhig, aber ihre Mundwinkel zittern leicht. Es ist das erste Mal, dass ich auf Sendung einen Riss in ihrer aufgesetzten guten Laune sehe.

»Dein Bruder lügt!«

»Warum sagt er uns das nicht selbst? Hat er einen Beweis?«

»Die Aussage der Provinzler zählt nichts.«

»Dein Bruder ist ein ekliger Autist.«

»Er wird sich schon noch zeigen«, lächelt Hina und jetzt sehe ich deutlich, wie sie um ihre Fassung kämpft. »Stimmt für mich! Unterschreibt meine Petition.«

Sie deutet in die Ecke, wo die Buchstaben in der Luft schweben. In der letzten Minute hat sie nur zwei weitere Stimmen erhalten. So wird das nie was werden. Das muss ihr doch klar sein?

»Hina, ich liebe dich wirklich, aber du hast dich in den letzten Tagen verändert«, schreibt jemand. *»Du bist nicht mehr du. Früher hat deine Sendung Spaß gemacht, jetzt redest du nur noch über ernste Themen.«*

Hina springt auf und der Panda fällt zu Boden. Sie verschwindet durch eine Glastür. Der Chat an der Wand erlischt. Hina muss offline gegangen sein. Fragend schaut Jago mich an.

»Hina?«, rufe ich. Keine Antwort. Jago gibt sich einen

Ruck. Er geht zu der Tür, die nur angelehnt ist, und klopft gegen das milchige Glas. »Dürfen wir reinkommen?«

Von drinnen ist leises Schniefen zu hören. Jago drückt die Tür vorsichtig auf. In einem schneeweißen Badezimmer hockt Hina auf dem Boden, das Gesicht in den Händen vergraben, und weint. Ihre Schultern beben. Ich weiß nicht, was ich tun soll. Ruft Hina gleich die Wachen, wenn wir ihr zu nahe kommen? Ist das wieder nur einer ihrer Streiche, wie der mit der Schokoladenpistole?

Jago scheint sich nicht so viele Gedanken zu machen. Er kniet sich neben sie und fragt sanft: »Was ist denn los?«

Hina atmet jetzt ruckartig. Es klingt, als hätte sie einen Sprint hinter sich. Ihr ganzer Körper bebt. Zwischendurch schluchzt sie laut auf. Nein, das hier ist kein Schauspiel.

»Alles wird gut«, flüstert Jago und legt ihr eine Hand auf die Schulter. Hina schüttelt sie nicht ab. Irgendwann nimmt sie die Hände vom Gesicht. Ihre Atmung beruhigt sich. Mit geschlossenen Augen sitzt sie da und wirkt unendlich erschöpft.

»Mir entgleitet gerade alles«, sagt sie mit ganz unpiepsiger, aber schwacher Stimme. »Ich habe dreißigtausend Fans über Nacht verloren.« Langsam öffnet sie die Augen und starrt an uns vorbei ins Nichts. Ihre Unterlippe zittert. »Die Leute glauben Federico. Sie haben nur gesehen, wie eure Freundin ihn geschlagen hat. Sie denken, ich lüge, weil es keine Bilder von dem Überfall auf Quentin gibt. Außerdem kennen sie mich nur fröhlich. Sie wollen nicht über Probleme reden. Ich weiß nicht, was ich tun soll.« Leise fügt sie hinzu: »Und was richtig ist.« Tief holt sie Luft. »Egal. Ich muss wieder online gehen. Ich darf nicht noch mehr Follower verlieren.«

Sie rappelt sich auf, betrachtet ihr verschwollenes Gesicht im Spiegel und beginnt, Make-up aufzutragen.

»Vielleicht solltest du eine Pause machen«, schlägt Jago vor. »Wie lange bist du schon online?«

»Nicht lange. Seit acht Stunden nur.«

Sie versucht, es fröhlich klingen zu lassen, aber ich höre ihre Erschöpfung. »Warum bist du überhaupt so oft und so lange auf Sendung?«, will ich wissen. »Du hast doch genug Geld?«

»Es ist schön, geliebt zu werden. Es ist schön, wenn Leute einem zuhören.« Etwas Warmes ist in Hinas Stimme zurückgekehrt.

»Ist es nicht anstrengend, ständig diese Kunstfigur zu spielen?«, frage ich vorsichtig.

Hinas Schultern sacken nach unten. Nach einer Weile sagt sie: »Die Leute akzeptieren mich nur so. In Wirklichkeit bin ich langweilig, glaub ich.«

»Das ist … supertraurig«, murmelt Jago schockiert, und ich frage mich, ob Hina überhaupt noch weiß, wer sie wirklich ist. Wie soll man seine eigene Persönlichkeit finden, wenn man den ganzen Tag jemand anderen spielt?

Wir schweigen eine Zeit lang, dann frage ich: »Hältst du Quentin denn auch für einen Autisten?«

Hina seufzt leise: »Keine Ahnung, ob er einen Test bestehen würde. Manchmal denke ich, dass er schon seltsam ist. Manchmal denke ich, dass er ganz normal ist. Vielleicht sprecht ihr mal mit ihm. Er will nicht vor die Kamera und seine Verletzungen zeigen. Aber das wäre … wirklich hilfreich.«

»Wir wollten ihn sowieso besuchen«, sagt Jago.

Ein kleines Lächeln erscheint auf Hinas Gesicht. Es wirkt echt. »Danke.« Sie wendet sich mir zu. »Danke auch, dass du Quentin gerettet hast. Ich hätte das … nicht erwartet.«

»Weil du dachtest, meine DNA ist beschädigt?«

Sie hebt unsicher die Schultern. »Ich habe überhaupt nicht richtig über dich nachgedacht. Nur, wie ich dich am besten auf Sendung bringe. Wegen der Quote. Das tut mir leid.«

Jago lächelt breit: »Vielleicht solltest du doch mal dein wahres Gesicht vor der Kamera zeigen. Ich mag es.«

»Eines Tages vielleicht«, sagt Hina unsicher, aber strahlt Jago dankbar an. Ich unterdrücke ein Grinsen. Ist das der wahre Grund, warum sich Jago hier hochgeschleppt hat? Weil er gehofft hatte, Hina zu treffen?

Aus Quentins Zimmer dringen Kampfgeräusche, unterlegt von stampfender Musik. Ich klopfe und die Tür wird durchsichtig. Der dunkle Raum wird nur von zwei kämpfenden Hologramm-Dinos beleuchtet. Quentin hockt zusammengekauert auf einem der Sessel. Sein Auge ist blau, seine Lippe dick und auf seiner Wange klebt ein riesiges Pflaster. Ängstlich mustert er Jago.

»Keine Sorge«, sage ich schnell. »Das ist mein bester Freund.«

Jago winkt freundlich. »Wie geht's?«

»Na ja«, macht Quentin, aber lässt Scio die Tür öffnen.

Im Zimmer riecht es muffig. Ich trete auf zerknitterte Verpackungen von Süßigkeiten und Kakaopäckchen und schätze, dass Quentin zwei sehr einsame und unschöne Tage hinter sich hat.

»Wusstest du, dass deine Eltern Anzeige gegen Federico erstatten?«, frage ich. »Wir, oder besser gesagt ich soll gegen ihn aussagen.«

Quentin zieht die Knie unters Kinn und macht sich klein. »Ich wollte, dass niemand weiß, was passiert ist.« Er wendet sein Gesicht von uns ab.

»Nein, Mann«, Jago setzt sich vorsichtig auf den Sessel neben ihm. »Die ganze Welt muss es erfahren! Jeder Asarianer, jeder Cainstormer! Jeder Mensch auf diesem Planeten! Die haben dich fast totgeschlagen. Die sind Verbrecher. Die sollten sich schlecht fühlen, nicht du. Versteck dich hier nicht! Zeig der Welt, was dieser Federico getan hat.«

Quentin wendet Jago sein verschwollenes Gesicht zu und ich ahne, was er fühlt. Federico und die anderen haben ihn gedemütigt. Quentin schämt sich, weil er nicht stark genug war, es zu verhindern, und Scham und Demütigung werden noch größer, je mehr Menschen davon erfahren.

»Ich sehe schrecklich aus«, murmelt Quentin.

»Das wird schon wieder«, beruhigt ihn Jago. »Schau mich an. Ich wurde angeschossen und kann schon wieder Treppen steigen!«

»Meinst du?« Selbst Quentin kann sich Jagos positiver Art nicht entziehen. »Aber würde Federico sich nicht an mir rächen? Er hasst uns. Scio, zeig Federicos Kanal.«

Die beiden Dinos verschwinden und Federico erscheint. Das graue Haar sitzt heute helmartig auf seinem Kopf. »Unterschreibt, unterschreibt, unterschreibt!«, brüllt er wie ein Marktschreier. »Wir sind schon bei sechs-hundert-zwanzigtausend!!!«

Um ihn herum stehen Leute mit verschränkten Armen und düsteren Mienen, die zustimmend nicken. Ich erkenne Narina und den dünnen Typ. Hinter ihnen ragt ein hohes schwarzes Tor auf, in das goldene Adler eingraviert sind.

Quentins Worte sind nicht mehr als ein Flüstern: »Das ist unser Wappen. Sie stehen unten, direkt vor dem Haus.«

»Wir lassen uns nicht vertreiben!«, schreit Federico. »Wir bleiben hier, bis wir am Ziel sind! Die Provinzler gehören ins Staatshotel. Ihre Aussagen vor Gericht sind doch wertlos!

Quentin muss zu seiner eigenen Sicherheit einen Test machen! Er ist Autist! Der Präsident und Damaris müssen handeln!«

Quentin wischt das Hologramm weg. Die Dinos erscheinen wieder und leuchten sanft. Erschöpft murmelt er: »Ich will nicht, dass jemand mein Gesicht sieht. Wenn es einmal online ist, wird es nie wieder verschwinden. Alle werden sich darüber lustig machen, dass ich aussehe wie ein Opfer.« Quentin zieht die Nase hoch. »Mein Vater hat gesagt, dass der Präsident Federicos Petition sowieso abschmettert.«

Ich hake nach. »Ist er da wirklich so sicher?«

»Weiß nicht. Ich glaube, der Präsident schuldet meinem Vater etwas.«

Ich horche auf. Die beiden verbindet mehr als Freundschaft. »Was schuldet er ihm?«

»Keine Ahnung. Es ist auch nur ein Gefühl. Aber der Präsident bevorteilt meinen Vater oft.«

Ich frage mich, wie viel Druck die Freundschaft zwischen Yong und dem Präsidenten aushalten kann.

Quentin räuspert sich. »Ich hoffe, dass ihr nicht in zwei Tagen wegmüsst.«

Meine Kehle schnürt sich zu, aber ich gebe der Angst keinen Raum.

»Wenn es euch tröstet«, sagt Quentin. »Das Staatshotel ist nicht schlimm.«

Jago und ich heben gleichzeitig die Köpfe und blicken Quentin überrascht an. Er scheint es absolut ernst zu meinen.

»Ja.« Quentin lächelt ein wenig. »Sollte es so weit kommen, dann müsst ihr keine Angst haben. Das Staatshotel ist im Kern ein guter Ort für Leute mit Problemen. Die Menschen leben dort zusammen wie eine riesige Familie. Es ist … ein kleines Paradies.«

»Die Insel ist die Hölle!«, stößt Jago hervor.

»Menschen sterben dort«, unterstütze ich ihn. »Ich habe es von Lyssa gehört. Meiner Freundin. Sie war schon mal da!«

Quentin schaut uns an, als hätten wir behauptet, der Präsident würde Babys zum Frühstück essen.

Plötzlich leuchtet Scios Platte rot auf: *»Monsieur Rivoir, Monsieur Cabrera, ich warne Sie, weiterhin Unwahrheiten zu verbreiten.«*

»Scio, zeig das Staatshotel!«, befiehlt Quentin.

Das Hologramm eines Videos erscheint. Lichtdurchflutete Räume, sauber und wohnlich, trotz der billigen Eisenbetten und Pressspanschränke. Wandmalereien von Savannen mit Zebras und Löwen und Wäldern mit Bären und Hirschen schmücken die Flure. Gefangene in einfarbigen, ordentlichen Klamotten lächeln, während sie einer attraktiven Ärztin zuhören, die einem Patienten sanft die Hand auf die Stirn gelegt hat. Auf anderen Bildern sind Beete zu sehen, die von fröhlichen, ein wenig einfältig schauenden Menschen umgegraben werden.

›Jeder findet bei uns die passende Aufgabe!‹, steht darunter und erinnert mich daran, dass auch viele Menschen mit Behinderungen auf die Insel gebracht werden. Eine Frau mit mehreren Vorstrafen berichtet, wie sie durch die Hilfe der Psychologen endlich glücklich geworden ist und das Staatshotel ihr den Start in ein neues Leben ermöglicht hat. Fassungslos betrachte ich dieses Theaterstück.

Jago schluckt. »Kennst du jemanden, der dort ist?«

Quentin nickt: »Ein Freund von mir. Schon seit drei Jahren. Wir haben früher immer zusammen gespielt. Aber er hat

Epilepsie, deshalb wurde er ins Staatshotel gebracht. Dort wird er behandelt. Er … es geht ihm gut.«

»Bist du sicher?«, will Jago wissen. »Hast du jemals wieder von ihm gehört?«

Quentin seufzt. »Das ist das einzig Traurige. Das Staatshotel ist eine Welt für sich. Es gibt keinen Kontakt nach außen.«

»Ist das nicht seltsam?«, bohrt Jago.

Quentin mustert ihn fragend. »Na ja, es würde sonst den Heilungsprozess behindern, oder?«

Ich ziehe eine Grimasse. »Lyssa war da. Es gibt dort keinen Heilungsprozess. Die Leute werden weggeschlossen. Unter furchtbaren Bedingungen.«

»Monsieur Rivoir. Das ist Ihre letzte Warnung!«

Quentin starrt mich an und ich sehe, dass es in ihm arbeitet. Sehr gut. Soll er ruhig die Wahrheit wissen.

Als wir die Treppe nach unten steigen, dringt Lärm aus der Eingangshalle. Schnelle Schritte. Stiefelabsätze knallen auf den Boden. Wachen? Sind sie wegen uns da? Wollen sie uns festnehmen, weil wir über die Insel geredet haben? Aber die Schritte werden leiser.

»Warte hier. Ich schau nach, was los ist«, sage ich und springe die Treppe hinunter. Aber Jago folgt mir, so schnell er kann.

»NEIIIN«, höre ich Tamis schrille Stimme aus der Ferne. Ich fege um die Ecke. Im Gang zu unseren Zimmern sind die Vitrinen rechts und links zerschlagen. Glasscherben glitzern auf dem Boden. Tami ist von vier gepanzerten Palastwachen eingekreist und holt mit einem Stuhlbein aus, das sie einer Wache gegen den Kopf schlagen will. Der Mann taucht gerade noch ab. Die anderen stürzen sich auf sie und werfen sie zu Boden. Strampelnd wehrt sie sich: »Lasst mich los!«

»Bringen Sie sie in ihr Zimmer«, fordert Scio sanft und lässt eine Linie zu Tamis Tür erscheinen.

»Steh auf!«, bellt einer der Männer und zerrt sie auf die Beine.

»Emiliooo«, heult sie. »Scio hat gesagt, dass mein ›Urin übersäuert ist‹. Dieser Freak hat das gemessen. Das hier ist ein Irrenhaus! Der Computer versucht mich auszuspionieren! Ich will hier raaaus!«

Ein bulliger Wachmann brüllt: »Ist das ein Grund, die Vitrinen zu zerschlagen?«

Tami will sich am Türrahmen festhalten, aber die Wachen stoßen sie grob in ihr Zimmer. Mit einem Klicken verschließt Scio die Tür.

»Typisch Provinzler«, zischt ein anderer Wachmann mit Blick auf die Scherben. »Wohin sie auch kommen, sie zerstören alles.«

Der Dritte hebt das Tischbein auf. »Unglaublich. Ich sag ja, veränderte DNA.«

Sie werfen mir vernichtende Blicke zu. »Verdammter Abschaum«, murmelt der Erste.

Als sie außer Sichtweite sind, drücke ich testweise gegen Tamis Tür und befehle: »Scio, öffnen.«

»Monsieur. Madame Küchenkraut ist eine Gefahr für diesen Haushalt und bleibt vorerst in meinem Gewahrsam.«

»Scio kann auch Diktator«, schnauft Jago. Atemlos stützt er sich auf seinen Knien ab. Seine Kondition ist bei null.

»Wusstest du eigentlich, dass Tami ein Kind hat?«, frage ich.

Überrascht richtet er sich auf. »Nee.«

Ich klopfe an die Tür: »Hey, Tami! Ist alles okay bei dir?«

Gedämpftes Scheppern ist zu hören, gefolgt von etwas, das gegen die Wand fliegt.

»Gar nichts ist okay!«, schreit Tami. »Alles ist kacke!«

»Besser hier als auf der Insel«, sage ich und weiß, dass meine Worte nicht wirklich tröstlich sind. Von Tami kommt keine Antwort.

Kaum sind wir zurück in Jagos Zimmer, kündigt Scio einen Anruf von Hina an. Ihr schwach lächelndes Hologramm erscheint in der Mitte des Zimmers.

»Wie war es bei Quentin?«, fragt sie mit normaler Stimme.

»Er will sich nicht zeigen«, sagt Jago.

»Ich wusste es.« Hina atmet schwer aus und wechselt das Thema. »Ich habe ein Geschenk für euch. Scio, schick es!«

Das magische Tischchen öffnet sich und eine Sonnenbrille mit runden Gläsern erscheint. Ich hätte mit allem von Kuscheltieren bis Süßigkeiten gerechnet, aber nicht mit einer alten, abgenutzten Brille, deren Gestell leicht verbogen ist. Jago nimmt sie und dreht sie in den Händen. Plötzlich stoppt er. »C. C.«, liest er eine Gravur an der Seite vor.

»Cat Cainstorm«, sagt Hina. »Es war ihre Brille. Sie lag in unserem Keller zwischen allem möglichen alten Kram. Ein Vorfahr von mir hat sie für seine Tapferkeit von Asul geschenkt bekommen. Meinen Eltern wird nicht auffallen, dass sie fehlt. Ich dachte, vielleicht mögt ihr sie haben?«

»Danke«, sage ich völlig überwältigt. Jago reicht mir die Brille und ich meine, eine plötzliche Verbindung zu Cat zu spüren. Die Brille ist ein gutes Omen, ein Zeichen, dass alles gut wird.

Jago wirkt so ergriffen wie ich. »Das ist absolut heilig! Etwas Besseres hättest du uns nicht geben können!«

Hina strahlt. »Das freut mich!« Während wir die Brille noch staunend in den Händen drehen, redet sie übergangslos weiter: »Übrigens, meine Eltern haben entschieden, ein paar Fastenstunden einzulegen. Sie starten demnächst und gelten für jeden in diesem Haushalt. Scio wird uns so beschränken, als hätten wir unter tausend Punkte. Aber Fasten ist gut, reinigend und es wird einen positiven Eindruck auf den Präsidenten machen. Wer ab und zu fastet, optimiert sich und hilft so dem ganzen Land. Unsere Reputation wird steigen.«

Was ›fasten‹ bedeutet, macht Scio uns wenig später klar. Er stellt Jagos Hologramm-Autorennspiel kommentarlos aus und verkündet, dass er sich die Freiheit erlaubt hat, ein Profil von uns zu erstellen. »*Unter anderem von Ihrem bisherigen Werdegang, Ihrer körperlichen Fitness, Ihrem sozialen Umgang und Ihrem Intellekt. Hier in Asaria geht es um persönliches Glück, um Optimierung. Nur wer optimal lebt, kann glücklich sein und zu einer …«*

»Scio, ich bin glücklich«, will ich ihn abwürgen.

»… perfekten Gesellschaft beitragen. Ihr Optimumlevel liegt auf einer Skala von 100 bei 54, Monsieur Rivoir. Damit Sie glücklicher werden, habe ich einige ganz einfache Aufgaben für Sie.«

Jago und ich schauen uns irritiert an.

»Wir starten mit einer Fremdwörter-Übung.«

Scio spielt eine Audiodatei ab, und ich bemühe mich, mir die Wörter und deren Bedeutung einzuprägen, damit die Übung möglichst schnell vorbeigeht. Jago soll währenddessen seine Schulter kreisen lassen und Dehnübungen machen, um den Heilungsprozess voranzutreiben. In den nächsten Stunden bleibt keine Minute Zeit, über die verworrene Situation mit Lyssa oder Federico nachzudenken, denn Scio lässt keine Pausen zu. Als ich einmal schweige, droht er uns freundlich mit Abendessensentzug. Das will ich Jago nicht zumuten. Notgedrungen lerne ich, dass die Hauptstadt von Asaria in der Nähe des Palastes liegt, für ihre vielen Marmorstatuen berühmt ist und es mitten in der Stadt einen See gibt, auf dem man surfen kann. Danach belehrt mich Scio über das Staatshotel. Ich wiederhole so oft, dass es dort so und so viele Therapeuten und Ärzte gibt, Malkurse, Töpferkurse, Kräuterkunde, Basketball und Musikklassen, dass ich es am Ende selbst fast glaube.

Abends serviert uns Scio dann einen simplen grünen Salat und Wasser.

»Dauerhaft unter tausend Punkten zu leben, muss die Hölle sein!«, murmelt Jago und spießt lustlos ein Blatt auf. Später verlangt Scio, dass ich in mein Zimmer gehe. Jago soll Ruhe haben, damit die Schulter besser heilen kann. Ich lasse die Brille von Cat bei ihm und verabschiede mich. Beim Zähneputzen geht der Terror weiter. Weil ich die Zahnbürste angeblich falsch über die Zähne bewege, will Scio die Badezimmertür nicht mehr öffnen, bis ich es richtig hinbekomme. Als ich mich ins Bett lege, wird die Matratze eiskalt. Sofort bin ich wieder auf den Beinen.

»Wir machen noch ein paar einfache Yogaübungen zu Ihrer Entspannung, Monsieur!«

Als ich endlich alle Aufgaben erledigt habe, bedankt sich Scio: *»Das Fasten ist nun vorbei. Fühlen Sie der reinigenden Kraft nach! Spüren Sie die wachsende Perfektion!«*

Tatsächlich fühle ich mich absolut nicht gereinigt, sondern eher wie ein Kindergartenkind.

14

Es muss nach Mitternacht sein, als ich mich immer noch schlaflos in meinem Bett wälze. Mit der Schwärze der Nacht ist auch das Gefühl von Ausgeliefertsein zurückgekommen und wickelt mich ein wie durchgeschwitzte Laken. Scio hat mich informiert, dass ich morgen Nachmittag meine Aussage gegen Federico machen soll. Aber sollten Jago und ich nicht vorher verschwinden? Am besten jetzt? Lyssa würde alleine auf die Insel kommen und ohne meine Aussage würde Quentin wahrscheinlich als Lügner dastehen. Oder haben meine Worte gar kein Gewicht? In den Nachrichten wurde der Ausschnitt einer Rede von Federcio übertragen, in der er mit flammenden Worten forderte, mir keinen Glauben zu schenken und Quentin endlich einem Test zu unterziehen. Die anderen Offiziere haben brausend applaudiert. Victors Mutter war ganz vorne dabei.

Der Chip vibriert und erlöst mich von meinem Gedankenkarussell. Fast von selbst schaltet sich Imogen zu. Ich bin nicht mehr alleine.

»Du bist noch immer im Palast?«, schreibt sie.

»Scio, Licht und ein Glas Wasser«, sage ich, anstatt zu antworten. Die Wände beginnen sanft zu leuchten.

»Sehr schön. Du bist noch da. Wirst du mir noch einen Gefallen tun?«

Das hört sich nicht gut an. Ich kann es nicht noch mal mit einem Panzermonster aufnehmen. Wenn ich nur daran denke, wird mir eiskalt.

Das Wasser erscheint und Scio meldet sich besorgt: *»Monsieur, Sie haben schlecht geschlafen. Kann ich etwas für Sie tun?«*

Ich reagiere nicht, sondern trinke das Glas in einem Zug leer.

»Diesmal wird es völlig gefahrlos. Ich verspreche es«, schiebt die Hackerin hinterher, als könne sie meine Gedanken lesen.

Gefahrlos. Hat sie das nicht auch beim letzten Mal gesagt?

»Es geht voran mit den Festplatten, die du gefunden hast. Aber die Daten sind nicht vollständig. Ich kann Informationen auslesen, aber ich kann Scio noch nicht steuern. Deshalb brauche ich dich jetzt ... wenn du bald wieder frei sein willst.«

Ich zögere. Aber in meiner ausweglosen Situation will ich sie nicht als Verbündete verlieren. Und wie soll ich Lyssa ohne sie befreien?

Plötzlich ergreift mich ein Gefühl, an das ich mich schon lange nicht mehr erinnert habe. Ich rieche verbrannte Autoreifen, spüre den rauen Schaumstoff unter meinen Fingern, der durch aufgeschlitztes Leder quillt. Licht dringt durch die Ritzen der Pappe, die vor zerschlagenen Fenstern des Autowracks klebt. Meine Mutter sitzt vorne auf dem Fahrersitz. Sie hat zwei Maiskolben mitgebracht, die in Alufolie eingepackt sind. Sie reicht mir einen und lächelt liebevoll. Mein Magen verkrampft sich vor Hunger. Der Mais ist kalt und schmeckt ranzig. Wahrscheinlich hat sie ihn irgendwo im Müll gefunden, aber das ist egal. Wenn man obdachlos ist, wird vieles egal. Es geht darum zu überleben. Das zu nehmen, was man kriegen kann.

»Scio, Alpha Zwölf Yong m8l2ex3b2«, sage ich. Es ist das Passwort, das Imogen mir gegeben hat.

Sofort meldet sich Scio: *»Monsieur Rivoir, es wurden alle Einstellungen im Hause Yong für Sie zurückgesetzt. Alle Einschränkungen für Sie wurden aufgehoben. Sie haben vollen Zugriff.«*

»Ich belüge dich nicht. Wir gegen die, mein General. Für die Freiheit.«

Vielleicht ist Imogen wahnsinnig, aber was zählt das schon? Lieber einen wahnsinnigen Freund als keinen. Mein Herz schlägt schneller, aber nicht aus Angst, sondern weil die Energie zurück in meinen Körper strömt. Ich muss mein Schicksal in die eigene Hand nehmen. Ich muss die Kontrolle zurückgewinnen.

»Was brauchst du von mir?«, frage ich.

Lautlos laufe ich durch die Flure der Villa. Die Hackerin will, dass ich eine bestimmte Packung Tabletten finde. Ein Anti-Rauschmittel. Keine Ahnung, für was sie ein Anti-Rauschmittel braucht, sie hat es nicht erklärt: *»Später.«*

Aber sie hat Scio ausspioniert und sagt, dass sich der Offizier die Tabletten hat liefern lassen. Sie wusste sogar, in welchem Zimmer sie liegen.

Ich husche durch den Gang mit der Seeschlacht und schleiche die Treppe nach oben. Eins, zwei, drei, vier, zähle ich im Vorbeigehen die Türen auf der rechten Seite. Bei vier bleibe ich stehen und lege mein Ohr an das kalte graue Glas. Auf keinen Fall will ich Yong begegnen. Aber ist er überhaupt da? Es fühlt sich schlecht an, in die Privaträume der Familie einzudringen, um zu stehlen. Aber ich denke an

Lyssa. Was ist das Risiko, erwischt zu werden, im Vergleich zu ihrem Wohlergehen? Nichts!

Langsam drücke ich einen der beiden Türflügel ein Stückchen auf und spähe in eine Art Vorzimmer. Eine Rehfamilie aus Marmor blickt mich aus der Mitte des Raumes an.

Ich nehme die rechte Tür, wie Imogen es mir beschrieben hat. Vorsichtig schiebe ich mich in den dahinterliegenden Flur. In der Ferne höre ich Yongs Stimme. Sie klingt laut und sauer. Er ist zu Hause! Jetzt wird mir heiß. Welche Ausrede würde am besten ziehen, wenn Yong mich erwischt? Schlafwandeln? Mir fällt nichts Glaubhaftes ein. Die nächste Tür öffne ich erst einen kleinen Spalt und vergewissere mich, dass Yong nicht dort ist. Gedämpftes rötliches Licht beleuchtet einen lang gezogenen Raum. Yongs Stimme kommt von sehr nah. Eine Tür ist nur angelehnt. Er muss dahinter sein.

»Es ist das letzte Mal, Trench. Ja! Nur noch dieses eine Mal«, ruft Yong laut.

Geräuschlos bewege ich mich über den dunklen Lackboden. Wo sind die Tabletten? Die Vitrinen an den Wänden sind gefüllt mit Flaschen in unterschiedlichsten Formen und Farben. Historische Weinflaschen, exotische Schnapsflaschen, bauchige Whiskeyflaschen. Mit all dem Alkohol könnte mein Heimatviertel tagelang feiern!

Mein Blick huscht zu einem niedrigen Tisch, der wie ein riesiger Goldklumpen geformt ist. Er ist mit einer ungesund großen Ansammlung von Flaschen beladen, die meisten zur Hälfte geleert. Ich erinnere mich an den leichten Alkoholgeruch, den ich bei der Kutschfahrt zur Parade wahrgenommen habe.

»Die anderen Abgeordneten werden es verstehen«, schallt es aus dem Nebenzimmer. »Trench … Trench, lass mich zu

Wort kommen! Alles wird gut werden. So wie immer, okay? Du hast meine volle Unterstützung und ich deine.«

Zwischen den Flaschen entdecke ich ein Tablettenröhrchen. Mein Herz macht einen Satz. Ein paar weiße Tabletten sind auf dem Tisch verstreut. Ich sammele drei Stück ein und stecke sie in meine Hosentasche. In dem Moment sagt Yong: »Ich danke dir. Gute Nacht dann.«

Ein Stuhl wird zurückgestoßen. Ich kann mich gerade noch hinter einen breiten Sessel ducken, als Yong die Tür aufreißt. Ich höre, wie er in den Raum stürmt. Mein Herz schlägt wie wild. Eine Flasche wird entkorkt, Flüssigkeit gluckert in ein Glas. Dann herrscht Stille. Hat Yong Verdacht geschöpft? Plötzlich entfernen sich Yongs Schritte und eine Tür wird geschlossen. Ich atme auf. Fluchtartig verlasse ich den Raum. Im Flur verwandelt sich meine Panik in Glücksgefühl. Der erste Teil meines Auftrags ist erledigt. Der zweite Teil ist einfacher. Aber dafür rätselhafter.

Die Geheimtür im Keller lässt sich so leicht öffnen wie beim ersten Mal. Kühle Luft. Weiße, sanft leuchtende Wände. Diesmal geht es nicht nach unten in die Kanalisation. Geradeaus, links, links, geradeaus, hatte mir die Hackerin geschrieben. Ich befolge ihre Anweisung, aber das Gefühl nagt an mir, nicht zu wissen, was das Ziel ist. Nach kurzer Zeit spüre ich Imogen.

»Ich hab's«, begrüße ich sie und zeige ihr die Tabletten. »Für wen sollen sie sein?«

»Ein Freund von mir. Er ist etwas berauschter, als ich es erwartet habe, und wir haben keine Zeit. Er braucht die Tabletten, um wieder klar zu denken.«

›Ein Freund‹. Kein Name.

»Gehört das zu deinem Plan?«

»Ja. Er wird uns helfen, Scio weiter zu entschlüsseln, aber er hat etwas zu tief ins Glas geschaut. Wir müssen ihn ausnüchtern.«

Es fühlt sich an, als würde sie mir immer nur Bruchstücke eines Tausend-Teile-Puzzles hinwerfen, der Rest bleibt unsichtbar. Schweigend lege ich die letzten Meter zurück, aber ich schmecke alten, ranzigen Mais auf der Zunge, spüre wieder die Abhängigkeit, und Groll wächst in mir.

Unter einer Klappe, die über mir in die Decke eingelassen ist, bleibe ich stehen. Sie sieht aus wie die Falltür bei den Yongs. Ich nehme an, dass es der Fluchtweg aus einer anderen Villa ist. »Hier ist es, oder?«

»Sehr gut«, erscheint im Chat. *»Hebe die Klappe an und schiebe die Tabletten in den Raum darüber. Damit ist dein Auftrag erledigt.«*

»Scio ist ausgestellt?«

»Ja. Wir haben ihn in der Villa unseres Freundes deaktiviert. Wir wollen keine Spuren hinterlassen.«

Ich nehme die ersten beiden Stufen der Leiter und stemme die Klappe einen Spalt auf. Das Erste, was ich wahrnehme, ist ein Zirpen, das ich nicht zuordnen kann. Tiere?

Meine Augen brauchen einen Moment, um sich an die Düsternis des Raumes zu gewöhnen. Eine sechseckige Platte ist vor mir in den schwarzen Steinboden eingelassen. Sie bleibt dunkel. Ich schiebe die Tabletten über den Rand und zögere.

»Dein Auftrag ist erledigt. Geh zurück, leg dich hin. Du brauchst Schlaf für das, was sehr bald kommt.«

»Du hast gesagt, ich kann dir vertrauen. Aber ich brauche Beweise. Was genau passiert hier?«

»Ich missbrauche dein Vertrauen nicht, aber ich bin auch die Chefin dieser Operation. Dein Auftrag ist für den Moment be-

endet. Bring uns nicht in Gefahr, indem du länger von den Yongs wegbleibst als nötig.«

Wieder zirpt etwas. Ich stoße die Klappe ein Stück weiter auf und erahne Terrarien an den Wänden. Chamäleons sitzen auf Ästen. Sie sehen wie kleine Roboter aus. Ein entferntes betrunkenes Lachen durchschneidet die Stille. Nach ein paar Sekunden verebbt es.

»Lass mich dabei sein«, dränge ich. »Ich will nicht nur ein anonymer Teil des Plans sein.«

»Warte«, schreibt sie und verschwindet aus meinem Kopf.

Ich lausche in die Dunkelheit. Wieder ist aus der Ferne dieses Lachen zu hören. Es kommt von weiter oben. Nach einer kurzen Stille höre ich ein Tocken, gefolgt von einem schleifenden Geräusch, dann ein Schritt. Wieder das Tocken, das Schleifen, der Schritt. Von viel weiter weg schallt das Gelächter. Das Tocken kommt offenbar von einer zweiten Person.

Meine Muskeln spannen sich an. Mein Herz schlägt langsam, aber so laut, dass ich es bis unter die Kopfhaut spüre. Jago würde mich wahrscheinlich für wahnsinnig erklären, wenn er wüsste, was ich hier gerade mache. Wie hat er Imogen genannt? Die verrückte Adelige. Aber ich will selbst handeln und nicht nur Aufträge erfüllen, deren Sinn ich nicht verstehe. Also starre ich in das Dunkel, bereit, die Klappe über mir zufallen zu lassen und zu fliehen.

Eine auf einen Stock gestützte Figur schält sich aus den Schatten und bleibt im Türrahmen stehen. Mittelgroß, dünn. Verblüfft erkenne ich, dass seine Lederjacke abgenutzt ist und seine Hose an den Knien geflickt. Ich habe nicht gewusst, dass es so etwas im reichen Asaria gibt. Die Augen des Mannes sind im Schatten seiner Kapuze verborgen, aber ein wenig Licht aus den Terrarien fällt auf seinen Mund und das Kinn. Ein dünnes Geflecht zieht sich über seine Haut. Brandnarben.

»Emilio?«, fragt er und stützt sich schwer auf seinen Stock. Seine Stimme ist rau. Es klingt, als ob seine Stimmbänder verletzt worden sind. Ich nicke.

»Mein Name ist Kiano van Exen«, stellt er sich vor. »Ich bin so froh, dass du dich uns angeschlossen hast. Du hast einen der silbernen Krieger besiegt, hat Imogen erzählt! Das ist … unglaublich. Einen Kämpfer wie dich brauchen wir!«

Warum wollte Imogen nicht, dass ich ihren Verbündeten treffe? Fürchtet sie, die Kontrolle zu verlieren, wenn sich Mitglieder der Verschwörung kennenlernen? War es reine Vorsicht von ihr? Wachsam klettere ich in den Raum und lasse mit einer Mischung aus Aufregung und Neugier die Klappe hinter mir zufallen.

Kiano streckt mir seine Hand entgegen. Sein Griff ist fest, aber sein Atem geht rasselnd. Jetzt rieche ich Kiano auch. Abfall. Dreck.

»Oh«, macht er. »Man riecht es, oder? Verzeih mir, ich lebe in der Kanalisation … Egal. Bald wird alles besser. Auf jeden Fall schön, dich endlich kennenzulernen, Emilio. Bitte jetzt nicht erschrecken.«

Er setzt seine Kapuze ab. Helle Locken kommen zum Vorschein und ein breites, von den Narben leicht verzerrtes, aber freundliches Lächeln erscheint in seinem Gesicht. Ich schätze ihn auf etwa dreißig.

»Hast du die Tabletten?«, will er wissen und eine ungeheure Dringlichkeit schwingt in seinen Worten mit. Ich sammle sie vom Boden auf und gebe sie ihm. Er lächelt noch breiter. »Ein winziger Schritt zum Sieg, aber ein wichtiger. Folge mir.«

Kiano dreht sich etwas schwerfällig um. ›Tock‹ macht es leise, wenn er die Spitze des Stocks auf dem Boden absetzt. Sein steifes Bein zieht er hinter sich her. Imogen sagte, ihr Verbündeter hätte eine Behinderung. Mit diesem Bein hätte er es nie den Tunnel mit dem Bauschutt runtergeschafft.

Ich folge ihm in einen Flur, bleibe aber auf der Hut. Ein nettes Lächeln bedeutet noch gar nichts. Durch offene Türen dringt ein matter Schein von weiteren Terrarien. An den Flurwänden hängen bunte Musikinstrumente. In den Ecken stehen große Drachenfiguren, die aus Würfeln zusammengebaut sind, und mannshohe, quietschbunt lackierte Statuen von Superhelden. Ob hier jemand in meinem Alter wohnt? Wieder zerreißt das verrückte Lachen die Stille. Laut und unkontrolliert hallt es durch die Räume.

»Ist das der Betrunkene, für den die Tabletten sind?«, frage ich.

»Hmm, betrunken? Ich würde sagen, der hat sich mit was Härterem abgeschossen.«

Ich folge Kiano eine Wendeltreppe hinauf, deren Stufen wie Bücher geformt sind. Je höher wir steigen, desto heller wird es. Fahles Mondlicht fällt in ein sparsam eingerichtetes Wohnzimmer. Der Teppich erinnert mich an das braun-weiß gefleckte Fell einer Kuh. Ein paar breite Sessel in grellen Farben stehen herum. Links ist eine Glasfront, durch die man in einen Innenhof schaut. Im Gegensatz zu dem Hof der Yongs ist er nicht steril mit Kies ausgelegt, sondern mit Palmen bepflanzt. Dazwischen glitzert das türkise Wasser eines Pools, in dem gelbe, aufblasbare Smileys schwimmen. Zu meiner Rechten bedecken Comiczeichnungen von kämpfenden Superhelden die Wand. Wer auch immer in dieser Villa wohnt, ich mag seinen Stil. Wieder erschallt das betrunkene Lachen. Es kommt vom anderen Ende des Wohnzimmers, das nur von einem großen Bildschirm an der Wand beleuchtet wird. Auf dem Boden häufen sich Kissen. Kiano hält genau darauf zu.

»Die Vögel … die beste Party …«, kommt es aus Richtung der Kissen. Der Rest der Worte geht in einem Lachkrampf unter. Jetzt erkenne ich einen Mann. Er hat die Handrücken auf die Augen gepresst, seine Brust bebt vor Lachen. Egal was er genommen hat, es war sicherlich kein Alkohol. Eher eine härtere Variante von dem rosa Zeug.

Kiano hat ein Wasserglas in der Hand und rührt klirrend mit einem Löffel um. Die Tabletten lösen sich weißlich auf. Er zwinkert mir zu: »Das hier ist unsere letzte Hürde, bevor wir Scio beherrschen! Du kannst dir nicht vorstellen, wie viel Arbeit Imogen und ich in die Planung gesteckt haben!«

Ich lächele unwillkürlich, obwohl ich gar nicht weiß, was das für eine Planung ist. Kann es wirklich sein, dass alles aufgeht? Dass es so einfach ist?

»Und dann?«, frage ich. »Was wollt ihr Scio befehlen?«

»Dass er die Fesseln löst, mit denen er Imogen, die wahre Präsidentin, im Staatshotel festhält. Außerdem werden wir im Palast alle Türen verriegeln. Niemand wird mehr aus seiner Wohnung kommen. Die Villen werden sich in Gefängnisse verwandeln.«

Ich denke an die Yongs. Ob sich Quentin und Hina uns anschließen würden?

»Du bist ganz schön schweigsam«, bemerkt Kiano, während er mühevoll über die Kissen steigt.

»Spielt Cainstorm auch eine Rolle in euren Plänen?«, frage ich.

»Das Wichtigste ist doch«, sagt Kiano, »was wird aus dir? Ein mächtiger Vasall der neuen Präsidentin?«

»Wenn das heißen würde, ich kann meinem Land helfen …«

»Sicher. Wir werden diese Welt neu ordnen. Dazu gehört auch Cainstorm.«

Kianos steifes Bein lässt ihn fast über die Kissen stolpern und das Wasser schwappt aus dem Glas. Umständlich kniet er sich neben den immer noch Glucksenden. Vorsichtig hält er ihm das Glas an die Lippen. Der Mann trinkt, bricht aber immer wieder in Kicheranfälle aus.

»Wie lange lebst du schon in der Kanalisation?«, will ich wissen.

»Zwei Jahre. Davor acht Jahre in den Wäldern.« Kiano klingt bitter und räuspert sich. »Das Feuer, das man uns in die Schuhe geschoben hat, es hat unser Leben zerstört. Imogens und meines. Hätte ich nicht aus dem Krankenhaus fliehen können, es gäbe gar keine Hoffnung mehr. Es hat ewig gedauert, bis wir es geschafft haben, überhaupt zueinander Kontakt aufzunehmen.«

Wie auf ein Kommando leuchtet Kianos Eyewatch grün auf. Er wirft mir ein kurzes Lächeln zu und hebt dann sein Handgelenk. »Imogen? Hörst du mich?«

»Ich … hier. Laut und deutlich«, kommt eine abgehackte Frauenstimme aus der Eyewatch. Sie klingt selbstbewusst und fast klar trotz des Störrauschens im Hintergrund. »Hallo, Emilio. Hören wir uns … endlich.«

Nur durch den dunklen Klang ihrer Stimme meine ich, sie vor mir zu sehen. Ich stelle mir vor, wie sie in einem alten, abgenutzten Sessel in ihrer Zelle sitzt. Die langen dunklen Haare rahmen ihr schmales, kluges Gesicht ein. Um sie herum stehen ihre Leute und lauschen gebannt auf jedes Wort, das wir hier sagen. Mein erstauntes Lächeln wächst zu einem breiten Grinsen, weil sie mich nicht belogen hat. Sie scheint wirklich sie zu sein!

»Hey, Imogen! Kann ich dich irgendwie sehen?«

»Die Technik … reicht nicht … aber bald.«

Kiano hakt ein: »Die Verbindung ist schlecht, mein Schatz.«

Mein Schatz? Anscheinend sind die beiden ein Paar.

»Gibt es noch mehr Verbündete?«, frage ich und habe noch tausend Fragen mehr.

Kiano hebt die Schultern: »Es gibt nur mich, Imogen, ihre Verbündeten auf der Insel … und jetzt dich. Aber das wird für einen Putsch reichen. Wir tauschen den Präsidenten aus. Alles ist bis zum Letzten durchgeplant.«

Ich versuche mir vorzustellen, wie furchtbar sein Leben gewesen ist. Wie einsam. Klar will jemand wie Kiano den Putsch.

»Wer Scio hat, hat die Macht«, kommt Imogens Stimme aus der Eyewatch.

Kiano ergänzt: »Das Volk wird sich uns fügen. Die Leute werden verstehen, dass Imogen die wahre Herrscherin ist.«

Ich kann nicht einschätzen, ob das wirklich so sein wird. Ich kenne niemanden, der außerhalb des Palastes lebt.

»Ist er euer Freund?«, will ich wissen und deute auf den Mann am Boden, der immer wieder kichert.

Kiano schaut überrascht auf. »Freund? Imogen, hast du das gesagt?«

»Heute Nacht ist er unser Freund. Oder nicht?« Ein Lachen schwingt in ihrer dunklen Stimme mit.

»Ha, du drückst dich immer so vorsichtig aus. Nein, nein. Kein Freund. Jemand, der eine wichtige Information hat. Ein Diener des Systems.« Nachsichtig klopft er dem Mann auf die Schulter. »Nicht war, Hirash? Du bist ein guter Diener.«

Das Glas ist fast leer. Kiano steht auf und tritt ein paar Schritte zurück. Der Mann hat aufgehört zu kichern. Er starrt eine Zeit lang gegen die Decke. Dann beginnt er zu blinzeln und sich zu bewegen.

»Mein Trip ist zerschwommen«, beschwert er sich, und seine Wortwahl lässt darauf schließen, dass er noch nicht so ganz nüchtern ist.

»Besser für dich«, sagt Kiano mit gespielt tadelndem Ton. »Du warst ganz schön weit weg, das kann ich dir sagen.«

»Scio, Licht!«, befiehlt Hirash. Aber Scio ist ausgeschaltet. Hirash gräbt seine Hände in die Kissen und versucht sich aufzurichten. Sein Kopf schwankt hin und her, als wäre er zu schwer für seinen Hals. Er dreht sich zu uns und im Mondlicht sehe ich ihn immer noch breit und verträumt lächeln. Dann kneift er die Augen zusammen, als würde er uns erst jetzt wahrnehmen, und zieht fragend die Augenbrauen nach oben.

Er scheint eher unsportlich. Sein Haar ist dunkelblau gefärbt und im Normalzustand wohl so geleckt wie das aller anderen Asarianer, aber jetzt steht es unordentlich in alle Richtungen. Auf seinem Hemd sind Comickatzen abgebildet. Vom Stil her würde ich tippen, dass er der Besitzer dieses Hauses ist.

»Logg dich bei deiner Firma ein, Hirash«, befiehlt Kiano, seine Stimme ein heiseres, drängendes Flüstern. Er deutet auf den Bildschirm an der Wand. Darunter gehen mehrere Kabel ab, die mit altmodisch aussehenden Controllern verbunden sind.

Hirash wendet seinen Kopf und etwas Klarheit scheint zu ihm zurückzukehren: »Was soll das? Wer sind Sie? Was machen Sie hier in meiner Villa? SCIO, LICHT!«

Es bleibt dunkel und in der Stille rasselt Kianos Atem. »Wer wir sind?«, fragt er und klingt verletzt, fast traurig. »Wir sind die Kämpfer für eine bessere Welt. Gegen den falschen Herrscher, gegen die Ungerechtigkeit Asarias!« Er hebt den Kopf und spricht jetzt zu mir, nicht mehr zu Hirash. »Wir sind die Monster aus dem Untergrund. Die Ausgestoßenen Asarias. Der Dreck vor seinen Mauern. Aber wir haben uns erhoben. Wir werden uns wehren und wir werden siegen.« Er presst seine geballte Faust gegen sein Herz und kämpft mit den Tränen.

Ich drücke die Faust gegen mein Herz: »Für alle Monster, für Cainstorm.«

Kiano lächelt und blinzelt Tränen weg. Meine Worte scheinen ihn tief zu bewegen. »Heute Nacht geschieht es. Alles oder nichts.«

»Ich kenne Sie aus den Nachrichten!«, lallt Hirash. »Sie sind doch der Ehemann von der Brandstifterin, oder? Dieser grün leuchtenden Im… Im-irgendwas.« Sein Kichern wird zu einem Lachkrampf. »Dieser verdrogten …«

Kiano schaut auf seine Eyewatch, aber der Bildschirm ist schwarz. Imogen hat die Verbindung verloren. Kiano schnaubt leise. »Imogen. Ihr Name ist Imogen.«

»Jeder dachte, Sie wären tot, van … van Exen«, lallt Hirash. »Vergessen. Verschwunden. Verstorben.«

»Hier bin ich, munter und fröhlich«, Kianos Stimme klingt nach dem Gegenteil. Unbewusst fährt er sich mit der Hand über die Brandnarben auf seiner Wange. »Hirash«, sagt er dann schneidend. »Logg dich ein!«

Hirashs Hände wischen unkoordiniert über das Kissen vor ihm. »Sie halten sich wohl für den größten Käse auf der Platte«, blubbert er kichernd vor sich hin. »… der Schlauste … ha, van Exen. Aber ich bin auch nicht einfach auf der Brotsuppe dahergeschwom…«

»Hirash«, zischt Kiano. »Soll ich nachhelfen?« Er greift unter seine abgenutzte Lederjacke. Hat er eine Waffe dabei?

Hirash scheint den gleichen Gedanken zu haben. Er duckt sich und hebt abwehrend die Hände. »Meinetwegen! Meinetwegen! Ich logge mich ein … aber danach will ich weiterfeiern! Wir gehen einen trinken, ja?«

»Beim heiligen Asul«, stöhnt Kiano leise und rollt entnervt seine Augen. Die Hand hat er wieder zurückgezogen. Keine Ahnung, ob er wirklich eine Waffe hat.

Hirash sagt stockend eine Zahlen- und Buchstabenkombination auf. Die erleuchtete Glasplatte in der Wand blinkt auf und ein sechseckiges Logo erscheint.

»Willkommen bei Scio-Communications«, sagt Scio und eine kurze Musik ertönt. Ich werfe Kiano einen bewundernden Blick zu. Wie schnell und einfach er es geschafft hat, Hirash das Passwort zu entlocken. Aber Kiano wirkt unruhig. Er macht sich an der leuchtenden Scheibe zu schaffen, wischt auf ihr herum, flüstert ihr seltsame Sprüche aus Zahlen und Buchstaben zu wie ein Zauberer.

»Der Upload hat begonnen«, verkündet Scio und ein Hologramm-Balken wird eingeblendet.

Kianos Schultern entspannen sich ein wenig. »Es funktioniert.«

»Welcher Upload?«, lallt Hirash. Er lässt sich nach hinten fallen und blinzelt verwirrt Richtung Bildschirm.

»Ein Virus?«, frage ich und beobachte den Balken. Er erhöht sich von einem zu zwei Prozent, dann auf drei. Das kann einige Minuten dauern.

»In der Tat. Ein Virus.« Kianos kaputte Lungen rasseln laut. Er fährt sich mit der Hand durch die hellen Locken. »Wenn es durchgelaufen ist, haben wir so gut wie gewonnen. Scio wird unter unserer Kontrolle sein. Damit rechnet niemand … niemand rechnet damit …« Plötzlich singt er: »Niemand rechnet damit!«

Sein Gesang kommt mir fehlplatziert vor und plötzlich fällt mir die Frage ein, die ich längst stellen wollte: »Was macht ihr mit den Asarianern, wenn ihr sie eingesperrt habt?«

»Kahlschlag«, erklärt er. »Wir setzen die Herrschaftsriege auf null und starten von vorne.«

»Auf null?«

»Wenn die Offiziere erst mal eingesperrt sind, haben wir leichtes Spiel. Viel wichtiger ist, was der Rest der Bevöl...«

»Ihr wollt die Palastbewohner umbringen?«, schlussfolgere ich entsetzt.

»Komm schon, Emilio!«, ruft Kiano in einem Ton, als wolle er jemandem einen harmlosen, aber durchaus notwendigen Streich spielen. »Ich habe deine Videos gesehen. Du hast doch den Gangtypen umgebracht? Manchmal muss Blut vergossen werden, das weißt du selbst.«

Schlangenkopf, ja. Ich habe ihn erstochen. In Notwehr. Etwas völlig anderes als das hier. Meine Kraft reicht nicht für eine Erklärung.

»Wie viele ... wie viele Menschen hast du schon getötet?«, frage ich schwach.

»Schau dir Hirash an!«, weicht er meiner Frage aus. »Vielleicht hat er nie jemanden erschossen, aber er ist ein Mörder an der Tastatur. Ein Diener des Systems.«

Hirash kichert zwischen den Kissen. »Ein Mörder!«, ruft er gut gelaunt.

»Ein Mörder an der Tastatur? Was meinst du damit?«

»Hirash arbeitet bei Scio-Communications als Chefprogrammierer. Er verbessert Scio. Also verbessert er indirekt auch das System dieses verbrecherischen Präsidenten. Hirash arbeitet für das Böse, verstehst du? Wer für das Böse arbeitet, muss sterben.«

Nein, ich verstehe es nicht. Ich kann dieser Logik nicht folgen. Hirash hat ›dem System‹ genauso gedient, wie es wahrscheinlich Tausende andere Asarianer auch tun. Sollen die alle ermordet werden?

»Ich will, dass sich in unserer Welt etwas ändert, aber nicht so!«, sage ich entschieden.

Das Licht des Monitors fällt auf Kianos Gesicht und lässt es unnatürlich weiß wirken. Leer, wie ein Mond. »Du willst keine Gewalt?«, fragt er mich. »Ich habe Verständnis für dich. In deinem Alter hätte ich vielleicht auch so gedacht.« Er greift unter seine Lederjacke, zieht eine Pistole heraus und richtet sie auf Hirash. »Aber für Menschen wie uns gibt es keine Alternative. Und es gibt auch keine halben Revolten. Ganz oder gar nicht.«

15

Kianos Finger spannt sich am Abzug. Meine Augen schließen sich für den Bruchteil einer Sekunde. Es zischt mehrmals. Hirash stöhnt, rutscht zwischen die Kissen. Der eine Arm ist seltsam unter ihm abgeknickt. Ich starre auf die Flecken auf seinem Rücken. Sie wachsen wie schaurige Rosen, die die Comickatzen rot färben.

»Direkt durchs Herz«, sagt der Verrückte aus der Kanalisation stolz und schaut zu mir. »Alles mit einer Nagelpistole. Selbst gebaut.«

Ich kann nicht antworten, ich kann nicht reagieren. Mein Blick ist auf die Pistole fixiert. Die winzigsten Kleinigkeiten brennen sich in mein Hirn. Der Griff ist mit abgenutztem Tape umwickelt, der Schacht unproportional lang. Der Verrückte lässt die Pistole unter seiner Lederjacke verschwinden: »Willst du etwas trinken, Emilio? Du siehst blass aus.«

»Schon gut«, bringe ich hervor und gehe in die Hocke, weil Übelkeit in mir aufsteigt. »Ich brauche nur eine Minute.«

»Nimm dir jede Zeit. Ich weiß, es ist am Anfang schwer.« Der Mann wendet sich dem Bildschirm zu. »Wie kann man das beschleunigen …«, murmelt er.

Hirashs Mund ist leicht geöffnet, seine Gesichtsmuskeln sind erschlafft. Ich warte darauf, dass er sich bewegt. Vielleicht schreit, irgendetwas. Aber da ist nichts mehr. Er ist tot. Er ist wirklich tot! Erst jetzt trifft mich die Erkenntnis mit voller Wucht. Mein Herz beginnt wie wahnsinnig zu schlagen, und alles, woran ich denken kann, ist Flucht.

Ich sprinte los, quer durch das Wohnzimmer, meine schon, das Zischen der Nägel in der Luft zu hören. Mit zwei Sätzen bin ich die Büchertreppe hinunter und hetze den Gang mit den bunten Figuren entlang, stürze in das Zimmer mit den Terrarien. Wo ist die Klappe im Boden? Ich renne hin und her. Bin ich falsch? Ich stürme zurück, den Flur entlang und in ein anderes Zimmer. Aquarien. Bunte Fische, die wie aus Bausteinen zusammengesetzt aussehen. Meine Atmung geht schneller und schneller. Panisch suche ich den Ausgang. Das Blut rauscht in meinen Ohren. Nähert sich der Hinkende? Ich lausche auf das Tocken seines Stocks.

Vibrieren. Die Hackerin! Nicht sie auch noch. Das Vibrieren wird heftiger, ich kann es nicht stoppen. Wellenförmig breitet es sich in meinem Schädel aus, bis mein ganzes Hirn zu kribbeln scheint. Für eine Sekunde habe ich das Gefühl zu schweben, das Gleichgewicht zu verlieren. Imogen schaltet sich zu.

»Was tust du?«

»Warum hat er Hirash umgebracht? Wir hätten ihn fesseln können.«

Ich weiß, dass sie sieht, was ich sehe. Dass sie es dem Hinkenden schreibt. Aber die Augen jetzt zu schließen wäre selbstmörderisch. Ich haste in den nächsten Raum. Wo bin ich hergekommen? Wieso kann ich keinen klaren Gedanken fassen?

»Wenn du denkst, Gewalt bringt keinen Frieden, lies ein Geschichtsbuch! Emilio, überleg doch mal: Ein paar Menschen sterben und Millionen profitieren! Denk an deine Familie in Cainstorm, an deine Freunde und Bekannten.«

Ein plötzliches Gefühlschaos überschwemmt mich. Wut, Enttäuschung über Imogen und Schuldgefühle, weil ich dem Hinkenden die Tabletten gebracht habe. Ich sehe Hirashs verdrehten Körper in seinem Katzencomichemd vor mir. Plötzlich kommt es mir vor, als hätte ich ihn gut gekannt. Sein Haus spricht für ihn. Die Chamäleons, die Superheldenfiguren, die bunten Instrumente, an denen ich mich jetzt zu orientieren versuche.

»Verschwinde aus meinem Kopf«, verlange ich. »So mache ich das nicht!«

»Du bist schon Mittäter.«

»Wir sind kein Team mehr!«

Sie schweigt, aber bleibt eingeschaltet. Sie will mich überwachen.

Ich löse eine bunt bemalte Gitarre von der Wand, bereit zuzuschlagen, und trete auf den Flur. Der Hinkende steht bei der Treppe. Er ist so lautlos erschienen, dass ich zusammenzucke.

»Emilio«, sagt er rau und ich erkenne die Nagelpistole in seiner Hand. Sie ist auf den Boden gerichtet. »Du kannst jetzt nicht gehen. Die Aktion startet heute Nacht und ich will, dass du uns unterstützt.«

Meine Stimme klingt atemlos und panisch: »Ich will nicht, dass all diese Leute sterben.«

Der Verrückte lacht kratzend. »Warum? Was liegt dir an ihnen?«

Das Herz pocht mir bis in den Hals. Schweißperlen kriechen wie Raupen über meinen Rücken. Sie brauchen mich noch für irgendetwas. Würden sie mich sonst nicht einfach erschießen? Oder tut er es gleich?

Ich lasse die Gitarre sinken und stelle sie an der Wand ab. Tief atme ich ein und aus. Meine Stimme klingt trotzdem so wackelig, als würde ich beim Sprechen mit dem Skateboard über Steinhubbel fahren: »Ich will einen Deal. Familie Yang soll verschont werden.«

Kianos Mundwinkel zucken, als hätte er einen Krampf, und er stößt ein kurzes, aber lautes und wütendes Lachen aus.

Verwirrt mustere ich ihn. Aber dann zuckt er mit den Schultern. »Wenn das alles ist!«

»Ein guter Deal«, schreibt Imogen knapp.

»Das heißt, wir sind wieder ein Team?«, frage ich vorsichtig.

Kiano richtet den Zeigefinger auf mich. »DU erschießt den nächsten Staatsdiener, klar?«

Ich atme noch einmal tief ein und aus. »Klar«, sage ich, wische meine schweißnassen Handflächen an der Hose ab und mache mit ausgestreckter Hand ein paar Schritte auf Kiano zu.

Seine Augen werden schmal. »Händeschütteln ist nicht nötig.«

Er wendet sich der Treppe zu, behält mich aber im Blick, während er hinaufsteigt. Keine Frage, er vertraut mir nicht mehr, aber er braucht mich für irgendetwas, sonst hätte er mich längst erschossen.

Kiano zieht sich an seinem Stock die Stufen nach oben, in der anderen Hand hält er die Waffe. Es wirkt umständlich. Mit einem Satz bin ich an der Treppe. Der Hinkende dreht sich schneller zu mir um, als ich erwartet habe. Aber jetzt kann ich nicht mehr anhalten.

Mit den Armen schütze ich mein Gesicht und springe die Stufen hinauf. Die Pistole zischt. Ich packe die Waffe, drücke sie nach oben. Mit der Faust hole ich aus. Ich lege mein ganzes Gewicht in den Schlag und treffe den Verrückten an der Schläfe. Er sackt in sich zusammen, fällt gegen mich. Seine Hand erschlafft. Ich winde ihm die Waffe aus den Fingern und lasse seinen Körper die Treppe hinunterrutschen. Er ist ohnmächtig. Ich muss ihn fesseln. Die Kabel der Controller!

Ein plötzliches Brennen im Oberarm lässt mich das Gesicht verziehen. Ich taste nach der Stelle. Warme Feuchtigkeit. Etwas Hartes hat sich durch den Stoff gebohrt und sitzt tief im Fleisch. Ein Nagel. Verdammt. Aber ich habe keine Zeit, mich darum zu kümmern.

Der Balken auf dem Bildschirm ist erst bei 54 Prozent. Ich hebe die Nagelpistole, ziele.

»Warte!«, erscheint im Chat. *»Schieß nicht! Die Kontrolle über Scio ist die einzige Chance, dass sich für dich und Cainstorm jemals etwas ändert.«*

Eine ungute Schwere breitet sich in meinem Magen aus. Wenn der Download gestoppt ist, bin ich wieder bei null. Wofür habe ich dann mein Leben im Kampf mit dem Monsterlöwen riskiert? Statt zu schießen, reiße ich mit dem heilen Arm die Kabel mit den Controllern von der Wand.

Der Hinkende ist noch immer bewusstlos. Ich meine die Kälte zu spüren, die von ihm ausgeht, spüre sie bis tief in meine Eingeweide und rieche seinen modrigen Gestank. Seine Kleider sind hart vor Dreck. Mit den Kabeln binde ich seine Arme und Beine ans Geländer. Zuletzt platziere ich Quentins Klebeauge so, dass es den Hinkenden anschaut. Besser, ich habe ihn im Blick. Aber was soll ich mit ihm machen? Den Yongs von ihm erzählen? Ich kann ihn hier schlecht verdursten lassen. Aber dann werden sie den ermordeten Hirash entdecken und mir eine Mitschuld geben.

Das Brennen in meinem Oberarm wird stärker. Mein Ärmel ist mittlerweile klatschnass. Mit schweren Schritten steige ich wieder hoch ins Erdgeschoss und gehe zum Bildschirm. 60 Prozent.

»Wenn du schießt, dann ist alles wie vorher«, schreibt Imogen. *»Wenn du schießt, verrätst du dein Volk. Du verrätst die einzige Chance, es zu befreien. Arbeite mit mir zusammen! Wir töten niemanden, wenn du das so willst!«*

»Ich würde dir gerne glauben«, sage ich. »Aber ich kann nicht. Ich vertraue dir nicht mehr.«

Tränen steigen in mir auf, weil all meine Bemühungen sinnlos waren. Weil alles so aussichtslos scheint. Ich richte die Pistole auf den Bildschirm.

»Du machst einen Fehler.«

»Vielleicht.« Ich schließe die Augen, spanne den Finger um den Abzug und ziehe durch. Der Bildschirm zerspringt, der Balken friert bei 62 Prozent ein.

»Das wirst du bereuen!«, erscheint im Chat.

»Verschwinde aus meinem Kopf.«

»Warte, bis du und diese Lissabell auf meine Insel gebracht worden sind! Du wirst dich noch selbst verfluchen, die Seite gewechselt zu haben!«

Ich schlucke, stecke die Nagelpistole in meinen Hosenbund, hole tief Luft, zerre die Gesichter von Jago, Lyssa, meiner Mutter und meinem Bruder vor mein inneres Auge und konzentriere mich mit aller Kraft. Der Chip gehorcht mir, niemandem sonst!

Schlagartig bricht das Vibrieren ab. Ich habe Imogen aus meinem Kopf geschmissen. Sie versucht sich wieder zuzuschalten. Insektenfühler trommeln gegen mein Hirn, verlangen Einlass.

»Immerhin habe ich sie gestoppt«, sage ich freudlos zum toten Hirash, aber das ist für ihn jetzt auch kein Trost mehr.

Der Hinkende bewegt sich stöhnend und zieht an seinen Fesseln. Sein rasselnder Atem erinnert mich an von Teer verklebte Lungen.

»Und jetzt?«, fragt er. »Wer sind jetzt deine Verbündeten?«

Ich schweige und inspiziere meinen Oberarm. Es ist eine Fleischwunde. Hoffentlich. Kianos vernarbte Lippen verzerren sich zu einem Grinsen. Er rüttelt an den Kabeln. Als ich mich zum Gehen wende, folgt mir sein Brüllen bis zur Falltür im Boden, die ich jetzt auf Anhieb finde. »Ich verrate es dir: Du bist verloren! Du hast deine einzige Chance ruiniert. Du hast kein Team mehr! Du denkst, du bist ein Held? Für die Asarianer bist du weiter Abschaum, eine Ratte, ein Provinzler!«

Auf dem Rückweg presse ich meine Hand auf die schmerzende Wunde. Die Geheimtür ist immer noch offen. Zum ersten Mal bin ich froh, in der Villa zu sein, ihre Mauern geben mir Schutz. Aber wer weiß, ob der Hinkende die Wahrheit gesagt hat? Am Ende hat er doch noch mehr Verbündete in der Kanalisation. Mit einer Hand zerre ich am Billardtisch. Er ist zu schwer, aber er hat Rollen unter den Füßen, die ich löse. Ich stemme den Rücken gegen den Tisch und schiebe ihn so auf die Klappe. Von unten kommt hier keiner mehr rein.

Während ich durch die Villa hetzte, versuche ich, einen neuen Plan zu fassen. Aber in meinem Kopf herrscht Chaos.

Schüsse hallen und das Bild von Hirashs verdrehtem Körper zwischen den Kissen verdrängt alles andere. Eine Welle der Übelkeit steigt in mir auf. Ich muss zu Jago. Er weiß, was zu tun ist.

Im Flur zu unseren Zimmern wirbeln bei jedem Schritt Schmetterlinge auf wie eine Wolke. Es müssen Hunderte sein. Rosa, weiß, bunt bemalt. Meine Fans! Ihnen soll nichts Schlimmes passieren, aber Imogens Worte kreisen in meinem Kopf. Habe ich Cainstorm verraten? Wäre das Bündnis mit Imogen eine Chance gewesen? Was weiß ich schon von Revolutionen.

»Scio, Licht!«, sage ich und Jagos Zimmer wird hell. Zerwühltes Bettzeug. Von Jago ist nichts zu sehen, aber auf dem Nachttisch liegt ein Zettel.

›Bin hoch zu Hina und Quentin. Sie können nicht schlafen. Keine Ahnung, wo du bist???‹

Plötzlich fühle ich mich so schwach, dass ich schwer atmend auf die Knie sinke, die Augen schließe und mein Gesicht in die Laken drücke. Meine Haut ist kalt und verschwitzt. Mein Blut verschmiert die Bettdecke. Ich brauche einen Arzt. Müdigkeit kriecht hinter meine Augenlider. Ich darf jetzt nicht einschlafen. Hektisch krame ich Quentins kleinen Bildschirm hervor und schalte ihn ein. Das Mondlicht taucht die Büchertreppe und das Geländer mit dem Gefesselten in Grau und Schwarz. Kianos Kopf ist gesenkt, die Hände hat er zu Fäusten geballt. Sein Anblick beruhigt mich. Die Kabel halten.

Schon durch Hinas Tür höre ich Federico lauthals nach mehr Unterschriften schreien und ahne Schlimmes. Das plüschig weiß-rosa Zimmer wirkt wie ein Paralleluniversum zu dem Schrecken, den ich eben durchlebt habe. Hina, Quentin und Jago tragen Schlafanzüge und sitzen auf einem runden weißen Sofa. Eine riesige Schüssel mit Süßigkeiten steht vor ihnen auf dem Tisch. Würden sie nicht so ernst aussehen, könnte man sie für Freunde auf einer Pyjamaparty halten. Quentin umklammert ein rosa Kissen wie ein Ertrinkender eine Rettungsboje. Jago kaut an seiner Unterlippe, wo vorher das Piercing gesteckt hat. Hinas Finger tanzen nervös über den Sofastoff. Die drei haben mich noch nicht bemerkt, denn ihre Augen kleben an Federicos Hologramm, dessen Stimme vom stundenlangen Schreien heiser ist: »Quentin muss auf Autismus geprüft werden und diese Provinzler müssen alle ins Staatshotel umgesiedelt werden! Die Yongs beherbergen einen Mörder! Das ist meine Forderung und die von fast einer Million anderer Asarianer! Noch eintausend Stimmen, wir schaffen es gemeinsam!«

Das Gebrüll der Umstehenden gleicht dem Schrei eines Ungeheuers: ›Hängt die Mörderfamilie!‹ Meine Fingernägel graben sich in meine Handflächen. Ja, denke ich. In der Gruppe bist du mutig, Federico.

Quentin stöhnt: »Meint ihr, die stürmen irgendwann einfach unser Grundstück?«

»So ein Quatsch«, ruft Hina scharf, aber in ihrer Stimme schwingt Unsicherheit mit.

»Bist du nicht auf Sendung?«, frage ich überrascht. Die drei schauen auf und sehen mich in der Tür stehen.

»Komm rein«, sagt Hina. »Nein, ich bin nicht auf Sendung. Mein Chip funktioniert seit einer halben Stunde nicht mehr. Ich weiß nicht, warum. Ich habe probiert, Eyevision zu kontaktieren …«

»Das ist Absicht«, flüstert Quentin.

»Aber warum sollte Eyevision absichtlich meinen Chip ausstellen? Das ergibt keinen Sinn. Es muss ein Fehler sein.«

Jago runzelt die Stirn. ›Wo warst du?‹, formen seine Lippen tonlos. Jago kennt mich gut. Auch wenn er das Blut auf dem schwarzen Pulli nicht sieht, weiß er, dass etwas nicht stimmt, und ich würde ihm am liebsten sofort alles erzählen. Von Imogen, dem Hinkenden, dem toten Hirash. Die Bilder drehen sich immer schneller. Mein Gehirn brennt, mein Oberarm sticht und pulsiert.

In einer Ecke schwebt Hinas Hologramm-Petition. Sie ist bei hunderttausend Stimmen. Weit, weit entfernt von Federicos Petition. Dass die Protestierenden draußen vor der Villa stehen, schnürt mir den Hals zu. Mehrere Journalisten stürmen jetzt auf Federico zu. »Monsieur«, ruft einer. »Es gab eine Anzeige gegen Sie. Angebliche Körperverletzung an Quentin Yong.«

Federico setzt zu einer Antwort an, aber von der Seite drängt sich jemand ins Bild. Es ist die Mutter des toten Victor. Sie hat einen Anstecker mit dem Gesicht ihres Sohnes an ihre Uniform geheftet.

»Das muss erst mal bewiesen werden«, sagt sie so entschieden wie der General einer ganzen Armee. »Wenn Sie mehr Informationen zu dem Fall wollen, dann schauen Sie sich die Videos von Narina Lagari an. Sie beschreibt genau, wie Quentin Yong und der Provinzler Emilio Rivoir sie in eine Falle gelockt haben. Ihre Hand ist gebrochen!«

Narina steht knapp hinter Federico und hebt die verbundene Hand. Ihr Blick ist so leidend wie der einer Märtyrerin, die hinter eine Kutsche gebunden und über Schotterboden geschleift wurde.

»Berichten Sie mal darüber!«, fährt die Frau fort und bläht ihre Nasenflügel auf, als würde sie etwas Verwesendes riechen. »Berichten Sie darüber, dass ein Provinzler unter uns lebt! Ein Krimineller, der Frauen die Hände bricht. Warum darf er unseren Wohlstand genießen, obwohl er meinen

Sohn Victor zum Sterben zurückließ? Können wir einen solchen Menschen in unserer Mitte dulden?«

Das Geschrei der Demonstranten schwillt in empörter Zustimmung an, während mich ihre Rede auf einen Schlag wieder nüchtern gemacht hat. Mit wenigen Worten hat Victors Mutter die Tatsachen verdreht. Wie einfach etwas wahr zu werden scheint, wenn es nur überzeugend behauptet wird und genug Menschen ihre Zustimmung herausschreien. Der seltsame, verquere Quentin und der kriminelle Provinzler. Die unschuldige, wehrlose Asarianerin. Eine solche Darstellung ist leicht zu schlucken. Kianos Worte kommen mir in den Sinn: *»Für die Asarianer bist du weiter Abschaum, eine Ratte, ein Provinzler!«*

Die Kamera fährt zurück und hinter Federico und Victors Mutter werden viele Offiziere sichtbar. Geschlossen wie eine schwarze Front stehen sie zusammen.

Jago stößt überrascht die Luft aus: »Die Freundschaft zwischen eurem Vater und dem Präsidenten muss echt tief sein, wenn er gegen diese Übermacht nicht nachgibt.«

Quentins Arme krampfen sich um das Kissen, als müsste er sich festhalten, um nicht aufzuspringen und loszurennen. Hina hat sich gerade aufgerichtet. Ihr Mund steht offen. »Ich denke, er wird nicht … ich denke, wir haben verloren.«

16

Hinas Worte reißen mich aus meiner Lähmung. Der Sturm ist losgebrochen und Jago und ich befinden uns in seiner Mitte.

»Ich muss dir etwas erzählen. Etwas Wichtiges«, raune ich Jago zu. Er schaut mich fragend an und ich winke ihm mitzukommen, renne fast aus dem Raum, kann mich kaum bremsen.

Ich muss mich zwingen, auf Jago zu warten, der beim Gehen eine Hand auf seine Schulter presst. »Was ist los?«, fragt er.

Wie magnetisch angezogen steuere ich auf die Tür zu, die auf den Dachgarten führt, und lege meine Handflächen auf das kalte Glas. Draußen ist es noch immer dunkel, aber die Sterne verblassen schon. Schemenhaft ragen die Drohnen über die Büsche.

»Scio, öffnen.«

»Monsieur Rivoir«, dringt Scios sanfte Stimme aus der sechseckigen Platte neben meinem Fuß. *»Sie sind nicht befugt, eine der Außentüren zu öffnen.«*

Mir ist immer noch übel und jetzt wird das Gefühl zu einem hässlichen Druck in der Kehle. Die Villa war durch Imogens Passwort zurückgesetzt! Ich sollte alles steuern können.

»Scio, Alpha Zwölf Yong m8l2ex3b2«, wiederhole ich und schlage meine Handflächen gegen das Glas. Der Nagel in meinem Oberarm zieht. Irgendetwas hat Imogen gemacht, damit der Code nicht mehr funktioniert! Jago und ich sitzen fest, eingeschlossen wie in einem Sarg.

»Was ist denn los?«, fragt Jago und legt seine Hand auf meine Schulter, aber ich spüre sie kaum. Am liebsten würde ich mich gegen die Wände werfen, das Gebäude zum Einsturz bringen. Dann ziehe ich die Nagelpistole hervor, so, dass Jago einen kurzen Blick darauf werfen kann.

»Yong muss uns gehen lassen.« Meine Stimme klingt seltsam fremd in meinen eigenen Ohren. »Er muss uns die Drohne freischalten. Er muss uns helfen, Lyssa zu befreien.«

»Woher hast du eine Pistole?«, fragt Jago erschrocken.

»Hat mit der Hackerin zu tun.« Ich dränge an ihm vorbei, aber Jago packt mein Handgelenk.

»Was ist passiert?«

Vor innerer Anspannung explodiere ich fast. »Das ist egal! Verstehst du nicht! Wir müssen uns beeilen, wir müssen zu Lyssa und dann verschwinden.«

Mit einem Ruck versuche ich, mein Handgelenk zu befreien, aber er hält es jetzt mit beiden Händen fest umklammert. Sein Blick bohrt sich in meinen.

»Wie soll das gehen? Wie soll der Offizier Lyssa befreien?«

»Wir zwingen ihn, uns Waffen zu geben. Und Rüstungen. Er hat bestimmt welche. Es ist unsere einzige Chance!«

»Emilio, was redest du da?«

Normalerweise sind wir etwa gleich stark, aber Jagos verletzte Schulter macht ihm zu schaffen. Seine Muskeln zittern. Ich reiße mich los. Jago gibt nicht auf. Er blockt mich mit seinem Körper, drückt mit dem Unterarm gegen mich.

»Du stehst unter Schock«, ruft er verzweifelt. »Du bist

nicht du selbst! Außerdem ist dein ganzer Ärmel nass. Ist das Blut?«

Ich stoße ihn weg. Keuchend stützt er sich auf seinen Knien ab. Ich reibe mir die Stirn mit den Handballen. Mein Herz rast und meine Lungen zittern beim Luftholen.

»Du bist in Panik«, keucht Jago. »Lass uns nachdenken, bevor wir handeln, okay? Alles andere ist Wahnsinn! Es ist Selbstmord.«

Ich schließe die Augen, aber sehe statt Dunkelheit ein wildes Gekrakel aus schwarzen und roten Strichen. Plötzlich erinnere ich mich an Jagos Worte über die Hackerin. Er wusste, dass mit ihr etwas nicht stimmt. Er hatte das richtige Gespür. Vielleicht hat er es jetzt auch?

Ich sehe ihn an. Jago strahlt diese unerschütterliche Zuversicht aus, die ich immer so an ihm bewundere. »Was schlägst du vor?«

»Ein normales Gespräch mit den Yongs. Ohne Waffe. Aber zuerst lass mich deinen Arm anschauen.«

Hina und Quentin fragen nicht einmal nach, warum wir mit ihren Eltern sprechen wollen. Zu sehr sind sie in ihren eigenen Ängsten gefangen. Quentin schlappt in seinem weinroten Samtpyjama, passenden Pantoffeln und mit nach vorne hängenden Schultern vor uns her. Hina, die in ihrem plüschigen weißen Schlafanzug wie eine Schneekugel aussieht, versucht immer noch über ihre Eyewatch Eyevision zu erreichen.

Ich fühle eine seltsame Mischung aus angestauter Energie und völliger Erschöpfung. Jago hat den Nagel mit einem Ruck aus meinem Arm gezogen und die Stelle mit von Scio geliefertem Verband verarztet. Wahrscheinlich ist es nur eine Fleischwunde, aber ich spüre sie durch die betäubende Wirkung der Schmerztablette hindurch.

»Warum geht er nicht ran?«, hören wir Yongs aufgebrachte Stimme durch die Tür. Ob er überhaupt geschlafen hat? Wir stehen in dem Vorraum mit der Rehfamilie aus Marmor. Quentin drückt die gegenüberliegende Tür auseinander. Über seine Schulter blicke ich in ein rundes Wohnzimmer. Der Offizier trägt wie immer seine Uniform. Mit hinter dem Rücken verschränkten Händen marschiert er auf und ab und wedelt uns zu, leise zu sein, obwohl wir noch gar nichts gesagt haben.

»Scio, ruf den Präsidenten noch mal an!«, befiehlt er.

»Sehr wohl, Monsieur.«

Meine Anspannung wächst, wenn das überhaupt noch möglich ist. Ich wende mich halb zu Jago, der knapp hinter mir steht. Abwarten, sagen seine Augen. Nichts überstürzen.

In der Mitte des Raumes läuft ein stumm geschaltetes Hologramm-Video der Demonstration. Die Münder von Federico, Victors Mutter und ihren Anhängern öffnen sich im Einklang, schreien mit in die Luft gereckten Fäusten stumm ihre Parolen und Forderungen.

»Was für hässliche Menschen«, stellt Frau Yong fest, die auf einem langen weißen Sofa mit gläsernen Kissen sitzt und an einer winzigen Espressotasse nippt. Ihr Gesicht ist wie immer maskenhaft, aber ihre Stimme klingt ärgerlich. Trotz der frühen Stunde ist sie perfekt frisiert. In ihrem weiß-goldenen Kleid wirkt sie wie von einem Maler in diesen Raum komponiert, in dem an den Wänden goldene Linien zu Pfauen zusammenlaufen.

Quentin ist an ein schmales Fenster getreten und beobachtet ängstlich den dunklen Dachgarten. »Können die Demonstranten das Grundstück stürmen?«, fragt er.

Frau Yong seufzt. »Niemand wird unser Grundstück stürmen, mein Schatz.«

»Und niemand wird dich einem Autismustest unterziehen«, ergänzt der Offizier grob. Er greift nach einem Glas auf einem kleinen Tischchen und stürzt die goldene Flüssigkeit herunter.

»Wirklich?«, flüstert Hina. Ihre Finger verknoten sich in einem nervösen Tanz. Wenn sie nicht ihre Rolle spielt, wirkt sie geradezu schüchtern.

»Monsieur Yong«, verkündet Scio mit seiner angenehmen Stimme. *»Der Präsident ist nicht zu sprechen.«*

»Nicht zu sprechen, nicht zu sprechen«, zischt Yong. »Der Mann ist Frühaufsteher!«

Die Hologramm-Demonstranten reißen jetzt die Arme in die Luft. Ihre Münder jubeln still, aber ich höre sie von draußen, wie das ferne Geschrei von Möwen.

»Scio, Ton«, sagt Frau Yong.

»... Millionen Stimmen«, schreit Federico völlig außer sich und kann sich kaum auf den Beinen halten, weil ihn von allen Seiten Leute umarmen und an sich reißen wollen. »Folgt uns alle, folgt uns zum Präsidenten! Wir werden ihm unsere Forderung ...« Seine Worte gehen im Jubel unter.

»Dieses ... Kind«, urteilt Frau Yong abfällig.

Der Offizier streicht über die Orden an seiner Brust. »Sie werden mit ihrer Forderung gegen die Wand rennen«, prophezeit er.

»Aber es sind so viele«, flüstert Quentin. In dem hellen Licht wirkt das Veilchen wie ein Stempel in seinem blassen Gesicht.

»Monsieur Yong«, sagt Scio. *»Sie haben eine Nachricht vom Präsidenten erhalten. Darf ich sie abspielen?«*

Yong strafft seine Schultern. »Scio, ja.«

»Yong«, erklingt eine ernste, mir unbekannte Frauenstimme. Sie füllt den ganzen Raum. »Der Präsident weist

Sie, die Abgeordnete Hina Yong und Ihre Familie an, in Ihrer Villa zu bleiben und weitere Entscheidungen abzuwarten.«

Wir alle stehen wie versteinert da, warten darauf, dass die Nachricht weitergeht, aber sie ist zu Ende.

Frau Yong bricht zuerst das Schweigen: »Was soll das heißen?«

Ihr Mann schüttelt den Kopf. Er hat keine Antwort.

Jago tritt an mir und Hina vorbei ins Zimmer. Erst jetzt sehe ich, dass auf seinem schwarzen Pyjama eine Krawatte, die Umrisse eines Jacketts und Knöpfe abgedruckt sind, als würde er einen Anzug tragen. Aber es ist ein Schlafanzug, was seine Seriosität erheblich untergräbt. Seine Stimme ist trotzdem ruhig und fest: »Seien Sie ehrlich zu sich selbst. Wird der Präsident Sie wirklich beschützen? Gegen all die anderen Offiziere und die Demonstranten?«

Yong wirft Jago einen kurzen, wütenden Blick zu. Dann schenkt er sich das Glas wieder voll und wiederholt: »Scio, ruf den Präsidenten an.«

Jago gibt nicht auf. Diesmal wendet er sich an Frau Yong: »Wieso sind Sie so sicher zu gewinnen?«

Der Offizier legt seine Hand auf die Orden und brummt: »Weil Trench ... weil der Präsident ein Ehrenmann ist. Er schuldet mir etwas, und jetzt ist der Moment gekommen, in dem er seine Schuld abbezahlen wird.«

»Welche Schuld?«, fragt Hina sichtlich überrascht.

»Eine Schuld, die er schon seit zehn Jahren mit sich herumträgt«, entgegnet der Offizier knapp.

Ich werfe Jago einen Blick zu. Glaubt er das? Ist es an der Zeit, die Pistole zu ziehen? Jago schüttelt leicht den Kopf. Abwarten.

Yong und seine Frau haben sich in ein Nebenzimmer zurückgezogen. Ich höre sie Telefonate führen. »… stellen Sie mich durch … Ich habe das Recht, mit dem Präsidenten persönlich zu sprechen …«, schnappe ich auf. Das klingt nicht gut.

Hina hat ihren Mund zu einem angestrengten Strich zusammengepresst. Jago sitzt mit konzentrierter Miene auf dem Sofa, Quentin steht stocksteif da und ich laufe nervös auf und ab.

Die Kamera hat Schwierigkeiten, Federico zu folgen, der auf einem Hoverboard die Gänge des Palastes entlangrast, auf dem Weg zum Präsidenten. Stattdessen werden die Demonstranten eingeblendet.

Etwas abseits der jubelnden Leute entdecke ich zu meinem Erstaunen eine kleine Gruppe mit Transparenten, die von drei Wachleuten geschützt wird. Etwas verloren stehen sie zwischen den anderen und halten Plakate hoch. ›Freiheit für die Cainstormer‹, lese ich. Daneben ist ein Schmetterling gemalt.

Scio unterbricht meine Gedanken: *»Monsieur Rivoir. Ein Anruf für Sie. Bradley Starlight möchte Sie sprechen.«*

»Scio, durchstellen«, antworte ich.

Über einer Platte neben dem Sofa erscheint Bradleys Hologramm. Er trägt wieder diesen Sack, in den er Löcher für Kopf und Arme geschnitten hat. Seine nackten Füße bewegen sich über Gras. Hinter ihm ragen dunkel hohe Bäume auf.

»Warum trägst du diese Klamotten?«, fahre ich ihn ohne jede Begrüßung an.

Er stöhnt theatralisch. »Ich tue Buße, damit mich Damaris eines Tages wieder bei Eyevision aufnimmt. Jeden Tag umrunde ich einmal den ganzen Palast. Zu Fuß … « Tränen sammeln sich in seinen Augen. Dass er gefeuert wurde, sitzt tief.

»Ah«, mache ich möglichst desinteressiert.

Bradley fängt sich schnell wieder, blinzelt die Tränen weg und wechselt das Thema. »Egal. Ich weiß, dass es um dich auch nicht besonders gut steht. Darum dachte ich, wir könnten gemeinsam eine neue Sendung starten. Wir finden einen Weg, auch ohne deinen Chip. Wir machen etwas … Bombastisches!«

Seine Augen glänzen erwartungsvoll. Verständnislos schüttele ich den Kopf. »Und ich dachte, du wolltest mir etwas Sinnvolles mitteilen. Mann, ich habe ganz andere Probleme. Scio, beende den Anruf!«

Bradley reißt den Mund auf, um mir noch mehr von seinem Schwachsinn zu erzählen, aber sein Hologramm verschwindet. Ich konzentriere mich wieder auf Federico. Die Kamera hat ihn eingeholt und zeigt, wie er eine breite weiße Treppe hinaufrennt. Victors Mutter und viele Offiziere folgen ihm. Am Rand stehen Hunderte von Leuten und jubeln ihnen zu, klopfen ihnen auf die Schulter und ermutigen sie wie Marathonläufer kurz vor dem Ziel. Federico wird langsamer. Mit vor Stolz gereckter Brust tritt er durch eine sehr hohe Tür. Bläuliches Licht fällt ihm entgegen. Er schreitet zu der Stelle, an der ich vor ein paar Tagen noch gefangen war, nur ist die Röhre jetzt nicht zu sehen. Die Offiziere nehmen ihre Plätze hinter der Balustrade ein und das Bild zoomt auf. Der Präsident und Damaris sitzen auf ihren Stühlen.

Hina keucht auf. »Die sind schon alle da? So früh morgens? Haben sie Federico erwartet?«

Die Yongs eilen aus dem Nebenraum herbei.

»Ihr seid nicht eingeladen«, sagt Frau Yong zu ihrem Mann und Hina. Es ist eine Feststellung, keine Frage. Yong schüttelt leicht den Kopf, als hätte sich seine Wahrnehmung verschoben und er müsse sie wieder gerade rütteln. Sprachlos lauscht er der kurzen Willkommensrede des Präsidenten. Der wirkt völlig ruhig, geradezu heiter und ausgeglichen.

Jetzt ist Federico an der Reihe. Mit ausladenden Armbewegungen trägt er mal weinerlich, mal aggressiv sein Anliegen vor, uns ohne weitere Umstände auf die Insel überzusiedeln und Quentin dem Test zu unterziehen. Dabei deutet er immer wieder auf seine Brust, wo Victor von einem Anstecker lächelt.

Ein plötzliches Flimmern läuft über das Hologramm und wird stärker. Federicos Stimme verzerrt sich. Wie aus dem Nichts gefriert das Bild und schneidet seinen Vortrag ab. Gleichzeitig verblassen die goldenen Pfauen an den Wänden des Wohnzimmers und lassen nacktes Weiß zurück.

»Es ist Zzzeit … Zeit, ins Bett zu gehen«, sagt Scio. *»Zzzzeit.«*

»Was …«, fragt Frau Yong verwundert.

Der Offizier schaut sich mit schmalen Augen um, als würde sich der Übeltäter, der diese technische Panne zu verantworten hat, irgendwo im Raum verstecken.

Hina springt auf und klatscht in die Hände: »Scio, lass das Bild weiterlaufen!«

Sofort bewegt sich Federico, als wäre nichts geschehen. Auch die kitschigen Pfauen an den Wänden leuchten wieder auf.

Offenbar hat man im Parlament nichts von der Störung bemerkt. Aber in mir steigt eine dunkle Vorahnung auf. Ich fummele den kleinen Bildschirm aus meiner Tasche und schalte ihn an.

Durchgeschnittene Kabel hängen am Geländer. Kiano ist entkommen. Er muss weitere Verbündete haben. Wie hätte er es sonst schaffen sollen? Mir bleibt die Luft weg. Jago fängt meinen Blick auf und kommt zu mir herüber. Verständnislos schaut er auf den Bildschirm. »Was ist das?«

Am liebsten würde ich ihm jedes kleinste Detail aus den letzten Stunden erzählen. Ich will alles mit ihm teilen, ich will es loswerden, ich will seinen Rat. So viel liegt mir gleichzeitig auf der Zunge, dass ich am Ende nur herausbringe: »Imogen will uns alle umbringen. Sie manipuliert Scio. Wir müssen hier raus.«

Ich greife nach der Pistole in meinem Hosenbund, aber Jago schüttelt den Kopf und nickt in Richtung der Yongs, die wie hypnotisiert auf das Hologramm starren. »Warte. Eine Sekunde.«

Federico hat seine Rede beendet und jetzt dröhnt die Stimme des Präsidenten: »Wer der Petition dieses jungen Mannes zustimmt, erhebe sich.«

Stühle werden zurückgeschoben, Uniformen rascheln. Die Kamera fährt die Reihen der Parlamentarier ab. Einer nach dem anderen steht auf.

Yong nickt eisern, als hätte er diese Entwicklung erwartet. »Trench und Damaris werden uns mit ihrem Votum retten.«

Das Kamerabild ist bei dem Präsidentenpaar angekommen. Damaris' tote Augen blicken gleichgültig auf Federico herab. Ich kann nichts aus ihrem Gesicht lesen. Kurz schaut sie zu ihrem Mann, der immer noch die Ruhe selbst ist, dann nickt sie ihm zu und beide erheben sich gleichzeitig.

Die Stimme des Präsidenten hallt unnachgiebig durch das Wohnzimmer: »Hiermit geben auch wir unsere Zustimmung zur Petition. Ich bestimme, dass alle vier Cainstormer mit sofortiger Wirkung ins Staatshotel gebracht werden. Die ganze Familie Yong wird …« Der Moment dehnt sich und ich nehme das Universum aus Staubkörnern wahr, das im Licht des Hologramms tanzt. »… ebenfalls ins Staatshotel verbracht. Die genetische Reinheit dieser Familie ist nicht gesichert. Sie sind eine Gefahr für unser Volk.«

17

Yong, der jetzt kein Offizier mehr ist, holt tief Luft und ich erwarte, dass er losbrüllt. Stattdessen macht er zwei unsichere Schritte rückwärts und stützt sich an der Wand ab. Sein Gesicht wirkt bleich wie ein Totenkopf, seine Pupillen wie vertrocknete Rosinen in ihren Höhlen. Frau Yong sinkt zu Boden, die Hände vor ihr Gesicht geschlagen. Ihr weiter Rock bläht sich wie eine Wolke und fällt in sich zusammen. Hina kniet sich neben sie, versucht sie zu trösten, aber auch in ihren Augen stehen Schock und Verwirrung.

»Wir … wir haben keine Genkrankheit«, flüstert sie.

Quentin krümmt die Schultern, als wolle er sich klein und unsichtbar machen: »Wir wurden doch nicht einmal getestet! Warum kommen wir ins Staatshotel?«

Das Klatschen der Hologramm-Abgeordneten wird lauter und lauter, wie ein Sturm fegt es durch das Wohnzimmer. Federico ist auf die Knie gesunken und heult vor Freude.

»Scio, ausschalten«, sage ich. Das Hologramm erlischt und Stille senkt sich über uns. Auch wenn ich nicht verstehe, warum, aber der Präsident hat den Yongs alle Rechte, Titel, Punkte und ihren Besitz geraubt. Er hat ihnen eine Krankheit angehängt, die sie sicher nicht haben. Er hat ihnen die Freiheit genommen. Ab jetzt sind wir alle gleich: Ausgestoßene.

Jago zieht die Luft ein. Jetzt ist die Chance gekommen, von der er gesprochen hat. »Geben Sie uns die Drohne, wir …«

Ein plötzliches Klatschen übertönt Jagos Stimme. Das Hologramm hat sich wieder eingeschaltet. Ein Hologramm-Federico schüttelt Hände wie der Sieger eines langen und harten Kampfes.

»Scio, ausschalten«, rufe ich laut.

»Es ist Zzzeit … es ist Zeit, ins Bett zu gehen«, sagt Scio. Ein zischendes Geräusch kommt von der Decke. Heißer Dampf quillt aus den winzigen Löchern der Sprinkleranlage. Nieselregen sprüht auf uns herab. Die glühend heißen Tropfen bohren sich wie Nadelstiche in meine Haut, Hina schreit und alle reißen die Arme zum Schutz nach oben. Das Leder des Sofas dampft von der Hitze.

»Scio, hör auf«, brüllen die Yongs durcheinander, aber das Zischen wird nur noch lauter und die Tropfen dicker. Will Scio uns kochen?

Wir fliehen aus dem Zimmer in den Flur. Hier ist es trocken, aber winzige Staubroboter sausen uns gegen die Knöchel. Ich trete einen mit Schwung gegen die Wand.

»Scio dreht durch«, stellt Hina erstaunt fest und betrachtet verstört die Wände, auf denen sich goldene Linien zu galoppierenden Rehen vereinigen, sich in Dinos verwandeln, die von flackernden bunten Formen verschlungen werden. »Hat das der Präsident befohlen?«

»Warum tut er uns das an?«, fragt Frau Yong verzweifelt und zieht Quentin an sich.

»Nein!«, rufe ich. »Das ist nicht der Präsident …«

»Jeder geht in sein Zimmer und packt«, befiehlt Yong so mechanisch wie ein Roboter, der einem vorprogrammierten Pfad folgt, auch wenn die Welt um ihn herum untergeht.

»Welchen Zweck hat das jetzt noch?«, fragt Frau Yong schwach. Ihre Augen sind leer.

Jago tritt ihnen in den Weg. »Geben Sie uns das Passwort zur Drohne.«

Von der Decke ist wieder ein Zischen zu hören und wir zucken alle zusammen. Tropfen sprühen auf uns herab, aber diesmal sind sie kalt.

»Ich bin ihm treu«, lallt Yong. Es ist das erste Mal, dass ich den Alkohol in seiner Stimme höre. Seine Augen wirken abwesend. Das nasse graue Haar klebt ihm in der Stirn und verdeckt die Narbe. »Ihr seid die Gefangenen des Präsidenten. Ich muss euch bewachen. Jeder packt seine Sachen fürs Staatshotel!«

Jago ruft: »Wir sind jetzt ALLE Gefangene des Präsidenten!«

Yong reagiert nicht, sondern reißt eine Tür auf und verschwindet.

»Treu?«, schreit Hina. »Dem Präsidenten, der uns verraten hat? Der uns ins Staatshotel schickt? Wegen angeblicher Krankheiten? Warum?«

»Emilio hat mir das Leben gerettet«, sagt Quentin zu seiner Mutter. »Wir schulden ihm etwas. Bitte, lasst ihn gehen.«

Frau Yong zuckt ratlos mit den Schultern. »Ich weiß nicht … wir dürfen jetzt keinen Fehler machen.«

»Ich ziehe mich um«, sagt Hina erschöpft, aber ich packe sie an ihrem Schlafanzugärmel.

»Bleib hier. Wir müssen zusammenbleiben.«

Sie mustert mich verwundert, aber folgt wie wir alle ihrer

Mutter, die ihrem Mann hinterhereilt. Meine Hand liegt auf der Pistole. Wenn Jago es jetzt nicht mit Worten schafft, werde ich nachhelfen. Aber wie viel Zeit haben wir noch?

Im Schlafzimmer hat Yong schon einen Koffer auf den Boden geworfen. »Scio, Reisekleidung!« Auf das Kommando gleitet die Tür eines Schranks zur Seite und Scio feuert im Takt eines Maschinengewehrs Klamotten in die Luft. Sie prallen gegen die Decke und segeln auf uns nieder. »Scio, stopp«, schreit Yong, aber es nützt nichts. Eine Seitentür zum Badezimmer springt wie von selbst auf. Wasser rauscht in einen Pool und schwappt schon über den Rand. Blauer, blubbernder Schaum quillt über den Boden. Ein Tisch öffnet seine Platte und ein Tablett mit Essen erscheint. Von unten drückt ein weiteres nach und das erste fällt zu Boden, dann das zweite, das dritte und das vierte, auf dem eine Geburtstagstorte steht. Quentin ist zuerst da und tritt die Flammen der Kerzen aus, bevor sich auf dem Teppichboden ein Feuer ausbreiten kann. Hina schiebt die Platte zurück und beschwert sie mit der Steinstatue eines Adlers.

»Wir sollten alle zusammen gehen«, ruft Jago in das Chaos. »Wir sollten zusammen mit einer Drohne fliehen!«

»Wir müssen hier so schnell wie möglich raus«, unterstütze ich Jago. »Imogen hat Scio manipuliert! Sie will die Türen verschließen und uns umbringen.«

»Imogen?« Yong fährt herum und starrt mich an. »Wie kommst du auf Imogen? Woher kennst du sie?«

»Ich verrate es Ihnen, wenn wir in der Drohne sind«, dränge ich. Aber Yong lässt sich schwer auf der Bettkante nieder. Sein Blick ist nach innen gerichtet, als würde er eine Szene vor Augen sehen, die wir nicht sehen können.

Frau Yong legt ihrem Mann tröstend die Hand auf den

Arm. Das Wasser hat ihre Frisur zusammenfallen lassen und läuft ihr wie Tränen die Wangen hinab. »Trench hat dir unrecht getan.«

Yong fingert ungeschickt den größten Orden von seiner Brust und betrachtet ihn stumm.

Hinas Finger kneten nervös die Knöpfe ihres Schlafanzugs. »Papa, was schuldet der Präsident dir? Sag es uns endlich!«

»Vielleicht sollten wir wirklich gehen …« Frau Yong schaut sich unwohl um.

Aber Yong lacht verzweifelt auf und ächzt mit schwerer Zunge: »Nein. Sie müssen erst erfahren, was ich getan habe. Für unser Land. Trench hat den Palast angezündet. Nicht Imogen. Nicht van Exen. Es war Trench. Und ich … ich habe es gewusst und all die Jahre geschwiegen. All die Jahre …«

Wir stehen wie vom Donner gerührt da und starren Yong fassungslos an. Nur Frau Yong nickt langsam. Sie hat es also gewusst und auch geschwiegen. Ich fühle Mitleid mit Imogen und Kiano. Sie sind in diesem Punkt tatsächlich unschuldig. Aber rechtfertigt das ihre Rache?

Hina bricht als Erste das Schweigen und schreit: »Papa! Ist das wahr? Imogen sitzt seit Jahren unschuldig im Staatshotel fest und Kiano hatte schwere Verbrennungen.« Yong senkt den Kopf.

»Warum?«, flüstert Quentin. »Und woher weißt du davon?«

Yongs Blick ist immer noch in die Ferne gerichtet. »Ich war damals oberster Wachmann im Palast. Trench hat mir befohlen, eine geheime Mission zu überwachen. Ich wusste nicht genau, um was es ging. Außer, dass ich einen Mann heimlich in den Palast schmuggeln sollte, der in Imogens Gemächern verschwand. Erst als die Flammen aus ihrem Zimmer schlugen, wurde mir klar, was er unter seinem Gewand versteckt gehalten hatte. Benzin.«

»Warum hast du nie etwas gesagt?«, fragt Hina.

Yong hebt die Schultern. »Unsere Familie dient der Präsidentenfamilie seit Generationen. Ich habe Trench schon die Treue geschworen, bevor er ernannt wurde. Ich dachte, es wäre meine Pflicht, ihn in jeder Lage zu unterstützen und zu verhindern, dass seine labile, verantwortungslose Schwester das Land regiert. Deshalb habe ich es getan. Jetzt hat er mich genauso eiskalt abgesägt wie damals sie.«

Jago zieht vielsagend die Augenbrauen nach oben. »Und weil der Präsident sein Geheimnis sicher verwahrt wissen will, müssen Sie jetzt auf die Insel.«

Yong nickt. Dann lässt er den Orden auf den Boden fallen. Mit einem ›Pling‹ springt er davon.

»Lasst uns alle zusammen gehen, bevor es zu spät ist. Die Wachen sind gleich da«, ruft Quentin.

»Flucht hat keinen Zweck«, urteilt Yong. »Die Palastwachen werden unsere Drohne abschießen.«

»Aber warum ist die Palastwache dann noch nicht hier?«, frage ich. »Scio spielt wahrscheinlich im ganzen Palast verrückt.«

»Vielleicht ist das unsere Chance?« Frau Yong schöpft Hoffnung. »Lasst es uns wenigstens versuchen. Die anderen Offiziere, die immer neidisch auf dich waren, sollen nicht die Genugtuung bekommen, uns gefangen zu nehmen.«

Yong nickt starr und Jago wirft mir einen Blick zu. »Siehst du?«, scheint er zu sagen. Man muss nur auf den richtigen Moment warten.

Da fällt mir Tami ein. »Lauft zur Drohne, ich hole Tami«, rufe ich und renne davon. Eigentlich darf ich keine kostbaren Minuten mehr verschwenden, aber möglicherweise dünstet Scio Tami gerade in kochendem Wasser.

Als ich an der Treppe ankomme, setzt ein unglaubliches Knallen ein. Ich brauche einen Augenblick, um den Lärm einzuordnen. Die Türen der Villa schlagen wie von Geisterhand auf und zu! Was auch immer Scio da treibt, es wird schlimmer.

»Ihre Punkte wurden gelöscht«, dröhnt er jetzt. *»Sie sind Bürger dieses Landes. Sie sind keine Bürger dieses Landes.«*

Ich renne die Treppen hinunter. Tamis schriller Gesang ist schon von Weitem zu hören. Er übertönt sogar das Knallen der Türen. Singt sie in ein Mikrofon?

»Tami«, brülle ich. Hat sie nichts von dem Chaos mitbekommen? Die Türflügel ihres Zimmers öffnen sich und schlagen mit Wucht wieder zu. Als sie sich gleich wieder öffnen, springe ich ins Zimmer. Chipstüten und Reste von Hummern liegen verstreut auf dem Boden, leer gegessene Teller auf dem Bett. Kleider häufen sich auf jeder freien Fläche. Tamis Stimme hallt so laut, dass ich mir die Ohren zuhalten muss. Aber sie ist nicht im Bad und nicht hinter dem Sessel. Sie ist nicht da. Der Gesang kommt vom Band. Scio spielt ihn ab

Ich springe wieder durch die Tür, werfe einen Blick in Jagos und mein Zimmer und rufe nach Tami. Sie antwortet nicht und da kommt mir ein unangenehmer Gedanke. Tami war alleine und verzweifelt. Was ist, wenn Imogen sie gehackt hat, wie sie mich gehackt hat? Was ist, wenn Tami durch den Geheimgang verschwunden ist und wenn sie es war, die den Hinkenden befreit hat? Zusammen haben sie dieses Virus auf Scio hochgeladen. Mir wird eiskalt. Wer weiß, was sie noch vorhaben. Ich drehe auf dem Absatz um und renne zurück nach oben.

Scio hat auf dem Dachgarten sämtliche Wassersprenger aufgedreht. Seine Stimme dringt aus den sechseckigen Platten. Leise, sanft und bestimmt redet er Unsinn.

Jago winkt mir vom Eingang der hintersten der drei Drohnen zu. Sie wirkt altmodisch neben den beiden großen, goldenen.

»Wieso nehmen wir keine von den neuen Drohnen?«, rufe ich Jago zu.

»Scio hat sie verriegelt. Die hier lässt sich mit einem Schlüssel öffnen. Wo ist Tami?«

Ich schüttele den Kopf. »Wir fliegen ohne Tami. Sie ist … weg. Ich weiß nicht genau, wohin.«

»Weg?« Jago schaut bestürzt. »Wir hätten uns mehr um sie kümmern sollen …«

Das hätten wir, denke ich. Aber jetzt ist es zu spät.

Das Innere der Drohne ist mit dunklem Holz ausgekleidet. Vor den runden Fenstern hängen samtgrüne Gardinen. Quentin und Hina haben sich mit angezogenen Beinen auf ein Sofa gehockt und wirken verstört. Sie haben Abstand zu ihrem Vater, der so verbittert neben ihnen sitzt wie ein altes Walross, dem man die Stoßzähne gezogen hat.

»Dann nichts wie los«, sagt Frau Yong, die hinter einer Art hölzernem Schreibtisch mit Lenkrad thront, und drückt ein Pedal durch. Auch im Inneren gibt es keinen Scio. Die Drohne wird noch mechanisch gesteuert. Ich denke an meinen Plan zurück. Mit Imogens Passwort hätte ich die Tür zum Dachgarten geöffnet und Jago, Lyssa und ich hätten diese alte Kiste kurzgeschlossen und wir wären geflohen. Niemand hätte uns orten können. Es wäre perfekt gewesen. Jetzt ist alles anders gekommen.

Schwungvoll heben wir ab. »Huuu«, macht Frau Yong und bremst zu heftig. Hina quietscht erschrocken. Jago und ich stützen uns an der Wand ab, an der gekreuzte Gewehre neben Tierschädeln baumeln. Die Vorfahren der Yongs sind mit dieser Drohne wahrscheinlich zu ihrem sonntäglichen Jagdausflug aufgebrochen.

»Immerhin hebt die alte Kiste überhaupt ab«, sagt Yong teilnahmslos. Er zieht Tabletten aus seiner Hosentasche und löst sie in einer Wasserflasche auf. Ich tippe auf das Anti-Rauschmittel.

»Wo wird Lyssa gefangen gehalten?«, frage ich Frau Yong. »Wir müssen zuerst zu ihr.«

»Im Wachhaus«, entgegnet sie und fügt in einem erstaunlich freundlichen Ton hinzu: »Aber das ist wirklich schwer bewacht. Du solltest dir keine großen Hoffnungen machen.«

Yong wird deutlicher: »Eine Befreiungsaktion wird in einer Katastrophe enden.«

»Seid ihr sicher?«, mischt sich Quentin ein. »Schaut mal. Da unten herrscht Chaos.«

Er deutet auf die im Boden eingelassene Glasscheibe. Wir fliegen nicht hoch. Vielleicht zwanzig Meter über prachtvolle weiße Villen mit Innenhöfen, Pools und Gärten, die von flackernden Lichtern und Hologrammen erhellt werden. Der Palast ist riesig. Wenn Bradley den jeden Tag umrundet, ist er bis in die Nacht unterwegs. Über die Wände flimmern wirre Formen und Farben. Zwischen aufpoppenden Hologramm-Figuren erkenne ich Menschen. Sie schöpfen mit Eimern Wasser aus einem Pool, um ein Feuer zu löschen, das sich rot glühend durch ein Dach frisst. Ein Mann flüchtet mit einem Kind auf dem Arm vor einer Drohne, die sich losgerissen hat, wie betrunken durch einen Dachgarten taumelt und Sonnenstühle und Pflanzen umreißt. In einem Innenhof kracht ein Quintauer gegen die Tür, sodass sie zersplittert.

Fenster bersten unter dem Druck einer Explosion. Alles, was irgendwie mit Scio in Verbindung steht, ist außer Kontrolle! Der Palast ist dabei, zu einer tödlichen Falle zu werden, und es gibt nicht genug Hände, um überall zu helfen.

Habe ich an dem mörderischen Chaos Mitschuld? Hätte ich Imogen doch nur nicht die Festplatten besorgt. Ich habe eine Lawine losgetreten. Andererseits war es der Präsident, der Imogen und van Exen überhaupt erst zu ihren Taten getrieben hat. Und Yong hat ihn mit seinem Schweigen unterstützt …

»Beim heiligen Asul«, murmelt Yong, der sich nach vorne gelehnt hat. »Vielleicht kommt ihr doch rein.«

Inzwischen steigen immer mehr Drohnen in den Nachthimmel. Vielleicht haben die Bewohner die Türen aufgebrochen, vielleicht hat Scio sie einfach gestartet. Zumindest fällt unsere Drohne in dem Gewimmel weniger auf.

Jago tippt nervös gegen das Gestell seiner neuen Brille, dann nickt er mir zu. »Wir versuchen es. Wir befreien Lyssa. Wenn nicht jetzt, wann dann?«

Der harte Klumpen in meinem Bauch löst sich und so etwas wie Hoffnung steigt in mir auf. Jagos Unterstützung bedeutet mir alles. Er, Lyssa und ich sind ein Team, so wie wir es vor ein paar Tagen geschworen haben. Alleine schaffe ich das hier nicht, aber wenn wir zusammenhalten und wenn uns vielleicht sogar die Yongs helfen? Ich wende mich an Frau Yong: »Bringen Sie uns bitte zum Wachhaus.«

Sie sieht nicht glücklich aus. Der Umweg gefährdet die Flucht ihrer Familie. Quentin steht auf, tritt zu seiner Mutter und legt ihr die Hand auf die Schulter. Leise sagt er: »Lass uns diesmal das Richtige tun.«

Frau Yong atmet tief durch, dann dreht sie ab. Die Drohne legt sich in eine Rechtskurve.

Etwa zwei Meter über einem Innenhof hält sie an und lässt die Tür aufspringen. Sirenen schrillen uns entgegen.

»Alarm! Alle Wachen auf Position«, hallt Scios Stimme. *»Darf ich Ihnen ein – ein Getränk servieren? Es-es soll ein heißer Tag werden. Feuer auf Ebene sieben.«*

Es ist fast zum Lachen, wenn man bedenkt, dass Scio das Feuer wahrscheinlich selbst gelegt hat. Frau Yong deutet über den Hof zu einem prächtigen Tor. »Nehmt den Flur nach rechts. Dort findet ihr das Wachhaus. Die Zellen sind im Keller.«

»Versucht es im Trakt 4B. Da sind die politischen Gefangenen«, ergänzt Yong.

Irgendwie hatte ich gehofft, dass er mitkommt und uns mit seiner Militär- und Ortskenntnis unterstützt. Es sieht nicht danach aus. Wir sind alle Ausgestoßene, aber Freunde noch lange nicht.

Quentin steht entschlossen vom Sofa auf. »Ich komme mit euch!«

»Nein!«, schreien seine Eltern gleichzeitig.

Yong stellt sich in die Tür. »Du wirst nicht an diesem Wahnsinn teilnehmen!«

»Aber Emilio ist mein Freund!«, beharrt Quentin. »Er hat mir auch geholfen!«

»Beim Barte Asuls«, ruft Yong und rudert mit den Armen.

»Hör auf deinen Vater«, sage ich, weil Lyssas Befreiung meine und Jagos Aufgabe ist, nicht Quentins. Bevor er etwas erwidern kann, wende ich mich schnell an Yong und zeige auf die Gewehre an der Wand: »Können wir die mitnehmen?« Die Nagelpistole hat kaum noch Schüsse.

»Nicht geladen«, brummt Yong, steht auf und wühlt in einer Kiste. Quentin lässt sich wieder auf das Sofa fallen. Er starrt zu Boden und scheint den Tränen nahe. Dass er überhaupt mitkommen will, bedeutet mir viel, aber ich finde keine Worte, um ihn zu trösten.

»Wir warten hier auf die beiden, oder?«, fragt Hina ihre Mutter.

Frau Yong nickt kurz. Ihr Gesicht ist so maskenhaft, dass ich nicht weiß, ob es die Wahrheit ist.

Yong drückt Jago und mir ein Hoverboard in die Hand. »Viel Erfolg«, sagt er, und ich frage mich, wie wir von hier wieder wegkommen sollen, wenn die Yongs ohne uns fliegen.

18

Ich steige auf mein Hoverboard und zeige Jago, wie man startet. Er gibt ruckartig Gas und streckt die Arme wie ein Eiskunstläufer nach links und rechts aus, um das Gleichgewicht zu halten. Wir fliegen auf das hohe Tor zu, das mit einem Sausen auf und zu schlägt.

»Wenn wir von der Tür erwischt werden, bricht sie uns die Knochen«, keucht Jago, der jetzt schon atemlos wirkt.

Aber wir schaffen es, warten den richtigen Moment ab und fliegen an den sich gerade öffnenden Türflügeln vorbei. Dahinter öffnet sich ein gewaltiger Gang, der breit wie eine Straße ist. Einer der Wasserfälle, die an der Wand herablaufen, hat sich von einem sanften Wasserfilm in einen Sturzbach verwandelt. Fußballgroße silberne Bälle, die uns vor ein paar Tagen im Wald gejagt haben, taumeln jetzt ziellos durch die Luft. Quintauer galoppieren wie blind an uns vorbei, prallen gegeneinander, schlittern durch das Wasser und krachen gegen die Mauern. Die Wucht des Aufpralls lässt die massigen Metallkörper unberechenbar kreiseln. Einige schleifen umgestürzte Kutschen hinter sich her. Ihr Fell ist aufgerissen, Kabel hängen heraus. Wachen rasen auf Hoverboards heran, jagen die Pferdemaschinen und versuchen, sie mit Schüssen zu stoppen.

Jago starrt auf das Chaos und in seinen weit aufgerissenen Augen spiegeln sich die schrillen Farben, die an den Wänden aufblinken. Wir geben Gas, fliegen nach rechts, dicht an der Wand entlang und in sicherer Höhe vor den wild gewordenen Quintauern folgen wir dem Gang, der wie ein Schlachtfeld aussieht. Abgerissene Metallteile und nutzlose Bälle liegen im Wasser verstreut, Sanitäter hieven Verletzte aus einer Kutsche. Das flaue Gefühl in meinem Magen wächst. Wie viele Menschen werden gerade von Quintauern zertrampelt oder sterben einen anderen furchtbaren Tod?

Der Gang führt auf einen hohen Torbogen zu. Zivilisten, Wachmänner und Soldaten laufen und fliegen hinein und hinaus. Jago und ich mischen uns unter die Leute. Unsicherheit und Panik spiegeln sich in ihren Gesichtern. Befehle werden gebrüllt, Hilferufe sind zu hören, halb vom Sirenenlärm verschluckt.

Wir schweben durch das Tor und finden uns in einem großen, quadratischen Innenhof wieder. Zwei der Seiten sind verglast. Dahinter erkenne ich Büros, in denen Menschen hektisch umherlaufen. Die beiden anderen Seiten bestehen aus Betonwänden, in die schlitzartige Fenster eingelassen sind.

»Das Gefängnis?«, frage ich.

»Sieht so aus«, schnauft Jago. »Aber ich sehe keine Tür.«

Nur die Glaswand hat eine Tür, doch vor der stehen Wachen. Wir halten auf eine Stelle im Erdgeschoss zu, an der die Glasfassade zerborsten ist. Messerscharfe Splitter ragen aus dem Rahmen. Ein Quintauer liegt im Innenraum auf dem Rücken, eingeklemmt zwischen Schreibtisch und Wand. Seine Metallhufe zucken. Er muss die Scheibe durchschlagen haben. Wir weichen dem zerbrochenen Glas aus, fliegen durch den menschenleeren Büroraum und steuern auf eine hin und her zuckende Tür zu. Ich packe sie und halte sie offen.

Der Flur dahinter führt uns tiefer ins Gebäude. Die gläsernen Wände pulsieren rot, lassen ihn eng wirken, klaustrophobisch. Menschen rennen umher. Sie sehen eher nach Büroangestellten als nach Wachen aus. Viele haben die Türen ihrer Büros mit Stühlen verkeilt. Aber Scio lässt sich nicht bändigen. Überall flackern wilde Linien, heißer Kaffee blubbert aus einem Automaten an der Wand.

Orientierungslos irren wir durch die Flure. Ein Bürostuhl rast wie ferngesteuert unter uns entlang. Eine Frau springt im letzten Moment zur Seite. Wir biegen links ab, rechts, wieder links. Wo geht es zum Gefangenentrakt? Jago zieht an meinem Ärmel und zeigt zu einer sich gerade öffnenden Tür. Dahinter hängen lange Reihen schwarzer Uniformen.

»Gute Tarnung«, ruft er durch den Lärm. Bisher hatten wir Glück, dass uns in der Panik niemand erkannt hat. Aber darauf können wir uns nicht verlassen. Wir fliegen in den Raum und ich traue meinen Augen nicht. Scio schleudert Sturmgewehre aus einem Schrank, die sich bereits zu einem wilden Stapel am Boden angehäuft haben. Schnell greifen wir uns jeder ein Gewehr. Sie sind geladen. Mit schweißigen Fingern zerre ich eine Rüstung an meinen Beinen hoch. Sie ist erstaunlich leicht, passt sich perfekt an. Die harte Panzerung meiner Handschuhe gibt mir Sicherheit.

Jago wirft mir einen Helm zu und grinst schief: »Wenn wir sterben, dann wenigstens als Space-Ritter.«

Zurück im Flur nehme ich all meinen Mut zusammen und fliege auf einen älteren Angestellten zu, der den Gang entlangeilt. Ich klappe das Visier des Helmes herunter, damit er mein Gesicht nicht sieht, lasse das Hoverboard vor ihm niedersinken und sage möglichst asarianisch: »Wie komme ich zum Gefängnis? Dort gibt es einen Aufstand.«

»Neu hier, was?«, schnauft er. Dann deutet er in die Richtung, aus der er gekommen ist. »Da lang, dann links, die Treppe runter und dann sehen Sie es schon.«

Wir folgen der Beschreibung hinunter ins Untergeschoss, wo uns eine verblüffende Stille empfängt. Nur weit entfernt, tief im Innern des Gebäudes, höre ich ein Poltern.

Das Herz pocht mir bis zum Hals, als ich vorsichtig um eine Ecke schaue. Der Gang ist durch drei Gittertore unterteilt, die hintereinander eine Schleuse bilden. Schwerfällig gleiten sie auf und ab. Wir schlüpfen unter ihnen hindurch, fliegen einen kahlen Gang entlang. Kein Mensch ist zu sehen, aber ich traue mich nicht, nach Lyssa zu rufen. Irgendwo sind hier bestimmt Wachen.

Jago zeigt schweigend auf eine Wand, wo in dicken schwarzen Strichen 1B geschrieben steht. Wir sausen den Flur entlang, vorbei an den Türen 2B und 3B bis zu 4B, während das Poltern immer lauter wird. Wir schlüpfen in einen großen, runden Raum. Etwa zwanzig eiserne Zellen liegen eng an eng nebeneinander. Ihre Türen fallen knallend ins Schloss. Die Schläge dröhnen in meinen Ohren.

Ich fliege auf eine Tür zu. Dahinter ist ein kleiner Raum. Ein Bett, eine Toilette. Wenn hier ein Mensch gefangen war, dann ist er geflohen.

»LYSSA«, brülle ich. Doch noch bevor wir alle anderen Zellen kontrolliert haben, weiß ich, dass sie nicht hier ist.

Jago setzt sich erschöpft auf sein Board. »Sie ist bestimmt nicht weit weg.«

»Und wenn sie auf die Insel gebracht wurde?« Kalte Angst ergreift mich und zieht mich fast vom Brett. Die Sackgasse, in der wir gelandet sind, ist plötzlich auch in meinem Kopf.

»Scio, sag mir, wo Lissabell Mondstein ist«, versucht Jago es.

»Monsieur«, kommt es tatsächlich zurück. *»Eine Madame Mond... Mondstein wurde vor fünf Jahren ins Staatshotel über... überführt und aus dem System gelöscht. Dann wurde sie ...«* Scio stoppt seinen sinnlosen Vortrag abrupt.

Jago runzelt die Stirn. »Nehmen wir an, Lyssa ist geflohen. Wo könnte sie hingegangen sein? Zu den Yongs?«

»Ja«, stoße ich aufgeregt hervor. »Ich hatte ihr gesagt, dass wir bei den Yongs wohnen.«

Wir fliegen zurück zur Sicherheitsschleuse und hinauf ins Erdgeschoss. Auch wenn es nur ein Strohhalm ist, klammere ich mich an den Gedanken, dass Lyssa auf dem Weg zu den Yongs ist, um uns dort zu treffen.

Plötzlich übertönt eine Art rostiges Donnern die Sirene. Wir bremsen erschrocken ab.

»Was war das?«, stößt Jago hervor.

Das unheimliche Donnern wird lauter, erhebt sich wie ein Unwetter und lässt die Wände erzittern. Kreischende Töne mischen sich darunter. Rau und rostig. Eine Maschine, die nach Jahrhunderten wieder angeworfen wird. Ungeöltes Metall, verklemmte Zahnräder. Der Schrei der Maschine schneidet durch die Haut, ins Fleisch bis zu den Knochen. In Gedanken sehe ich ein schlundartiges Maul vor mir, spüre kaltes, nasses Fell zwischen meinen Fingern.

»Das Panzermonster«, schreie ich. »Kiano muss es freigelassen haben.«

Jago schaut mich entgeistert an. »Panzermonster? Was meinst du damit?«

»Der Löwe auf den Wandzeichnungen! Er lebt.«

»Was …«

»Wir müssen weg.«

Die letzten Angestellten, die noch in den Büros ausgeharrt haben, stehen stumm in den Fluren und schauen sich verängstigt nach dem unmenschlichen Brüllen um.

»Bringt euch in Sicherheit«, schreie ich und meine Stimme überschlägt sich. »Da brüllt ein silberner Krieger. Er ist gekommen, um uns zu töten.«

Die Leute starren mich ungläubig an, aber in einige kommt Bewegung.

»… Sicherheitsraum«, ruft jemand.

»Wache holen …«, schreit eine Frau.

Jago und ich fliegen über ihre Köpfe hinweg. Es herrscht Chaos. Hier und da fallen mir jetzt Leute in neongelber, weiter Kleidung auf. Ehemalige Gefangene, die sich befreit haben?

»Habt ihr eine Gefangene mit türkisen Haaren gesehen?«, brülle ich ihnen zu, aber sie flüchten vor uns, weil wir Uniformen tragen.

Der Flur öffnet sich zu einem Konferenzsaal mit großen, zerbrochenen Scheiben. Dahinter ist der hell erleuchtete Innenhof zu sehen, vor dem sich die schwarzen Silhouetten zweier Wachleute abzeichnen. Ein großer athletischer und ein kleinerer, dickerer Mann. Dieser winkt uns hektisch zu. »Hierher!«

Für einen Moment zögere ich und auch Jago bremst ab. Dann klappen wir die Visiere nach unten und nähern uns, als wären wir ganz normale asarianische Wachen. Über uns kracht es wie bei einem Verkehrsunfall. Wir reißen die Waffen hoch. Im nächsten Moment geht ein Glasschauer vor dem Gebäude nieder. Ein Schrei bohrt sich in mein Trommelfell. Er ist so nah und so schmerzhaft grell wie das Geräusch Hunderter Gabeln, die gleichzeitig über eine Tafel gezogen werden.

»Der silberne Krieger?«, fragt Jago schockiert. Der Geruch von Verwesung und Tod brennt mir in der Nase. Ich will antworten, aber ein weiterer Glasschauer übertönt mich. Was auch immer da oben ist, es scheint an der Fassade zu hängen und versucht hineinzugelangen! Mit Grauen denke ich an die wehrlosen Leute, die ich von außen in den oberen Stockwerken habe herumlaufen sehen.

»Beeilung«, brüllt der Wachmann jetzt. »Wir feuern gleich! Wir haben einen Raketenwerfer! Gebt uns Deckung, falls das Ding angreift.«

Zwischen den Männern steht ein langer schwarzer Kasten auf drei Beinen, dessen Öffnung nach oben gerichtet ist. Der dicke Wachmann tippt auf einem Tablet herum. Der Größere stiert nach draußen und flüstert: »Beim heiligen Asul, was ist das?«

Ich folge seinem Blick und erstarre. Ein gigantisches Wesen hat sich von der Fassade gelöst. Es fliegt in einem wilden Zickzack unter der Glasdecke entlang. Im grellen Licht erkenne ich Flügel aus Klingen statt aus Federn. Die fast menschlichen Beine hat es nach hinten gestreckt, sein hart gebogener Schnabel ist zerkratzt. Eine schwarze, eingefallene Augenhöhle sitzt in grauer, runzeliger Haut und gibt ihm etwas Dämonisches. Das Wesen hat vielleicht mal einen Adler dargestellt, aber es ist fast nichts mehr da, was an ein Tier erinnert. Seine äußere Hülle ist stellenweise weggefault und offenbart, was es wirklich ist: eine mörderische Maschine, erschaffen, um zu töten.

Jago murmelt fassungslos: »Es gibt also nicht nur einen Löwen, sondern auch einen Adler …«

Ich ergänze: »... einen Stier, ein Krokodil. Wenn die alle im unterirdischen Palast waren und jetzt ...« Ich bringe den Satz nicht zu Ende, sondern positioniere mich neben den Wachen, das Gewehr auf das Wesen gerichtet, das jetzt seine Krallen öffnet und etwas fallen lässt. Menschen. Es muss sie sich aus den Büros hinter der Glasfassade geschnappt haben! Wie Steine fallen sie zu Boden und schlagen dumpf auf dem Boden des Hofes auf, über den entflohene Gefangene und Wachen laufen, die versuchen, sich in Sicherheit zu bringen, oder nach oben feuern. Grauen überschwemmt mich und ich muss mit aller Kraft gegen den Impuls ankämpfen zu fliehen. In dem Moment schießt weißes Licht wie ein Feuerball aus der Mündung des Raketenwerfers. Die Monstermaschine taumelt durch die Luft, schlägt gegen die gläserne Decke, kann den Kurs nicht halten.

»Es hat ein Loch im Flügel«, jubelt Jago und der größere Wachmann schreit: »Das Ding machen wir fertig!«

»Noch mal«, ruft der kleinere Wachmann. Er visiert den anderen Flügel an, aber bevor er schießen kann, rast das Wesen auf die Glaswand über uns zu und verschwindet aus unserem Blickfeld. Es knallt und ein Wasserfall aus Glassplittern ergießt sich vor uns und spritzt gegen mein Visier.

»Monsieur Rivoir«, höre ich plötzlich eine körperlose Stimme neben mir und zucke zusammen. Es ist Scio. Eine Platte im Boden leuchtet auf. *»Ein Anruf für Sie. Brad..., Bradley Star... Star... «*

Ungünstig, ungünstiger, Bradley. »Scio, jetzt nicht!«

»Monsieur Rivoir«, wiederholt Scio und über der Platte wächst das Hologramm von Bradley in die Luft. Er ist so nah, dass sein Gesicht fast meines berührt. Ich unterdrücke das Bedürfnis zurückzuweichen.

»Scio, ausschalten«, brüllt die große Wache, aber der Computer reagiert nicht.

»Emilio, bist du es? Ich habe bestimmt tausendmal versucht durchzukommen! Schicke Rüstung übrigens«, keucht Bradley, der sein Büßerkleid bis zu den Knien angehoben hat. Zwar bleibt er für mich auf derselben Stelle, aber eigentlich rennt er und schlägt Haken wie ein Troll, der seine Höhle sucht, während er Hologramm-Tennisbällen ausweicht, die durch die Luft sausen.

Ich blinzele den Schweiß aus meinen Augen. »Leg auf!«

Aber Bradley lächelt irre. »Weißt du, wohin ich auf dem Weg bin?« Wie immer gibt er sich seine Antwort selbst: »Ins Eyevision-Center! Ich werde deinen Chip wieder einschalten. In dem Chaos hält mich keiner auf! Das wird eine Supershow! Rette Asarianer, ja? Der Anti-Held wird zum Helden! Das bringt Einschaltquote …«

Jago schreit heiser auf. Etwas bewegt sich hinter Bradleys Hologramm. Es hat sich dicht am Boden durch die Tisch- und Stuhlreihen geschlichen. Ein Schlund mit mehreren Zahnreihen wie bei einem Hai. Bleiches Fleisch. Es schnellt vorwärts, erwischt Zentimeter neben mir den großen Wachmann. Er schreit gurgelnd auf. Die Metallzähne bohren sich durch seine Rüstung. Wie im Traum stolpere ich rückwärts und etwas übernimmt die Kontrolle über meinen Körper. Etwas, das keine Fragen stellt, das keine Angst hat, das nichts fühlt, sondern einfach nur handelt.

Ich zerre das Hoverboard von meinem Rücken, springe auf, ziehe die Spitze nach oben und sause bis knapp unter die Decke. Jago ist neben mir. Das krokodilartige Wesen würgt den Mann im Ganzen herunter. Ich lege mein Sturmgewehr an. Der dicke Wachmann rennt wie ein Wahnsinniger. Sein Ziel ist die Tür, die zum Flur führt. Das Krokodil folgt ihm. Schwarz, flach, riesig. Ein Körper aus einzelnen beweglichen Segmenten. Seine stählernen Füße trommeln über den Boden. Zwei, drei der Glieder sind verklemmt, behindern es. Trotzdem ist es schnell. Jago und ich feuern. Die meisten Kugeln verfehlen, schlagen im Teppich ein. Wir sind beide nicht geübt im Schießen.

Ich lehne mich nach vorne, gehe in den Sturzflug, sause über das Monster. Aus der Nähe treffe ich. Meine Kugeln prallen gegen seinen Panzer. Es reißt das Maul auf. Der Fliehende ist keine zwei Meter mehr entfernt. Ich sinke tiefer, schieße in die toten Augenhöhlen. Schwarzer Schlamm spritzt auf. Das Wesen lässt seinen Kopf nach oben schnellen. Ich reiße das Brett zur Seite und die mörderische Maschine verfehlt mich knapp. Das ist die Sekunde, die der Wachmann gebraucht hat. Er schlüpft durch die Tür. Ich fliege eine harte Kurve und das Monster wirft sich herum, fegt mit seinem Schwanz Stühle und Tische zur Seite. Dann folgt es mir.

Der einzige Fluchtweg ist das zerbrochene Fenster. Jago kniet auf seinem Brett. Er umklammert die Seiten, als hätte er Angst zu fallen. Nebeneinander fliegen wir durch die zerschlagene Front in den Innenhof. Unsere Hoverboards zittern und summen von der Geschwindigkeit. Stählerne Füße trommeln unter uns über den Boden, Glas splittert, Flügel peitschen durch die Luft. Der Adler. Er verdunkelt den Himmel und ich spüre schon die eisernen Krallen in meinem Rücken, lehne mich weiter nach vorne. Jago fällt zurück.

»Steh auf«, schreie ich ihm zu, weil er immer noch auf allen vieren ist. »So kannst du nicht Gas geben!«

Dann ist da plötzlich wieder der Schatten. Mein Schrei geht im Schrei des Adlers unter. Etwas schlägt von hinten gegen mich. Die Luft wird mir aus den Lungen gepresst. Ich schleudere wie eine Bowlingkugel durch sämtliche Galaxien des Universums. Dunkelheit umgibt mich.

Ich liege auf dem Rücken. Druck beschwert meine Brust. Ein Stein? Ein Stechen im Brustkorb befördert mich ins Hier und Jetzt. Ich schlage die Augen auf, aber sehe nur Schwärze, durchzogen von tausend wirren Linien. Bin ich blind? Ich bewege die Hände Richtung Gesicht, da klappt sich das Schwarz nach oben weg. Ich blinzele verwirrt, bevor ich begreife. Es war mein zerstörtes Visier.

Lyssas Gesicht schwebt geisterhaft hell in der Luft. Ihr türkises Haar leuchtet unwirklich, ihre Kleider sind neongelb. Ist das ein Hologramm oder ein Traum? Lyssa greift meine Hand und das fühlt sich trotz meiner Panzerung völlig real an.

»Emilio, geht es dir gut? Kannst du aufstehen?«, flüstert sie atemlos. Sie ist wirklich hier! Wie hat sie uns gefunden? Jetzt sehe ich auch Jago. Sein Helm ist weg und sein dunkles Gesicht scheint mit der Umgebung zu verschwimmen. Das Weiß in seinen Augen leuchtet überdeutlich und seine gepanzerten Hände umklammern sein Gewehr. Ich richte mich auf, will etwas sagen, aber verschlucke mich und huste.

Als Lyssa mir auf die Beine hilft, setzen stechende Kopfschmerzen ein. Doch dank der Panzerung scheint nichts gebrochen zu sein. Aber das Hoverboard und meine Waffe sind weg. Auch Jagos Hoverboard ist nirgends zu sehen. Angestellte, ehemalige Gefangene und Wachen rennen dicht an uns vorbei. Wir sind also noch immer im Innenhof. Viel Zeit kann nicht vergangen sein. Das Krokodil liegt keine zwanzig Meter hinter uns. Sein gewaltiges Maul umschließt einen Quintauer. Fell und das Metall platzen auf. Kabel quellen aus dem Bauch des Pferdes.

»Weg! Schnell!«, stößt Lyssa hervor. Ein schleifendes Geräusch zieht unsere Blicke nach oben. Die Adlermaschine torkelt unkontrolliert über unsere Köpfe hinweg und streift die Betonmauer. Scios Stimme und das Sirenengeheul vermischen sich mit Angstschreien der Fliehenden, mit denen wir uns durch das Tor drängen. Wasser fließt uns entgegen, steigt auf Knöchelhöhe an und behindert unsere Schritte. Eine Wache neben mir feuert wie wild in Richtung der Monster. Leute stürzen, andere fallen über sie. Ein Quintauer galoppiert auf uns zu. Ich reiße schon wehrlos die Hände nach oben, da macht er eine unerwartete Kurve und kracht gegen die Wand.

»Drohne!«, brülle ich und zeige in die Richtung, wo in weiter Entfernung die Tür zum Ausgang auf und zu schwingt. Ich bete, dass die Yongs auf uns gewartet haben! Eine Kutsche liegt umgestürzt vor uns. Die gestrauchelten Pferde schlagen wild mit den Hufen aus. Jago schwankt vor Müdigkeit. Lyssa und ich stützen ihn, zerren ihn um die Kutsche herum.

Undeutlich nehme ich wahr, wie der Eyevision-Jingle in meinem Kopf erklingt und eine Frauenstimme freundlich meine Sendung ankündigt. Ein Knurren hinter uns. Ich drehe den Kopf. Etwas schwimmt im Wasser am Rand des Ganges, erhebt sich mit einem Ruck. Schwarzer Schlamm läuft aus leeren Augenhöhlen. Es ist das Krokodil. Rasselnd saugt es die Luft ein.

Wir rennen, aber kommen kaum vom Fleck. Ich höre das Monster hinter uns durchs Wasser gleiten und deute auf das Tor in der Wand. Ein paar Schritte nur, dann sind wir hindurch und im Innenhof. Die Yongs sind nicht mehr da! Eine plötzliche Schwäche lässt mich fast zu Boden stürzen. Der Hof dehnt sich in der Länge eines Fußballfeldes vor uns aus, darüber erstreckt sich der Nachthimmel. Hier ist nichts, kein

Versteck, nur die hohen Mauern zu allen Seiten. Schon zwängt sich das Krokodil durch das enge Tor.

»Da hinten«, ruft Lyssa und zeigt zum gegenüberliegenden Ende, wo man einen weiteren Torbogen erahnt. Aber der ist verdammt weit weg! Plötzlich flammen um uns herum Hologramme auf. Menschen, feierlich gekleidet. Sie stehen in gleichmäßigen Abständen da, schauen uns an, lächeln, reden. Wir springen durch einen älteren Mann mit altmodischem Anzug.

Das Knurren des Monsters rollt tief und drohend durch den Innenhof. Metall schlägt auf Metall. Ich werfe einen Blick über die Schulter. Es schnappt nach den durcheinanderredenden Hologrammen. Das gibt uns etwas Zeit.

Jago stöhnt und fällt fast über seine eigenen Füße. Ich packe ihn fester. Halb stütze ich ihn, halb schleife ich ihn mit. Lyssa ist auf seiner anderen Seite. Reihen um Reihen Hologramm-Asarianer breiten die Arme aus, lächeln, grüßen, fließen durch uns durch, lassen meine Sicht verschwimmen.

Das Stampfen von eisernen Füßen kommt schnell näher. Todesangst durchfährt mich. »RENNT! RENNT!«, brülle ich und fürchte, dass wir diesmal verloren haben.

Etwas sinkt vor uns herab aus dem Nachthimmel. Dunkles Holz. Jemand steht im Eingang einer Drohne, die Pistole gehoben, und schießt knapp an uns vorbei. Hände greifen nach uns, packen Jago. Er wird in die Drohne gezerrt. Lyssa springt hinterher. Dann zieht mich Quentin hinein. Ich rolle über den Boden. Die Yongs sind hier!

»Festhalten«, ruft Frau Yong. Sie sitzt hinter dem Schreibtisch und steuert die Drohne mit verbissener Konzentration. Hina hält Jagos Arm umklammert, damit er nicht wegrutscht. Seine Haut glänzt vor Schweiß, als hätte er gebadet. Wie ein Ertrinkender holt er Luft.

Für eine Sekunde sehe ich auf dem Bildschirm von Hinas Eyewatch, was ich selbst sehe. Das Vibrieren in meinem Kopf! Ich bin auf Sendung! Die Yongs haben durch meine Augen gesehen, wo ich bin.

Lyssa schnappt sich das Sturmgewehr aus Jagos Hand und stellt sich neben Yong, der aus der offenen Tür feuert. Er hat seine Uniformjacke mit den Orden abgelegt, und wären da nicht die Pistole und seine soldatische Haltung, man könnte ihn in seinem T-Shirt für einen Zivilisten halten. Und noch etwas ist anders. Er wirkt nüchtern.

Durch den Glasboden sehen wir, wie sich das Krokodil aufbäumt. Funken sprühen, wo die Kugeln seinen Panzer treffen. Frau Yong lässt die Drohne aufsteigen, aber sie ist alt und behäbig. Ich öffne meine Rüstung, zerre die Nagelpistole hervor und wanke neben Lyssa.

»So habe ich mir ein Date mit dir vorgestellt«, schnauft sie. Ihre Locken sind noch wilder als sonst. »Gemeinsam Monster jagen.«

»Und, ist es besser als Wein trinken im Kerzenschein?«

Ich visiere das Wesen an, schieße. Ein Nagel bohrt sich in das Eisen und hinterlässt einen Riss. Wie irre stößt sich das Monster ab und befördert seinen Körper senkrecht in die Luft. Wir sind nicht hoch genug. Seine Schnauze trifft die Glasplatte im Boden mit einem harten Schlag und hinterlässt einen Riss. Quentin, Hina und Jago werfen sich schreiend zur Seite. Die Drohne schaukelt und wir klammern uns am Eingang fest.

»Konzentration!«, brüllt Yong. Mit ein paar gezielten Schüssen sprengt er die Platte mit dem Riss weg. Einige Kabel auf dem Rücken des Monsters liegen frei. Lyssa, Yong und ich feuern gleichzeitig. Die Kabel zerfetzen, Funken sprühen. Das Monster windet sich hin und her. Dann fällt es auf alle viere und erstarrt. Yong hebt die Hand und wir stoppen das Feuer. Zwischen den Panzerplatten glüht es so rot wie Magma. Etwas scheint sich im Inneren der Maschine auszudehnen. Die Platten werden nach außen gedrückt. Ein Zischen entweicht dem Maul.

»ZURÜCK!«, brüllt Yong. Ich packe Lyssas Ärmel, zerre sie weg von der Tür.

19

Das Krachen zerreißt mir fast das Trommelfell. Etwas erwischt mich im Rücken, wirft mich vorwärts. Ich schleudere im Kreis wie in einer Waschmaschine und die Pistole wird mir aus der Hand gerissen. Hart schlage ich auf. Unter meinen Handflächen spüre ich festen Boden, aber schwarzer Rauch nimmt mir die Sicht. Japsend hole ich Luft. Sie schmeckt nach Metall. Meine Ohren piepsen so laut, ich höre meine eigenen Gedanken nicht.

Ich blinzele Asche von meinen Wimpern und erkenne meine gepanzerten Hände, die so schwarz sind wie der Boden. Ich bin noch immer in der Drohne. Sie hat der Explosion standgehalten. Durch den sich lichtenden Qualm sehe ich Quentin, der nicht weit von mir kniet und sich erbricht. An der Wand hockt Hina, die ihr Handgelenk hält und offenbar schreit, obwohl ich es durch das Piepsen in meinen Ohren nicht höre. Jago, den die Panzerung geschützt zu haben scheint, stolpert zu ihr. Frau Yong ist von ihrem Stuhl geschleudert worden und blutet aus einer Platzwunde an der Stirn. Ihr Mann zieht ein weißes Taschentuch aus seiner verrußten Hose und drückt es auf die Wunde. Lyssas Kopf taucht hinter dem Sofa auf. Die hellen Augen leuchten in ihrem schwarzen Gesicht. Sie lächelt erleichtert, als sie mich sieht. Sie ist am Leben, sie ist nicht verletzt.

Aber was ist mit dem Monster? Hektisch rappele ich mich auf und stolpere zur Tür. Der Anblick, der sich mir draußen bietet, gibt mir das Gefühl, ein Astronaut zu sein, der auf einem fremden Planeten abgestürzt ist. Das, was gerade noch eine Steinfläche war, ist nun pechschwarz. Die Hologramme sind verschwunden. Ein paar Meter weiter qualmt das Skelett des Monsters in einer tiefen Kuhle. Es hat sich selbst zerstört. Die weggesprengten Panzerplatten stecken in der Außenwand unserer Drohne wie Schrapnelle. Sie hat das meiste abgefangen und uns gerettet!

Als ich mich umdrehe, sitzt Lyssa am Schreibtisch und bemüht sich, die Drohne zu starten. Quentin und Yong kommen ihr zu Hilfe, aber das Fluggerät rührt sich nicht. Yong und Lyssa rufen etwas, aber scheinen sich gegenseitig nicht zu verstehen. Durch den Explosionsknall sind alle so taub wie ich. Aber wir müssen weg hier. Jederzeit kann das nächste Monster auftauchen.

Ich winke zur Tür. Jago versteht sofort und zieht Hina sanft mit sich. Yong hilft seiner Frau aufzustehen. Lyssa bückt sich und hebt das Gewehr auf. Verdammt, wo ist meine Pistole? Plötzlich steht Quentin in seinem zerfetzten Seidenschlafanzug neben mir und hält sie mir hin.

Vorsichtig klettern wir aus der Drohne. Hina und Quentin haben ihre Hausschuhe verloren und versuchen, glühende Stellen zu vermeiden. Wir bleiben eng zusammen, wie eine Herde Schafe, die sich vor einem Wolfsangriff fürchtet. Lyssa, Yong und ich halten unsere Waffen schussbereit und drehen uns immer wieder nach möglichen Monstern um. Dass meine Ohren immer noch taub sind, verunsichert mich und ich sehe Bewegungen, die nicht da sind. Mein Hals kratzt wie wahnsinnig und ich kann ein Husten nicht unterdrücken. Ich bete, dass kein Monster es gehört hat!

Der Chip in meinem Hinterkopf geht vibrierend an und aus. Scio scheint auch ihn zu verwirren. Ich ignoriere das unangenehme Gefühl. Endlich erreichen wir das hintere Tor. Vor uns erstreckt sich ein Gang, über dessen Wände Zahlen und Buchstaben laufen, die an einen geheimen Code erinnern. Scio löst sich auf.

In der Ferne führt eine breite Treppe zu einem sehr hohen Torbogen. Sie ist mit einer dünnen Schicht Ruß überzogen. Die Treppe kommt mir bekannt vor. Ist Federico hier nicht mit seinen Anhängern entlanggeflogen, um seine Petition vorzutragen? Ja, hier ist das Parlament!

Auf den Stufen liegen drei bewegungslose Körper. Zögernd bleiben wir stehen, aber durch das Piepsen in meinen Ohren dringt plötzlich das entfernte Kreischen eines Monsters.

Yong wirft seiner Frau einen fragenden Blick zu. Ihr Mund scheint das Wort »Sicherheitsräume« zu formen. Die beiden hetzen auf die Treppe zu und wir folgen. Verstecken scheint plötzlich nicht die schlechteste Option.

Die Toten auf den Stufen tragen Rüstungen, an denen schwarzer Ruß klebt. Yong fackelt nicht lange. Er nimmt den toten Wachen die Gewehre aus den erstarrten Händen und sammelt weitere vom Boden auf. Bald sind wir alle bewaffnet.

Von den einstmals goldenen Türflügeln sind nur noch verkohlte Reste übrig. Wir schieben uns mit angelegten Gewehren in den Parlamentssaal. Er ist ein Meer aus Steinen. Hier und da erkenne ich die Überreste von Sitzreihen. In der Mitte ragt ein monströses Metallskelett auf, das wie im Angriff erstarrt zu sein scheint. Schwarz und verbrannt stechen die Rippen hervor. Silbern glänzende Hörner stecken in seinem Schädel. War das ein Stier? Schaudernd starren wir es an.

Yong deutet auf einen ausgebrannten Türrahmen auf der linken Seite. »Sicherheitsräume!«, formt sein Mund. Die anderen klettern über die Steine und ich werfe einen letzten Blick zurück, die Treppe hinunter und in den Gang, aus dem wir gekommen sind. Bewegt sich da nicht etwas in den Schatten?

Ich haste den anderen eilig hinterher. Auf vielen Steinen glänzt schmieriges schwarzes Öl und macht sie glatt. Vor mir sucht Jago nach Halt. Ich stütze ihn und spüre, wie er vor Erschöpfung zittert.

Wir erreichen den Ausgang und wanken in eine Vorhalle. Auch sie ist schwarz von Ruß. Rechts und links gleiten hohe Schiebetüren auf und zu und geben kurze Einblicke in die angrenzenden Zimmer. In einem Raum bewegen sich Menschen, auf die wir reflexhaft zielen, bis wir merken, dass es Hologramme sind.

Yong läuft zielsicher auf eine bodentiefe Marmortafel zu, in die ein Gemälde graviert ist. Das Bild ist unter den Rußschlieren kaum zu erkennen. Er drückt auf ein paar Stellen, die völlig zufällig scheinen, und das Marmorbild teilt sich, gleitet auseinander und gibt den Blick auf eine eiserne Tür frei. Wie ein Zauberer bewegt Yong seine Hände über die Oberfläche und reißt die Tür dann auf. Kein Scio? Funktioniert das hier analog? Wir folgen ihm. Frau Yong ist die Letzte und schließt die Tür hinter uns. Sie schneidet uns von den Sirenen ab, aber das Piepsen in meinen Ohren füllt die Stille.

Eine schmale Treppe mit erleuchteten Stufen führt in die Tiefe. Bevor Yong die Stufen betritt, deutet er auf schwächer werdende rußige Fußabdrücke. Hier sind schon vor uns Leute hinabgestiegen. Der Präsident? Soldaten?

Quentin schiebt sich eilig an uns vorbei. In der Hand hält er etwas Kleines. Es ist das Kameraauge. Er wirft es die Treppe hinunter und zieht einen Bildschirm hervor. Verwundert beugt sich Yong darüber, dann schießen seine Augenbrauen nach oben und er klopft seinem Sohn anerkennend auf die Schulter. »Draht«, formen seine Lippen.

Als wir die Treppe hinuntersteigen, verstehe ich, was er meint. Zwei Meter vor dem Kameraauge blitzt etwas auf. Ein Draht spannt sich in Knöchelhöhe von einer Wand zur anderen und verschwindet in einem weißen Kästchen. Sprengstoff? Das Ding wirkt selbst gebastelt. »Kiano«, flüstere ich und Kälte kriecht mir den Rücken hinauf. Hinter uns sind die Monster, vor uns ein verrückter Mörder.

Yong dreht sich zu uns um. Seine Raubvogelaugen wirken in seinem rußverschmierten Gesicht seltsam weich. Er reicht Lyssa die Hand. Dann mir und Jago.

»Alexej«, meine ich ihn durch das Piepsen sagen zu hören.

Jetzt stellt sich auch Frau Yong vor. »Yeo«, sagt sie und ihre Hand drückt meine. Das gekünstelte Lächeln ist wie weggewischt.

Hina hält das Gewehr kampfbereit in ihrer Armbeuge, um ihr dick angeschwollenes Handgelenk nicht zu belasten, und nickt mir zu. Quentin hat sich aufgerichtet und eine Hand auf meine Schulter gelegt. Egal was zwischen uns war, in diesem Moment sind wir alle ein Team. Wir werden gemeinsam kämpfen, und wenn es unser Untergang ist.

Alexej macht einen großen Schritt und steigt über den Draht. Wir folgen ihm. Mit den Augen tasten wir uns den weißen Gang entlang, prüfen jeden Millimeter auf dünne, fast durchsichtige Drähte, aber der Weg ist frei. Schließlich bleibt Alexej wieder stehen und streicht mit der Hand über die kahle weiße Wand. Seine Finger tasten nach einer ganz bestimmten Stelle und drücken sie. Wie von selbst fährt die Wand nach oben und gibt einen Eingang frei. Ein Geheimgang im Geheimgang!

Ich folge Alexej. Hinter mir geht Lyssa. Ich strecke eine Hand nach hinten und sie drückt sie. Der Gang ist so schmal, dass meine Schultern fast die Wände berühren. Er führt labyrinthartig um viele Ecken und es kommt mir vor, als würden wir bis ins Innerste des Palastes vordringen. Schließlich dreht sich Alexej zu uns um und presst sein Ohr an die Wand. Mit geschlossenen Augen lauscht er und ich frage mich, was dahinter sein soll? Enttäuscht schüttelt er den Kopf. Nichts zu hören. Wahrscheinlich ist das Piepsen in seinen alten Ohren noch lauter als in meinen.

Er tippt meine und Lyssas Waffe an, dann die Stelle, an der er gerade noch gelauscht hat. Ich nehme meine Waffe hoch. Alexej hebt drei Finger, zählt nach unten. Bei null tritt er mit Wucht auf einen Schalter im Boden, der mir erst jetzt auffällt. Ich halte die Luft an, mein Finger krümmt sich um den Abzug. Mein Blick folgt dem Lauf der Nagelpistole zum grauen Beton der Wand. Sie gleitet mit Schwung auseinander. Helles Licht. Ein kleiner Raum, keine dreißig Quadratmeter groß. Tische und Stühle sind an die Wand geschoben. Erschrockene Gesichter. Kniende Menschen. Bestimmt sechs. In einer Reihe und gefesselt.

»Nicht schießen!«, ruft jemand. Durch das Piepsen kann ich die Stimme nicht zuordnen. Kiano lächelt irre. Seine Waffe zielt auf den Hinterkopf des knienden Präsidenten. »Kommt nicht näher! Sonst erschieße ich ihn.«

»Genau!«, ruft Tami. Sie steht neben Kiano, ihre Waffe ist auf Damaris' Hinterkopf gerichtet.

»Waffe weg«, schreit Alexej neben mir. Es klingt weit entfernt, wie durch Watte.

»Yong!«, ruft Kiano voller Zorn. »Du bist gleich nach dem Präsidenten dran, du verdamm...«

Plötzlich spritzt Blut von Kianos Hand auf. Er lässt die Pistole fallen, schreit, stolpert rückwärts. Ich brauche einen Moment, um zu begreifen, dass Alexej neben mir abgedrückt hat.

Tami reißt instinktiv die Hände in die Luft. Die Fransen an ihren Ärmeln flattern. Alexej rückt in den Raum vor. Egal was Tami getan hat, ich muss verhindern, dass Alexej sie erschießt und die Situation eskaliert.

Ohne nachzudenken und mit ausgestreckter Hand gehe ich auf Tami zu. »Gib mir deine Waffe.«

Tami schaut Hilfe suchend zu Kiano.

»Gib mir deine Waffe«, wiederhole ich eindringlich.

Tamis Gesichtsausdruck spiegelt trotzige Enttäuschung. Eben hätte sie fast ein Weltreich erobert und jetzt ist wieder alles schiefgegangen. Wahrscheinlich war sie nie weiter davon entfernt, Sängerin zu werden. Endlich lässt sie die Hand sinken, dreht die Waffe mit dem Griff zu mir. Meine Finger schließen sich um den mit Tape umwickelten Griff.

»Setz dich«, sage ich und Tami plumpst hinter Damaris zu Boden. Aus den Augenwinkeln nehme ich eine schnelle Bewegung wahr und fahre herum. Der Präsident greift nach der Nagelpistole, die Kiano hat fallen lassen. Sein Gesicht ist kalt und voller Hass. Er zielt auf Kiano, der an der Wand lehnt und seine Hand hält.

»Nein!«, schreien mehrere Stimmen gleichzeitig.

Der Präsident reagiert nicht. Sein Finger krümmt sich um den Abzug. Ein Schuss löst sich. Kianos erschlaffter Körper rutscht zu Boden und bleibt liegen. Der Präsident dreht sich um und zielt jetzt auf Tami.

Sofort richte ich meine Pistole auf ihn. »Schießen Sie und Sie sind tot!«

Dann ist Alexej plötzlich beim Präsidenten. Er reißt ihm die Waffe aus der Hand. »Was tust du?«

»Mich verteidigen!«, ruft der entwaffnete Präsident.

Einen sehr langen Moment sagt niemand etwas. Wir alle schauen zu Kiano. Blut sickert durch seine blonden Locken und färbt den Teppich rot. Sein von Brandnarben gezeichnetes Gesicht wirkt fast entspannt.

»Er ist tot!«, ruft Tami fassungslos. »Er war schon überwältigt. Er war unbewaffnet.«

Der Präsident lacht abfällig und hilft Damaris auf die Beine, die uns prüfend mustert und völlig emotionslos sagt: »Kein Grund zur Trauer. Er war ein Terrorist!«

»Herr Präsident«, ertönt eine Stimme, die mir bekannt vorkommt. An der Wand sitzt Victors Mutter und mustert uns abschätzend. »Ein sehr guter Schuss!«

Die anderen Offiziere scheinen sich nicht sicher zu sein, ob sie aufstehen dürfen, denn wir haben immer noch unsere Waffen auf sie gerichtet.

Ich fange Quentins Blick auf. Sein Gewehr zielt in eine Zimmerecke. Dort hockt der leichenblasse Federico, als würde er am liebsten durch die Wand verschwinden.

»Yong!«, ruft der Präsident jetzt fast gut gelaunt. »Ich habe dich unter all dem Ruß zuerst kaum erkannt! Du und deine Leute, ihr seid genau zum richtigen Zeitpunkt gekommen!«

Alexej und Yeo wirken wie erstarrt. Trotz Ruß und Blut in ihren Gesichtern sehe ich, wie Enttäuschung, Wut und Trauer in ihnen kämpfen.

»Ihr wollt uns ins Staatshotel bringen lassen!«, schreit Yeo.

Damaris hebt beschwichtigend die Hände. »Ein Fehler,

lasst uns darüber reden. Die Situation hat sich geändert.« Sie lächelt gewinnend. »So wie ich es jetzt sehe, seid ihr Helden. Jeder von euch. Deine ganze Familie, Yeo. Ihr habt uns gerettet.«

Damaris nickt ihrem Mann und den Offizieren zu, die anfangen zu klatschen.

Da fällt mir der Chip ein. Er hat immer wieder vibriert, aber im Stress habe ich es kaum wahrgenommen. Jetzt blinzele ich einmal lang. Der Chip ist tatsächlich an. Im Chat rauschen Hunderte Kommentare eingerahmt in einem Feuerwerk aus applaudierenden, springenden und tanzenden Katzen und Schweinchen an meinem inneren Auge vorbei.

»Ihr habt die Rebellen ausgeschaltet«, schreiben viele. *»Ihr seid Helden!«*

Dazwischen entdecke ich auch ein paar kritische Stimmen. *»Wieso hat der Präsident einen Unbewaffneten erschossen? Wer war das?«*

Doch die meisten Kommentare sind begeistert.

»Ich feier euch so!«

»Ihr habt den Präsidenten gerettet, unglaublich!«

Bradleys Worte über den Anti-Helden, der zum gefeierten Helden wird, kommen mir in den Sinn.

»Auf die Yongs«, jubelt Federico unvermutet. »Auf Quentin!« Er klatscht so heftig wie eine Seerobbe, die einen Fisch will.

»Auf dich, mein Freund Alexej!«, ruft der Präsident. »Ich habe dir unrecht getan. Kannst du mir verzeihen?«

Alexej und seine Frau wirken überfordert. Dass sie von Ausgestoßenen zu Helden werden, haben sie nicht erwartet. In ihren Augen glüht eine schwache Hoffnung auf, die ich sofort verstehe. Sie wünschen sich ihr altes Leben zurück! Sie wollen wieder Teil der asarianischen Gesellschaft sein.

Quentin lässt unschlüssig die Waffe zu Boden sinken, Hina hält ihr Handgelenk und lehnt sich gegen die Wand. Jago ist auf den Boden gesunken und hat die Augen geschlossen.

Aber Lyssa wirft mir einen stechenden Blick zu. Ihre Waffe ist noch immer auf den Präsidenten gerichtet, der seine Arme nun in einer freundschaftlichen Geste ausbreitet. Etwas Aggressives liegt in seiner Bewegung. Er kann mir nichts vorspielen. Keiner von ihnen. Sie lächeln, aber das Lächeln erreicht ihre Augen nicht. Es gefällt ihnen ganz und gar nicht, von uns gerettet worden zu sein. Sie versuchen, es zu verbergen, aber ich merke, dass sie uns unter ihrem Lächeln abwertend mustern, als wären wir Schornsteinfeger, die sich um einen Sack Kohle geprügelt haben. Plötzlich sehe ich unsere Zukunft so deutlich vor mir wie in einem Film. Sie werden uns wieder aufnehmen und uns mit Ehren überschütten, aber sobald sich eine Gelegenheit bietet, werden wir Kianos Schicksal teilen. Zorn überkommt mich wie eine Welle von Übelkeit. »Hört auf zu klatschen!«

Das falsche Lächeln rutscht dem Präsidenten aus dem Gesicht. Er betrachtet mich wie Unkraut, das immer wieder aus dem Boden schießt. Aber alle lassen die Hände sinken.

In die eintretende Stille sage ich: »Wir sind nicht gekommen, um euch zu retten. Ihr habt Unrecht getan und heute werdet ihr bezahlen.«

Quentin und Hina nicken mir zu. Alexej und Yeo blinzeln, als hätte ich ihnen eine Ohrfeige verpasst. Sie wollten, dass alles so wird wie früher, aber sie sind keine Traumtänzer und wissen, dass es niemals wieder so sein wird. Der Präsident hat sie verraten und er würde es wieder tun.

»Sie gehören dir«, sage ich zu Lyssa. »Du hast am meisten unter ihnen gelitten. Entscheide du, was mit ihnen passiert.«

Lyssa tritt nach vorne. Ihr Gesicht ist ausdruckslos. Sie

richtet die Waffe mit einer schnellen Bewegung auf Damaris. Die Mündung wandert zum Präsidenten. Das Herrscherpaar erstarrt. Der Hass lässt Lyssa förmlich beben, und ich denke an all die Jahre, die sie durch die Gefangenschaft verloren hat, und wie lange sie ihre Eltern nicht sehen konnte. Die Asarianer hätten sie sterben lassen, nur weil sie ein Albino ist.

Lyssas Finger bewegt sich am Abzug und ich halte die Luft an. Will sie wirklich schießen? Habe ich sie so falsch eingeschätzt? Doch dann lässt sie die Waffe sinken. »Wir werden eine Reise machen.«

20

»Mir nach«, ruft Alexej mit befehlsgewohnter Stimme und winkt seiner Frau, Hina, Quentin, Lyssa, Jago und mir, ihm mit den Gefangenen in den Flur zu folgen. Nervös schauen wir uns nach Wachen um, die ihren Präsidenten befreien wollen, und nach Monstern, die aus dem Hinterhalt angreifen. Aber alles bleibt ruhig. Wir steigen durch ein Treppenhaus hinauf und durch ein anderes wieder hinab, sodass ich mich schon frage, ob Alexej sich verlaufen hat. Aber er lässt keine Unsicherheit erkennen.

Das Piepsen in meinen Ohren ist inzwischen leiser geworden. Dafür vibriert der Chip. Er will sich anstellen, aber ich unterdrücke ihn. Allerdings habe ich meinen Zuschauern versprochen, bald wieder online zu gehen, denn ich habe eine Überraschung für sie …

Endlich stößt Alexej eine Tür ins Freie auf. Vor uns liegt der Flugplatz des Präsidenten mit vereinzelten schweren, grauen Drohnen. Wahrscheinlich hat Scio die meisten davonfliegen lassen. Eine prächtige blausilberne Drohne, die mich an eine Weihnachtskugel erinnert, steigt in unregelmäßigem Rhythmus auf und ab.

»Das hast du dir so gedacht, Alexej«, lacht der Präsident

höhnisch. »Dass du diese Luxusdrohne stehlen kannst. Aber sie wird von Scio gesteuert und der spielt verrückt. Das hast du nicht bedacht.«

Alexej wirft dem Präsidenten einen finsteren Blick zu und führt uns um die Drohne herum. In ihrem Schatten parkt eine unscheinbare schwarze Drohne. Alexej streckt die Hand aus. »Gib mir den Schlüssel.«

Der Präsident zögert einen Augenblick, dann greift er in die Hosentasche und schmeißt den Schlüssel auf den Boden. Quentin hebt ihn auf.

»Wo bringt ihr uns hin?«, zischt der Präsident wütend. Statt einer Antwort drücke ich ihm die Hand in den Rücken, damit er einsteigt. Aus der Ferne dachte ich immer, er sei größer als ich. Aber er ist nicht nur kleiner, sondern auch relativ schmal. Damaris wirft mir einen zornigen Blick zu. Hinter ihr geht Tami. Sie ist ungewöhnlich still. Ja, sie hat die Monster freigelassen und vielleicht sogar Soldaten erschossen. Trotzdem will ich Tami nicht dem Zorn der Palastbewohner überlassen. Ob sie begriffen hat, dass sie benutzt wurde?

»Ihr bleibt hier«, sagt Lyssa zu den anderen Offizieren und Federico, der wie ein bockiges Kind schaut. Sie haben damit gerechnet, mitfliegen zu müssen. Aber wir brauchen sie nicht.

Als wir abheben, stehen Lyssa und ich an der geöffneten Tür und halten uns am Rahmen fest. Der Palast erstreckt sich unter uns wie eine kleine Stadt. Nur noch wenige Lichter und Hologramme flackern. Es qualmt aus Dächern, Feuerwehrleute kämpfen mit Flammen. Ein Dach ist eingestürzt. In den Gärten liegen Reste von Quintauern und zersplitterte Scheiben. Menschen sitzen dazwischen oder laufen wie Schlafwandler umher. Auf den Hauswänden blinkt immer wieder ein Warnhinweis auf: ›Bleiben Sie in Ihren Wohnungen.‹

»Gut«, sagt Lyssa. »Sie haben Scio wieder in den Griff bekommen.«

Wie eine Kuppel erhebt sich der von unzähligen Sternen überzogene Nachthimmel über uns. Die ersten Sterne verblassen schon, bald bricht der Tag an. Mir ist, als könnte ich bis in die Tiefe des Universums blicken. Ob es bei uns drüben in Cainstorm an den Abgasen liegt, dass man nicht so viele Sterne sehen kann? Ein Gefühl von Freiheit steigt in mir auf, aber ich bin nicht sicher, ob Lyssa es teilt. Das Ziel unseres Fluges macht ihr Angst.

Damaris und der Präsident haben mehrere Versuche unternommen, Alexej zur Umkehr zu bewegen, aber der hat sich wortlos abgewandt. Tami starrt ins Nichts.

»War es Imogens Absicht, dass Scio durchdreht?«, frage ich sie.

»Nee.« Tami zuckt mit den Schultern. »Irgendwas hat dieser Kiano falsch programmiert. Scio sollte die Türen verschließen oder so. Hat aber nicht geklappt.«

»Wie habt ihr die Monster nach oben gelockt?«

»Mit toten Ratten. Kiano hatte sie in Eimern gesammelt. Hamm se in die Kanalisation gekippt.«

»Wo ist Imogen?«, will Lyssa wissen. »Noch auf der Insel?«

»Ganz ehrlich? Keine Ahnung. Hab sie nie gesehen.«

Welchen Grund hätte Tami jetzt noch zu lügen? Für sie ist es vorbei. Lyssa und ich setzen uns neben den schlafenden Jago. Sein Kopf ruht in Hinas Schoß. Yeo hat die Drohne auf Autopilot gestellt und bandagiert das Handgelenk ihrer Tochter mit einem Stofffetzen. Quentin lehnt an seiner Mutter, die Augen geschlossen. Daneben sitzt Alexej, einen Arm um seinen Sohn gelegt. Die asarianische Steifheit und das ganze vornehme Getue sind von ihnen abgefallen. Bis auf den Ruß, die blauen Flecken, Schrammen und die zerfetzten Klamotten wirken sie ganz normal. Wie eine Familie. Ein seltsames Gefühl steigt in mir auf. Ich fühle mich für die Yongs verantwortlich. Ich will nicht, dass ihnen etwas Schlimmes passiert. Ich mag sie.

Die aufgehende Sonne kündigt sich mit einem roten Leuchten am Horizont an. Unter uns ziehen die Wälder Asarias vorbei, dann erscheint die Küste und schließlich sind wir über dem Meer. Die Tür ist zu, aber eine Luke ist geöffnet und der vertraute Geruch nach Salzwasser, Algen und Fisch strömt in meine Lungen. Lyssa schaut aus dem Fenster, ihr Bein wippt nervös.

Plötzlich ruft sie aufgeregt: »Dort!«, und deutet in die Ferne, wo der weite blaue Himmel das Dunkel des Meeres trifft. Dazwischen liegt ein grauer Schein. Die Insel.

»Ich gehe auf Sendung«, kündige ich an. Auf einmal ist mir schlecht vor Aufregung. Unser Plan kann komplett nach hinten losgehen, und dann werden wir nicht mehr sein als ein paar Verrückte, die den Präsidenten entführt haben. Mit einem Vibrieren schaltet sich der Chip an. Ein paar Sekunden später bin ich auf Sendung und richte meine Augen auf den Präsidenten und Damaris. Sie starren mich an. Wenn Blicke töten könnten, würde ich zu Staub zerfallen.

»Ich weiß, heute Nacht hat es eine Menge Katastrophen gegeben«, sage ich zu meinen Zuschauern. »Aber es gibt noch einiges, das ihr erfahren müsst. Der Präsident hat euch belogen und ich werde es euch beweisen.«

»Unser Präsident ist kein Lügner!«, kommt es sofort zurück.

»Was haltet ihr vom Staatshotel?«, frage ich. Mein Herz schlägt schneller.

»Es ist ein guter Ort«, schreibt jemand. *»Die Kranken und Kriminellen werden dort abgeschieden, aber gut behandelt.«*

Ich trete zum Fenster neben Lyssa. Wir haben die Insel fast erreicht. Kastenartige, fünfstöckige Betonblöcke erheben sich an der Küste. Es sind an die hundert. Viel mehr, als ich dachte. Schmale, schießschartenartige Fenster wirken wie mit Edding aufgemalte Striche. Stacheldraht und meterhohe Zäune umgeben die steil abfallenden Felsen, an denen sich die Wellen brechen. Ich hoffe, dass niemand im Eyevision-Center meinen Chip abstellt. Ich muss auf Sendung bleiben, komme was wolle!

Langsam gleiten wir über die Insel hinweg. Ich hocke mich auf den Glasboden und blicke hinunter. Zwischen den Betonklötzen springen Menschen auf, als sie unsere Drohne sehen. Manche winken, andere rennen in Panik zu den Betonhäusern, um sich zu verstecken.

»Beim heiligen Asul«, ruft Quentin. »Die tragen ja Lumpen.«

»Manche sind fast nackt«, flüstert Hina verstört.

»Die Gerüchte stimmen«, murmelt Alexej. Anscheinend hatte er eine Ahnung.

»Das ist nicht das Staatshotel«, schreiben meine Zuschauer und schicken wütende Katzenemojis, die Dampf durch die Nasenlöcher blasen. *»Das ist ein anderer Ort!«*

»Ihr seid auf Cainstorm, dort sieht es so aus!«

»Was erzählst du uns für Lügen!«

»Es ist das Staatshotel«, entgegne ich hart. »Das sind eure Freunde und Verwandten da unten!«

»Nein«, kommt es zurück. *»Das Staatshotel ist ein schöner Ort mit Feldern und Gärten.«*

Wieso können die Asarianer die Wahrheit nicht sehen, selbst wenn sie genau vor ihren Augen ist? Ich wende mich an den Präsidenten: »Das ist das Staatshotel, oder nicht?«

Er und Damaris schweigen eisern.

»Können wir noch tiefer gehen?«, frage ich Yeo. »Wir müssen näher ran. Meine Zuschauer glauben mir nicht.«

Yeo nickt und lässt die Drohne langsam zwischen die obersten Stockwerke der Gebäude absinken. Ich behalte die Leute im Blick, die nun im Innenhof unter uns zusammenströmen. Ob Imogen unter ihnen ist?

»Stopp«, befiehlt Alexej. »Nicht noch tiefer. Das wird zu gefährlich.«

Wir hängen vielleicht fünfzehn Meter über den Menschen. Zu hoch, um einzelne Gesichter zu erkennen. Meine Zuschauer sind unzufrieden.

»Das kann nicht das Staatshotel sein! Es sieht ganz anders aus als auf den Bildern.«

»Sie glauben mir immer noch nicht.«

»Dann müssen wir runtergehen«, drängt Lyssa. »Jetzt oder nie. Wir sind so weit gekommen. Wenn wir jetzt aufgeben, war alles umsonst.«

»Wir haben genug Waffen«, ruft Quentin.

Yeo nickt ihrem Mann zu, der sich strafft. »Gut. Alle bereit machen«, sagt er und schaut mich an. »Wir bleiben zusammen. Keine Unternehmungen auf eigene Faust.«

Die Drohne sinkt weiter ab, und obwohl wir noch in der Luft sind, lässt Yeo die Tür aufgleiten. Kalter Wind fegt uns entgegen. Lyssa umklammert ihr Sturmgewehr. Trotzig zieht sie die Nase hoch und stellt sich in den Türrahmen. Wir gleiten zwischen die grauen Schatten in eine unheimliche Stille.

Die Menschen im Hof wirken unschlüssig. Die meisten weichen angstvoll zurück. Ihre Haare sind wild und zerzaust, ihre Augen stumpf. Hoffnungslos. Die Kleidung hängt in Fetzen herunter. Dreckig und zerlumpt. Wangenknochen und Rippen stehen viel zu weit heraus. Manche recken die Arme zu uns herauf, als würden sie nach Hilfe rufen, andere beschimpfen uns. Jemand schmeißt etwas mit aller Kraft, das an der Drohne abprallt.

»Ihr müsst keine Angst haben«, ruft Lyssa.

»Wer seid ihr?«, kommt es zurück. Schon dieser eine Satz klingt in seiner Aussprache so asarianisch, dass jeder meiner Zuschauer begreifen muss, dass wir nicht auf Cainstorm sind.

»Mein Name ist Lyssa Mondstein. Ich war eine von euch! Wir wollen der Welt zeigen, wie es hier wirklich ist!«

»Wo ist Imogen?«, rufe ich laut. »Hat jemand eine verrückte Adelige namens Imogen gesehen?«

Keine Antwort. Wir landen im Innenhof, Lyssa drückt mir ihr Gewehr in die Hand und macht einen Schritt aus der Drohne auf den rissigen Beton. Dann schiebt sie ihren Ärmel nach oben und streckt den Arm in die Luft. Langsam dreht sie sich im Kreis. Die zerkratzte Metallplatte über ihrer Pulsader glänzt im grauen Licht.

»Ich bin wirklich eine von euch«, sagt sie.

Ein erstickter Schrei geht durch die Menge. Fassungsloses Gemurmel. Ungläubiges Lachen. Jetzt wagen sich die ersten Leute heran. Viele strecken ihre Arme ebenfalls in die Luft und zeigen ihre metallenen Platten wie ein Erkennungszeichen.

»Wo ist Imogen?«, versuche ich es noch einmal und diesmal kommt eine Antwort.

»Sie ist weg«, ruft jemand. »Die Türen haben sich plötzlich geöffnet, da ist sie geflohen. Mit ihren Leuten. Auf einem Boot.«

»Seid ihr hier, um uns zu retten?«, schreien die Leute.

»Wir sind hier, um die Wahrheit ans Licht zu bringen«, ruft Lyssa und auf einmal steigt zögerliche Hoffnung in die leeren Augen der Gefangenen. »Wir sterben hier«, rufen sie. »Das hier ist kein Hotel!«

Ich steige aus der Drohne und filme, wie Leute in Tränen ausbrechen, wie sie sich umarmen. Andere recken die Hände zum Himmel, schreien und beten. Manche sind still in sich zusammengesunken.

»Oh, ist das grauenhaft«, schreibt jemand im Chat. *»Sind das wirklich Asarianer?«*

»Aber Asarianer sehen nicht so elend aus!«, gibt jemand anderes zu bedenken. *»Asarianer sind nicht arm! Es kann nicht sein!«*

Ein paar der zerlumpten Gestalten kommen auf uns zu, knien sich nieder und betteln uns an, ihren Verwandten und Freunden Nachrichten von ihnen zu überbringen.

»Ich glaube, ich habe meine Tante erkannt«, schreibt jemand und lässt einen langen Schwall ungläubiger Smileys folgen.

»Alexej!«, höre ich den Präsidenten plötzlich in der Drohne schreien. »Das kannst du nicht mit uns machen!«

»Bringst du uns sonst auf die Insel?«, fragt Alexej, lacht spöttisch und zerrt den sich wehrenden Präsidenten in den Hof. Quentin hält Damaris gepackt und zieht sie hinterher. Die Gefangenen verstummen. Ungläubig starren sie das Herrscherpaar an, das in seinen schicken Klamotten völlig fehlplatziert wirkt. Die schwarze Uniform des Präsidenten schimmert und über den Hosenanzug von Damaris schlängeln sich silberne Linien.

»Das ist der Präsident!«, schreit jemand. Ein aufgeregtes Geflüster setzt ein und wird dann laut und aggressiv.

»Warum?«, brüllt eine Frau immer wieder unter Tränen. Andere Gefangene fletschen die Zähne, heben die Fäuste.

Lyssa hebt die Arme. »Wartet!«, ruft sie laut. »Wartet! Bitte!«

Die Menge beruhigt sich wieder. Die Leute vertrauen Lyssa. Sie ist eine von ihnen.

Lyssa zeigt auf mich. »Emilio filmt durch seine Augen. Deshalb sind wir hier! Wir wollen die Insel sehen, wir wollen wissen, wie ihr lebt! Wir wollen der Welt die Wahrheit zeigen.«

»Dann kommt mit!«, schreit eine junge Frau und rennt zum nächsten Eingang.

Ich drehe mich zur Drohne, wo die anderen sich fassungslos umschauen. »Ihr kommt auch mit!«, sage ich zu Damaris und ihrem Mann. »Ihr sollt sehen, wie es hier zugeht.« Sie schlucken schwer, aber sie haben keine Wahl.

»Ich will es auch mit meinen eigenen Augen sehen«, flüstert Hina. Sie ist blass, aber fest entschlossen, und auch Jago und Yeo schließen sich uns an. Alexej bleibt zurück, um die Drohne zu bewachen. Quentin und ich führen den Präsidenten und Damaris zum Betongebäude.

Die Metalltüren sind mit Metallbetten verkeilt, um sie offen zu halten. Scio versucht sie zu schließen und drückt dagegen. Offensichtlich ist er noch immer aktiv.

Der Flur ist eng und so heiß, dass es kaum Luft zum Atmen gibt. Dem Präsidenten laufen nach wenigen Schritten Schweißperlen über die Stirn. Damaris weicht Händen aus, die nach ihren weiten Ärmeln greifen.

»Hängt sie auf!«, schreit jemand.

Ich dränge die Gefangenen zurück.

»Ich sehe ein, dass ihr wütend seid, aber ihr könnt nicht gegen Grausamkeit protestieren, wenn ihr selbst zu Tätern werdet!«

Die meisten verstehen, was ich meine, und wir erreichen die Dusch- und Toilettenräume ohne weitere Zwischenfälle. Es stinkt unglaublich. Die Decke ist schwarz von Schimmel, und wegen des dämmrigen Lichts kann ich nicht erkennen, was sich in den Ecken bewegt. Spinnen? Ratten? Ich filme die widerlichen Toiletten, die abgebrochenen Duschhälse, den roten Rost an den Wänden. Feuchter Dreck klebt in festgebackenen Schlieren am Betonboden. Bitterer, gammeliger Geruch hängt in der Luft. An den Wänden liegen Klamottenhaufen. Als ich näher komme, bewegen sie sich, und jetzt erkenne ich Kinder. Die kleinen Gestalten starren uns ängstlich an. Sie sind etwa sechs Jahre alt. Aber vielleicht wirken sie nur so jung, weil sie unterernährt sind.

Ich denke an meinen Bruder Luc, Tränen steigen mir in die Augen und verschleiern einen Moment meinen Blick auf die Elendsgestalten, bis ich sie hastig wegwische. Alle Asarianer müssen erfahren, was hier los ist, und zwar in jeder Einzelheit.

Die Insassen drängen hinter uns her. Neue kommen uns aus dem Inneren des Gefängnisses entgegen, starren uns ungläubig an. Eine Frau schreit: »Was sagen Sie dazu, Herr Präsident?«

Weder er noch Damaris reagieren. Aber ich spüre ihre Angst.

Lyssa zeigt den Kindern die Platte in ihrem Arm. Das bricht den Bann. Mit großen, fragenden Augen zeigen sie ihre Platten, greifen neugierig nach Lyssas Händen. Sie streicht ihnen über die Köpfe. Viele von ihnen sind behindert. Ihre

Arme und Beine sind nicht richtig entwickelt, die Augen stehen zu eng oder zu weit auseinander.

»So habe ich hier gelebt«, ruft Lyssa mir zu. »Genauso wie diese Kinder!«

Hina, die Jagos Hand gehalten hat, beugt sich zu einem der Kinder und umarmt es. Es ist schwer zu sagen, ob sich das Kind an ihr festhält oder sie sich an dem Kind. Yeo ist den Tränen nahe: »Ich wusste nicht, dass es so schlimm ist.«

»Waren die Türen sonst immer zu?«, fragt Quentin in die Menge.

Zerlumpte Arme deuten zur Decke, wo eine sechseckige Platte eingelassen ist. »Scio hat alles überwacht. Es ist das erste Mal in vier Jahren, dass wir dieses Gebäude verlassen können.«

Ich öffne den Chat. Die Kommentare der Zuschauer rauschen zu Tausenden an meinem inneren Auge vorbei. Entsetzte Katzen, weinende Schweinchen. Aber ein paar der Asarianer leugnen immer noch, dass wir wirklich im Staatshotel sind. Kein Problem. Mein Rundgang ist ja noch nicht beendet. »Zeigt uns noch mehr«, rufe ich.

Im nächsten Stockwerk gelangen wir in einen hohen Raum mit einer gläsernen Wand. Dahinter liegen zu meiner Überraschung Puppen auf einem Fließband. Die Insassen zeigen uns, wie sie die Hände durch Handschuhe stecken, die in den Glaswänden eingelassen sind. So können sie die einzelnen Teile der Puppen zusammenstecken, sie aber nicht nehmen.

»Wer schnell und viel gearbeitet hat, hat von Scio Extraportionen Essen bekommen«, erklärt ein Mann mit tiefen Stirnfalten.

Ich wende mich an den Präsidenten. »Alles schön kostengünstig halten, oder wie?«

Er mahlt vor Wut mit den Zähnen.

Einen Flur weiter liegt Zelle an Zelle. Türen sind herausgebrochen, andere schwingen auf und zu. Laken dienen als Sichtschutz. Ausgemergelte Gestalten kauern auf dem Boden oder auf schmutzigen Matratzen und starren ins Nichts. Ihre Körper sind hier, aber ihr Geist ist an einem anderen Ort. Damaris und der Präsident bewegen sich wie emotionslose Zombies durch diesen Albtraum.

Als wir weitergehen, riecht es nach ranzigem Fett. Klobige graue Betonbänke und Tische scheinen an einem Stück mit dem ebenfalls grauen Betonboden gegossen worden zu sein. Meine Sohlen kleben bei jedem Schritt. Unter braunen Flecken, halb abgekratzt, ist eine Szene aus der Savanne an die Wand gemalt. Löwen, Tiger, Zebras.

»War es hier früher anders?«, frage ich in die Menge. »Ich meine, besser?«

»Früher war es erträglicher«, ruft ein älterer Mann. »Dann wurde Scio installiert. Scio hat keine Gefühle und kein Mitleid.«

Hinter einem eisernen Gitter und gelblich zerkratztem Plexiglas erkenne ich schemenhaft gigantische Töpfe auf einem Herd. Einer der Töpfe ist an einer Stange nach vorne gekippt. Sein brauner, schleimiger Inhalt hat sich über ein Förderband verteilt, auf dem in einer langen Reihe Metallteller stehen. Manche sind befüllt, andere noch leer. Lyssa deutet auf eine schmale Öffnung in der Wand, durch die das Förderband verschwindet. »Scio hat für uns gekocht«, sagt sie. »Hier hat man sich jeden Tag einen Teller abholen dürfen.«

»Das würde ich nicht mal Tieren füttern.« Yeo verzieht das Gesicht. Die Menge um uns schreit ihre Zustimmung.

»Schlimmer als Schweinefraß!«

»Lasst den Präsidenten probieren! Lasst ihn probieren!«

»Der Präsident soll essen, was er uns vorgesetzt hat!«

Das Präsidentenpaar wird gegen das Gitter der Küche gedrängt. Beide haben den Mund fest zugekniffen.

»Hier gibt es keine lichtdurchfluteten Räume wie in dem Video«, fahre ich sie an. »Ihr habt gelogen! Gebt es zu!«

Trench Asaria richtet sich ein wenig auf. Er wirkt wie ein bissiges Tier, das in die Ecke gedrängt wurde und noch ein letztes Mal angreift. »Ich habe kranke Mitbürger weggesperrt, um die gesunden zu schützen. Ich habe Leben gerettet! Ich habe die asarianische Gesellschaft perfektioniert. Das ist, wofür Asaria steht! Perfektion in jedem Bereich!«

Die Menge schreit zornig auf.

Lyssa ruft: »Bin ich krank? Nur weil ich ein Albino bin? Eine reine Gesellschaft gibt es nicht! Wir sind alle unterschiedlich, aber das macht uns nicht schlechter.«

Der Präsident antwortet etwas, doch die Menge brüllt ihn nieder. »Wir sind alle Asariner«, ruft jemand.

Auf dem Rückweg legt Lyssa ihre Hand auf eine schwarze Metallklappe in der Wand. »Das musst du sehen«, sagt sie und ich lasse meinen Blick über die etwa zwei Meter lange Klappe gleiten. Lyssa zieht am Griff. Ächzend gleitet das Metall auseinander und offenbart einen schwarzen Abgrund. Der Gestank nach Fäulnis ist so intensiv, dass ich ein Würgen unterdrücken muss.

»Hier wird der Müll entsorgt«, sagt Lyssa, stockt und schaut dann zum Präsidenten und Damaris. »Müll und Tote.«

Die beiden reagieren nicht.

»Tote?«, fragt Hina entsetzt.

Lyssa schließt die Klappe wieder. »Ja. Nicht mal im Tod hat man uns Würde gelassen.« Sie schaut mir in die Augen.

aber ich weiß, dass sie zu meinen Zuschauern spricht. »Eure Verwandten, eure Kinder, eure Eltern sind vielleicht dort unten. Ohne ein Begräbnis. Entsorgt wie Müll.«

Die Menge um uns herum schweigt und ich ahne, dass jeder von ihnen an Mitgefangene und Freunde denkt, die durch diese Klappe für immer verschwunden sind. Mein Blick streift über den Boden, wo ein paar selbst gefaltete Papierblumen liegen. Die Geste von Menschlichkeit in dieser Hölle zerreißt mich fast.

Als wir das Gebäude endlich verlassen, ist mir, als würde ich aus schwarzem Morast auftauchen. Auch die anderen wirken zutiefst erschöpft und Lyssa fährt mit dem Finger immer wieder über die Metallplatte in ihrem Arm und zeichnet den Fuchs nach, den sie eingeritzt hat. Ich lege einen Arm um ihre Schulter und sie lehnt sich an mich. Zusammen mit den anderen wandern wir über den Hof. Gefangene sitzen gruppenweise herum, unterhalten sich, weinen, lachen. Kinder kicken eine leere Dose herum. In ihre hohlwangigen Gesichter ist Leben zurückgekehrt. Sie wirken ausgelassen. Die Gebäude verlassen zu können, scheint für sie schon eine unfassbare Freiheit zu bedeuten.

Plötzlich ertönen laute Rufe. Leute rennen an uns vorbei. »Drohnen! Drohnen!«, rufen sie.

Lyssa und ich heben die Köpfe und sehen, wie zwischen den Betonklötzen schwarze, gepanzerte Kugeln heranschweben. Militär. Völlig lautlos haben sie sich genähert.

»Hierher, schnell!«, schreit Alexej. Er steht vor unserer Drohne, die Waffe in der Hand.

Wir packen Damaris und den Präsidenten an den Armen. Aber es ist zu spät. Die fremden Drohnen sinken bereits herab. Es sind so viele, dass sie den Innenhof in Schatten tauchen. Noch in der Luft öffnen sich die Türen der Drohnen und Soldaten in schwarzen Rüstungen springen heraus. Die Gefangenen drängen ängstlich zurück in die Gebäude. Mir gefriert das Blut in den Adern, aber der Präsident lacht zufrieden: »Das wurde aber auch Zeit.«

Doch statt zum Präsidenten marschieren die Soldaten direkt auf Alexej zu, der sich aufgerichtet hat und seine Waffe hat sinken lassen. Die Soldaten stellen sich in Reihen auf. Der vorderste Soldat nimmt seinen Helm ab. Es ist eine Frau mit strengem braunem Pferdeschwanz. »Offizier Yong«, sagt sie so laut, dass es von den hohen Betonwänden zurückgeworfen wird, »Einheit 274 der Friedensmauer unterstellt sich Ihrem Befehl. Der Präsident hat uns belogen.« In Alexejs Mundwinkel hat sich ein schmales Lächeln geschlichen. Die Frau macht eine kurze Pause und fährt dann fort: »Außerdem muss meine kleine Schwester hier irgendwo sein.«

Ich meine, mich verhört zu haben. Neben mir zuckt der Präsident wütend und stößt ein ungläubiges Fauchen aus. Damaris ist grau geworden. Lyssa lächelt mir fassungslos zu. Ich flüstere: »Alexej dient an der Friedensmauer. Wahrscheinlich ist es seine Einheit!«

Auch Alexej nimmt Haltung an und ruft: »Ich nehme das Kommando an.«

Mit energischen Schritten kommt er zu uns herüber und baut sich vor dem Präsidenten auf: »Trench Asaria, Damaris Le Grand. Ich nehme euch fest wegen Lügen gegen das eigene Volk und dich, Trench, außerdem wegen Mordes an Kiano van Exen … und wegen Brandstiftung.«

»Das kannst du nicht tun!«, brüllt der Präsident. »Das ist ein Putsch! Ihr wollt mich stürzen? Versucht es! Ihr werdet schei…«

»Festnehmen!«, sagt Alexej knapp. Soldaten packen den

immer noch schreienden Präsidenten und Damaris, die zu einem Eisklotz erstarrt zu sein scheint. Nur ihre Augen glühen vor Hass.

»Ihr seid frei«, ruft Alexej den ehemals Gefangenen zu. Ein gewaltiger Jubel bricht aus. Die Leute drängen aus den Betongebäuden und fallen sich in die Arme. Einige der Soldaten wenden sich suchend der Menge zu und halten nach Freunden oder Angehörigen Ausschau.

»Achtung! Noch mehr Drohnen«, zischt Lyssa und zeigt zum Himmel, wo sich viele bunte Kleckse gegen das Blau abzeichnen. Sie sinken herab wie ein Konfettiregen, suchen freie Plätze zum Landen. Türen öffnen sich und Asarianer springen heraus. Sie laufen auf die ehemals Gefangenen zu und rufen Namen. Eltern finden ihre Kinder wieder, Kinder ihre alten Eltern, Schwestern ihre Brüder. Menschen fallen sich in die Arme, bitten um Entschuldigung, nicht früher gekommen zu sein. Andere Asarianer irren herum und schreien vergeblich.

Ich denke an die Klappe, die so viele Tote für immer verschluckt hat. Die Filmaufnahmen dürfen nicht unscharf werden, also unterdrücke ich die Tränen. Plötzlich krampfen sich Lyssas Finger um meine. Ihre Augen sind auf einen Punkt am Ende des Platzes gerichtet.

»Komm mit«, haucht sie und stürzt los. Ich folge ihr, renne im Zickzack um Menschen. Lyssa breitet die Arme aus. Ein fassungsloser Ausdruck erscheint in den Gesichtern einer Frau und eines Mannes, die gerade aus einer bunt gestreiften Drohne steigen. Dann ist Lyssa bei ihnen. Sie fallen sich in die Arme, halten sich so fest, wie sich nur Menschen festhalten können, die sich seit Jahren nicht gesehen haben und sich sehr lieb haben.

»Das war's fürs Erste«, sage ich zu meinen Zuschauern,

weil das, was kommt, zu privat ist. »Ich hab euch gezeigt, was ich zeigen wollte. Wir sehen uns!«

Ich brauche nur eine Sekunde und der Chip schaltet sich aus. Die Sendung ist zu Ende. Im Eingang der gestreiften Drohne ist ein kleines graues Gesicht mit bernsteinfarbenen Augen erschienen. Das Wesen streckt die Nase in die Luft und schnüffelt. Auf dünnen Beinen läuft es zielsicher auf Lyssa zu. Sein langer, buschiger Schwanz wedelt hinter ihm her. Es ist ein Fuchs. Er schnüffelt noch einmal, um sicherzugehen und reibt dann seinen Kopf an Lyssas Bein. Sie stößt einen Glücksschrei aus und hebt das Tier hoch. »Du bist grau geworden, mein kleiner Bernstein«, schluchzt sie und drückt ihr Gesicht in sein Fell. Dann dreht sie sich zu mir um. Ihre Augen laufen über vor Tränen, aber sie lächelt und streckt eine Hand in meine Richtung aus.

»Meine Eltern. Und das ist Emilio«, sagt sie. »Mein Freund.«

Mir wird vor Freude über diese Bezeichnung ganz warm und ich strecke Frau Mondstein meine Hand entgegen. Ein Lächeln breitet sich über ihr ganzes Gesicht aus, und ich wundere mich über die Sommersprossen auf ihrer Nase. Keiner der Asarianer, die ich bisher getroffen habe, hatte auch nur einen Leberfleck. Auch ihre rotorangen, leicht gewellten Haare wirken natürlich. Vielleicht ein stiller Protest? Frau Mondstein ignoriert meine Hand und schließt mich in die Arme.

»Ich bin so froh, dass du meine Tochter kennengelernt hast«, sagt sie. »Mein Name ist Gwen und das ist mein Mann Dogus.«

Auch Dogus Mondstein schließt mich strahlend in die Arme. Er ist dünn, sein Haar ist dunkel und etwas zu lang für die asarianische Mode. Über seinem weißen Hemd trägt er eine bunte Weste, die wie selbst genäht wirkt. Ich mag die beiden jetzt schon.

»So viele Jahre, so viele Jahre«, wiederholt Dogus Mondstein immer wieder und schaut seine Tochter an.

In diesem Augenblick kommen Hina, Jago und Quentin angelaufen.

»Mein Vater und ich werden nach Asaria zurückreisen und den Präsidenten vor Gericht anklagen«, sagt Hina aufgeregt. »Aber wir wissen nicht, wie das ausgeht. Deshalb solltet ihr euch in Sicherheit bringen.«

21

Hina und Alexej wollen den Umsturz also wirklich durchziehen. »Habt ihr auf Asaria genug Rückhalt?«, frage ich und denke an die gewaltige Zustimmung zu Federicos Petition.

Hina macht eine unbestimmte Bewegung mit dem Kopf. »Ich weiß es nicht. Deshalb müsst ihr nach Cainstorm fliegen.« Sie schaut zu Jago.

Er fragt unglücklich: »Sollten wir nicht alle zusammenbleiben?«

»Nein«, sagt Hina entschieden und greift dabei nach Jagos Hand. »Mein Vater und ich sind Abgeordnete des Parlaments. Wir beide müssen jetzt für Asaria einstehen.«

Alexej ist neben uns getreten. »Hina hat recht. Ihr solltet euch vorläufig in Cainstorm in Sicherheit bringen. Wir wissen nicht, wie sich der Rest der Armee und die Bevölkerung verhalten werden. Hina und ich müssen als Abgeordnete Verantwortung übernehmen. Es wäre das falsche Signal, das Land zu verlassen. Und ich muss mich meiner Vergangenheit stellen und öffentlich bekennen, dass ich gewusst habe, wer den Palast damals wirklich angesteckt hat. Egal, welche Konsequenzen es für mich hat. Die Wahrheit muss endlich raus.« Alexej zögert einen Moment, bevor er fortfährt: »Ich hoffe, dass meine Kinder dann wieder zu mir aufblicken können.«

Nüchtern erscheint mir Alexej wie ein ganz anderer Mensch. Hina fasst seine Hand: »Wir werden zusammen kämpfen, Papa. Du kannst dich auf mich verlassen.« Sie wendet sich an mich. »Bitte geh auf Sendung und erzähle den Leuten, was wir vorhaben. Versuche, sie zu überzeugen!«

»Das werde ich«, verspreche ich.

Hinas Lippen zittern. Die Aufgabe, die vor ihr liegt, ist übermächtig groß für eine Sechzehnjährige. Als ich sie zum Abschied drücke, flüstere ich: »Du kannst das. Du bist mehr als das kleine Mädchen mit dem Stofftier.«

Sie nickt, aber ich spüre ihre Angst. »Ich bin mehr«, wiederholt sie mehr zu sich als zu mir.

Lyssa ist zu uns getreten und legt Quentin ihre Hand auf den Arm. »Wir werden aufeinander aufpassen.«

Alexej umarmt seinen Sohn zum Abschied fest: »Woher du dieses Klebeauge hast, musst du mir bald erzählen«, höre ich ihn flüstern und Quentin lächelt stolz.

Jago und ich haben unsere Uniformen ausgezogen und sitzen auf den mit bunten Decken belegten Sofas in der Drohne der Mondsteins. Tami lehnt mit verschränkten Armen an der Wand und starrt aus dem Fenster. Ihre Miene ist unergründlich. Yeo schaut mit Quentin Nachrichten auf ihrer Eyewatch. Ihre tiefen Sorgen sind ihnen deutlich anzusehen und auch mich lässt die Frage nicht los, ob die Bilder von der Insel ausgereicht haben, um die Asarianer wachzurütteln.

Dogus Mondstein steuert uns in Richtung Cainstorm, während Gwen Mondstein ihrer Tochter glücklich über den Arm streicht, als müsse sie sicherstellen, dass Lyssa wirklich da ist. Ich bewundere diese Eltern, die sich so selbstlos entschieden haben, ihrer Tochter ins Ungewisse zu folgen. Wer weiß, ob sie jemals wieder asarianischen Boden betreten werden?

Ich aktiviere den Chip und gehe auf Sendung. Meine Zuschauer sind immer noch geschockt von den Zuständen im sogenannten Staatshotel. Ich versuche sie davon zu überzeugen, dass Asaria eine neue Regierung braucht. Die Reaktionen sind gemischt, obwohl sie alle die furchtbaren Bilder von der Insel gesehen haben. Die meisten Zuschauer stimmen zu, aber manche Leute hängen mit ganzem Herzen an den ›asarianischen Traditionen‹ und einer ›reinen Gesellschaft‹. Sie verteidigen den Präsidenten, der nichts gewusst und in bester Absicht gehandelt habe. Ich fürchte, dass diese Leute schwer oder auch gar nicht zu überzeugen sein werden.

»Die Friedensmauer!«, ruft Lyssas Vater auf einmal und mein Herz schlägt augenblicklich schneller. Zu unseren Füßen, unter dem Glasboden, taucht ein langes Band im unendlichen Blau des Meeres auf. Von so weit oben wirken die Wachtürme, die die Mauer in regelmäßigen Abständen unterbrechen, wie Spielzeug.

Jago sieht mich erschrocken an: »Wenn die uns jetzt noch abknallen …«

Eine kratzende Stimme schallt aus dem Schreibtisch vor Dogus und lässt uns alle zusammenzucken: *»Dritter Offizier der Friedensmauer an Drohne ›Mondstein‹. Bitte melden.«*

»Roger. Drohne Mondstein meldet sich. Wir fliegen im Auftrag von Alexej Yong«, ruft Dogus. Ich halte die Luft an, erwarte jeden Moment, eine Rakete auf uns zurasen zu sehen.

»Guten Flug«, wünscht die Stimme und Yeo sagt nicht

ohne Stolz: »Die Friedensmauer untersteht noch immer meinem Mann!«

Die Küste Cainstorms erscheint als langer Strich am Horizont. Die grauen Wolkenkratzer von Moorland strecken sich den Wolken entgegen und ich fühle einen Rausch der Freude. Ja, es ist hässlich, es ist überfüllt, aber ich liebe Cainstorm, denn es ist meine Heimat. Trotzdem kann ich nicht anders, als auch mit den Augen von Yeo, Quentin und den Mondsteins auf das Land zu sehen. Ein halb versunkenes, rostiges Schiff ragt aus dem flachen Wasser vor der Küste. Müll schwappt gegen die betonierte Hafenmauer, die vom Kot der Möwen weiß überzogen ist. Hunderte von Menschen stapfen in Gummistiefeln durch den Schlamm der Straßen, der den Boden grünlich überzieht. Viele Leute ziehen Wagen hinter sich her oder tragen Lasten auf dem Rücken. Trotz ihrer Armut sind sie nicht so heruntergekommen wie die Gefangenen auf der Insel. Die meisten machen das Beste aus ihrer Situation. Yeo und Quentin scheinen nicht sonderlich erschrocken über diese fremde Welt. Dafür haben sie in den letzten Stunden zu viel Schreckliches erlebt. Aber Gwen Mondstein umklammert Lyssas Hand und flüstert entsetzt: »Hier hast du gelebt, mein Liebling?«

»Ja! In dem Hochhaus da vorne. Das ist unser Landeplatz.« Lyssa zeigt auf einen gammeligen Block an einer der schwarzen Straßenschluchten, durch die sich kreuz und quer Wäscheleinen spannen. Dogus lenkt die Drohne auf das Flachdach zu. Es ist dicht mit Wellblechhütten bebaut, sodass uns nichts anderes übrig bleibt, als in einem großen Schweinepferch zu landen. Dogus lässt die Drohne langsam absinken, die Schweine springen mit empörtem Grunzen weg. Als sich die Drohnentür öffnet, schlägt uns Lärm von

Kinderstimmen, Musik und einem Fernseher entgegen. Ich springe nach draußen und meine Füße versinken sofort im Matsch. »Hier habt ihr das echte Cainstorm!«, lache ich.

»Willkommen auf der anderen Seite der Barriere«, ruft Jago ausgelassen.

Lyssa jubelt: »Wir haben es geschafft! Wir sind zurück!«

»Ich kann's kaum glauben.« Jago schleudert seine langen Arme gen Himmel und schreit: »Bei der heiligen Cat! Wir sind zurück!«

Die Bewohner der Hütten beobachten uns und das seltsame Ding, das in ihrem Schweinepferch gelandet ist, misstrauisch.

Jago kichert. »Sie denken, wir hätten die Drohne geklaut.«

»Können wir hier eine Zeit lang parken?«, rufe ich den Leuten zu, und Gwen Mondstein steckt den Cainstormern ein paar Geldscheine zu. Damit ist die Sache geklärt.

Während wir zwischen den Wellblechhütten den Weg zum Treppenhaus suchen, bestaunen Yeo, Quentin und die Mondsteins die Menschen in ihren einfachen Klamotten, die kläffenden Hunde und die fast nackten Kinder, die im Dreck spielen.

Der Zugang zum Treppenhaus hängt voller Wäscheleinen und Klamotten. Wir ducken uns darunter hindurch und steigen die Stufen hinab. Quentins und Yeos Blicke huschen von den verschmierten Graffiti an den Wänden zu einem Obdachlosen, der in seinem Schlafsack an der Wand liegt. Das alles muss sie genauso einschüchtern, wie mich der Palast eingeschüchtert hat.

»Keine Sorge«, sage ich. »Auch wenn es so aussieht, aber hier ist es für Cainstormer Verhältnisse nicht besonders gefährlich.«

»Das klingt nicht unbedingt beruhigend«, antwortet Yeo.

»Wir kennen uns aus, hier passiert euch nichts.« Jago

lächelt selbstbewusst und Quentin und Yeo entspannen sich ein wenig.

»Guter Ausflug, oder?«, ruft Tami etwas atemlos und kommt neben mich gesprungen.

»Nach Asaria?«, frage ich.

Sie hat zu ihrem alten Grinsen zurückgefunden. »Ja, aber ich mach trotzdem lieber hier Party. Die Asarianer hamm's doch nicht so drauf.«

»Was hast du vor?«, will Jago wissen. Statt einer Antwort kichert Tami nur. »Lassen wir sie einfach gehen?«, wendet sich Jago an mich.

Ich zucke mit den Schultern. »Ich bin nicht die Polizei. Also, ja.«

Tami springt zwei Stufen hinunter und ich höre etwas in ihren Taschen klimpern. Geklauter Schmuck?

»Merkt euch das!«, ruft sie, holt tief Luft und singt voller Inbrunst: »Giftgrüne Liehibe! Weit über den Ozeaan. Steile Klippen um ihr Gefähähängnis und ihr Lover wohnt in der Kanalisation! Ohohoh! Giftgrüüne Liehibe!«

Sie verbeugt sich so übertrieben wie eine Operndiva, hopst an den anderen vorbei und verschwindet. Ihr Gesang hallt im Treppenhaus nach.

»Wer weiß«, sagt Lyssa. »Vielleicht wird es wirklich Tamis erster Hit! Heute glaube ich, dass alles möglich ist.«

Sie zieht ihre Eltern an den Händen mit sich mit. Der Fuchs wuselt um ihre Beine. Vor einer unscheinbaren Tür bleibt sie stehen und hämmert dagegen. »Klingel ist kaputt«, erklärt sie achselzuckend. Wir hören Schritte, das Guckloch verdunkelt sich. Von innen ertönt ein Schrei. Dann wird die Tür aufgerissen und ein roter Blitz stürzt auf Lyssa zu, umarmt sie für eine Sekunde, reißt sich los und springt zu Jago, der lachend die Arme hebt: »Pass auf mit der Pistole!«

Ich fürchte, dass Wolka in die Decke schießt, als sie sich zur nächsten Blitzumarmung auf mich wirft. Aber dann ist die stumme Ilvana da, die dritte Mitbewohnerin. Ihre Haare sind zu ordentlichen Zöpfen geflochten. Eine dunkle Sonnenbrille verbirgt ihre Augen. Sie begrüßt uns mit einem zurückhaltenden Lächeln und legt Wolka beruhigend die Hand auf den Arm.

Lyssa lotst uns durch den engen Flur, vorbei an Schuhhaufen und bunten Papiersternen, die an Fäden von den Heizungsrohren unter der Decke hängen. Das Wohnzimmer und der Balkon kommen mir nach unserem Ausflug nach Asaria winzig vor. Aber ich mag die Enge! Ich mag, dass die Kissen auf dem Sofa wild zusammengewürfelt sind. Ich mag es, den Lärm von draußen zu hören, das Hupen der Autos und die Stimmen der Nachbarn von den anderen Balkonen. Ich mag, dass es nach Essen riecht und nicht nach Parfüm. Obwohl ich noch nie hier war, fühle ich mich sofort mehr zu Hause als jemals in der Villa der Yongs.

Doch das Allerwichtigste fehlt. Ich wende mich an Ilvana, die Gläser und Tassen an ihre Gäste verteilt: »Sind meine Mutter und mein Bruder nicht hier?«

Ilvana balanciert die Tassen in einer Hand und macht mit zwei Fingern der anderen Hand eine Gehbewegung.

»Sie sind weg?«, schreie ich fast. Ilvana schüttelt den Kopf.

»Einkaufen?«

Ilvana nickt.

Lyssa drückt meine Hand. »Bald.«

Selbst ein paar Minuten sind jetzt zu viel! Ich umkrampfe den Griff meiner Tasse, während Wolka Wein ausschenkt, den sie mit viel Wasser streckt, damit es für alle reicht.

»Wein in Tassen?«, lächelt Lyssas Mutter. »Das ist wunderbar rebellisch!«

»Was für eine analoge Art zu leben«, stimmt Lyssas Vater ein und betrachtet verblüfft die runde Papierlampe, die von der Wohnzimmerdecke baumelt. »Kein Scio! Ich habe darüber gelesen. Ich fühle mich wie auf einer Zeitreise in ein anderes Jahrhundert.«

Quentin, der seinen zerrissenen Schlafanzug mit einer Hand zusammenhält, schwingt seine Tasse in die Luft. »Auf Hina und meinen Vater und darauf, dass sie die Oberhand auf Asaria bekommen! Darauf, dass der Präsident gestürzt wird!«

»Der Präsident muss gestürzt werden!«, brüllt Wolka, obwohl sie wahrscheinlich keine Ahnung hat, was in der Zwischenzeit passiert ist.

In zusammengewürfelten Klamotten aus Lyssas, Wolkas und Ilvanas Kleiderschrank sitzen wir alle im Wohnzimmer und schauen auf dem winzigen Bildschirm von Quentins Eyewatch die Nachrichten aus Asaria. Jago ist neben uns eingeschlafen. Auch mir fallen die Augen fast zu. Ich bin schon so lange wach, ich kann mich gar nicht erinnern, wann ich das letzte Mal tief und fest geschlafen habe.

Die Nachrichtenstimmen dringen kaum noch zu mir vor. Im Halbschlaf sehe ich besiegte und zerstörte Panzermonster. Scio ist vorläufig ausgestellt, und immer wieder wird vom Staatshotel berichtet. In Endlosschleife laufen die Aufnahmen, die ich durch meine Augen gefilmt habe. Ein paar Asarianer versuchen, die furchtbaren Zustände schönzureden, aber die meisten bezeichnen es als ›unfassbare Lüge‹ und ›Betrug an der Gesellschaft‹. Ein Moderator hat selbst Verwandte auf der Insel und wirkt fassungslos. Als ich den Namen ›Yong‹ höre, werde ich wieder wacher. Es wird wild über den Verbleib des Präsidenten spekuliert. Angeblich sind weitere Soldaten zu den Yongs übergelaufen, aber andere Offiziere haben öffentlich ihre Treue zum Präsidenten geschworen. Niemand scheint zu wissen, wer momentan das Sagen hat. Auf Asaria herrscht Chaos.

Trotz meiner Müdigkeit nehme ich wahr, wie sich der Schlüssel im Schloss dreht. Sofort bin ich hellwach, springe zur Wohnungstür und drücke meine Mutter an mich. Die Einkaufstüten fallen ihr aus den Händen, sie schlingt die Arme um mich und schluchzt laut auf. Auch die Stelle, an der ich mein Gesicht gegen ihre Schulter drücke, wird feucht.

»Emilio, bist du zurück? Bleibst du jetzt da?«, fragt eine Kinderstimme neben mir. Ich taste mit einer Hand nach Luc, fühle sein dünnes, weiches Haar und ziehe ihn an mich. Die Anspannung fällt von mir ab wie eine tonnenschwere Rüstung, die eine Last war und mich gleichzeitig aufrecht gehalten hat.

Ich will den beiden alles erzählen. »Ihr könnt nicht glauben, was passiert ist!« Aber kaum sitze ich wieder, überfällt mich eine bleierne Müdigkeit. Es ist, als hätte mein Körper seine letzten Kraftreserven mobilisiert, um auf meine Familie zu warten. Luc schlingt seine Arme um meinen Hals und das Lachen meiner Mutter klingt so wunderbar vertraut. Ich lehne mich zurück, Lyssa erzählt jetzt für mich. Ihre schöne, lebhafte Stimme wird leiser, und bevor ich endgültig einschlafe, denke ich an Hina und Alexej.

Als ein Sonnenstrahl auf meine geschlossenen Lider fällt, wache ich blinzelnd auf. Ich liege immer noch angezogen auf dem Sofa. Lyssa schläft neben mir, den leise schnarchenden Fuchs im Arm. Ihr Gesicht wirkt völlig entspannt. Jago, Yeo und Quentin haben es sich auf Matratzen am Boden einigermaßen bequem gemacht. Ohne die anderen zu wecken, schleiche ich in die Küche, um mir ein Glas Wasser zu holen. Meine Beine sind steif vom Muskelkater und auf den Rippen spüre ich blaue Flecken wachsen.

Meine Mutter sitzt an einem wackeligen Holztisch und bestickt ein Tuch. Sie lächelt mich so glücklich an, als wäre es immer noch ein Wunder, dass ich hier bin. Ich ziehe einen Hocker heran.

»Weißt du, wie lange du geschlafen hast?«, fragt sie.

»Acht, neun Stunden?«

»Sechzehneinhalb. Von gestern Mittag bis jetzt. Es ist fast neun Uhr morgens.«

Überrascht schaue ich sie an. »Hatte wohl Nachholbedarf.«

Carilla breitet das Tuch aus. Es ist größer als die Tischplatte. »Schau mal«, sagt sie und streicht es glatt. Aufgenähte Fische schwimmen auf dem Stoff. Einer hat mehrere Augen, ein anderer zwei Köpfe.

Ich erkenne sie sofort. »Die Mutantenfische aus Serges Aquarium.« Mit dem Finger fahre ich den Umriss eines Fisches mit regenbogenfarbenen Streifen und weißem Gesicht nach. Mein Stiefvater hat die Kreaturen beim Fischen aus dem Meer gezogen und behalten, weil er sie besonders fand. Nach seinem Tod und über ein paar Umwege hat Bradley Starlight sie sich angeeignet. Ich muss ihn fragen, wo sie geblieben sind. Ich will sie wiederhaben!

»Wunderschön«, sage ich. Meine Mutter lehnt sich an mich, blinzelt gegen die Tränen an. Serge ist für immer gegangen, aber nicht die Trauer ist das Schlimmste, sondern die Leere, die danach kommt. Immer wird da diese Lücke in unserer Familie sein. Der eine Platz, der leer bleibt.

»Unsere Nachbarn haben Serges Körper aus den Resten unseres Hauses geborgen«, flüstert Carilla. »Sie haben ihn eingeäschert und mir die Urne gebracht. So können wir wenigstens würdevoll von ihm Abschied nehmen.«

Nackte Füße tapsen leise über den Plastikboden. Luc hält verschlafen seinen Stoffhasen in einer Hand. Ich wische die Tränen weg und strecke die Hände nach ihm aus. »Komm auf meinen Schoß!«

»Du gehst aber heute nicht wieder weg, oder?«, fragt er und sein kleines, rundes Gesicht sieht besorgt aus. Wenigstens spricht er überhaupt. Vor ein paar Tagen war er fast verstummt.

»Wenn ich gehe, werde ich immer wiederkommen«, verspreche ich. Damit ist Luc zufrieden und er greift nach den bunten Stoffresten.

Beim Frühstück sagt er zwar wieder kein Wort, aber er beobachtet die Mondsteins, Yeo, Quentin und Lyssa neugierig.

»Scio, gib mir Honig …«, sagt Yeo und bemerkt ihren Irrtum dann. Wir lachen alle, auch weil es aus Asaria gute Neuigkeiten gibt. Weitere Einheiten haben sich den Yongs angeschlossen und das Eyevision-Center besetzt. Yongs Seite hat nun die Hoheit über die Nachrichten. In einem Kurzinterview ist zu meiner Überraschung Bradley zu sehen, der sich als ›Retter‹ aufspielt, weil er meinen Chip während des Monsterangriffs angestellt hat und so die Wahrheit über die Insel herauskam. Irritiert schüttele ich den Kopf. Bradley ist wie eine Kakerlake, die niemals totzukriegen ist.

Etwas später geht Hina auf Sendung. Ihr Blick ist ernst. Kein Lächeln, kein Panda. Ihr Armgelenk ist bandagiert, auf ihrer Stirn verheilen Kratzer. Sie trägt schlichte schwarze Kleidung. Ihre Haare sind zurückgebunden.

»Ich weiß, ich sehe seltsam aus«, sagt sie mit ihrer normalen Stimme, in der Aufregung mitschwingt. »Und ich weiß, ich höre mich anders an als bisher. Aber das hier bin ich.

Und das, was ich euch erzählen will, will ich euch selbst erzählen. Es soll nicht durch meine Kunstfigur verfälscht werden. Ich hoffe, ihr könnt das akzeptieren.«

Yeo stößt einen erstaunten Laut aus. Sprachlos starrt sie ihre Tochter an. Hina ist wirklich Hina. Und je länger das Video dauert, desto mehr wächst ihr Selbstbewusstsein. Sie ruft die Menschen mit lauter Stimme zu Demonstrationen auf.

»Gemischte Reaktionen«, murmelt Quentin, der auf seiner Eyewatch die Kommentare der Zuschauer verfolgt. »Viele reden nur über ihr neues Aussehen.«

Zum Abschluss deutet Hina verschwörerisch auf einen winzigen Anstecker an ihrer Uniform. Es ist ein Panda. »Eure alte Hina ist nicht ganz verschwunden«, verspricht sie. »Spooky kommt zurück, wenn sich alles beruhigt hat.«

»Oh nein«, entweicht es Quentin gequält und wir alle lachen.

Cainstorm war schon immer etwas langsam, aber jetzt ist auch in unseren Nachrichten angekommen, dass auf Asaria ›etwas‹ passiert ist. Zwar können sich die Moderatoren nicht einigen, ob es dort einen Krieg, einen Putsch oder einen Ausbruch von gefährlichen Zootieren gab, aber eines ist klar – auf Asaria ist etwas im Gange, was auch Cainstorm verändern wird. Zumindest hoffen das die Leute. Selbst vom Balkon aus bemerke ich die Aufbruchstimmung. Ein Nachbar von der gegenüberliegenden Seite ruft: »Die Barriere im Meer wird fallen. Habt ihr das gehört?«

Wolka kehrt vom Markt zurück und berichtet, dass sich die Gerüchte wie Lauffeuer in der Stadt verbreiten. Am Nachmittag sind die Straßen voll von diskutierenden Grüppchen. Aufgeregte Stimmen schallen bis zu uns nach oben auf den Balkon.

Und plötzlich weiß ich, was ich tun muss. Im Badezimmer schnappe ich mir einen kleinen Spiegel. Es fühlt sich merkwürdig an, mich selbst zu filmen, und ich bin nervös. Aber diesmal sollen die Leute mein Gesicht sehen.

»Cainstormer«, sage ich und weiß, dass die allerwenigsten von ihnen Eyevision empfangen können, denn die meisten haben nur Radio oder Fernseher. »Mein Name ist Emilio Rivoir. Ich bin mit meinen Freunden in Asaria gewesen und zurückgekommen. Ich berichte euch jetzt genau und wahrheitsgemäß, was wir dort gesehen und erlebt haben.«

Während ich spreche, setzt sich Lyssa neben mich. Jago lässt sich auf meiner anderen Seite nieder. Ihre stille Unterstützung gibt mir Mut und meine Stimme klingt zunehmend fester, während ich von unseren Erlebnissen auf Asaria erzähle. Als ich zu Federicos Angriff komme, rutscht Quentin ins Bild. Auf seinem Gesicht sind noch immer die blauen Flecken von Federicos Schlägen zu sehen. Gefasst schaut Quentin in die Kamera. »So ist es passiert«, bestätigt er, und ich kann nicht sagen, wie stolz ich auf ihn bin.

Dann komme ich zu dem, was ich eigentlich sagen wollte. »Cainstormer, es ist an der Zeit aufzustehen. Und damit meine ich jeden Einzelnen von euch. Egal in welchem Winkel dieses Kontinents ihr wohnt. Egal wie arm ihr seid! Jeder von euch hat eine Stimme und Asaria muss sie hören! Wir wurden zu lange eingesperrt und ausgenutzt. Aber wir sind keine Provinz, die man ausbeuten darf! Wir sind mehr und jetzt ist der Zeitpunkt gekommen, an dem wir unsere Rechte einfordern. Auf Asaria gibt es eine Revolte gegen den amtierenden Präsidenten und wir müssen sie unterstützen. Friedlich. Geht auf die Straße und demonstriert dafür, dass der asarianische Präsident abgesetzt wird. Wir haben Einfluss, wir müssen ihn nur nutzen. Legt eure Arbeit in den Fabriken nieder! Boykottiert die Herstellung aller Waren, die nach Asaria verschifft werden sollen. Streikt, bis der Präsident Asarias vor Gericht steht, und ich verspreche euch, es wird auch hier auf Cainstorm Veränderungen geben!«

Nachdem ich meine Sendung beendet habe, lehne ich mich ausatmend zurück.

»Wow«, ruft Jago erstaunt. Auch Quentin und Lyssa blicken mich verblüfft an.

»Ich wusste gar nicht, dass du so … sprechen kannst«, sagt Lyssa. »So überzeugend. Wie ein … Anführer.«

Ich lächele verlegen. »Wer weiß, wie viele Cainstormer meine Worte überhaupt hören werden.«

Am Nachmittag erreichen uns weitere Videos aus Asaria. Tausende von Menschen demonstrieren vor dem Palast für eine neue Regierung und tiefgreifende Reformen. Aber es gibt auch viele Gegendemonstranten. Federico und seine Freunde stehen in der ersten Reihe und brüllen: »Wir wollen eine reine Gesellschaft bleiben!«

Sogar Imogen hat verwackelte Bilder aus dem Wald geschickt, auf denen sie schattenhaft zu sehen ist. Mit etwas Anstrengung erkenne ich ein ausgemergeltes Gesicht mit dichten Augenbrauen und weißen Strähnen im schwarzen Haar, die wie Flammen wirken. Sie schwört Rache an den Asarianern, die ihren Mann Kiano umgebracht haben, und an mir, weil ich sie verraten habe. Sie macht mir keine Angst. Ich habe inzwischen so eine lange Reihe Feinde, sie kann sich hinten anstellen.

Auch Tami ist wieder auf Sendung und filmt durch ihre Augen. Offenbar hatte sie wirklich gestohlenen Schmuck in ihren Taschen und hat ihn bereits gut angelegt. Sie wirbelt über die Bühne einer Karaokebar, die ihr seit heute gehört, und trägt ein kleines Kind auf dem Arm. Es lacht und klatscht, während Tami laut und schief ihr neues Lied vorträgt. Die Leute an den Tischen grölen mit und hämmern ihre Bierhumpen im Takt auf den Tisch. Irgendwie sehen viele Tami ähnlich. Ich würde mich nicht wundern, wenn sie miteinander verwandt sind. Tami brüllt: »Ihr seid das beste Publikum!«

Es dämmert schon, als ich Ilvana helfe, neue Kohle im Ofen nachzufüllen. Mit einem Bier quetsche ich mich zu Quentin auf den dunklen Balkon. Es ist windig. Irgendwo klappert ein Fensterladen. Die Tomatenpflanzen in den Töpfen wackeln wild hin und her.

»An was denkst du?«, frage ich. Quentin sieht mich blinzelnd an, als wäre er tief in Gedanken gewesen.

»Daran, wie gefangen ich mich immer auf Asaria gefühlt habe. So, als könnte ich niemals entkommen. Ich dachte, das mit Federico würde ewig so weitergehen. Ich hatte keinen Schimmer, wie ich mich befreien könnte. Aber jetzt ist mir klar, dass ich mich hätte wehren sollen. Viel früher schon. Und noch etwas habe ich begriffen. Egal wie schlimm die Situation ist, es wird sich immer etwas ändern. Etwas Neues wird kommen. Immer.«

»Etwas Neues wird kommen …«, wiederhole ich und schaue hinüber zu den anderen Hochhäusern mit ihren Hunderten von Fenstern, hinter denen Hunderte von winzigen Wohnungen liegen, in denen Tausende von Menschen wohnen. Etwas Neues muss kommen.

Lyssa ist hinter mich getreten und legt ihre Hände auf meine Schultern. »Ich will dir etwas zeigen«, flüstert sie in mein Ohr und zieht mich zur Wohnungstür, wo Jago auf dem Boden sitzt, seine langen Beine ausstreckt und Rosen in ein

Heftchen malt. Ich kann mir vorstellen, für wen sie sein sollen: Hina. Mittlerweile hat Jago es auch geschafft, seine Mutter zu kontaktieren, was gar nicht so einfach war, weil es in unserem Heimatviertel nur ein einziges Telefon gibt. Er hat ihr gesagt, dass er auf ›einer wichtigen Mission sei, die vielleicht unser aller Leben ändern kann‹. Ich bin mir nicht sicher, ob diese Nachricht sie beruhigt hat oder ob sie jetzt vermutet, ihr Sohn sei verrückt geworden.

Lyssa steigt über Jagos Beine, öffnet die Tür und späht ins Treppenhaus: »Niemand zu sehen.« Wie eine Elfe springt sie die Stufen hinauf. Sie kichert verschwörerisch und ich kann nicht anders, als sie zu mir zu ziehen und sie zu küssen. Ihre Hände wandern unter meinen Pulli und über meinen Rücken. Irgendwann schaffen wir es, uns voneinander zu lösen, und erreichen das Dach. Hier oben ist es noch viel windiger. Ein Sturm zieht über dem Meer auf. Die Bewohner haben sich in ihre Behausungen zurückgezogen. Die meisten Türen stehen wegen der schwülen Hitze trotzdem offen und wir sehen Familien zusammensitzen. Fetzen ihrer Gespräche wehen herüber. Die Drohne ragt dunkel über den Hütten auf. Lyssa öffnet die Tür und wir lassen uns im Halbdunkel auf ein Sofa fallen. Lyssas Haut leuchtet fast silbern, wenn ein wenig verirrtes Mondlicht sie berührt. Ich verliere mich im Duft ihrer Haare, bewundere ihre langen Wimpern, liebe ihre weiche Haut. Sie fährt mit ihren Händen sanft über meine Schultern. »Lyssa Mondstein im Mondschein«, flüstere ich und sie lacht ihr kleines, glucksendes Lachen.

Das Rauschen des Windes begleitet uns auf unserem Weg zurück durch das Labyrinth der Hütten, als ich eine Stimme zu hören meine, die mir ziemlich bekannt vorkommt. Lyssa hat sie auch gehört. Stirnrunzelnd schaut sie mich an. Zusammen nähern wir uns einer offenen Tür, aus der ein bläulicher Lichtschimmer fällt. Die Bewohner sitzen gebannt vor einem kleinen Fernseher, auf dem ich mich selbst sehe, wie ich heute Nachmittag zu den Cainstormern gesprochen habe. Jemand muss das Material dem Fernsehsender zugespielt haben! Auch durch die Fenster einer anderen Hütte sehe ich mein eigenes Gesicht. Ich bin wie berauscht und gleichzeitig voller Angst vor dem, was meine Rede auslösen könnte.

Wir rennen hinunter in unsere Wohnung, wo sich alle um den Fernseher drängen. Jago brüllt: »Deine Botschaft ist überall!«

Wolka schreit in ihre geballten Hände. Ich trete auf den Balkon und schaue hinüber auf die Fensterreihen der gegenüberliegenden Hochhäuser. Hinter vielen flackert das bläuliche Licht der Fernseher. Aus geöffneten Fenstern klingt meine Stimme und von der Straße schallen Rufe herauf. Menschen versammeln sich, obwohl es mitten in der Nacht ist.

Plötzlich klopft es an der Wohnungstür. Wolka schaut durch das Guckloch. »Der Flur ist voller Nachbarn!«

Ich konzentriere mich und aktiviere den Chip. Wolka öffnet die Wohnungstür. Nachbarn drängen in den engen Flur. Und für einen Moment bekomme ich Angst, weil ich an Mordaz von der Schlangengang denke. Er sucht mich mit Sicherheit noch, um mich umzubringen. Doch die Leute wirken ungefährlich.

»Da ist er«, ruft eine Frau. »Bist du Emilio Rivoir? Der, der auf Asaria war?«

»Ist das wahr, was du aus Asaria erzählst?«, ruft ein Mann.

»Jedes einzelne Wort stimmt«, sage ich und filme die staunenden Menschen. »Es ist an der Zeit, dass wir etwas ändern!«

Entgeistert schauen mich die Leute an. Aber hinter ihren

Sprachlosigkeit erkenne ich Hoffnung. Lyssa flüstert mir zu: »Lass uns nach oben gehen.«

Immer mehr Menschen drängen aus den Wohnungen ins Treppenhaus. Ihre Stimmen hallen von den Betonwänden wider. Sie strecken ihre Hände nach uns aus und wollen Antworten. Das Dach ist voller Menschen.

Der Wind ist stärker geworden, peitscht mir durch die Haare. Jeder Schritt pumpt Adrenalin gemischt mit einem diffusen Glücksgefühl durch meine Adern. Jago steckt mir etwas zu. Es ist die Sonnenbrille von Cat.

»Du hast sie mitgenommen!«

»Na klar! Ich hatte sie immer dabei. Sie hat uns Glück gebracht.«

Lächelnd klappe ich sie auf, schiebe sie mir in die Haare und klettere auf die Betonumrandung. Unter mir haben sich die Menschen auf der Straße versammelt. Ich sehe ihre Umrisse im schwachen Licht der Laternen. Vor mir, auf dem Dach, stehen die Bewohner des Hochhauses und schauen mir stumm entgegen. Erwartungsvoll.

»WIR SIND VIELE«, schreie ich gegen den Wind an. »JEDER VON UNS HAT EINE STIMME! ERHEBT EUCH! WERDET LAUT UND LASST SIE BIS NACH ASARIA HÖREN! DER PRÄSIDENT MUSS ABGESETZT WERDEN. ER HAT UNS AUSGEBEUTET. ABER NICHT NUR DIE ASARIANER MÜSSEN ETWAS IN IHREM LAND VERÄNDERN, WIR AUCH. LASST UNS DIE MACHT DER GANGS BRECHEN, LASST UNS SELBSTSTÄNDIG WERDEN, SODASS WIR FREI LEBEN KÖNNEN!«

Die Leute brüllen los, als hätten sie ihr Leben lang auf diesen Augenblick gewartet. Sie strecken die Fäuste in die Luft und umarmen sich. Für mich ist der Moment fast surreal. Passiert das gerade wirklich?

Quentin reckt seinen Arm zu mir nach oben und reicht mir seine Eyewatch. »Ein Anruf für dich. Hina.«

Ich hocke mich auf die Mauer. Lyssa, Quentin und Jago stehen dicht neben mir.

»Hallo?«, sage ich und stelle die Eyewatch auf laut.

»Emilio? Wir haben die Mehrheit der Soldaten hinter uns. Ganz knapp. Auch dank dir und deiner Berichte über die Gefängnisinsel. Deshalb wagen wir es jetzt. Wir stellen den Präsidenten vor ein Gericht. Die meisten Offiziere sind allerdings immer noch gegen uns. Federico. Victors Mutter. Die Bevölkerung ist gespalten. Das Ganze wird noch ein hartes Stück Arbeit.« Sie schweigt kurz und fragt dann: »Seid ihr bereit, uns zu helfen?«

Jago ruft: »Klar, Hina! Du solltest sehen, was hier drüben los ist.«

»Wir sind bereit«, sage ich.

Die Cainstormer feiern bis spät in die Nacht und ich werde nicht müde, fremde Hände zu schütteln und immer wieder meine Worte zu wiederholen. Mein Video war wie ein Funke, der auf trockenes Gras gefallen ist und einen Flächenbrand ausgelöst hat. Auch mein zweites Video an Cainstorm ist im Fernsehen gelaufen und hat das Feuer weiter entfacht. Die Nachrichten zeigen Menschen aus allen Ecken des Kontinents, die ihre Arbeit in den Fabriken niederlegen, auf die Straße gehen und demonstrieren. Aber es werden auch Bilder von Kämpfen zwischen Gangmitgliedern und Demonstranten gezeigt. Die Gangs, der Müll, die Armut. Nichts davon wird einfach zu beseitigen sein.

Mittlerweile habe ich meine Sendung ausgeschaltet. Meine Mutter und ich stehen gemeinsam mit Luc auf dem Hochhausdach. Der Himmel wird allmählich hell. Carilla drückt die Urne an sich, küsst sie. Dann öffnet sie den Deckel und mit einer weit ausholenden Bewegung fliegt Serges Asche in den Wind, wird davongetragen, hoch über den Köpfen der Feiernden. Der Wind bläst sie über Cainstorm, über das Meer und vielleicht bis zur Barriere, die Serge vor langer Zeit überwinden wollte. Ich denke an die wurzelförmige Narbe an seinem Bein, die Tattoos auf seinen Armen, zu denen er mir Geschichten erzählt hat. Unsere Zeit beim Fischen, seine Wut auf die Asarianer. Serge wollte sie bezwingen, um etwas für Cainstorm zu verändern. Aber ich begreife, dass sich erst die Einstellung der Asarianer ändern musste, damit sich hier bei uns etwas ändern kann. Und ich weiß, es wird sich etwas ändern. Ich spüre es.